桂林文化城文学研究丛书

桂林文化城 戏剧研究

GUILIN WENHUACHENG
XIJU YANJIU

主编 李江 副主编 黄世智

中国社会科学出版社

图书在版编目（CIP）数据

桂林文化城戏剧研究/李江主编．—北京：中国社会科学出版社，2008.1

ISBN 978-7-5004-6465-5

Ⅰ．桂… Ⅱ．李… Ⅲ．戏剧文学－文学研究－中国－现代 Ⅳ．I207.309

中国版本图书馆 CIP 数据核字（2007）第 159216 号

策划编辑　郭晓鸿（guoxiaohong149@163. com）
责任编辑　王冬梅
责任校对　韩天炜
封面设计　崔注中
版式设计　戴　宽

出版发行　中国社会科学出版社
社　　址　北京鼓楼西大街甲 158 号　　邮　编　100720
电　　话　010－84029450（邮购）
网　　址　http：//www.csspw.cn
经　　销　新华书店
印　　刷　华审印刷厂　　　　　　　　装　订　广增装订厂
版　　次　2008 年 1 月第 1 版　　　　印　次　2008 年 1 月第 1 次印刷
开　　本　880×1230　1/32
印　　张　11.375　　　　　　　　　　插　页　2
字　　数　300 千字
定　　价　28.00 元

目　录

绪　　论

　　桂林文化城戏剧运动的繁荣跟政治、军事、地理因素有关。但作为文化历史事件以及作为艺术历史事件，也具有特殊的文化历史方面的原因。从这方面来考虑，有必要注意桂林文化城与中国现代戏剧传统方面的历史因果。完全可以把桂林文化城戏剧运动理解为中国现代戏剧传统在战争场景中的一种延续、一种发展、一次激扬。因为在桂林文化城戏剧运动的发展过程中，内隐着的是一脉相承的中国现代戏剧的思想传统和艺术传统。

　　抗战以前，中国现代戏剧已经形成了在面对文化危机时坚持自身变革的传统。近代中国，内忧外患，长期的封建政治和农耕经济条件，封闭的文化环境，使中华文化在 19 世纪末咄咄逼人的西方文化面前明显地呈现出弱势文化的特点。如果不变革，中华文化则难以图存。中国话剧是在这样的背景下应运而生的。它不是一种心血来潮的随机性、偶然性选择的结果，而是那一代文化先驱有心、有效地选择的结果。其实从那时起，西方话剧一直就只是一种中国剧人学习的参照，而不是标准，更不是唯一的标准。至于在学习和选择过程中，导源于对中国政治现实和文化现实的不同理解，对中国戏剧发展和建设过程中主要任务、目标的不同理解，西方戏剧对中国戏剧的影响在不同历史阶段中是有所不同的。中国现代戏剧是在强势的西方文化冲击传统的中华文化的紧要关头发展起来的，因而在中国现代戏剧选择、参照西方戏剧时，曾经鲜明地表现出一种很矛盾的文化态度，即既学习，又抵拒。学习的是西方戏剧中的现代文化精神和科学理性原则，抵拒的是西方文化的侵略姿态，反抗的是那种以船坚炮利、军事开路的强权主义。西方文化中的强权主义理性由来已久，如《圣经》里所讲的"己之所欲，亦施于人"的价值观就是一个明显的例证。"五四"那一代中国知识分子从心理上接受不了西方列强的这种文化霸权主义，甚至具有抵触和排斥情绪。与此同时又对本国社会现状痛心疾首，并因此加强了对本土文化传统的反省。力图通过学习西方、反省自我来找到文化发展的基础和路径。

　　中国现代戏剧起步于对本土戏剧传统和文化传统的反省。这种取向在后来的戏剧发展中内在地变成了中国现代戏剧文化传统的一个重要组成部分。这一次反省，具有值得重视的历史转折意义，无论是从反省者还是从反省对象上看，都具有值得注意的历史特点，从反省者来看，那一代戏剧文化先驱大多具备现代视野，掌握现代科学文化知识。他们对传统戏剧可以具备居高临下的视点以及鞭辟入里的洞察力；从反省对象来看，中国传统戏剧与时代不合拍的因素在新时代人们的观察中愈来愈清晰。傅斯年对旧戏的看法最具代表性，他在《戏剧改良各面观》中对中国传统戏剧的"物质的唯我主义"大加挞伐，他发现西方戏剧具有精神之寄托，借此看到中国戏曲离不开物质上的情欲，提出："中国戏剧的观念，是和现代生活根本矛盾的，可以受中国戏剧感化的中国社会，也是和现代生活根本矛盾的。"[①] 在"五四"戏剧论争中，《新青年》派和张厚载、马二先生、芳尘等旧剧界人士的激烈论争，促进了对中国传统戏曲的反省，推动了话剧的建

---

①　傅斯年：《戏剧改良各面观》，《新青年》第5卷第3号，1918年10月。

设。新剧出身而又熟谙旧剧的欧阳予倩曾明确地说："一剧本之作用，必能代表一种社会，或发挥一种思想，以解决人生之难问题，转移谬误之思潮。……中国旧剧，非不可存，唯恶习惯太多，非汰洗净尽不可。"① 欧阳予倩和宋春舫等戏剧家在对中西两种不同的戏剧美学体系的比较中，认同并选择了能适应新时代要求和社会现实需要的新剧，体现出来的是一种积极、开放的文化心态。这种心态表明新兴的中国话剧是在中西文化的宏阔文化视野中形成的，它是一种能够涵容多种文化成分的艺术形式。与话剧一同成长的中国话剧人也不再是传统意义上的文人士大夫，而是具有新思想、新观念的现代知识分子，虽然生逢由传统向现代转型的社会环境中，但他们显然已具备批判社会的思想勇气，已经掌握了新的求真、向善、爱美的精神武器和思想武器，具备了人道主义的思想、爱国主义的情怀、民主主义的政治诉求以及为社会的理性与公正去努力的行动能力；这些是传统社会的文人士大夫不具备的，同时又是能体现20世纪中国文化发展方向的；在一定程度上可以说是具有人类共通价值的。从思想内容上看，中国现代戏剧的思想传统，在表面上明显地表现为一种强烈的现实政治关怀，强烈地要求推动社会变革的政治情怀，而实际上，在中国现代文化发展的视野中，中国现代戏剧的思想传统虽然直接地体现为爱国主义、人道主义、民主主义等思想内容，但我们不能不看到，中国现代戏剧的这些思想内容，更多地还是以戏剧艺术的方式传递出来的，它不是社会历史的简单再现，更不是政治文件，而是一种艺术创造形式或文化创造形式。中国现代戏剧作为现代文化启蒙运动的一个重要组成部分，虽然是反帝反封建、追求独立自强的民族民主政治运动的推动或引发下发展起来

---

① 欧阳予倩：《予之戏剧改良观》，《新青年》第5卷第4号，1918年10月。

的，但它更多地属于一种文化行为。经过晚清以来较长时间的社会变化，中国社会里那些文化人中的先驱者已经转变成了具有现代意义的知识分子。对知识分子来说，他们不再仅仅是读过书，接受过一般的书面知识的书生，而是知识的生产者、思想的创造者，或者再生产者。他们中的一部分人有可能退化成传统的文化人，但至少有一点是可以肯定的，这一代人中已有人具备了成长为现代知识分子的条件，他们中有一部分选择了戏剧艺术创作。从思想方式上看，经过他们的努力，在 20 世纪 40 年代以前，中国现代戏剧形成了两种有所不同的话语传统，一种是以个性精神和感时忧国精神为核心的话语传统。这种话语传统形成并发展于"五四"时期，张扬自由、民主、人道的个性精神，跟以世俗文化为基础形成的感时忧国精神有机地结合在一起，成为这种话语传统的核心和趋向。另一种是适应政治文化形势的变化，急切地回应现实政治的召唤，具有明确的政治目的和阶级奋斗目标的话语传统，这种话语传统形成于 20 世纪 30 年代。对抗战时期的戏剧运动而言，这种传统在时间上并不遥远，又没有来得及经过细致的清理，并具有文化惯性，因而直接地影响着抗日时期戏剧运动的开展和戏剧创作的面貌。政治话语传统是这些以戏剧艺术为业的知识分子的政治功利意识和政治心理的体现。相对于以个性精神和感时忧国精神为内核的话语传统而言，政治话语传统由于过分追求政治层面上的对话，因而难以上升为在"人在精神领域里的对话"，[①] 而后者正好是戏剧艺术最基本的要求。

中国现代戏剧的艺术传统则跟它的思想传统密切相关。基于对中国传统旧戏远离现实生活的表演方式的深入反思，基于对变

---

① 董健：《20 世纪中国戏剧：脸谱的消解与重构》，《戏剧艺术》1999 年第 4 期。

革中国社会积弊和文化积弊的认识，中国现代戏剧在 20 世纪 40
年代以前的发展中，形成过一种强劲的现实主义艺术传统。"五
四"那一代知识分子，对西方现实主义戏剧的接受兴趣，不可能
不受当时中国那种积弱不振的现实的影响。在那时的时代背景和
意识背景下，他们看中的是现实主义戏剧在暴露社会黑暗方面的
力量，他们看中的是批判现实的成效。相对于浪漫主义戏剧和新
浪漫主义戏剧，现实主义戏剧在这方面具有特殊的优势。这应该
是那一代知识分子为什么选择现实主义戏剧而拒斥其他戏剧思潮
的社会现实原因和文化心理原因。这就是说，在接受西方现实主
义戏剧，确立、形成中国现代戏剧的现实主义传统阶段，人们看
中的是现实主义戏剧直面现实、科学地认识现实的艺术精神和文
化精神，而不是亦步亦趋地照搬西方现实主义戏剧的写实方法。
欧阳予倩曾经指出："欧洲的戏剧有许多的流派，从古典主义以
至表现主义，各有各的一种精神。我们对于这许多流派，应当持
怎样一种态度，却是一个问题。据我的意见，以为现在应当从写
实主义做起。……写实主义戏剧的对社会是直接的，在革命的中
国用不着藏头露尾虚与委蛇地说话，应该痛痛快快地处理一下社
会的各种问题。……写实主义简单的解释，就是镜中看影般地如
实描写。"① 中国早期的现代戏剧在舞台设计、人物形象塑造和
对话编排上都比较推崇写实。在通过戏剧艺术传达科学认识方法
与结论方面，比传统戏曲更富有时代气息，也更富有表现力。有
必要说明的是，由于中国现代戏剧产生的时代是内忧外患的时
代，那时的中国又缺乏科学主义的文化积累，理性、客观以及实
证方法尚没有演变成社会中大多数人的思考习惯和认识习惯，大

---

① 欧阳予倩：《戏剧改革之理论与实际》，《戏剧》第 1 卷第 1 期，1929 年 5 月
25 日。

多数中国戏剧家又心怀爱国激情，传统人士治国平天下的政治抱负作为一种文化遗传，不可避免地流淌在新时代知识分子的精神血脉里。因此，西方现实主义戏剧移植到中国，会发生特殊的文化变异，中国现代戏剧家在创作活动中难以做到自始至终地保持客观的立场和态度，也难以有效地把批判目的通过事件的自然过程来表现。

文化人是文化的载体，戏剧家把中国现代传统带到桂林文化城，经过这一具有群体动力的"文化场"的孕育，也随之产生了中国现代戏剧的新传统。抗战时期，桂林因战争因素，特殊的地理位置和政治环境，成为反法西斯的文化重镇。大批戏剧家来到桂林，推动了抗战时期桂林文化城戏剧运动的兴盛。那时，北平、上海先后沦陷，文化中心西移，中国文学艺术的主要力量也随之西迁。当年，集结于桂林的戏剧家在创造出远远超过孤岛时期上海的戏剧成就时，凭借的不仅仅是桂林的地缘、政治优势，还包括各种各样的文化因素以及由此产生的文化的力量。除了那些背景性的文化因素，如桂林的地域文化、由战争而形成的现实文化氛围之外，中国现代戏剧传统发挥了非常重要的作用。我们注意到，当年的旅桂戏剧家和桂籍戏剧家中，很多都曾经是中国现代的著名戏剧家，或者是在现代戏剧传统哺育下成长起来的戏剧家。田汉、欧阳予倩、丁西林、洪深、熊佛西是中国现代戏剧形成时期就已经蜚声中外的戏剧家，至于夏衍、焦菊隐、宋之的、瞿白音、杜宣、许之乔、李文钊、周钢鸣、凤子等也都跟40年代以前的中国现代戏剧传统有着非常密切的关系。他们来到桂林，把中国现代戏剧的思想传统和艺术传统带到了桂林，有效地促成了中国现代戏剧传统与桂林文化城的良性互动，既催生了中国现代戏剧的新传统，又提升了桂林文化城在战时文化建设中的地位，扩大了桂林文化城的政治影响和文化影响。桂林文化城戏剧运动不仅在当时卓有成效地激励、推动了蓬勃的抗日救亡运动，而且丰富了中国现代戏剧的文化构成，为中国现代戏剧增添了崭新的文化成分，进一步扩大了中国现代戏剧的社会影响，以及更值得珍视的文化影响。

抗战时期桂林文化城戏剧运动的核心和主力是话剧艺术家。从政治上看，中华全国戏剧界抗敌协会桂林分会这一统一战线组织发挥了至关重要的作用。值得注意的是，中华全国戏剧界抗敌协会中，话剧艺术家是主体。在桂林文化城戏剧运动中，话剧创作和演出是戏剧活动的主体，中国现代戏剧在抗战时期桂林文化城戏剧运动中发挥过主导性的作用。这一事实对于我们理解中国现代戏剧传统在桂林文化城戏剧运动中的核心作用，以及理解抗战时期桂林文化城戏剧运动在 20 世纪中国现代戏剧发展中的历史地位，富有启发性。据此，不难发现，在中国现代戏剧传统和抗战时期桂林文化城的相互关系中，存在着一种相互促进并相得益彰的历史文化关系。由于有了桂林文化城，戏剧家才得以把中国现代戏剧传统带到桂林，并促成中国话剧跟源远流长而又内蕴丰富的传统戏曲、桂剧和少数民族歌舞传统的融合。从这一意义上看，桂林文化城对中国话剧而言，显然是一种至关重要的历史机遇。由于桂林在地缘、政治上的特殊性，这里的戏剧传统不仅有民间的、还有宫廷的。彩调可以说是民间的，少数民族歌舞可以说是民间的，但桂剧形成过程中由于跟靖江王府之间的密切关系，则很难把它看成纯粹的民间文化传统，可以把它看作地方戏，而很难把它看成民间戏。更进一步，在桂林文化城提供给中国现代戏剧的历史机遇中，话剧也因此实现了与全国各地其他剧种的文化交汇。在"西南剧展"中，除广西本地的戏剧团队之外，还有来自粤、湘、鄂、赣、滇的戏剧团队，这些戏剧团队无论是话剧队，还是其他剧种的演剧队，他们不可能不受到其当地的戏剧文化传统的影响。这样看来，中国现代戏剧在桂林，完成了在 30 年代想完成而又没有来得及完成的跟更大范围的、内涵更丰富、历史更悠久的中国本土戏剧传统的交流与融会。在这样的交汇中，中国现代戏剧孕育出了一些什么样的新质呢？这一点在中国现代戏剧的历史发展中，是耐人寻味的。

如果说战前的中国话剧曾经试图着眼现实，在变革现实方面有所作为，但由于主观原因和客观条件所限，而未能演变成大规模的行动的话，那么战时中国话剧在桂林文化城，则已经变成具有强劲的行动能力的戏剧了。夏衍指出："有了二十几年历史的中国话剧运动，在这短时期中起了一个使人刮目相看的突变，中国年青的话剧，已经在本质上不同于以前的所谓话剧了，在从数变到质变的过程中，戏剧以抗战为契机，划了一个时代的阶段。"① 这时的戏剧，已经不再仅仅是抗战戏剧或抗战时期的戏剧，而是戏剧抗战。服务对象、服务范围、服务方式已经发生剧变。在唤起民众起来抗战过程中，话剧的审美方式和趣味不可避免地大众化，在服务战争的过程中，话剧的体制和机制不可避免地军事化，话剧人的认识方式和思考方式也都不可避免地军人化。

中国话剧的文工团传统应该肇始于抗战时期，从体制、机制到戏剧观念和表、导演作风，严格说来，都跟民族危难时刻的文化抉择有关。战前的中国话剧已有用先进的思想观念启民之蒙的传统，在抗战中，话剧则变成政治宣传的艺术，话剧人的角色转换，即从知识者到文化战士的转换，对此后中国话剧的发展以及产生的正面和负面影响，同样是不可小觑的。抗战时期的桂林文化城，并不是我们今天所说的文化商品的集散地，文化商品批发

---

① 夏衍：《戏剧抗战三年间》，《戏剧春秋》创刊号，1940 年 11 月 1 日。

市场，而是抗战时期中国文化国防军、文化义勇军集结的要塞，一个具有军事意义的文化重镇。田汉曾经把当年从事戏剧工作的文化战士称为"神州戏剧兵"，并盛赞其"浩歌声里请长缨"、"甘与吾民共死生"的爱国精神和战斗风格。不难明白，抗战时期爱国知识分子在桂林文化城期间从事的工作在当时是具有文化抗战的军事意义的。他们的组织方式是军事化或半军事化的，最典型的就是戏剧团队，有的团队直属各集团军政治部。如演剧一队、演剧九队等就直属于国民政府军事委员会政治部。

抗日战争和世界反法西斯战争的特殊形势，使战时中国爱国文化人确立起自觉的文化作战意识。由于抗日时期中国有限的国力，仅仅凭借政府的力量和军队的力量，不足以迅速取得抗日战争的胜利，因此，在敌强我弱的战争态势下，必须充分调动包括政治、经济、技术和文化在内的一切因素，动员社会各阶层的一切力量，来展开全面的对日作战，才有可能取得抗日战争的最后胜利。抗战时期，国土分裂，政权并立，市场崩溃，加强中华全国各地区、各民族人民对国家民族的政治认同和文化认同，具有比和平时期重要得多的现实意义。没有最基本的政治认同和文化认同，就难以实现政治上的同仇敌忾，就难以获得抗战急需的经济支持和技术支持，离开了万众一心的民众后援，怎样去维护抗日军队的众志成城？值得注意的是，侵华日军一方面在军事上不断实施"闪击"，另一方面也展开政治经济文化进攻，并组织"笔部队"，甚至利用汉奸破坏中国内部团结，扰乱金融，传播汉奸理论、顺民思想。抗日战争从初期的战略防御进入战略相持阶段之后，形势表明，政治愈来愈重于军事，宣传愈来愈重于作战，中国的抗日战争需要一支组织严密、纪律严明、训练有素、指挥有力的文化兵团，而戏剧兵正好具备了这样的条件，他们在艰苦的战斗中形成了强大的战斗力以及坚不可摧的战斗意志，这一支"和谐、青春、壮大而坚固的戏剧兵团"① 应时之需，在桂林文化城这一座战时文化掩体里，组织起一次次可歌可泣的文化作战，那是由铁血和意志赢得胜利的文化保卫战。美国戏剧评论家爱金生在评价"西南剧展"时，就曾经热情洋溢地说："如此宏大规模的剧展会，有史以来，自古罗马时代曾经举行外，尚属仅见。……中国处在极度艰困条件下，而戏剧工作者以百折不挠的努力，为保卫文化，拥护民主而战，给予法西斯侵略者以打击，对当前国际反法西斯战争，实具有重大贡献。"②

　　从军事角度看，"西南剧展"的策划、组织、实施和效果具有应急作战特点，是一场符合应急作战要求的大规模文化战役。战役任务明确，即增强抗日力量的必胜信心，以中华强大的文化力量，对敌形成威慑，以震慑、动摇敌之军心。战役实施过程中，计划周密，人员集结迅速，各参演团队协同性强，配合默契，并有效地扩展了战果。取得胜利后，有计划地迅速完成了各团队的撤离。这是一场体现了军事斗争原则和方法的文化战役。当抗日战争的硝烟逐渐散尽，今天的人们再来凭吊这场文化战役，不难发现当年的指挥员和参战人员都具备一种多么引人注目的作战素养。这些素养显然得益于中国现代戏剧传统的滋养。中国现代戏剧在思想观念、艺术观念、机制和体制等方面的积累，培养出了这一支敬业、奉献、专心、诚信而又富于智慧的文化新军。这些素养深厚、英勇善战的文化战士在桂林文化城的创造活动也孕育出了中国戏剧新的文化精神。在抗战时期桂林文化城这一能涵养文化的特殊环境中，在那时复杂的政治格局中，这些戏

---

　　①　田汉等：《西南第一届戏剧展览会闭幕宣言》，《新文学史料》1987年第1期。

　　②　欧阳敬如：《烽火中的盛会——回忆"西南剧展"》，《西南剧展》（下），漓江出版社1984年版，第431页。

剧战士为了信念、理想、良知，忠实地生活，勇敢地战斗。从表面上看，他们不得不选择一种政治性极强的生存方式。但从他们的意识和行动来看，他们的生存方式仍然是一种文化性的生存方式。人们试图同时完成从政治到文化，从现实到永远的多种使命。通过现代戏剧，他们帮助更多的中国人完成从地域、乡土意识到民族意识的转化，帮助人们逐步实现对现代民族国家的认同。通过现代戏剧，他们刷新了当地人民对戏剧的审美习惯；前者彰显出的是民族危难时期的文化战士的职志，而后者则是艺术家的职能，以戏剧的方式来改善人们的知识结构，并通过改善人们的知识结构来改变人们的生活道路。戏剧家多种身份、多种角色集于一身，在政治任务和文化使命之间实现着一种密切的联结，在一定程度上也是对戏剧急速政治化趋势的一种缓冲，并因此避免了一些类似于同一时期在其他地域出现的戏剧彻底政治化带来的负效应。有必要注意的是，桂林文化城戏剧运动和戏剧创作在表达强烈的政治诉求的同时，也传达出独特的文化诉求，既有政治层面的对话，又有着眼于精神的追求。因此，中国现代戏剧传统在桂林的承传虽然具有战争条件下的特殊性，但与此同时也是能够体现20世纪中国戏剧发展的某些历史共通性的。

第一章

桂林文化城戏剧家群的主体特征

　　1937年，以"卢沟桥事变"为标志的抗日战争爆发后，举国上下迅速掀起了抗日救亡的热潮，风起云涌的抗敌文艺宣传运动中，戏剧战线最为活跃。1938年10月，武汉、广州失守。随着抗战进入战略相持阶段，全国的抗日文艺宣传运动也揭开了新的一页。桂林文化城是这个特定历史时期的文化奇迹。当时广西略显平静的战争形势，蒋介石集团和桂系之间微妙的政治斗争以及桂林特有的地理人文条件促成了"文化城"的形成，聚集了以田汉、欧阳予倩和熊佛西为首，包括夏衍、洪深、丁西林、焦菊隐、杜宣、李文钊、于伶等艺术家在内的庞大的戏剧队伍。他们以戏剧为武器，不遗余力地投入到抗日救亡斗争的洪流中，开创了桂林文化城戏剧创作和运动少有的繁荣局面，为民族戏剧艺术的成熟与发展做出了不可磨灭的贡献。

第一节　戏剧家的社会地位、
处境及其历史特点

　　抗战爆发后，国民党蒋介石政权实行片面抗战政策，国土大片沦陷。武汉、广州失守后，逃难的民众一时间蜂拥到桂林，其中就包括以田汉、欧阳予倩和熊佛西为首的戏剧家们。他们身先士卒，用自己的青春、汗水、泪水乃至生命演绎了那个战火纷飞的年代中国艺术家的人生观和价值观，并在戏剧理论、创作实践和戏剧运动方面都取得了丰硕的成果。那么，作为文化城抗日宣传活动的主体，戏剧家们当初是在怎样的情况下来到桂林？又是以何种状态在这里进行创作和生活的？他们的作品和活动具有怎样的历史特征和意义？

一　戏剧家在桂林文化城时期的社会地位

在当年声势浩大的抗战文艺运动中，戏剧家群是最活跃的一支队伍，正如夏衍所说："在参加了民族解放战争的整个文化兵团中，戏剧工作者们已经是一个站在战斗最前列、作战最勇敢、战绩最显赫的部队了。"① 这里集中了当时我国各省各阶层的爱国者。按年龄，这是一支老中青三代结合的队伍，有文坛巨将郭沫若的悉心指导，还有像田汉、欧阳予倩、熊佛西这样年轻有为的生力军来担当重任，当然也不乏像李文钊、杜宣、于伶等文艺新秀的积极参与。从队伍组成来看，这是一个囊括了社会各阶层的团体，他们的从艺之路也是各有不同：有的从小深受家乡地方戏曲影响，比如田汉；有的是在求学的过程中慢慢地走进了艺术的殿堂，比如夏衍；还有的却是出于对戏剧艺术事业的执著和挚爱不顾家人反对毅然做出的选择，像欧阳予倩。从任职情况来看，他们大多身居要职而且身兼数职，例如田汉、欧阳予倩、焦菊隐等，也有的专门负责一个团体的运作，比如李文钊、杜宣等。从文化水平角度出发，这又是一个各有所长的集体，有以田汉、欧阳予倩、熊佛西、丁西林、洪深等为代表的受过高等专业教育的戏剧家，也有类似朱琳、尹曦等刚刚从艺不久、虚心学习

---

① 夏衍：《戏剧抗战三年间》，《戏剧春秋》创刊号，1940年11月1日。

的年轻演员。

这支戏剧兵，汇聚迅速，人员复杂，但在文化城的抗日文艺宣传运动中，它绝对是一支不可或缺的力量。请看他们是以怎样的身份出现在桂林的：田汉时任国民政府军事委员会政治部第三厅第六处处长，主管艺术宣传工作；欧阳予倩担任广西艺术馆馆长兼戏剧部主任，桂剧实验剧团团长；夏衍主编《救亡日报》，全权负责此报的筹划、出版和发行工作；焦菊隐被聘为广西大学文史专修科的教授，并兼任广西大学青年剧社的辅导工作；洪深担任政治部第三厅第六处分管戏剧音乐的科长，并兼任广西大学教授；李文钊最初担任新中国剧社社长，负责新中国剧社起步时的各项工作，等等。

二　艰难的现实处境

夏衍曾说："春来之前的寒气往往苛烈甚于冬天。"[①] 随着世界反法西斯战争的形势日渐明朗，中国的抗日战争进入了黎明前最黑暗的时期，戏剧家们的工作和生活都面临着严峻的考验。

首先，创作环境艰苦。田汉来桂时住在东江花桥附近一间临街的木屋，环境艰苦，条件简陋，木板既当床，又作写字台，坐的是条凳，点的是清油灯。白天嘈杂的环境无法进行创作，他就只在晚上修改剧本，而且为了抢时间，每写完一段稿子，就交给早在那里等候的剧社成员，再由他们点着"巴巴灯"，冒着深秋的夜风将其送到福隆街的剧社所在地刻成蜡纸油印，经常通宵不眠。同样，主编《救亡日报》的夏衍，"总编室兼卧室就设在报社二楼楼梯口朝北的一间房间，房内的摆设一如广州时期那样简

---

① 夏衍：《戏剧运动的今天与明天》，《边鼓集》，美学出版社1944年版。

陋"。①

其次，战争的残酷。桂林经常遭到日军飞机的轰炸，这给排演工作造成极大的威胁和干扰。比如，为躲避危险，欧阳予倩曾带领演员到岩洞中排练《桃花扇》，困难重重：在石头上架锅煮饭，无法做饭时买花生米充饥；利用洞口的亮光做纸光、道具；敌机轰炸频繁时通宵不能回家；等等。对于那段生活的艰辛，欧阳敬如这样写道："有一次敌机轰炸桂林后，我们从山上进城，见到电线杆上挂着被炸死者的半截尸体，手里还握着提包。炸后的惨状使我们更加痛恨侵略强盗，使大家同仇敌忾，以更高昂的斗志举起桂剧的武器打击敌人。"②

再次，戏剧活动受到限制。以新中国剧社举步维艰的发展过程为例。起初，社址设在靠近大菜园的陋巷里，首任社长李文钊为了支撑剧社，变卖了房产，而且押掉了太太的金镯子解决"新中国"的伙食问题。身为股东的桂林的小"大亨"们解囊有限，却先声明要介绍他们的干女儿做演员。而且，《大地回春》第一次公演，效益未能达到预期效果，他们竟"守住票房争着把他们的股本都收回去了"，③演员们当天晚上就没有饭吃。于是有了"新中国"的改组，有了田汉向李济深将军借军米的故事，还有"忏悔贵族"章士钊之侄章东岩先生用经商所得之钱支持"新中国"剧社的善举。再如，轰动一时的西南剧展，规模大、时间长，但限于战时条件，与会人员遇到了不少困难。据当年负责剧展招待部工作的蒋柯夫回忆："招待部既无经济条件，又无物质

① 陈坚、陈抗：《夏衍传》，北京十月文艺出版社1998年版，第312页。
② 欧阳敬如：《"迈进毋畏路途艰"——回忆我父亲欧阳予倩在广西》，《桂林文化城纪事》，漓江出版社1987年版，第124页。
③ 田汉：《新中国剧社的苦斗与西南剧运》，《驼铃声声——新中国剧社的战斗历程》，漓江出版社1991年版，第6页。

条件，任务却十分繁重。"①尽管在广大戏剧工作者的努力下，剧展取得了成功，但由于资金短缺，当局政府也不支持，加之战争影响和交通不便，活动开展频频受阻。单是从住宿情况就不难看出当时条件的艰苦："各演出团队到桂林住宿都很困难，没有钱住旅馆，只能各显神通。打前站的人配合我们到处找关系，能够借到小学的教室就算是最好的了。好在他们都是自带铺盖，白天行李集中在一处，放学后摊开，把小学生课桌拼起来作为'床'睡，早晨再把课桌收拾好。条件差的就只能在庙宇的泥地上，铺开行李的油布来睡。有时候大队人马到了，住宿的地方还没有着落。有一次广东来的一个队深夜到达，部分人只好让他们在骑楼下面过了一夜。所谓'骑楼'即楼房下面的人行道，只能挡雨，不能避风。"②难能可贵的是，前来的戏剧工作者对此安之若素，并不计较个人的得失，这正是西南剧展取得重大成功的关键，也是桂林文化城的抗战戏剧获得繁荣发展的重要原因。

另外，戏剧家们个人的家庭生活拮据。身为政治部第三厅第六处处长的田汉，全家人挤在一座小木房子里，一家八口人的生活来源就是田汉手中的笔。国统区的稿费不高，物价上涨快，经常出现拿到稿费时就已买不到足够生活必需品的情况。因此，"田汉一家的生活常常陷入困境，只好靠借贷维持。很多老艺人也知道田汉家的生活状况，他们说：'田先生那阵子不但吃饭成问题，夏天被蚊子叮了，连买盒万金油的钱也没有。'""那时，田汉常常去外面参加活动，连件像样的衣服也没有，夏天穿的衬衣破了一个一个的洞。"而且"一桌人吃饭，每天的菜钱是三十

---

① 蒋柯夫：《新中国剧社与西南剧展》，《驼铃声声——新中国剧社的战斗历程》，漓江出版社1991年版，第141页。

② 同上书，第144页。

几元……一片辣子，一碗酸汤……有时竟无米下锅，家里的人问他怎么办？他总是泰然地回答'慢慢来'！"① 简短的应答，貌似乐观，实则隐含着田汉心中的几多无奈。

此外，演出团体的处境也极为贫困。新中国剧社社址偏僻简陋，社员住宿环境拥挤不堪，被褥十分破旧。楼下几间已婚夫妇和孩子们的宿舍，朝阳面还有些阳光，背阴面则是终日昏暗而潮湿。对于当时社员的日常生活，演员朱琳曾这样回忆到："我记得那位为大家做饭的操着浓重口音的刘师傅，不时地跑到宿舍里喊起来：'同志们，下午没得米下锅了……'大家听了没任何怨言，到了下午就各奔东西去找饭吃了。好在平时吃的清一色——白米青菜，到朋友处有时还能吃上一些荤菜呢。至于零花钱，剧社没有明文规定每月发给每人多少，有钱就多发几块，没钱则少发，甚至分文发不出来，有时连牙膏也买不起，干脆就用盐刷牙。"② 难怪田汉回忆起新中国社员时称他们吃苦硬干的精神足以"惊天地，泣鬼神"。③

这就是戏剧家们的生活：住所简陋，条件欠缺，要担心衣食，需关注战事。为了更好地完成各项戏剧工作，戏剧家们不单要接受物质生活的挑战，还要承受多种精神压力。

随着战争日益白热化，桂林的政治空气愈发压抑。在毫无民主可言的情况下，官僚机构黑暗腐败，贪污受贿成风，文化环境也不断恶化。蒋介石政权一直推行消极抗日、积极反共的政策，

---

① 刘平：《田汉在桂林时期的文学活动与文学创作》，《桂林抗战文化研究文集（三）》，广西师范大学出版社 1997 年版，第 443—444 页。

② 朱琳：《刻骨铭心记忆深》，《驼铃声声——新中国剧社的战斗历程》，漓江出版社 1991 年版，第 116 页。

③ 田汉：《新中国剧社的苦斗与西南剧运》，《驼铃声声——新中国剧社的战斗历程》，漓江出版社 1991 年版，第 8 页。

桂系集团虽采取开明民主的文化政策，但"皖南事变"后，反共意向也日趋明显。因此，在广西地方当局的监管下，抗日文艺宣传工作受到限制。与此同时，中共对桂林文化城的戏剧宣传工作却丝毫没有放松。当时的中共中央南方局领导人周恩来曾多次来桂指导抗日文艺活动，并对戏剧家们给予帮助和关怀。比如在得知田汉全家在桂生活困难后，周恩来从重庆托人带给他一笔款用以补助生活，让他安心从事创作。还有当时《救亡日报》的各项工作就是在周恩来的策划指示下逐步展开的。虽然蒋介石委任郭沫若组建政治部第三厅，以显示其招贤纳士、团结抗战之心，但这些文化人大多来自左翼，接受中共党组织的指挥（第三厅有共产党地下特别支部，而且有一个"领导干部小组"[1]）。因此，为了保证抗战戏剧宣传工作的顺利进行，心向中共的戏剧家们通常都是"在其位，谋其职"地与国民党政权周旋，田汉就成功地做到了左右逢源。

身为文艺官，田汉工作投入，认真热情，同时还积极扩大交际范围，努力加强与国民党的交往。比如，国民党军官李济深、张发奎都曾是他当时的好朋友。虽然为此招致了不明内情者的议论，对田汉本人的声誉造成了不好的影响，但在当时一筹莫展的境况下，他的努力还是对困境中的抗战文艺事业起到过积极的作用。不然，新中国剧社无米下锅之时，国民党的军米不会那么容易就从将军李济深的手中送到剧社演员的手中，《再会吧，香港！》横遭禁演后的困难局面也不会很快得到解决，当然也就更没有后来《风雨归舟》的上演。严峻的形势下，田汉还是为戏剧界同仁开拓了一小块活动的空间，他的擅长交际和深谋远虑在一

---

[1]　阳翰笙：《第三厅——国统区抗日民族统一战线的一个战斗堡垒（三）》，《新文学史料》1981年第2辑。

定程度上化解了政府对抗战力量的压迫，不至于使当局与文化界发生正面对抗，保存了戏剧兵的实力。如果说国民党政府采取各种手段压制抗战文艺宣传的话，那么田汉则以不变应万变。

国民党广西当局压迫文化界，卓有成效地完成了政治突围，而抗战局势需要戏剧活动的开展。基于戏剧能及时反映客观现实，迅速传播抗日思想、宣传性强的特点，文化城的戏剧创作总是贴近现实，但随着战争形势的不断恶化，作品内容时常会刺激当局政府，因而矛盾就在所难免。新中国剧社《再会吧，香港!》禁演风波就是一例。这部由夏衍、洪深、田汉合写的话剧以香港的现实为题材，主要描写了当时香港的爱国人士怎样挫败汪伪特务和反动派的阴谋，积极支援抗战的事迹。该剧现实性强，对抗战有利，但因揭露了国民党政府的丑恶嘴脸，冒犯了当权人士，在首场演出即将开始的时候被告知"此剧有些地方尚需修改，暂勿上演"。次日晚上，准备再次开演时，又遭到国民党当局强行禁止。虽然剧社负责人出示了演出许可证，但宪兵还是冲进后台，粗暴地强令停演。在政府的武力干涉下，此剧最终未能照常上演，剧社活动受到严重影响。

战争使很多人家破人亡、妻离子散，当年坚守在文化城的戏剧家们同样难逃例外。他们有的是携家眷举家迁居桂林，比如田汉、欧阳予倩等，也有的只身一人来到桂林苦守文艺阵地，夏衍、洪深等就是代表。战事的紧张、工作的忙碌几乎耗去他们的全部精力，但心底对家人的那份挂牵却片刻都未消失。一次，夏衍请田汉为《愁城记》作序，当田汉问及剧本的主题时，夏衍答到："想写一个文化青年由小圈子断然跳到大圈子去。"[1] 田汉随即想到夏衍的家庭，问他为何不接太太来桂林，夏衍说："因为

---

[1]　董健:《田汉传》，北京十月文艺出版社 1996 年版，第 604 页。

儿女都在上海，那时觉得还是住在那儿便当，所以又回上海去了，但后来不成了。最近来信，米不容易买，她每天只能吃两顿稀饭。"家人的生活如此窘迫，夏衍却只能无奈地以一句："有什么办法？现在也管不了许多了。"① 来表达内心的无奈和忧郁。他其实首当其冲地已经扮演了第一个从小圈子里跳出来的人！类似这种情况的还有好多。他们抛家舍业、不辞劳苦地来到文化城，只为能在抗战的第二条战线上一展宏图；他们克服困难，承受压力，即使是处于进退两难的境地也还是写出了精彩的剧本，开展了轰轰烈烈的戏剧运动，在中国戏剧史上留下了特殊的印迹。

三 戏剧家群的历史特点

桂林文化城是抗日战争时期的一个"独特的历史现象"，当时极度繁荣的戏剧作为文化城中的亮点，具有自己的历史特点：

（一）高素质的戏剧队伍构成

广西位于祖国西南，长期封闭，发展缓慢。抗战以前以李宗仁、白崇禧、黄旭初为首的新桂系一直都有问鼎中原的野心。随着新桂系势力的迅速崛起，它与蒋介石集团的矛盾日益显现。虽然抗战的全面爆发使得蒋介石政权迫于压力，不得不同意国共合作，联合抗日，但蒋桂之间的矛盾并未消除。中共中央始终坚持发展进步势力，争取中间势力，反对顽固势力的统一战线策略。毛主席曾说："桂系同蒋系有矛盾，要把他们相区别，不可视同一律。"在这种政策的指导下，中共始终把桂系当作中间力量来争取。1938 年 10 月，周恩来来桂前夕曾在湖北与白崇禧相遇。交谈过后，白崇禧不但支持建立八路军桂林办事处，还采纳了多

---

① 董健：《田汉传》，北京十月文艺出版社 1996 年版，第 605 页。

用外省人才建设广西，管理桂林的建议。此后，周恩来曾三次来桂视察指导工作。尽管桂系军阀在某些方面与中共合作，支援抗战，但基于自身利益，它显然不会完全支持中共南方局的所有工作。因此，就形成了桂林文化城的大背景：中共中央南方局利用新桂系与蒋介石集团由来已久的深刻矛盾，积极争取新桂系力量，双方合作尽力保存和发展抗日文化力量。而由于政治力量之间的关系复杂，抗日文艺宣传运动始终都处于错综复杂的艰难处境，于是就有了许多戏剧家战火中坚持创作和活动的感人故事。

蒋介石政权在国统区推行消极抗日、积极反共的政策，把矛头由对外转向对内，极力限制进步文人的言论自由，广大沦陷区的进步文化工作者和革命青年长期生活在压抑之中。而同时，为了增强整体实力，加速发展，与蒋抗衡，新桂系一直实行较为开明民主的文化政策，并重视引用外地人才。如此鲜明的对比，不禁使国统区的爱国文人向往桂林，再加上当时一向以爱护、尊重知识分子著称的中共党组织也想方设法把沦陷区的重要文化人转移至桂林，桂林顿时变得名人荟萃，享誉一时。

戏剧的繁荣就是在这种文化背景下形成的，而且桂林的抗战戏剧早就颇受重视。1936 年 6 月，粤桂军阀为抵抗蒋介石的"削藩"之举，发动了以"抗日反蒋"为口号的"两广事变"。为争取民心，广西当局大力倡导抗日救亡戏剧活动，曾在南宁举行抗日救国戏剧宣传周。参加人员多，演出效果好，为日后文化城戏剧活动的开展奠定了基础并营造了良好的氛围。

特殊的政治环境，宽松民主的文化氛围，为抵桂的进步文化人创造了相对优越的创作条件和活动空间。随着文化名人陆续来桂，抗战戏剧队伍日益壮大，逐渐成为一支独具特色的力量：

1. 队伍庞大集中。抗战时期，曾先后活跃在桂林的戏剧团体有以国防艺术社、广西省立艺术馆话剧实验剧团、桂剧实验剧团和新中国剧社为首的十多个剧社和演剧队以及常来桂林演出的抗敌九队、抗宣一队。此外还有一些机关和学校组织的业余剧社，如广西大学青年剧社、桂林中学剧团、逸仙中学剧团等。他们在以田汉、欧阳予倩、熊佛西为首，包括洪深、丁西林、李文钊、杜宣、焦菊隐、汪巩等上百名戏剧家的带领下，开展了形式广泛、内容丰富的戏剧活动和演出。

2. 职业素质较高。首先，创作视野开阔。讽古喻今的历史剧，反映现实、鼓动人心的现实题材剧，还有我国的传统戏曲等，都是他们的创作源泉。其次，热爱戏剧艺术。创作人员也好，演出人员也罢，他们都是真心地热爱戏剧。以田汉为首的知名戏剧家自不必说，还有新中国剧社的演员们，吃米粉时还念念不忘戏剧创作，足见其投入程度之深；再次，创造力强。田汉为了及时交稿，用铁笔直接在蜡纸上写剧本，传为佳话，还有夏衍，为赶写社论时常通宵达旦地奋笔疾书，也毫不逊色。另外，具有团结合作、吃苦耐劳的精神。以新中国剧社为代表的戏剧工作者们积极响应"文章下乡、文章入伍"的号召，以"团结起来为抗战胜利而奔走呼号"为使命，不计较个人得失，战胜了恶劣的创作环境，团结一致地"演爱国戏、做爱国人"，堪称楷模。

（二）骄人的戏剧成就

桂林文化城的戏剧繁盛一时，不仅声势浩大，还战绩骄人。

首先，戏剧理论方面收获颇丰。为了有效地指导抗战戏剧活动，戏剧家们从实践出发，提出了许多富有价值的理论主张。比如关于旧剧改革的理论，关于历史剧创作的理论，关于戏剧民族化的理论，还有关于提倡活报剧、建立戏剧批评的理论以及关于抗战戏剧的理论。它们不只在当时的戏剧运动中起到了导向的作用，还进一步影响到后来我国戏剧理论的发展。

其次，产生了大量题材广泛、形式多样的优秀戏剧作品。戏剧家们在桂林留下了大量的剧目，历史剧有《忠王李秀成》、《袁世凯》、《高渐离》、《孔雀胆》等，现实题材话剧有《秋声赋》、《心防》、《再会吧，香港！》、《越打越肥》等，还有京剧《江汉渔歌》、《武则天》、《岳飞》、《双忠记》等，其中还有类似《三块钱国币》、《妙峰山》这样的浪漫喜剧。将近6年的时间里，各式各样的戏剧作品在桂林频繁上演，给观众留下了深刻的印象。

最后，大规模的戏剧运动影响深远。当年田汉领导的湘剧、平剧改革，欧阳予倩领导的桂剧改革，轰动一时的西南剧展，以国防艺术社、广西省艺术馆实验剧团和新中国剧社为代表的多个戏剧团体在桂林的巡回演出，这些戏剧活动都对抗战文艺事业产生了难以估量的影响。

（三）戏剧创作活动的深远影响

桂林文化城那段惊心动魄的历史已经离我们远去了，它的奇特、壮观和繁荣使得它在史册中的位置显赫。今天，当我们重新回顾这段文化奇迹，审视城中的每个角落时，感叹之余，不禁要对它所造成的深远影响刮目相看。

戏剧运动的热潮使"团结、抗日、救亡"的观念深入人心，在大后方开辟了除正面战场之外的第二条文化战线，配合了前方的作战，民族精神得到弘扬。繁荣的戏剧运动不仅提高了广西戏剧艺术的水平，带动了广西戏剧的发展，使桂林这个偏僻的文化边疆短时间内变成了西南大后方除重庆之外的第二个戏剧中心、文化中心，还培养了一批具有较高职业素养和政治素养的戏剧人才，为以后我国的戏剧艺术发展提供了后备力量，同时也留下了大量优秀的戏剧作品，为我国的戏剧文化增添了一笔巨大的财富，是中国现代戏剧史的重要组成部分。

第二节　戏剧家对人生目的、意义的
认识及生活态度

桂林文化城的戏剧家群是文化界的精英。他们在坚守的六年里，创作出大量作品，开展了一系列活动，极大地推动了抗日文艺宣传的发展。成就的取得，除了桂林当时特有的政治、地理、人文条件外，真正起决定作用的还是戏剧家本身。他们以国家民族为重，全身心地投入到那场战争中，终于实现了自己的理想，并使他们的人生因与祖国同呼吸共命运而变得熠熠闪光、风采无限。

一　政治立场

文化城的戏剧家们不全是中共人士，但一般早期都接触过共产主义思想。抗战爆发后，强烈的民族精神和爱国思想让他们不约而同地站在了一起。他们关心时局变化、国家存亡和民生问题，以大局为重，为民族大义舍弃自身利益，出生入死，严格坚守住了自己的政治立场。

首先，对革命始终抱有火一样的热情。比如田汉，抗战之初还在上海时，他多次亲临前线慰问将士，抵桂后，马上就投入抗战戏剧运动中。彭燕郊曾这样描述他当时的状态："在那些日子里，田先生显得多么年青，多么精力充沛呵。到处都可以看到他，但是你把不准在他家里能找到他。田老太太说得好：'他喜欢忙，忙得不记得自己！'"① 为了戏剧，他可以完全忘却自我，全力以赴。

---

① 田汉：《送抗战的观光者——林语堂先生》，《当代文艺》第1卷第3期。

其次，在创作中大胆揭露国民政府的劣行，宣扬民族英雄的伟大事迹，政治立场鲜明。《江汉渔歌》中，田汉写了太守曹彦约为了抗金，发动广大渔民起用民间义士的故事，由于暗寓了对国民党当局的批评，演出时剧团被审查。再如，欧阳予倩抵桂后，为揭露国民党反动派的丑恶嘴脸，接二连三进行了《越打越肥》、《搜庙反正》等富有讽刺意味的创作，受到国民党当局的威胁。但他始终坚持立场："可以禁演，一字不改"，喊出了当时戏剧家们共同的心声。

再次，对于报业出版过程中的强权干涉，毫不退让。"皖南事变"发生后，夏衍"坚决拒登"国民党军事委员会宣布新四军为"叛军"的消息，但为了"不伤情面"，又于 17 日当晚赶到新闻检查所周旋，直到凌晨三时。与此同时，印刷厂已在经过审查的纸版上抽下了"中央社"那则无耻的造谣消息，让报纸开了天窗，并提前打印好，使反动派的阴谋破产。

最后，对于消极抗战力量的态度给予强烈批判。音乐家张曙父女刚抵桂就被日军飞机炸死，田汉得知后失声痛哭，并在与李济深应酬时，对蒋介石大加指责。同时，他还发表论文《送抗战的观光者——林语堂先生》大力批判林语堂的消极抗战行为"损害祖国文艺界已有的团结"，而且"破坏中国文人的固有道德"。[①] 如此犀利的言辞，表明了他坚定的政治立场：积极支持抗战工作，对消极抗战和顽固分子决不姑息！

二　个人生活

抗战时期的大后方，戏剧家们克服重重困难，创造了一个个历史奇迹，积极向上的生活态度和对戏剧事业的无私奉献是一个

---

① 田汉：《送抗战的观光者——林语堂先生》，《当代文艺》第 1 卷第 3 期。

不容忽视的重要因素。

首先，以坚强、积极、乐观的态度面对物质生活的艰难。作为当时主要的剧团，新中国剧社的处境极为艰难。社员们住所破旧简陋，最基本的吃饭问题也得不到保障。他们早上只能吃红薯，虽然有不少人讨厌吃红薯，但没有人发牢骚，有一次排演《雷雨》时，他们竟然集体赊账吃大饼油条，情景十分感人。还有田汉，面对困境时的坦然也令人佩服，他一家老小的吃住已成问题，还经常帮助别人，遇到困难还总是说"我总是有办法的"，成为笑谈。

其次，不计较荣辱得失，淡然看待他人误解。生性乐观、豁达的田汉就是代表。当时有人笑他"田先生一支笔挑不起一家老小，还想搞剧团"，还有人攻击他与戏曲艺人为伍是"倒退"、"复古"。田汉得知后沉吟了一会儿，凄然答道："在今天的情形下，戏剧运动还没有坦途，然而它需要存在，需要发展，不能不照顾落后者，不能不应付环境，更不能不迂回周转。我哪里能顾及自己的清高呢？"紧接着就高笑起来："笑骂由人吧，事还是要做的。"① 可见，他早就将个人的荣辱得失置之度外，难怪郭沫若说："他有的是发财的机会，他发不了财；他有的是做官的机会，他做不牢官。然而这就是寿昌之所以为田汉。作为一个先驱者所享受的待遇，田汉是安之若素的。"②

再次，坚持为艺术不怕受穷的态度。以田汉对新中国剧社的帮助为例。写作《秋声赋》时，已近严冬，听说剧社开不了伙，田汉不顾家里当时的困境，立即让老母亲拿出仅有的斗把大米，

① 刘平：《田汉在桂林时期的文学活动与文学创作》，《桂林抗战文化研究文集（三）》，广西师范大学出版社 1997 年版，第 446 页。
② 郭沫若：《先驱者田汉》，《文汇报》1947 年 3 月 13 日。

给剧社社员们挑回去煮粥充饥。同样的情况还发生在中兴湘剧团，这个剧团营业不佳，日食维艰，又因为水土不服，艺人多染病，甚至有人病死，导致人心涣散，几乎垮台。生活困难的田汉，硬是凭借对此剧团的竭力扶持，使其渡过了难关。有一次，他把刚到手的一笔稿费给剧团救急，而让自己一家先到熟悉的饭馆里"记账"，对付一餐。在给郭沫若的信中，他这样写道："我怕的不是贫困，这我太习惯了。所谓'求仁得仁'，没有什么怨的。"① 这种为艺术事业而受穷，"求仁得仁"的态度，田汉坚持了几十年。

　　另外，生活中仗义轻财、不拘小节，显现出独特的人格魅力。依然是田汉最具典型性。他经常帮助同行，但由于自己也贫困交加，所以常出现田汉请客别人掏钱的情况。田汉请客是有名的，只要有饭局，他就带上几个人随同去吃一顿，得到一点稿费也用来与同事会餐。有一次他拿了为数不多的稿费，叫上十多个人去吃桂林米粉。结账时，发现稿费仅够支付一半的费用，于是大家纷纷掏口袋凑数。幸好田汉与店老板是同乡，又是熟人，见此情景就慨然减免了。大家连声道谢，说下次有了钱一定还上。田汉不禁放声大笑："我也不晓得他们给我多少稿费，这次太少了，太少了……"② 虽然他在钱上向来心中无数，但对剧社同志的生活却是关心备至的，一次他把友人送去的大米，立即转送给剧社，其实，那天他家的米缸也快见底了。

　　还有，在桂期间密切往来，结下深厚友谊。熊佛西和洪深来桂都比较晚，他们抵桂时，田汉率领一行人亲自迎接并为其接

---

　　① 董健：《田汉传》，北京十月文艺出版社 1996 年版，第 613 页。
　　② 朱琳：《刻骨铭心记忆深》，《驼铃声声——新中国剧社的战斗历程》，漓江出版社 1991 年版，第 118 页。

风；欧阳予倩经常饭后散步到夏衍的住所，一起谈论有关抗战戏剧的问题；熊佛西居住的榴园也时常闪现多位戏剧家的身影，他们一起赋诗挥毫，品茶聊天，留下许多雅事佳话。面对反动统治，他们的心靠得更近、贴得更紧了，战争的残酷丝毫没有影响他们对革命、艺术以及对生活的热情。

三　社会活动

鉴于文化城时期特殊的历史背景，戏剧家们在活动中讲究策略和方法，与国民党周旋，与地方实力派周旋，极力支持抗战文艺团体，充分发挥各种抗战力量的积极性。

（一）戏剧家的"统战"活动

戏剧家们在抗战宣传工作中始终践行"统战"思想，他们团结一切可以团结的力量，广交朋友，利用各种关系，发展戏剧事业。

善于交际的田汉在此方面更是表率。来到桂林后，他带领新中国剧社的成员去给李济深做寿（实际是为了让同志们饱餐一顿），与国民党军官（张发奎等）称兄道弟，推杯换盏，诗书相赠。看似放荡不羁，实际另有用意。因为，若是一味清高，工作就不能顺利开展。对此，他毫无怨言，只以一句"我不入地狱谁入地狱"来释怀。性格豪爽的田汉就是这么直率，谁都敬佩他对革命事业的忠诚和执著。周恩来曾说："田汉三教九流都有朋友。他给那些人写诗，杯酒交欢，为的是那些人去抗战。他们参加抗战总比打共产党好。"①

桂林的文化背景复杂，由于阶级利益不同，桂系集团经常给

---

① 许之乔：《我所了解的田汉》，《田汉回忆专辑》，文史资料出版社1985年版，第184页。

抗战工作施加压力。比如他们经常派特务在暗中恐吓报贩，破坏《救亡日报》的发行量。对此，发行员想出了对策，"批发店"不固定，允许报贩赊账和退掉前一天未卖完的报纸，并尽量抢在《广西时报》、《扫荡报》之前出版和发行，保证《救亡日报》的销售不受影响。

面对强权，表面顺从、实则坚持原则，而对于积极抗日的进步革命力量，要紧密地团结起来。例如，对于那些中途转变立场，决心投身抗战的力量，戏剧家们都热情相待，从思想上给予关怀和引导。桂系十五集团军一位副师长韩练成来桂后，与夏衍成为无话不谈的朋友。他经常诉说旧军队的腐败风气和个人家庭生活的苦闷，对此，夏衍积极耐心地向他指出，抗战胜利的希望在人民。后来，韩练成与中共关系越来越密切，经周恩来批准，秘密加入我党。

（二）关心爱护文艺工作者

抗日战争之所以取得最终的胜利，强大的群众基础是关键。桂林文化城之所以繁荣一时，与戏剧家们当时对文艺工作者无微不至的关怀密不可分。

首先，注重培养青年艺人。

夏衍主编《救亡日报》时，对经常投稿的新人秦似的文笔颇为欣赏，于是带他参加文艺界活动，逐步将其培养成为当时文坛的一名骨干。夏衍还注意保护青年人的闯劲，鼓励他们敢作敢为。高氏姐妹来到《救亡日报》后不久，夏衍感到高灏在文字上已经相当老练了，就让她上第一线当采访记者，并鼓励她说："中国女新闻记者不多，希望你努力。"① 此外，为帮助青年们掌握新闻专业知识，提高业务素质，他还倡导建立了报社的资料室，募集了 1000 多册图书，汇集了各地报纸，供大家参考。虽然资料室简陋了些，但却派上了大用场。

鼓励培养青年艺人的作家还有许多，田汉、欧阳予倩、熊佛西等都为培养年轻的戏剧工作者作出了不少贡献。这批热爱艺术的青年人，在老一辈艺术家的悉心指导下，不断得到锻炼和提高，逐渐成长为优秀的文艺工作者。

其次，关心民间戏曲艺人。

戏剧家们始终重视我国的传统戏曲，并真诚地爱护民间戏曲艺人。例如，田汉和他们就很熟，一面诚恳地批评，一面又注意给他们介绍一些新东西。因此，他被艺人们引为知己，并尊为"老大"。

再次，努力提高旧艺人的社会地位。

我国自古以来对艺人就有偏见，戏子长期受人鄙视。新中国剧社排演时缺演员，田汉鼓励菊生家三女儿上台，却遭菊生反对，他坚决不让女儿走自己的老路，田汉就劝说他放弃歧视艺人的想法，鼓励女儿学唱戏。欧阳予倩在排演《梁红玉》的过程中，经常亲自跟艺人们一起开会座谈，在他的言传身教下，很多女艺人开始认识到自己不应再是为人玩弄的"花瓶"，纷纷依自己原来的姓氏改换艺名。她们要以自身的努力来赢得世人的尊重，实现提升艺人社会地位的愿望。

（三）大力支持文艺团体的发展

田汉在桂期间曾支持过文艺歌剧团、中兴湘剧团、四维平剧社和新中国剧社四个戏剧团体。为了剧团工作的正常进行，他不辞辛劳地四处奔波，而且经常鼓励艺人们自己搞创作。比如，他发现四维平剧社的演员素质高，又有学习热情，便说："演我写的戏固然好，但难得你们有这些志同道合的人在一起，应该自己动手写戏。"在此鼓励下，四维平剧社自己改编了京剧新剧《兰芝怨》、《家》、《林冲》等。每次新戏出台，田汉不仅前来观看，还给予中肯的批评和热情的鼓励。演员金素秋受美国好莱坞电影《魂归离恨天》的启发，根据小说《呼啸山庄》创作了京剧《离恨天》。田汉拿到稿本时，兴奋地说："这真是千呼万唤始出来呀！"[①] 他边看边修改，还亲手将草稿装订成册，并亲笔在封面上题上剧名，足以显示他对艺人的一片真情。

四　戏剧工作

戏剧家们的敬业精神可圈可点，他们认真勤奋地对待学习和工作，在抗战戏剧活动中严格要求、一丝不苟。

（一）学习工作认真勤奋

戏剧家们对待学习和工作不仅认真而且勤奋。田汉当时居住在七星岩附近，他每天清晨都跑到七星岩下读书，以备"闲时读、用时背"。为保证报纸的如期出版，夏衍每晚都要赶1000多字的社论稿子。办完当天的事后，便叫人将他反锁在办公室里，创作剧本，写理论文章。他的许多文章，包括《心防》等剧本，就是这样赶出来的。报社同仁路过他的房间，会自然地放低声音，放轻脚步。夏衍钢笔在纸上"沙沙"滑动的声音有时可以传到门外。年轻人为此送给夏衍一副对联：文章怀真理俱来，脑汁比墨汁齐下。

（二）业务上严格要求、一丝不苟

首先，严于律己。夏衍作为总编辑，在业务上对自己严格要求，并以此勉励年轻记者提高业务素质。一次丁明转发一条延安报纸上的消息，忘记把"周扬同志"改为"周扬先生"，夏衍就用红笔圈出，批了"延安口吻"几个字。每当编稿组版缺字，都

---

① 董健：《田汉传》，北京十月文艺出版社1996年版，第622—623页。

是夏衍补写短文，缺多少补多少。在他的带动下，青年们捕捉新闻热点的热情大大提高。夏衍对报纸要求也很严，他每天都要看报纸上版付印前的大样，从标题到排版，从文字到内容，都仔细过目，有不妥之处，就用红笔批示出来，让大家评议和参考，逐渐形成了一项评报制度。他的这些努力提高了报纸的质量，同时也使新闻界逐渐形成了良好的风气。

此外，对剧组工作极其负责。焦菊隐排演《一年间》时，要求所有演员将剧中人的思想感情体现在每个动作每句台词中，丝毫不能马虎；要求导演除了兼顾到所有剧组之外，还要指导布景、道具的设计制作，而他自己则在剧场中间走来走去，边想办法边指挥，把嗓子都喊哑了。洪深有一次参加国防艺术社的剧务会议，发现剧组人员拖拖拉拉，甚至迟到半小时。他长叹一声后转身离去，事后声色俱厉地说："演戏就是打仗，无纪律不行！"① 此后，全体演职人员都严肃认真地进行排练，再也不敢懈怠了。

另外，注重巧妙引导年轻剧人。比如，洪深排演《夜光杯》时，饰演小丫头的李安妮在一场戏中被打后哭得不真实，他就蹲到旁边，握着两个拳头，咬着牙说："疼呀！疼呀！"结果还是不理想。他就说打得太假，再次排练时，一巴掌下去，又打得太重了，小李眼泪汪汪，果真哭了起来。后来他总结道："要是对方一时不能出戏，你就要带他，把他的戏引出来，他的戏才能演好。"② 这种讲究技巧的导演艺术和诲人不倦的精神与对表演的严格要求结合起来，使得剧目的演出取得了巨大成功。

---

①　魏华龄：《洪深的桂林文化情结》，《一个独特的历史文化现象——桂林文化城》，漓江出版社 2003 年版，第 223 页。

②　同上书，第 221 页。

第三节　创作思想

一　戏剧家群的共同特征

综观文化城时期的戏剧作品，究其创作思想不难归纳出以下共同特征：

（一）以为抗战服务为中心，注重剧作的思想性和战斗性

洪深提出的戏剧的时代性，即戏剧是一个时代的结晶，是时代隐隐的一个小影的观点在抗战时期表现为戏剧界进步人士达成的一致共识：戏剧和政治军事密切结合。因此，戏剧家们在创作中自觉走上了戏剧与社会、人民相结合的道路。

当时的创作，一般都宣扬"抗日建国，救亡图存"的爱国主义精神，而且几乎所有剧目都与抗战有关。尽管题材各异，如《忠王李秀成》为代表的历史剧和《愁城记》为代表的现实剧，但有一种思想贯穿始终，即"不再停留在对受苦受难、软弱无力的被压迫者的同情与怜悯，而是向人民大声疾呼，团结起来，以阶级的、集体的力量与侵略者、压迫者进行斗争，自己起来解放自己"。[①] 这不仅体现了作家世界观的转变和从民主主义到马克思主义的飞跃，还使作品具有独特的思想性。此外，富于战斗性也是剧作的特点之一。《新武松》中"从来苛政猛如虎"的唱词，喊出了民众的心声，生动地揭露了反动统治阶级的黑暗，大快人心。

（二）选材和表现手法上遵照现实主义原则

抗战时期，"大多数大后方剧作家都是从战时生活的实际出发来引申他们的戏剧主题，传达对那个大忧患与大灾难时代社会

---

① 蔡定国：《欧阳予倩抗战剧作述评》，《戏剧》1990 年第 2 期。

问题的认识和情感态度，以及对史诗性时代的历史本质的认识"。① 缘于这种创作心态，现实主义的创作方法成为戏剧家们一致的选择。比如夏衍在桂期间创作的《一年间》、《心防》、《愁城记》等一系列描写上海城市市民和知识分子的剧本，题材不同、主题各异，但都和当时轰轰烈烈的抗战时代紧密相连。另外，现实主义戏剧可以唤醒人们认清社会本质，与不合理的社会现实抗争。《愁城记》中，被现实唤醒的三个年轻人通过亲身感受与现实斗争都走上正确的人生之路。因此，现实主义的创作方法起到了帮助观众认识现实的作用。

（三）提倡戏剧创作大众化

李文钊在《战时艺术》发刊词《战时艺术》中，明确提出"在现时代里，艺术不再是消闲品而是一种武器"，"艺术应当是'战斗的、大众的'"，"如何能使大众能接受，能运用艺术来作斗争武器成为目前工作之主要课题"。② 当时的中国，文盲占百分之九十以上，话剧是新生事物，广大民众与它无缘。因此，艺术家们在创作中都尽力拆除戏剧"和人民大众隔绝的樊篱"：丁西林在《妙峰山》中采取喜剧形式，在讲述浪漫的爱情故事的同时，表明了鲜明的革命政治倾向，轰然笑过之后，引发观众的更多思考；《一年间》的义演采用桂林话以加强演出效果，获得成功。这些工作正与熊佛西提出的戏剧创作"必须把握大众情绪，透入大众心理，了解大众苦痛"③ 的主张不谋而合。

（四）创作中的创新追求

戏剧家们的创新追求主要体现在田汉与欧阳予倩进行的旧剧

---

① 李江：《抗战时期大后方戏剧主潮论》，中国文史出版社 2005 年版，第 61 页。
② 李文钊：《战时艺术》，《战时艺术》发刊词，1938 年 1 月。
③ 李建平：《熊佛西》，《抗战文化名人在桂林》，漓江出版社 2000 年版，第249 页。

改革和熊佛西的理论创新上。旧剧改革中，田汉强调"运用一切艺术形式来宣传抗战"，提出"一切于抗战有利的都是新的，一切于抗战有害的都是旧的"①的新观点，并对话剧和戏曲进行从内容到形式全方位的创新，此外，他还实施了一系列新举措：革除旧剧界弊端，废除旧剧科班制，改变旧艺人的生活作风和思想观念，对艺人进行文化教育，提高旧艺人的文化素质，等等。熊佛西是理论创新的先驱：（1）在剧本荒的情况下，他提倡活报剧的理论，认为活报剧题材现实，比虚构作品更感人，带有新闻性质，演出容易又经济，是"抗战宣传最有力的一种戏剧题材"。（2）倡议建立戏剧批评提高戏剧质量，并将其定位于"指导戏剧的基本哲学，是时代需要的戏剧理论和整个演出内容和形式的衡量；并认为它能积极地引导着剧艺的发展，消极地摒弃一切障碍剧艺前进的毒素"。上述理论为戏剧事业的发展注入了新鲜的血液，丰富了战时戏剧理论建设，促进了戏剧艺术的健康发展。

（五）反对创作公式化

文化城的戏剧宣传工作并非一帆风顺，繁荣的背后隐藏着不少问题。剧作者为了"讨好观众"，"凭空去幻想紧张热闹的故事"，出现了创作公式化的问题，这引起了戏剧家的普遍关注。理论方面，杜宣提出只有"加强戏剧的严肃性质"，才能"提高正在蒸蒸日上的发展着的新话剧"，②并号召作家们去参加实际的斗争生活，而且明确了"克服公式化的作品，必须首先克服公式化的生活"的观点和主张。戏剧实践上，田汉创作《秋声赋》时，把左翼主张的政治宣传性和用艺术美化生活的美学追求糅合

---

　　① 田汉：《一切旧剧服务于抗战的先声，在欢迎田汉席上平、湘、桂、粤话剧人员大团结》，《救亡日报》1939 年 4 月 24 日。
　　② 杜宣：《关于剧作上唯头的倾向》，《戏剧春秋》创刊号，1940 年 11 月 1 日。

起来，使其在大量政治宣传剧中脱颖而出，成为万绿丛中一点红，给紧张压抑的战斗生活带来几分人性的温情，他以实际行动作出了表率，反驳了当时盲目追求公式化的不良风气。

二 同中之异

由于戏剧家们从艺的道路和所受教育不同，形成了各异的艺术气质和创作风格，因此，在抗日救亡的戏剧运动中，不论是指导思想还是戏剧实践都存在显著的差异。

（一）"突击"与"磨光"

在指导思想方面，"突击"派与"磨光"派是两个各有主张的派别。其中，"突击"派以田汉为代表，在他的大力支持下，新中国剧社上演的《大地回春》、《秋声赋》和《再会吧，香港！》等话剧紧密配合抗战现实，虽不轻视艺术技巧，但更追求内容的积极性，可是由于条件简陋、时间紧迫，戏是不分昼夜突击出来的，难免有粗糙疏漏之处。而以欧阳予倩为代表的"磨光"派却有政府拨款，条件相对齐全，追求正规的戏剧创作，处处讲究艺术技巧。

田汉和欧阳予倩是我国戏剧史上最有代表性的戏剧家，对艺术有献身精神，对国家社会有责任感，但两人所处环境和依靠力量不同。田汉虽身居要职，走的却是民间野生的路，属"在野"派，而欧阳予倩得到政府和地方势力的大力支持，属"在朝"派。田汉支持的新中国剧社、中兴湘剧团、四维平剧社都是自发组织的民间文艺团体，没有经费和剧场，所有开销都要自己另想办法，经常靠义演和借贷来维持生活；欧阳予倩主办的广西艺术馆则是靠政府拨款进行戏剧宣传，不只有剧场和宿舍，演员排练也正规。因此，田汉为条件所迫，常将"游击"习气运用到戏剧创作中，他注重实践，在"干"中提高，而且看重戏剧内容，追求配合显示的战斗精神；而欧阳予倩则追求"正规化"，讲究技术的完整，表现出比较明显的"学院"派作风。

其实，"突击"与"磨光"只是相对而言，很难划清界限，就像田汉所说，他搞"突击"并不反对"磨光"，"谁不愿把自己的艺术磨得更光呢？但我们不主张为磨光而磨光，我们是主张在突击中磨光的"。①　于是《黄金时代》、《秋声赋》成为突击中的磨光之作，取得了较高的艺术造诣，而欧阳予倩的《战地鸳鸯》、《越打越肥》则因时间急迫，而创作也略显粗糙，有突击之嫌。

"突击"派和"磨光"派，对艺术和革命的忠诚不容置疑，功绩也值得肯定，他们只是在抗日救亡的方向上走了两条不同的路，而最后的终点只有一个——抗战的胜利。

（二）戏剧实践中的差异

除了指导思想有所不同，戏剧家们在创作实践中也存在差异。

1. 关于旧剧改革

旧剧改革主要以欧阳予倩领导的桂剧改革和田汉领导的平剧和湘剧改革为代表。他们对传统剧目进行整理和改编，建立导演制，培养了大批优秀演员，在舞台演出和音乐唱腔等方面进行了大胆的改革。另外，在戏剧体制和技巧上的尝试也促进了我国戏曲的健康发展，传统剧种从此焕然一新。

旧剧改革过程中，戏剧家们在很多方面都达成共识，但具体实施时又出现了一些差别：

（1）在内容与形式的问题上，欧阳予倩一开始就主张"内容完全革新"，并实现从内容到形式的统一，不能"旧瓶装新酒"；而田汉最初虽不赞成"旧瓶装新酒"，但并不反对用旧形式进行

---

① 田汉：《他为中国戏剧运动奋斗了一生》，《戏剧艺术论丛》，1980年第3辑。

宣传，主张尽可能把新内容注入到旧形式，后来他否定了这种观点，也认为内容与形式的高度统一才是作品应追求的境界。

（2）在改革的实践方案中，无论思想还是技巧，田汉、欧阳予倩等都注重吸取我国传统戏曲的长处，并注意中西相互借鉴。比如，欧阳予倩在桂剧创作中大胆运用话剧的表现手法，把话剧的布景、灯光装置引进到桂戏改良中；田汉将传统戏曲中强烈的民族精神和抗战戏剧的爱国主义教育紧密结合起来，在技巧上尝试"话剧加唱"的手法，加速了话剧的民族化。与之相反，焦菊隐的《旧剧新话》则更多是以西洋戏剧的模式来套我国的民族戏曲，而之前他并没对我国戏曲的独特风格和体系作深入探索，因此，观点过于片面，不能正确地引导旧戏改革。

（3）在对新老艺人的教育和培养方面。田汉注重对老艺人的组织训练，而且举办战时讲习班"动员歌剧演员参加抗战工作，特别是为着防止一部分落后的旧剧演员在不幸沦陷后的武汉替敌人歌舞升平，麻醉民众"，[①] 意在提高戏曲艺人的思想觉悟；而欧阳予倩则重视对新艺人的培养，他创办广西桂剧学校，力争把学员培养成品学兼优的人才，并使其在艺术修养、政治修养、品行修养等方面都健康成长，使得桂剧事业后继有人。

（4）戏改的影响方面。田汉平时重视发挥导演、编导、演员和群众的力量，充分调动大家的积极性，产生了广泛影响；而欧阳予倩则更看重戏剧的艺术质量，未把工作群众化，因此，影响不出桂林，甚至不出广西剧场，更谈不上交流互动，不然，桂剧改革的辐射面将会更大。

以上四点不同，后两点与"突击"和"磨光"的差异有一脉

---

① 刘平：《直把歌场当战场——论田汉抗战时期在戏改方面的贡献》，《学术论坛》2000 年第 6 期。

相承之处，主要还是"在野"和"在朝"的不同处境造成的，他们针对戏剧改革分别在民间和官方两条路上进行了不同的摸索。

2. 关于历史剧创作

文化城时期的抗战剧作数量大、种类多，历史剧的大量涌现是突出特点，但同为历史剧，由于创作角度不同，一种题材可以包含不同的思想内涵，阳翰笙的《李秀成之死》和欧阳予倩的《忠王李秀成》就是最有力的证明。

这两部历史剧均以太平天国后期主要将领李秀成的战斗事迹为题材，在创作中都采用了现实主义手法和开放式结构，而在其他方面则有诸多不同：从创作动机来看，阳翰笙的主要目的是歌颂反帝抗争、谴责卖国投降，而欧阳予倩的创作意图主要是表彰李秀成的伟大功绩和抨击陷害李秀成的猜忌；从戏剧冲突的处理来看，阳剧以太平天国抗争与投降的冲突为主线，尽量避开李秀成与洪氏兄弟的正面冲突，而欧剧则重在揭示李秀成与洪秀全等人的冲突是导致太平天国失败的根本原因；人物塑造方面，阳剧中李秀成是一个为了太平天国事业英勇斗争、至死不屈、忠贞坚定的英雄人物，而欧剧中的他则在天王和奸臣的猜忌、陷害中走向失败，是一个无法施展才能的天才将领。对于李秀成与群众的关系，阳剧突出了李秀成仁义待人的品质，而欧剧则揭示了李秀成忠于天国事业的阶级根源和力量来源；人物刻画手法上，阳剧主要是人物与环境的冲突，而欧剧则较少从军事的外部冲突刻画，而着重展示李秀成内外夹击中悲愤苦闷、忍辱负重的内心世界，人物性格更丰富，更具立体感。

第四节　文化修养

知识分子常被喻为一个民族的脊梁和灵魂，其素质高低甚至会影响到整个国家的存亡。文化城的戏剧家们没有辱没时代的使命，他们以抗日救国为己任，在文化战线上奔波劳碌，留下了一串串步履沉重但坚实有力的脚印。

一　时代和家庭的影响

戏剧家们后来选择了戏剧艺术作为职业，走上了抗日救亡的道路，这与其早年的经历休戚相关，因为早年的生活潜移默化地影响着他们的人生之路。

首先，时代教会了他们如何爱国。戏剧家们是一个以中青年为主力的群体，大多生于清末，由于生逢乱世，亲眼目睹了帝国主义坚船利炮洗礼下的中国落后与破败的现状，亲身体会了百姓备受侵略者压迫和摧残的水深火热，于是，自立自强、救国强国的信念早早地就已根植于心中。抗战爆发后，他们克服种种困难，全身心地投入到救亡活动中，这其中的原因不言而喻。

其次，童年的教育为日后的创作奠定了文化基础并影响了艺术风格的形成。戏剧家们早年大都接受了我国传统的私塾教育，培养了扎实的文字功底和语言基础，为后来能游刃有余地驾驭抗战戏剧的创作做好了充分的准备。另外，他们在幼年时期就对我国传统戏曲耳濡目染，并深受熏陶，对艺术的早期蒙发为将来走上戏剧创作之路做好了铺垫。少年经历的苦难和艰辛，使他们具有强烈的阶级意识，对劳苦大众的深切同情和对统治阶级的无比痛恨。

还有，成长环境和所受教育的不同导致了创作思想的差异。以"突击"派和"磨光"派为例。田汉在民间艺术的熏陶下成长起来，没有受过学院式的理论教育训练，因此形成了重实践轻技术，容易急就章的"突击"作风。与之相反，正规系统的教育则促使欧阳予倩形成了注重技术完整，讲究戏剧技巧的创作习惯。

二　求学经历

清朝末年腐朽和落后的原因是中国未能与时代同行，因此，在"师夷长技以制夷"的号召下，以田汉、欧阳予倩为首的戏剧家们相继出国留学，这段经历对他们后来的艺术创作影响巨大。

首先，强烈的民族意识使文化城时期的创作呈现出浓厚的爱国主义色彩：以爱国题材的救亡戏剧为主，通过对民族英雄和爱国知识分子等正面人物的颂扬表达对卖国者和侵略者的无比愤怒和仇恨；举办大型会演时，通过加强现场效果的方式来震撼观众、唤醒民众、凝聚人心，等等。

其次，受外国戏剧氛围的影响，职业素养得到加强。中国的话剧是西洋的舶来品，戏剧家们留学期间，广泛涉猎戏剧艺术的原始书籍和资料，为抗战时期的创作奠定了基础。比如：田汉受日本浪漫主义思潮影响，将尼采和王尔德的美学思想融入到《秋声赋》的创作中；深受英国幽默喜剧影响的丁西林，模仿萧伯纳的艺术风格写成了《妙峰山》、《三块钱国币》等融政治讽刺和传奇色彩于一体的浪漫喜剧。

另外，科学技术与戏剧创作相结合。在"实业救国"的时代大背景下，戏剧家最初专攻理工科，比如，田汉将海军技术应用到戏剧中，称赞中国旅行剧团的奋斗精神为德国有名的战舰"爱姆登"号，并有意创作《甲午海战》的剧本，这样做丰富了抗战戏剧的题材和内容，有利于克服公式化的弊病。

三　个人资质

来桂之前，田汉接受第三厅第六处处长的委任时曾与夏衍共勉："写吧，写吧，为着光明和自由，我们不应爱惜一分气力！

我敢大言不惭地说我们算是最好的一群!"① 虽为相互鼓励之词,
但已暗含出戏剧家们资质超群。

(一) 愿将才思赴国忧

戏剧家们青年时代就已显露过人之处:洪深以优异的成绩
从清华学校毕业后,又以同样优异的成绩考入哈佛大学专攻戏
剧艺术,因才华出众,表现突出赢得了外国人的赞赏和尊重;
熊佛西少年时就已打下扎实的中英文文化基础,大学提前毕业
后赴美,并迅速在戏剧领域脱颖而出;少年夏衍因"品学兼
优"被推荐到杭州甲种工业学校就读,后又以本科第一的成绩
被公费保送去日本深造,等等。他们的聪明才智在日后的戏剧
创作和研究中得到了充分的体现:把外国戏剧理论带到中国
来,并对中国戏剧进行改革和创新;历史剧创作中根据战时需
要对人物和事迹作以巧妙的设计和适宜的变通;抗日宣传工作
中,想方设法与敌对力量周旋,卓有成效地化解了当权者的压
制和破坏行动。

(二) 见和识:壮岁来做投笔吏

戏剧家们怀着科技救国的理想远渡重洋学习先进科学知识,
眼界不断开阔,对国家、社会和民族抱以强烈的责任感。比如,
中国空军轰击日本旗舰"出云"号未果,田汉当即写了《为我肇
和军舰复仇应如何轰击出云舰》一文讲述世界和中国的海军作战
时局,并对日本军舰作了实战分析,阐释自己对于如何战胜"出
云"号的见解和策略。在他的带动下,戏剧家们也开始将眼光放
远,创作内容的题材广泛自不必说,还有诸多尝试是史无前例
的:欧阳予倩为了戏剧健康和长远的发展,对桂剧进行彻底的改
革,使其焕然一新;熊佛西为丰富文化城的戏剧活动提出创作活

---

① 董健:《田汉传》,北京十月文艺出版社 1996 年版,第 516 页。

报剧和开展戏剧批评的理论，使戏剧体制向着更为健全的方向发展，这些举措都对桂林的戏剧发展起到了积极的作用。

（三）创造：好花时节不闲身

颇具才情的艺术家们运用自己敏锐的观察力和丰富的想象力在戏剧实践中进行多种创新，颇见成效。例如，田汉上街访友时，在街头看到纪念明末忠烈张同敞的海报，被英雄的壮烈行为深深感动，回去即用五小时写成了三场京剧《双忠记》，演出后引起强烈反响，展露了过人的艺术才华。他还在《秋声赋》中大胆进行了话剧加唱的尝试，使歌戏交融，促进了话剧民族化的发展。欧阳予倩利用多年的导演经验，灵活处理设计服装、布景、灯光和场次转换工作，并巧妙地在话剧中采用电影的某些手法，增强了剧作的表现力，等等。

四　兴趣爱好：人生唯有戏剧好

出于对戏剧艺术的热爱和追求，艺术家们走到了一起，同时，他们还将平时的兴趣爱好带到抗战文艺工作中，使二者相得益彰。

首先，热爱和迷恋戏曲、话剧表演。田汉、夏衍、欧阳予倩、熊佛西，还有洪深等一大批戏剧家，从小就深受家乡地方戏曲的熏陶，是十足的戏迷。这种对戏剧最朦胧也是最真挚的热爱，促使他们逐步走上戏剧的研究与创作之路，并且凭借对表演的痴迷和角色扮演的尝试，积累了丰富的舞台经验。比如，欧阳予倩儿时经常模仿演员唱戏，并自编自演，成为职业演员后，以出色的表演、过人的才华获得了"南欧北梅"的美誉。演艺经历给他文化城时期的工作提供了极大帮助：比如他将自己在唱功和做、念、舞等方面积累的经验传授给年轻演员来提高其演技；在实践基础上改进地方剧种的不足之处，并将理论与实践相结合，创造出面目全新的桂剧；另外，他还注意突出表演上的民族传统风格，为我国话剧民族化作出了不容忽视的贡献。

此外，将其他兴趣爱好与戏剧工作紧密结合。例如，田汉幼年常与佛、道人士接触，留日期间接触过佛理，所以支持新佛教运动，认为佛教不该出世，应在当前民族危难的现实"尘世"中尽其善事。而且像戏曲为抗战服务一样，他主张佛教也要跟上时代，号召民众"把佛教界的一切力量集中在佛教和国家民族共存亡的动向下面，以英勇的姿态，出现于'众生'之前"。① 这些主张与号召对当时的文化界影响颇大，有利地推动了抗战救国的大业。

田汉不只是戏剧家，还是个诗人，在桂林文化城时期创作了大量的诗歌，比如那首广为流传的抗战抒怀诗：

> 壮绝神州戏剧兵，浩歌声里请长缨。
> 耻随竖子争肥瘦，甘与吾民共死生。
> 肝脑几人涂战野，旌旗此日会名城。
> 鸡啼直似鹃啼苦，只为东方肯未明。

这首进步文化运动的赞歌，不仅大大鼓舞了戏剧工作者的士气，还表明了他们对抗战救国的明确认识和艰苦奋斗的坚强意志。

田汉一直是个戏迷，走到哪里就观剧观到哪里，而且还会留下观剧诗。比如看完欧阳予倩改编的爱国桂剧《桃花扇》，他当即挥笔写下了《看桂剧〈桃花扇〉后赠欧阳予倩》七绝八首，其中前两首是：

---

① 田汉：《田汉文集》（第 15 卷），中国戏剧出版社 1986 年版，第 92—93 页。

无限缠绵断客肠，桂林春雨似潇湘。
善歌常羡刘三妹，端合新声唱李香。

小时爱听哀江南，白发歌里泪未干。
试展桃花旧时扇，艺人心似美人丹。

其中"善歌常羡刘三妹，端合新声唱李香"是对剧中女主角李香君的扮演者尹羲的称赞和鼓励。尹羲在1989年庆祝她从艺60周年的集会上深有感触地说，她在舞台上取得的成就，与田汉和欧阳予倩两位戏剧大师对她的鼓励和教育是分不开的。

田汉还将诗歌运用到戏剧创作中，《秋声赋》中的剧中诗就是代表。剧中最有影响的《落叶之歌》不只点题明确，寓意深刻，还使整部作品洋溢着浓郁的诗意，歌戏交融，强烈地感染了读者和观众，被誉为"诗一样美丽动人的作品"。

五　治学素养：腹有诗书气自华

戏剧家们是艺术家，同时还是学者。桂林文化城的戏剧取得如此大的成就，他们良好的治学素养是关键。

（一）理论结合实践、实事求是的治学原则

田汉在《戏剧春秋》发刊词中提出"戏剧理论的缺乏"的问题，随后，在"整理介绍一些适合我们抗战需要的戏剧理论"的号召下，有关戏剧理论的学术著作大量涌现：如田汉关于湘剧、平剧改革的理论，欧阳予倩关于桂剧改革的理论以及夏衍阐述戏剧理论的论文《戏剧抗战三年间》，等等。这些理论在戏剧创作实践中得到充分体现：夏衍的现实话剧以生活中的小人物为表现对象，欧阳予倩的历史剧以中国民众熟悉的历史人物的英雄事迹

为题材，这都遵循了戏剧创作大众化的路线；田汉在戏剧创作中尝试"话剧加唱"的手法，熊佛西对其进行进一步的探索，将各地方剧种的优点融进话剧的创作之中，这是话剧民族化的具体表现，等等。

其实，在理论与实践的相互融合中，不只是理论指导实践，创作过程中遇到的一些问题也影响了理论的生成。比如，在"一切创作均为抗战服务"的号召下，戏剧界出现了很多题材单一、艺术粗糙的"急就章"，而且缺乏思想内涵，多为空想之作，一度形成"剧本荒"。针对这种现象，夏衍发表了论文《论公式化》，意在纠正不良的创作习惯。

此外，实事求是的治学原则。擅写知识分子生活的剧作家夏衍在桂时期的两部多幕剧《心防》和《愁城记》的剧本均是针对抗战时期出现的一些具体的人生问题、生活问题而发，而且注重现实情境下人物真实性格的塑造；不对正面形象作脱离实际的拔高，也没有故意把反面人物漫画化，而是呈现给观众一些真实可信的艺术形象，给人似曾相识的感觉。

（二）从实际出发，适时而变，具体情况具体分析的治学思想

战争时期的戏剧创作要面临诸多问题，尤其对于抗战戏剧，戏剧家们都是从事实出发，具体情况具体分析，并适当修改，成效显著。1939 年，田汉改编湘剧《旅伴》，根据需要，将金兵入侵改为"东洋强盗犯神州"，并在男女主人公的爱情心理戏中注入了抗倭报国的思想，让二人双双投入戚继光的抗倭大军。改编虽然粗浅，但改动后的内容更加有利于抗战宣传，而且"措词音韵节奏，均能恰合旧谱"，① 颇受"观众拥爱"。这种思想还体现在话剧创作中，《再会吧，香港！》一剧的诞生就是明证。1942

---

①　董健：《田汉传》，北京十月文艺出版社 1996 年版，第 556 页。

年 2 月，洪深专程从广东赶至桂林，为新中国剧社排戏。当时已与田汉商量决定先排李健吾的《黄花》一剧。该剧主要展示香港舞女在抗战中的命运起伏。准备工作已就绪，初次排演后，大家一致发现剧本与当时的形势格格不入，与广大观众的所思所求完全脱节。于是，洪深倡议放弃此剧，再写新戏。新剧本依然以香港的现实题材为背景，紧密结合了当时的斗争，现实性强，对抗战有利，上演后引起了强烈反响，这就是后来曾遭禁演的《再会吧，香港！》。

总之，戏剧家们在戏剧运动和编演过程中，灵活处理各种状况，取得了理想的效果。这与理论结合实践、实事求是的治学原则和从实际出发、具体情况具体分析的治学思想是密不可分的。

桂林文化城是一个独特的文化现象，文化城的戏剧更是少见的历史奇迹。它的繁荣成因于国民政府的反动统治和中共人士的大力扶持，得益于桂系军阀开明的政策和广西人民积极的配合，成就于戏剧家群的呕心沥血和不畏艰难。作为抗战文艺战线中最活跃的一支队伍，他们不论职位高低，也不管处境多难，都以坚强、乐观的态度面对；高压统治下，严格坚守鲜明的政治立场，积极开展戏剧活动并组织了声势浩大、成果显著的戏剧运动，还创作出许多感染力强、战斗力强、颇具艺术价值的优秀剧目；他们关心爱护老艺人，注重培养新艺人，大胆改革传统戏曲，并注意中西相互借鉴，加速了戏剧民族化的进程；良好的文化修养使其在艺术上取得了不俗的成绩，强烈的民族意识和坚定的爱国心又让他们成为抗战洪流中不容忽视的一股力量。

第二章

桂林文化城戏剧家的创作特征

20 世纪 30、40 年代，是中国历史上一个特殊的时期，中国人民在肉体、心灵上都承受着血与火的洗礼和考验。原本偏卧在祖国西南的宁静小城——桂林，在隆隆炮声、浓浓硝烟中不期然地成为了一块全国瞩目的重地之———文化重地，名噪一时。

自 1938 年 10 月武汉、广州相继被日军攻陷后，许多文人、学者被迫转移到桂林、重庆和香港。但是，到了 1941 年底，随着太平洋战争的爆发，香港也沦陷了。而重庆的政治环境、交通状况、印刷条件等都不如桂林，所以绝大多数撤离香港的进步文化人士也都来到了桂林。1938 年至 1944 年间，桂林可谓名人云集，盛况空前，故而享有"文化城"之美誉。不言而喻，众多的戏剧家、戏剧工作者和轰轰烈烈的戏剧活动为"文化城"书写了浓墨重彩的一笔。当时，桂林的剧院和电影院有十多个；来自外地的流动演出剧团有近 40 个，桂林本地的业余剧团就有 50 多个，而国防艺术社、广西省立艺术馆实验话剧团和新中国剧社，则是活跃在桂林文化城的三支戏剧劲旅。除话剧外，京剧、桂剧、粤剧、湘剧、歌舞剧等艺术之花也都在桂林这个小城里竞相绽放。欧阳予倩、田汉、焦菊隐、洪深、夏衍、丁西林、于伶、瞿白音、熊佛西、黄海若、唐若青、凤子、朱琳、石联星、谢玉君、方昭媛、尹羲……灿若星斗的名字闪烁在桂林的夜空之上。

第一节　桂林文化城戏剧创作的总主题

据统计，桂林在抗战时期上演的剧目仅话剧就有 230 多个，京剧、桂剧也有上百个之多。[①] 在 1939 年到 1940 年和 1942 年到 1944 年夏这两个时段里，戏剧活动可谓空前，且至今也无后来者。"1942 年上半年的资料统计，在话剧舞台上活动的团队就有七个，演出了各种剧目共三十个，其中多幕剧二十三个，独幕剧七个。"[②]田汉在这年 5 月 22 日给郭沫若的信中写道："（在桂林）可以做到天天有话剧看。今年可以说是'话剧年'。"[③] 很难想象，在那样一个炮火连天、朝不保夕的动荡岁月里，我们的戏剧活动家、工作者、演员，在政治气候紧张的环境里和甚至食难果腹的艰苦条件下，创造了中国现代戏剧史上的一个辉煌的奇迹。也正是因为遭遇了那样一个特殊的历史时期，有着那样一大批优秀、正义、血气方刚的进步的文化人士，才有了把桂林托举成为"文化城"的美丽际遇。身处"甲天下"的桂林人因此而更幸运。让我们来回顾一下那伴随着弥漫中国的漫天硝烟一同升腾起的洋溢整个桂林城的戏剧豪情，将抗战时期"文化城"纷繁绚烂的戏剧创作从主题再现的角度做一次梳理。

首先是全力鼓动抗日救亡的爱国热情，具有强烈的时代感。

在此阶段创作的新的话剧剧目大概有 100 种以上，包括多幕剧、独幕剧、活报剧、街头剧等各种形式的话剧。由于话剧"比

---

① 杨益群：《抗战时期桂林演出剧目一览表》，《桂林文化城概况》，广西人民出版社 1986 年版，第 436—444 页。

② 魏华龄：《桂林文化城史话》，广西人民出版社 1987 年版，第 92 页。

③ 《戏剧春秋》第 2 卷第 1 期，1942 年 7 月。

较更能尖锐地接触现实问题”，具有较强的“煽动性”，因而在桂林文化城的戏剧运动中“起着领导的作用”。[①] 由中国共产党领导的积极追求进步的正义的戏剧工作者们把戏剧作为大炮和刺刀，尽管这大炮和刺刀没有直接轰向敌人炮楼，没有直接刺入敌人心脏，但是，他们强有力地武装了中国人民的思想，在鼓舞士气、振奋民心方面发挥了积极有效，甚至是无可替代的作用。我们只要粗略看看当时的剧目名就可感受一二。诸如：《军民进行曲》、《顺利进行曲》、《再上前线》、《打鬼子去》、《台儿庄之战》、《保卫卢沟桥》、《九一八以来》、《帮助咱们的游击队》、《民族万岁》、《铁蹄底下》、《保卫祖国》、《打回老家去》、《黄金时代》等等这样一些剧作，时至今日，每当入眼入口都还令人热血奔涌，对日寇的恨、对家国的爱，不禁使人周身燃烧！

在当年台上振臂高呼、台下如潮响应的声浪的余音中，今天的我们有幸可以坐在幽静的书斋，细细地品味先贤们留下的至今仍然熠熠生辉的佳作。

《秋声赋》，五幕话剧。创作于1941年冬，是田汉在桂林期间所创作的最有代表性和影响力的话剧剧本，原连载于1942年4月至9月《文艺生活》第二卷第二至第六期，1944年1月由桂林文人出版社出版了单行本。新中国剧社在1941年12月底首演该剧于桂林。

田汉在创作《秋声赋》时，周遭的环境是十分恶劣的。皖南事变后，国民党真反共假抗日的丑恶嘴脸大白天下，国统区被紧张、恐怖的阴霾所笼罩，桂林也概莫能外。《救亡日报》因拒绝刊登歪曲“皖南事变”的报道而被勒令停刊，进步报刊相继被查

---

① 田汉：《抗战与戏剧》，转引自《田汉文集》（第15卷），中国戏剧出版社1983年版，第16页。

封，共产党人遭到逮捕和迫害，八路军驻桂林办事处被迫撤销，大批进步文化人士被迫离桂等一系列连锁事件致使文化城桂林尽显萧瑟。此时身栖一间破旧木屋的田汉，为吐胸中块垒，为扶新中国剧社于困境，他在极短的时间里成功地完成了约九万字的《秋声赋》的创作。

　　该剧以湘北第二次会战前后的桂林和长沙为背景，通过作家徐子羽与妻子秦淑瑾及旧日情人胡蓼红之间的感情纠葛和矛盾冲突的撞击与化解，反映了颇有代表性的知识分子在抗日的洪流中如何成长、成熟，如何选择脚下的路。田汉曾明确宣称："在这个作品里我想要表现的主题是很明确的，我们今天需要的是每个人都能集中力量于抗战工作，我们要清算一切足以妨害工作甚至使大家不能工作的倾向。"① 在剧中饱含寓意的"秋声"不仅仅只是象征着当时秋风萧瑟的政治气候，而且被剧作家赋予了新的意义："《秋声赋》是新的秋声。新的秋声，是不予我们以飘衰之感的。"②当全剧在中秋佳节桂林人民欢庆"第二次湘北大捷"的鞭炮声和高呼"中华民族万岁"的声浪中结束时，正如剧中主人公徐子羽对女儿所说的那样，"这也是秋声"，但这样的秋声"只会让我们向前努力，不知老之将至！"是的，"这样的秋声不会使我们悲伤，而会使我们更积极，更勇敢，不会使我们兴迟暮之感，而会使我们努力不懈，不知老之将至"③。这就是要给予观众的精神力量。

---

　　① 田汉：《关于〈秋声赋〉》，转引自《田汉文集》（第5卷），中国戏剧出版社1983年版，第483页。

　　② 孟超：《我们体会到另一种秋声——看〈秋声赋〉的感怀》，《广西日报》1942年1月8日。

　　③ 田汉：《关于〈秋声赋〉》，转引自《田汉文集》（第5卷），中国戏剧出版社1983年版，第483页。

《秋声赋》之所以成为田汉此一时期的代表作，在众多的剧作中脱颖而出，不仅因为其准确地把握了时代的脉搏和极大地鼓舞人心的力量，同时，它充分体现了剧作家一直以来所特有的创作风格与艺术魅力。《文学创作》杂志说："(《秋声赋》)全剧充满诗意，为作者近年来之代表杰作，前在桂湘渝蓉各地上演，曾获得空前成功。"田汉在《南归》、《获虎之夜》、《湖上的悲剧》、《回春之曲》等剧作中早已用诗意的对白、独白，诗意的歌曲等打动了无数的观众。而在《秋声赋》中，这种诗意更是弥漫了全剧。请听："草木无情为什么落了丹枫？像飘零的儿女，萧萧地随着秋风。相思河畔为什么又有漓江？挟着两行情泪，怅怅地流向湘东。啊！秋风送爽为什么吹皱了眉峰？青春尚在为什么灰退了唇红？趁着眉青，趁着唇红，辞了丹枫，冒着秋风，别了漓水，走向湘东。落叶儿归根，野草儿朝宗，从大众中生成的，应回到大众之中。他们在等待我，那广大没有妈妈的儿童。"这首《落叶之歌》是剧中女主人公胡蓼红在徐子羽的女儿大纯拒绝叫她"妈妈"，而难童们则在热情真挚地为她欢呼"妈妈万岁"时的复杂情感的自然流露。通过这首歌，实现了胡蓼红思想上的顺利自然的转变，使其顺利地走上了正确的人生道路，抛开了小我的狭隘，去拥抱、去追求大我的光明境界。田汉抗战时期在桂林的剧作，"在主题开掘上，人物形象塑造上，语言上，结构上，形式上，都比抗战以前的剧作提高了一步"，[①] 与同期的作家相比，在话剧艺术的造诣上自是更胜一筹。

田汉的剧作有一种魅力是无人能比的，那就是，即使他的戏已经谢幕，但"人散""曲不尽"，他的话剧里的歌曲恰如播撒到人心里的种子，被广为传唱。下面是他为《再会吧，香港！》所

---

① 蔡定国：《桂林抗战文学史》，广西教育出版社1994年版，第274页。

写的主题歌中的部分，就算只是读读，也享受——

　　　　"再会吧香港！/你是旅行家的走廊，/也是中国渔民的
家乡；/你是享乐者的天堂，/也是革命战士的沙场；/这儿
洋溢着骄淫的美酒，/也横流着英雄的血浆；/这儿有出卖灵
魂的名姬，/也有献身祖国的姑娘；/这儿有迷恋着玉腿的浪
子，/也有担当起国运的儿郎；/这儿有一攫万金的暴发
户，/也有义卖三年的行商；/一切美的矛盾中生长，/一切
恶的矛盾中灭亡。"……"再会吧香港！/可听得海的那一
方，/奔号着凶猛的豺狼。/它们践踏着我们的田园，/伤害
着我们的爷娘。/我们还等什么？/别只靠人帮忙，/可靠的
是自己的力量。/提起了行囊，/穿上了戎装，/踏上了征
途，/顾不了风霜，/只有全民的团结，/能阻遏法西斯的疯
狂，/只有青年的血花，/能推动反侵略的巨浪。"……"人
人扛起枪，/朝着共同的敌人齐放。/由我们的手奠定今天的
香港，/由我们的手争取明天的香港！"

　　因此，"当战争底发展方向这样地规定了创作形式底发展方
向的时候，创作底主题就必然地是为了反映战争底进步的性格。
现实主义的文艺，它底为战争服务，正是通过正确地反映生活现
实，反映人民大众底生活欲望和战斗意志这一条道路。它底艺术
上的胜利只有在这个政治任务上的胜利里面得到"。①
　　其次，针砭国民党反动当局，揭露汉奸卖国的丑恶嘴脸。
　　这类剧目在桂林文化城的演出率也是很高的，因为针砭时弊
本是话剧在 20 世纪初传入中国，被中国先进的文化人所接纳和

---

　　① 胡风：《创作现势一席谈》，《文学创作》第 2 卷第 2 期。

传播的一个重要传统。当时，相对于重庆，桂林虽然也是国统区，但由于（国民党）桂系同蒋介石之间既合作又有矛盾，所以桂系当局与国民党中央保持着一定距离，其间的关系也比较微妙。同时，在国民党和桂系里，有部分民主派人士（即国民党左派），如李济深、李任仁、陈此生、陈劭先等，他们都曾在不同程度上为进步人士和社团提供了较为有利和宽松的环境。这对集结在桂林的进步文化人士来说都是难能可贵的。于是在桂林文化城就有了更多可以利用的相对自由的空间来从事进步的、抗日的、革命的工作和宣传活动。戏剧家的戏剧创作和演出在一定程度上也就有了相对宽阔的言路与戏路。紧紧拥抱现实、关注现实的戏剧当然不会无视国民政府在抗日救亡的艰难岁月里所暴露出来的腐败、懦弱、虚伪、贪婪等恶劣行径。他们以笔做投枪，以舞台为审判场，对其进行揭露、讥讽和鞭挞。比如在日寇进攻衡阳逼近桂林时所创作排演的《怒吼吧，桂林》，就揭露了汉奸卖国贼对敌人屈膝投降、大发国难财的卑鄙、丑陋，同时讴歌桂林人民团结一致抗击敌人的爱国、无畏的精神。

　　在中国现代戏剧史上有一位很特殊的人物——丁西林。说他特殊，一是因为他的主业是从事物理研究，而搞话剧创作仅是他的业余爱好；二是因为他以独幕喜剧独领中国现代剧坛风骚，以至独树一帜。在炮火连天的抗战时期，他的喜剧之笔仍然发挥着匕首投枪的作用，不过，比战前来得更尖锐有力。我们来看看他这个时期创作的独幕喜剧《三块钱国币》。该剧讲述的是日常生活中的一件小事：李嫂是吴太太家的一个女佣。她在打扫房间时不小心打碎了吴太太心爱的花瓶。吴太太对此非常恼火，径直要求李嫂赔她三块钱国币，因为她是花这么多钱买的花瓶。可李嫂哪里有三块钱？吴太太竟颐指气使地叫来了警察，把李嫂的铺盖拿去典当了三块钱回来。一个名叫杨长雄的青年目睹了这一幕，十分同情李嫂，并厌恶吴太太的所为。于是，与吴太太唇枪舌剑争吵起来。但面对蛮不讲理、固执己见的吴太太，杨也无计可施。戏剧的最后收场既出人意料又在情理之中，杨举起剩下的那只花瓶重重地摔到地上，然后，掏出三块钱给吴太太，结束了这场舌战。剧中人物的语言妙趣横生，用语言来推动故事的发展，情节紧凑，结尾戛然而止，言有尽而意无穷。观众在笑声中看清了吴太太们欺压贫苦百姓的乖张本性与丑陋灵魂，也很容易使人联想到当时反动当局的腐败以及奸商大发国难财，令饱受战争之苦的民众雪上加霜的现实。丁西林的喜剧无疑是当时戏剧舞台上的一道亮丽风景，令人难忘。

再者，以反法西斯、反侵略为主题的剧作亦常现于舞台。

当日寇的铁蹄踏上了中华大地，中国人民在保家卫国的悲壮而又神圣的民族保卫战中众志成城、同仇敌忾、顽强抵抗，并给日本侵略者以强有力的还击。在这场战役中，中国人民并不是孤军奋战，而是有全世界正义的人民的最坚决的支持与同盟。而且与此同时，爆发了全世界反法西斯战争的革命热潮。我们的戏剧工作者自然是这热潮中的文艺排头兵。

在桂林文化城首演的一部三幕反战话剧《三兄弟》，影响颇大，因为该剧主要描述的是日本人民深受其军阀蹂躏以及被迫来华作战且无谓牺牲的悲惨境况；剧本还表现了日本人民反对侵略战争的壮举。在抗日战争时期，"以日本人的反战来推动中国的抗战，以中国的抗战来帮助日本友人的反战，是当前东方两大民族共同的需求"。① 该剧是日本反战作家鹿地亘在桂林创作的。为援助中国抗战及筹募事业基金，日本人民反战同盟西南支部于

---

① 孟超：《抗战！反战！中国人，日本人，握紧了手!》，《救亡日报》1940 年 3 月 14 日。

1940 年 3 月 8 日在桂林新华戏院公演了这部三幕话剧《三兄弟》，全剧由日本人用日语连演了五场。夏衍为使民众更好地理解这出戏，将之翻译成中文在《救亡日报》上连载，并著文说："我很兴奋地看了《三兄弟》这个剧本和演出，唤醒了我近十年的日本留学生活的回忆，同时也刺激了我久已睡眠了的写作冲动。就剧作讲，我认为是我们现剧坛的一个可贵的收获，因为很真实，全是生活，没有为着写剧本而想出来乃至造出来的东西……在目前非现实主义流行的时候，这是一个值得推荐的剧本。"[①] 继桂林文化城首演后，《三兄弟》又到国统区重庆等地进行巡回公演，在各地均有强烈反响。

　　第四，通过改编历史题材的剧目来影射时弊、激发人们斗志的佳作迭出。

　　欧阳予倩、田汉作为中国现代戏剧的领军人物在抗战时期对桂林文化城做出了杰出的贡献。他们在此做了大量的改革旧戏的工作，如影响至深的欧阳予倩先生的桂剧改革，无论是在理论上还是在实践上都取得了可喜的成功。田汉则投入了相当多的精力从事平剧和湘剧的改革，收获亦很大。而在历史题材的旧戏改编过程中，他们更是做了很好的努力与尝试，特别是在利用历史剧中的历史人物来鼓舞抗战中的军民士气，抨击国民党当局及某些人的腐败、软弱等方面，取得了骄人的成绩，在尊重艺术的同时，很好地发挥了文艺为抗战服务的作用。

　　欧阳予倩在桂剧改革中的第一炮是《梁红玉》，而且一炮打响。1938 年夏，欧阳予倩到达桂林后，在短时间内完成了该剧由京剧本到桂剧本的改编，亲自执导，由当时演员阵容最整齐的南华戏院桂剧班排练公演。1938 年的桂林人口只有不到 10 万，

---

①　夏衍：《我推荐这个剧本》，《救亡日报》1940 年 3 月 14 日。

但《梁红玉》却连演了 28 场，场场满座，场场叫好。可以毫不夸张地说，《梁红玉》沸腾了整个桂林城！请看这样一段剧中三个普通百姓的对白：

> 百姓丙　那金国地方比我们小，人也没有我们的多，怎么他的兵一来，就势如破竹，连挡也挡不住呢？
>
> 百姓乙　我们平日衣也穿不暖，饭也吃不饱，辛辛苦苦，纳了许多税，捐了许多钱，说是给国家养兵，到了危急存亡之秋，这些兵做什么去了？
>
> 百姓甲　只要全国上下，真心抗敌，也不是什么打不过人家，不过是朝中有张邦昌、秦桧那种汉奸，一心只想卖国求荣，朝外又有许多不明白的将军们，只会苟且偷安，得过且过，国家还堪问吗？

就这段对白放在当时小日本对我们中华国土的欺凌上，不是也极为贴合百姓的所思所想吗？剧作家就是通过这样一个宋代巾帼击鼓配合元帅韩世忠打败金兵入侵的故事，来热情"歌颂了抗击外国侵略者的英雄人物，暴露了侵略者和汉奸的罪恶，而且借剧中老百姓的口说出了显然是讽刺国民党反动派的话"。① 据桂剧名旦尹羲回忆："有一次在南华戏院演《梁红玉》，汉奸陈璧君（汪精卫的老婆）也来看戏，当演到两个汉奸出场时，楼上楼下的观

---

① 季华：《教育人民，打击敌人——略谈欧阳予倩的桂剧本〈梁红玉〉〈桃花扇〉的战斗性》，《广西日报》1962 年 9 月 28 日。

众不约而同地高喊起打倒汉奸的口号，陈璧君被吓得脸色铁青，偷偷地溜出了剧院，离桂经香港跑到南京去当公开的汉奸了。"①这样大长民众士气的演出，同时也使做贼心虚的国民党反动派和汉奸们胆战心惊，如坐针毡。所以，当欧阳予倩坚决拒绝对剧本做任何改动后，国民当局终于还是下了禁演令。但是，《梁红玉》的社会影响力又岂是一纸禁令就能遏止的呢！

　　同样的还有欧阳予倩的桂剧《木兰从军》、《桃花扇》、《忠王李秀成》，田汉的平剧《新雁门关》、《新儿女英雄传》、《江汉渔歌》，熊佛西的多幕剧《袁世凯》等根据历史题材创作的这些优秀剧目，他们既很好地实现了剧作家的艺术追求，又很好地完成了时代赋予他们的神圣使命，也为桂林文化城的戏剧创作和戏剧舞台献上了名垂史册的精品。

　　综观桂林文化城戏剧创作的全貌，昂扬、振奋、充满血性与阳刚的似汩汩洪流的澎湃激情始终是主旋律，以团结抗日、惩治内奸为主旨的剧作也凝聚成洪流，冲击着桂林文化城的每一个角落。

第二节　在传统与现实之间

　　抗战时期的桂林文化城戏剧运动之所以能够开展得如火如荼，除了地缘、人缘以及时运等因素外，还不能忽视中国现代戏剧传统对桂林文化城戏剧运动的蓬勃开展所起的作用。有学者认为："完全可以把桂林文化城戏剧运动理解为中国现代戏剧传统在战争场景中的一种延续、一种发展、一次激扬。因为在'桂林文化城'戏剧运动的发展过程中，内隐着的是一脉相承的中国现

---

　　① 魏华龄：《桂林文化城史话》，广西人民出版社1987年版，第102页。

代戏剧的思想传统和艺术传统。"①

那么,中国现代戏剧的思想传统和艺术传统究竟是什么呢?这不得不从中国现代戏剧,尤指话剧,在中国现代的发生、生长说起。

1840 年,鸦片战争的炮火拉开了中国多灾多难、耻辱的近代史的帷幕,从此,一向以自我为中心、以老大自居的中国,在西方的坚船利炮面前不得不低下了自己高贵的头颅,由军事而科技而文化,开始了彻底的反躬自省。戏剧就是在这样一个大的时代背景下,首先被刚刚登上中国历史舞台的资产阶级启蒙主义者和改良派所关注,特别是 1898 年的戊戌政变失败以后,维新派的志士更加深切地意识到兴国之道首先在于"新民"。而在古老的中国社会,尽管戏曲艺人的社会地位低下,但不管学识高低、身份贵贱,听戏看戏却是老百姓最喜闻乐见的一种娱乐方式。所以,戏剧应该具有强大的宣传、教育功能和潜力。陈独秀在1905 年发表的一篇文章中就鲜明地指出:"戏园者,实普天下之大学堂也;优伶者,实普天下之大教师也。"② 明确提出戏剧所具有的宣传与教育功能,并把"优伶"与"大教师"相提并论。可见,中国戏剧在登上现代舞台的那一刻,就背负起宣传、鼓动与教化的神圣使命与职责,大大有别于以往以娱乐为主的戏曲。

中国传统戏曲已有六七百年历史,虽然行至晚清已日显其弊端,但它的影响毕竟已深入中国的大地,所以,有志于革新戏曲者努力挣脱曲律等形式上的束缚,而尽量开拓创作题材,提高它的社会意义和突出它的思想价值,对戏曲语言,尤其是唱腔进行

---

① 李江:《"桂林文化城"戏剧运动与中国现代戏剧传统》,《南方文坛》2006年第 6 期。

② 三爱:《论戏曲》,《党史资料》丛刊,1980 年第 4 期。

了大胆的革新，从而形成了颇具规模和影响的晚清戏剧改良运动。这可看作是中国现代戏剧的先声。

就在古老的中国戏曲在诸如"案头剧"与"时装新戏"的尴尬中艰难摸索新路的同时，有着悠久历史与传统的西方话剧向这个业已被敲开大门的神秘国度吹来了一缕缕清新的风。鸦片战争以后，西方侨民不断涌入，他们首先在上海组织了两个业余演剧团体：浪子剧社和好汉剧社。后于 1866 年合并成为"上海西人业余剧团"，还建起了第一座正规剧院——"兰心戏院"。它每年都公演数次，虽然影响的范围不大，只有少数知识分子，但它对西方话剧艺术在中国传播的意义却不能低估。后来在上海又建立了"东京席"小剧场，专供日本的一些新剧团来华作旅行演出用。而教会学校组织的学生业余演剧活动是西方戏剧传入中国的一条主要通道。因为话剧演员不要求像戏曲演员那样从小得接受严格的表演技艺的训练，所以，即使是普通人，也有机会参加演出，于是除教会学校外，又有其他各类学校的师生步其后而组成了一些临时性的剧社，先后上演了《官场丑史》（1899 年，上海圣约翰书院）、《六君子》（1900 年，上海南洋公学）、《张文祥刺马》（1903 年，南洋公学）等剧。这种自发的学生演剧活动发展很快，在广州、香港、苏州、天津、杭州等地也受到了欢迎，并随之由校园走向了社会。

这一时期出现的这种新的演剧形式，我们称之为"文明戏"，也叫"新剧"或"文明新戏"。它是清末上海学生受外侨影响，学习欧洲戏剧的产物。其特点表现在内容的现实性与形式的创新性。由于文明戏是以中国资产阶级民主革命为背景而出现的，因此，它在那个时代的浪潮中肩负着"启迪民智"的神圣使命。演出剧目如《黄花岗》、《猛回头》、《社会钟》、《共和万岁》等，大都取材于现实，配合当时的革命形势，其政治宣传色彩十分鲜明，具有强烈的现实针对性。在艺术形式上，它打破了中国传统戏剧的固有程式及表现手法，采用西方戏剧写实的方法，以对话和动作为表现手段，而且运用了日本新派剧和西方话剧的舞台装置。但在当时，演出没有完整的剧本，只凭"幕表"而由演员在台上即兴发挥，其中，对话占很大比重，且多半是政治色彩浓烈的议论；对话往往变成了演说。尽管这还不能说是严格意义上的话剧，但中国话剧由此起步是毋庸置疑的。在辛亥革命失败后，文明戏开始走下坡路。但在1914年却出现了所谓的"甲寅中兴"。然而，与此同时，也孕育了它更深刻的危机。因此，流于迎合低级趣味、"情、杀、淫、怪"充斥舞台并把演出盈利摆在第一位的文明戏，很快走向了末路。

在职业的文明戏没落的同时，另一股力量则被社会日渐关注，即以天津南开大学和北京清华大学为代表的学生业余演剧。他们更注重剧本的创作，认真研究西方戏剧艺术，逐步建立了较为健全的演剧体制。《新村正》（南开新剧团演，张彭春编导）和《贫民惨剧》（清华学生演，洪深编导）都是中国早期话剧的代表作。

1917—1918年间，由《新青年》发起了一场"旧剧评议"活动，胡适、周作人、傅斯年、刘半农等人的观点集中体现在"易卜生专号"和"戏剧改良专号"上。尽管在保留与废除中国旧剧上还略有分歧，但在对传统戏曲的批判上态度是鲜明的，认为传统戏曲夸张的唱腔与科白、舞蹈般的动作、脸谱、跑龙套等虚拟手法是一种野蛮的"遗形物"；中国戏剧"仅求娱悦耳目"，而尤其不具备悲剧精神；因没有"三一律"那样严谨的规范，所以结构拖沓冗长。所以"建设西洋式的新剧"和"以白话来兴散文剧"成为大势所趋。这场深入而热烈的论争是建立中国现代话剧的理论先声。新文化运动的先驱胡适为建设"西洋式戏剧"提出的良方是：“赶紧多多的翻译西洋的文学名著做我们的模范。”① 后来傅斯年又进一步提出要对西洋剧本进行改编，以符合中国的社会与人情。于是，1918 年《新青年》四卷六期推出了“易卜生专号”，刊登了《傀儡家庭》、《国民公敌》和《小爱友夫》的节译，同时发表了胡适的一篇重要论文《易卜生主义》及袁振英的《易卜生传》，对欧洲“戏剧之父”易卜生作了集中的介绍，掀起了介绍外国戏剧理论、翻译和改编外国戏剧创作的热潮。据新文学史家阿英统计，由商务印书馆、中华书局等出版的外国戏剧集共 76 部，多幕剧、独幕剧 115 部；引进介绍的剧作家有易卜生、萧伯纳、王尔德、高尔斯华绥、莎士比亚、莫里哀、梅特林克、斯特林堡、霍普特曼、契诃夫、安特莱夫、席勒、叶芝、沁孤及格雷古夫人等。西方戏剧史上古典主义、现实主义、浪漫主义及现代主义的各个流派——唯美派、象征派、表现派、未来派戏剧几乎同时涌入中国，从而开始形成了中国现代话剧多元创造的局面。

在“五四”时期和整个 20 年代的戏剧大潮中，对剧本及剧本文学性的重视被摆在一个十分重要的位置。除大量译介外国剧作，我们自己的创作也非常繁盛，涌现出一大批剧作家。这一时期的剧作最突出的特点是对现实的极大关注，涉及到诸如人生问题、社会问题、家庭问题、爱情问题、妇女问题等诸多方面，加深对“人”的思考和对扼杀与禁锢人性的旧社会的批判，追求思想解放与个性解放。所以，尽管流派众多、风格各异，但不论是激扬勇猛还是苦闷低吟，不论是“为人生”还是“为艺术”，不论是拥抱“现实”还是张扬“浪漫”，剧作家奏响的音符都紧和

① 洪深：《从中国的“新戏”谈到“话剧”》，《现代戏剧》1929 年第 1 卷第 1 期。

着时代潮的节拍。

20 年代的中国戏剧在遥拜西方与否定传统的激情和痛苦中走过，但不论怎么摇摆，我们发现，它始终与中国社会的现实紧紧拥抱，无不散发着"五四"时代所独有的芳香。这一时期的特点是各种思潮蜂拥而至，各种流派争芳斗妍；剧作数量之巨、风格之各异，剧作家创作之自由，也是中国近现代所少有的。但是，因为是话剧刚刚起步阶段，从理论家到剧作家，从理论到剧作，都打上了这一阶段的烙印；在众多的剧作中更是良莠参差，不能一概而论。在这一时期的戏剧创作中成就最为突出的要属田汉、丁西林和郭沫若。他们创作上的成果奠定了话剧在中国现代文学史上的地位。

20 世纪 20 年代末，在"无产阶级戏剧"运动的推动下，在特殊的时代浪潮的感召下，原本迷茫、苦闷又追求进步的戏剧家看到了新的曙光，有了新的方向，这就是被理论界公认的"整个话剧界向左转"。① 艺术剧社的成立，开始了中国共产党对戏剧运动的直接领导。他们的观点主要集中在郑伯奇《中国戏剧运动的进路》和叶沉《戏剧与时代》、《演剧运动的检讨》等文章里。他们强调戏剧的阶级性、时代性，强调戏剧的战斗性和艺术与政治的密切关系，同时强调民众观念。"九·一八"事变后，为适应建立抗日民族统一战线的新形势，又提出了"国防戏剧"的口号，它号召所有不愿做汉奸和亡国奴的戏剧工作者，团结起来，以戏剧为武器加入抗战的洪流中，把"反帝抗日反汉奸，争取中华民族的解放"作为创作的主题。"国防戏剧"的口号顺应时代，一经提出，得到了戏剧界普遍而热烈的响应。它在形式上"提倡

---

①　陈白尘、董健：《中国现代戏剧史稿》，中国戏剧出版社 1989 年版。

'通俗化'、'大众化'和方言话剧",① 向"广场戏剧"发展。

30 年代的戏剧创作带有深深的时代烙印,其剧作从主题到风格都流溢着时代所赋予的浓重色彩。主题选择上除了上述的关于反帝爱国的以外,阶级与阶级斗争的意识也越来越强化,这两类作品数量很多,有相当一部分剧作直接取材于当时当地发生的重大事件,为反映之及时而出之于"急就章"。

因此,到了这个时期,中国现代戏剧在 20 年间即形成了两种话语传统,"一种是以个性精神和感时忧国精神为核心的话语传统。这种话语传统形成并发展于'五四'时期,张扬自由、民主、人道的个性精神,跟以世俗文化为基础形成的感时忧国精神有机地结合在一起,成为这种话语传统的核心和趋向。另一种是适应政治文化形势的变化,急切地回应现实政治的召唤,具有明确的政治目的和阶级奋斗目标的话语传统,这种话语传统形成于30 年代"。② 这两种话语传统可谓中国现代戏剧在成长过程中逐渐形成的有其自身鲜明特色的思想传统。而中国现代戏剧的艺术传统由上文所述亦不言自明,即高举现实主义大旗。这也是思想传统所决定的一种必然的艺术选择,因为现实主义的创作方法能更好地完成艺术家在当时的政治抱负、政治追求、政治理想。如欧阳予倩所说:"欧洲的戏剧有许多流派,从古典主义以至表现主义,各有各的一种精神。我们对于这许多流派,应当持怎样一种态度?却是一个问题。据我的意见,以为现在应当从写实主义做起。……写实主义戏剧的对社会是直接的,在革命的中国用不着藏头露尾虚与委蛇地说话,应该痛痛快快地处理一下社会的各

---

① 周钢鸣:《民族危机与国防戏剧》,《生活知识》"国防戏剧特刊",1936 年。
② 李江:《"桂林文化城"戏剧运动与中国现代戏剧传统》,《南方文坛》2006年第 6 期。

种问题。……写实主义简单的解释，就是镜中看影般地如实描写。"①

桂林在抗战前戏剧的演出还是以地方戏曲为主，因为远离政治、经济和文化的中心而较为封闭和落后。自从大批的文化人在形势的逼迫下被迫来到桂林后，桂林文化的春天在炮火硝烟中来临了。一大批优秀的戏剧创作家、批评家和演员带来了中国现代戏剧的这些肩负时代与民族使命的传统，以极大的热情和创造力，不遗余力地在桂林文化城的大舞台上上演了一出又一出热烈拥抱现实、积极关注现实的大戏，创造了桂林文化城绚烂、盎然的戏剧的春天！

第三节　创作方式及其特点

从日本军阀的铁蹄践踏中华大地的那一刻起，民族命运岌岌可危，举国上下同仇敌忾。在炮火连天、战事频仍的岁月里，桂林虽地处后方，但岂能、岂可安之若素？所以，这里也是战场，而且，这里已然成为了战场——一个抗战文化的战场，一个文化抗战的战场。在桂林文化城，有一支颇具规模的、充满爱国激情与创作热情、能够吃苦耐劳、具有顽强战斗力与革命智慧的"神州戏剧兵"。活跃在当年桂林剧坛上的知名剧作家有：欧阳予倩、田汉、熊佛西、洪深、夏衍、丁西林、阳翰笙、张泯、丁玲、冼群、马彦祥、宋之的、杜宣、蔡楚生、汪巩、吕复、端木蕻良、老舍、孟超等；著名导演有焦菊隐、瞿白音、万籁天、吴剑生、李超等；著名演员有朱琳、凤子、叶子、金山、刁光覃、唐槐

----

① 欧阳予倩：《戏剧改革之理论与实际》，《戏剧》第 1 卷第 1 期，1929 年 5月。

秋、王莹、黄海若、唐若青、蓝马、严恭、石联星、王望、周伟、盛捷、徐光珍、许秉铎等；著名戏剧评论家有周钢鸣、骆宾基、韩北屏、陈迩冬、洪遒、秦似、秦牧、华嘉、易庸等。正是他们的存在、他们的努力，使桂林文化城的戏剧运动在中国现代史上留下了光辉的一页，谱写出了华美的乐章。

　　由于抗战时期社会历史环境的特殊性与非常态，原本极力张显个性的文学及戏剧创作出现了可以理解的趋同性，甚至是同一性。"作家们有自尊心的亢扬，有自信心的高涨，所以，无论在怎样艰难的环境中，都绝不放弃自己的岗位，都不放弃自己的武器，不屈不挠地向着侵略者斗争，向着猖獗的兽性斗争。"[①] 栖身桂林文化城的这些进步的戏剧家们自然明确并认同这一点，自然不会放弃手中的笔，自然会充分利用戏剧作为武器，并以此投身到悲壮的抗战队伍中。此时，戏剧家们首先是炎黄子孙，是中国人。"作家首先是一个普通的国民，所以国民应尽的义务，尤其是战时应尽的义务，如壮丁补充，入伍上前线，后方勤务，生产或军需的服役，特别是指捐税的负担等，也同一般的国民是一样的，然后，才是作家的特殊性，就是作家，如何能发挥他或她的特长，去为国家为民族尽些一般人所不能尽的力。……将如何地本其平日的心得、成就，去增强抗敌、建国与复兴民族的力量。"[②] 因此，既有传统文人"修身、齐家、治国、平天下"的政治抱负又追求西方民主、平等、独立的中国现代知识分子、中国现代戏剧人，当然义不容辞也义无反顾地投身到这场战斗中。

　　然而，在当时，偌大的中国已没有了安置平静书桌之地。这

---

　　① 郭沫若：《中国战时的文学与艺术》，《新华日报》（重庆）1942 年 5 月 28、29 日。

　　② 郁达夫：《战时的文艺作家》，《自由中国》1938 年第 1 卷第 2 号。

些身处特殊时代的戏剧家们进入了非常态的创作时期。纵然是在桂林文化城这样一个相对安全、相对宽松的环境里，他们生活、创作的条件也仍然是异常艰苦的。像田汉这样的戏剧界的"大人物"，抗战期间曾先后四次来到桂林，在桂时间前后将近四年。但他在桂林的生活却是十分清苦的。因为当时田汉在桂林没有固定收入，基本上就是靠稿费来维持生计。但在国统区，物价高、稿费低、物价比稿费涨得快的情况下，田汉的生活总是入不敷出。1943 年 9 月 25 日《大公报》刊登的《桂林作家群》一文中有这样的一段文字："说来真有点黯然，田汉的笔尖挑不起一家八口的生活重担，近来连谈天的豪兴也失掉了。一桌人吃饭，每天的菜钱是三十几元，一片辣子，一碗酸汤。"至于夏衍，他在桂林文化城不到三年的时间里，创作了多幕剧《心防》、《愁城记》、《风雨同舟》（又名《再会吧，香港!》，与人合作），独幕剧《冬夜》和翻译剧《三兄弟》。《一年间》和《法西斯细菌》两部多幕剧也是最先在桂林发表、出版的。这样一个多产的剧作家，他的这些剧本却"多半是在办报和统战工作的业余时间的自留地"，[①] 是"忙里偷闲，见缝插针"的收获。因为夏衍是《救亡日报》的总编，每天的报务工作十分繁重，同时还要参加大量的社会活动，戏剧创作之不易可想而知。而我们的戏剧工作者就是在这样恶劣的环境中，为桂林文化城的戏剧运动轰轰烈烈的开展作出了杰出的贡献，为中国现代戏剧留下了一部部浸着血泪的剧作华章。下面我们就来粗略地梳理一下当时戏剧创作方式上的特点。

　　第一类，感时忧生之作。

　　在那样一个动荡、喧嚣、沸腾的年代，人们的生活状态和精

---

　　① 见《夏衍杂文随笔集·后记》。

神状态都是非常态的。多思多情又多慧根的敏感的戏剧家伴随着
这躁动的洪流，给自己的戏剧创作定下了总的基调：用最大的热
情去关注现实，用最有力的文字为民族、为时代呐喊助威，用革
命的现实主义的剧作饱含豪情、激情与热情地使自己在桂林文化
城的戏剧运动中成为闯将、鼓手。在国家危难、国民受欺的现实
处境里，剧作家几乎没有可能超脱这一处境去进行创作。因此，
桂林文化城时期的戏剧创作无不打上了时代所特有的深深烙印。

　　单就历史剧的创作而言，无论是欧阳予倩、田汉，还是熊佛
西等人，他们的创作除了受到现实社会的触动和启发外，也都还
是有经年的沉潜的思索与酝酿而最终才付诸文字的。如欧阳予倩
自述："……近年来，我有一个心愿：我想多写一些坚强、诚实、
忠义的人物，鼓励气节，为动摇、浮薄、奸猾的分子痛下针砭。
不论为男为女、不论身份的尊卑，不论事情的大小，我都要用全
力加以描写，《桃花扇》、《木兰从军》和《李秀成》，都是从同一
动机出发。"① 而熊佛西的多幕剧《袁世凯》，则是在大量研读史
料的基础上完成的。白蕉的《袁世凯与中华民国》、李剑农的
《最近三十年中国政治史》、梁任公的《盾鼻记》、高劳的《五十
年来国事丛谈》和《洪宪帝》、蔡松坡的《军公遗墨》以及杨尘
因的《新华春梦记》等等都是熊佛西创作《袁世凯》时阅读与研
究的材料。这样的创作态度是十分严肃、严谨的，在战时这更是
十分可贵的。

　　即使是在历史剧的创作中，剧作家也要处心积虑地借历史人
物来讽喻现实，这已然成为了艺术家的自觉的创作追求，甚至有
为之太过的现象。邵荃麟曾就历史剧的创作提出了两点意见：

---

① 欧阳予倩：《〈忠王李秀成〉弁言》，《大公报·文艺》（桂林版）第 32 期，
1941 年 5 月 31 日。

"第一，写历史剧就老老实实只写历史，不要去'创造'历史，不要随自己的意欲去支使古人。……历史人物还是应该让他们自己在历史真实环境去活动、去发展"，而不要"主观妨碍了客观的真实"。"中国人很喜欢翻案，翻案是不错的，但最好是从历史全面关系的认识上去着手，即是从正确的认识角度上去显示历史的客观真实，不要凭主观的概念去作诡辩式的翻案，否则翻了过来，恐怕依旧不是历史的真实。""第二，我希望，不要以古拟今，即是不要借古人的事情来隐射现在"，因为"过去历史终是过去的，和现在扯在一起，究竟不是办法，借古人的嘴巴，来说目前的事情，尤其是不伦不类。"① 可见，在当时，共识与己见是共存的，剧作家与真正的批评家之间的互动还是正常的。

第二类，随机应变之作。

这是因为抗战期间，社会环境的特殊性和政治、经济条件的限制，使戏剧运动的开展有很大的局限和阻碍，所以，在进行戏剧创作时，戏剧家不能仅凭个人的主观意愿而不考虑现实的实际情况，否则，即便是创作出来剧本也会因无法付诸舞台而成为"案头剧"。而这在当时对以剧作为匕首投枪的剧作家来说是太过奢侈的，也是无暇为之的。在桂林文化城期间，田汉的戏剧创作就经常采用这样一种创作方式。他善于根据剧团演员的多少和演员的具体情况来进行创作。这对于剧作家来说，是需要才情与智慧的，不能不算是一种挑战。田汉的《新会缘桥》就是这样创作出来的。1942 年 6 月，中兴湘剧团只有十来个人，对于角色多的剧目剧团都无法排演。为了扶植该剧团，田汉把原湘剧高腔折子戏《老汉驮妻》重新构思，改编成只用一个演员，集生、旦于

---

① 邵荃麟：《两点意见——答戏剧春秋社》，《戏剧春秋》第 2 卷第 4 期，1942 年 10 月 30 日。

一身的《新会缘桥》。用灵活的创作来适应和改变现状，来拯救剧团于困顿，田汉无疑是一个成功的典范。

第三类，现炒现卖之作。

这类剧本的创作往往都是应现实之需，受正在发生的战事和时事的触动与影响，而直接作用于剧作家的创作冲动或曰社会责任感。也就是说，周遭发生了什么有影响的社会事件，剧作家努力在第一时间将之创作成剧本，并立时演出。这类作品基本上以"活报剧"形式出现。其演出形式也十分灵活，常见于街头巷尾，即"街头剧"。它在及时反映生活、时弊、抗战进程与形势等方面发挥了极大的宣传、鼓动作用。抗战时期，戏剧的战斗性在这里得到了最直接、最朴素、最淋漓的张显。

但是，以这种方式创作出来的剧作，其弊病也是显而易见的。由于是应时应景之作，故而缺乏沉潜的思想力量；由于是匆促完成之作，故而难以凸显戏剧作为艺术的本体追求。这种欠缺，即使在当时，也受到了有识之士的重视。有这样一篇杂文：一个剧作家从书桌上拿起一张稿纸给客人看，说是他"一秒钟写起的剧本"。客人是位批评家。他接过稿纸，欢呼道："这真是杰作，真是天才，真是中国的叽里咕噜加拉！"面对批评家的赞美，剧作家谦虚地说："哪里哪里！"也仰头大笑。这时，一个冒失鬼撞了进来。他听说剧作家写了个大作，就从批评家手中接过来读，可只看见"百幕剧"三个字，便茫然地问道："还没有完篇？"他困惑地看向批评家，希望他能给个解释。批评家说："这是一秒钟写起的呀！""那么，题目呢？嘿嘿，我是说这剧本的名字。""人物呢？剧本里不应该有人物么？"对于冒失鬼的发问，剧作家说，"题目是无须有的，至于人物地点之类，无非是一种假托，既然是假托，岂不无论叫做张三李四都无不可。"批评家则更为不屑地说："好像你还没有明白，人家是一秒钟写起的呀。”过了几天，剧作家的“百幕剧”出版了，封面制作得十分考究，摆在书店里待售。冒失鬼原是一个在机关里工作的庶务，正赶上纸张短缺，他把“百幕剧”如数买回去，不过换了个封面，上面仍是三个字：“拍纸簿”！①

另外，在抗战初期，由于民族的存亡与独立成为华夏儿女面对的首要问题，关注焦点的一致性，使戏剧家的创作曾一度突破个体性的艺术创作的特点，而开始尝试集体创作的新路子，即集体编剧，由多个作家共同来完成一部戏的创作。比如多幕剧《再会吧，香港！》的创作，第一幕是夏衍创作的，洪深写的第二、第三幕，田汉创作的第四幕和该剧的主题歌，由田汉最后修改定稿。在采用这一创作形式的同时，剧作家自身也是比较矛盾的，也是看到了问题的两面性的。正如宋之的所说：“我首次的尝试，二十余剧作家百余演员数十名舞台技术人员的合作……尽管其后有人说，像《保卫卢沟桥》这种创作的方式，其实是不足为训的，且容易损害艺术的完整。但我们却仍是觉得它不够，并于同时倡导戏剧的又一形式活报。”其实，任何事物都有它相伴相生的两面性，而务必依据当时当地的实际状况来选择是扬或是弃。在当时抗战的大形势下，戏剧通过集体创作和活报的形式也是戏剧抗战的一种有效的方式和途径，不能一概予以彻底的否定。

第四节　桂林文化城戏剧创作的审美风格

抗战时期桂林文化城文化之繁盛的一个重要体现在于文化城对文化的兼容，多元文化并存，“同时并存的有广西本土边地文化、地方主义文化、三民主义文化和进步文化等多种文化因素和

---

① 聂绀弩：《一秒钟写起的剧本》，《野草》第 5 卷第 1 期，1942 年 11 月 4 日。

文化力量"。① 他们在此交汇、碰撞、融合，形成了桂林文化城独特的文化风貌。而在"文化城"形成之初，它是寂寞、凄凉的，田汉回忆说："从焦土中复活一个新的都市是非常有趣的事。也最能满足个人的创造欲。这我在火后的长沙是有过这样的经验和欢喜的。予倩不肯离开那瓦砾成堆的桂林想必也是尝上了这种欢喜。你把颓垣断瓦、枯枝零木重新收拾起来，排列起来，使它重新成为高楼华屋，你把笛子琵琶吹弹起来，锣鼓敲起来，灯光、布景、天幕施展开来，让那些枯焦沉郁的面孔上重新看见笑，让那穷山苦水的陈死的环境重新感到春风飘拂的生气，这是多么伟大的创造，而这正是我们的拿手戏。当我们看到我们戏的热烈反应，看到我们创造的欣欣向荣的成果，你会因这种爱悦而忘记自己所饱尝的辛酸痛苦。这应该是予倩为什么宁愿拖着他那一跛一跛的脚离开上海的朋友们而回到寂寞的山城的缘故。"② 正是大批文化人的涌入山城，正是文化的百花在山城齐放，才有了桂林文化城和桂林文化城的春天。

那么，在桂林文化城活跃的那支颇具声势的"神州戏剧兵"，自然是百花中秀丽的一枝。他们在桂林文化城期间留下的剧作和在戏剧舞台上创造的艺术形象，曾是那样地深入人心、轰轰烈烈，以至身历那个火热年代的耄耋老者今天谈及此段记忆时仍然激动不已、感慨极深。从大环境来说，那是一个无以复加的艰难岁月、痛苦记忆，但就个体生命而言，他们感念那一段人生经历，因为在彼时，他们的每一天、每一刻都活在激情里。所以，他们唱出来的"大刀向鬼子头上砍去"有着我们今天的专业合唱

① 李江：《文化视阈中的抗战时期桂林文化城》，《广西师范大学学报》第 42 卷第 4 期，2006 年 10 月。
② 田汉：《欧阳予倩先生的道路》，《文萃》，1946 年版。

团也无法企及的高度。为什么？那是一个不可复制的·"文化场"，是一个由时代造就的声音的高度、历史的高度。所以，他们可以而且也是真实地在粗糙的"街头剧"中得到了自己需要的，甚至和粮食一样重要的支撑自己活过这一天的东西。这是今天的我们所欠缺、所没有的。但我们至少可以努力地去理解和贴近它——桂林文化城。下面，我们就来谈谈桂林文化城戏剧创作的审美风格，我们将其简约地概括为四个字：热、辣、冷、美。

其一，热。桂林文化城戏剧创作的主流凸显出的是对"热烈"、"热情"、"热血"的美学追求，并不约而同地形成了统一的审美风格。当时的剧作家自觉担负起文化抗战的神圣使命，这一使命在进行戏剧创作时往往是被摆放在第一位的。剧作家的创作愿望、创作目的都十分明确，所以，无论是在剧院、工厂、学校，还是在街头巷尾，当你看到群众被戏剧感染，或欢呼雀跃或振臂高呼或群情激奋时，台上台下、演员与观众水乳交融。那潮水般汹涌的热情正是剧作家所渴望和努力营造的。

其二，辣。这里指的是剧作在揭露国民党当局及汉奸丑陋嘴脸与行径时所表现出的"泼辣"、"辛辣"。桂林文化城期间的政治环境也是比较复杂的，政治空气时常陷入紧张。进步的戏剧工作者在开展戏剧运动时就不是一帆风顺的，常常会遇到障碍和阻力，但习惯了这样的"家常便饭"，可贵的是，他们更多的不是妥协、委曲求全，而是抗争，是戳穿，是让民众看得更清楚、听得更明白。这样一种"辣"的创作风格常常令国民党当局胆战心惊，身在戏院则如坐针毡。有几次重要演出都是在这样的情况下当局不得不下令禁演。像前面提到的《梁红玉》一剧。有一次，"白崇禧的岳父马健卿也去看戏，剧中梁红玉为发动捐献军饷，草拟了一份名单给韩世忠看，韩唱：'这些皇亲国戚和老爷们动不得啊！'梁唱：'大阔佬动不得，难道去刮老百姓？'马一听不是味道，气得跺足而去"。① 再如，京剧《武松与潘金莲》在文化城首演时，"广西省政府主席黄旭初到剧场看戏，当他听到武松唱的'从来苛政猛如虎'、'白日街头有虎狼'这两句台词时，觉得很刺耳。散戏之后，黄旭初亲自出马找田汉'商量'，'请'他删去这两句台词。田汉当场表示拒绝接受：'为什么要删？难道现在还要粉饰太平?!'第二天，中兴湘剧团接到以广西省政府名义发来的一份勒令式的通知：如不删改，即行禁演。演员们为此事又气又担心，不知如何是好。晚上开演前，来了不少警察和特务，虎视眈眈地监视着舞台，剧场里空气显得特别紧张。扮演武松的湘剧名演员吴绍芝正在为难之时，田汉来了。他气冲冲地走上舞台，斩钉截铁地对吴绍芝说：'他禁他的，你唱你的，一个字也不改！'说完之后，像一名威严雄伟的战士巍然挺立在上场门口，两目炯炯注视着舞台，直到'武松'把那两句'刺耳'的台词唱完才离去。"②

其三，冷。这是指剧作家创作时冷静、理智地对剧本加以"冷"处理，使剧作本身具有了沸腾年代所难得的"冷"的魅力。夏衍的剧作是这方面的杰出代表。"'冷'既是不同于仅仅满足于追求沸腾而炽热的情节，进而转向心灵探索的格调要求，又是对剧作家进入创作状态时以及在创作过程中清醒冷静的意识状态和理性的思维特征的概括。不论是夏衍剧作的主题与人物设置的对应关系，还是就夏衍剧作语言的审美效果来看，剧作家总是那样沉着从容地绘情感，画心象，从不勉强行事。"③ 夏衍自己也说："戏的主题，我喜欢'单打一'，即一个戏谈一个问题，一付药治

① 魏华龄：《桂林文化城》（上），漓江出版社2003年版，第90页。
② 蔡定国：《桂林抗战文学史》，广西教育出版社1994年版，第190页。
③ 李江：《抗战时期大后方戏剧主潮论》，中国文史出版社2005年版，第133页。

一种病。我不相信真有一种能治百病的膏丹。"① 尽管我们从中可以看出夏衍的戏剧观同样是关注"问题",同样是追求用戏剧去医治国民有病的思想,但是,他不急躁,不制造热闹,不逼迫剧中人物说话。他抗战时期的代表作《法西斯细菌》获得了成功,"是因为它在一幅比较广阔的历史背景上,具体地反映了生活的真实。作者通过俞实夫的个人命运与整个国家命运的不可分的联系;通过他的性格的成长与发展;通过专做学问与不过问政治的矛盾,使我们认识到,在激烈的斗争生活里,只有那些面向现实,积极地参加到人民群众的火热斗争里去的人,才能在自己的事业上找到前途,才能得到应有的贡献与成就"。② 我们来看看该剧第二幕中的一段对话:

〔大家回转身来,寿美子看见她爸爸,便扑到他身上,啜泣。〕

赵安涛 (笑着)跟隔壁的孩子吵了架?

俞实夫 别哭。(抚慰她,低声地)有客,像什么。嗳,(亲她)好,乖孩子,爸抱你。

〔静子从后面登场,忧容满面,也似乎流了泪的样子。大家愕然。〕

俞实夫 (回头来)干么?你也……

静子 (默默地走到寿美子身边,意识到大家以惊异的眼光望着她,勉强地向大家)对不起。(打算去看一看寿美子身上有没有伤)

〔寿美子余怒未息,推开静子,一种异常激动

---

① 夏衍:《关于〈法西斯细菌〉》,《新观察》1954 年第 15 期。
② 金丁:《看〈法西斯细菌〉的几点体会》,《光明日报》1954 年 6 月 12 日。

的情绪冲击了她，茫然地站着，禁不住流下泪来。]

俞实夫　　（对寿美子）为什么？为什么？对妈妈这样？
　　　　　（仰望着他妻子）为什么？她！

静子　　　（差不多听不出声音）你问她。（旋转半个身体）

俞实夫　　说呀，好孩子……

寿美子　　（好容易抬起头来）他们骂我、打我……（抽噎）

俞实夫　　不是从前跟你很好吗？一起念书。

寿美子　　（用小手擦着泪）骂我小东洋，……还骂你。
　　　　　（向她爸爸，抽噎。）

俞实夫　　（面色严重起来）骂我？骂我什么？

寿美子　　骂你跟东洋人做事……

静子　　　（怕她伤害了父亲的尊严，回身拦住她，蹲下来给她擦干眼泪）别理他们，那些野孩子。

俞实夫　　那，那，简直——岂有……

静子　　　没有被他们打吗？
　　　　　[寿美子摇头]。

静子　　　好啦，别哭，今后不跟他们玩……

寿美子　　（提衣服）撕破了。

静子　　　不要紧，妈给你缝，去洗手。
　　　　　（欲下）

　　剧作家在创作时冷静而真诚地塑造着笔下的人物，他们的对话波澜不惊却意味隽永，在舞台上脉脉地流淌，慢慢地进入人们的心灵。剧作家的高明之处在于不用通过完整的故事叙述，只是在俞实夫一家人平凡的生活细节中去表现创作的主题。"通过普通人的心象反映出来的民族的心象之所以能'妙传'，乃在于夏衍是'以心传心'……循着'以心传心'的绳墨，通过自我心态与人物心象之间的映照、交融，展开着民族的灵魂，也激励着民族的灵魂。"[1] 所以，"冷"亦是此一阶段戏剧创作的一个主要的审美特点。

其四，美。艺术总离不开对美的追求，戏剧家也永远不会放弃对美的追求，哪怕是创作于硝烟中的剧作，亦不乏"美"。相当多的剧作在当时自觉或不自觉地追求壮美的审美风格，以便激发民众的爱国热情和团结一致抗战的决心以及坚定胜利的信心。这是戏剧在抗战时期担当的特殊使命和职责，剧作家选择壮美作为总的趋向是必然、必需的，也是当时当地最有效地实现戏剧社会的、政治的抱负的途径。

即便在如此趋同的艺术追求的大背景之下，伟大的戏剧家仍然能够在自己个体的戏剧创作中绽放出独特的魅力，即剧作因剧作者的不同而流溢出不同的美，这使桂林文化城时期戏剧的百花园多了一份妩媚与妖娆。比如，田汉的剧作以他的意境之美有别于他人。他的剧作中常出现歌唱的形式，形成了田汉戏剧所特有的创作风格，而且他剧中的歌曲是那样的优美、婉转，直抒胸臆，像我们前面提到的《落叶之歌》和《再见吧，香港！》，都曾在桂林文化城传唱不衰。仅以他的《秋声赋》为例，这是一部被时评为"诗一样美丽动人的作品"，全剧都充满着诗意。除了剧中插曲，还有极其优美的台词，如胡蓼红和徐子羽在第三幕里的一段对话：

　　　　胡蓼红　不，羽，这不是我的感情有什么变迁，而是你

---

① 廖全京：《大后方戏剧论稿》，四川教育出版社 1988 年版，第 160 页。

太果断了。

徐子羽　我果断？你是指什么呢？

胡蓼红　我是指你"好善而不能用，恶恶而不能去"。

徐子羽　可是，谁是善，谁是恶呢？假使这儿有一个天使，一个恶魔，谁也会知道决断。可是情形常常不是这样的，每个人自以为是天使，而他的性格里面常常却藏着恶魔。

胡蓼红　你是不是说我的性格里有恶魔，我会使你不幸福？

徐子羽　当你以为给人家以玫瑰的时候，到了人家手里也许变成了荆棘。

胡蓼红　所以你见了我就像我身上有棘似的。

徐子羽　我是说"也许"。人类对于未来的命运总是像黑夜行路似的，不能不一步步的试探。

胡蓼红　你不是试探了十几年了吗？难道还不明白。

徐子羽　还不明白，也许试探一辈子也不明白吧。不过我渐渐的发现一个原则。

胡蓼红　一个什么原则？

徐子羽　谁能始终给大家以幸福的，谁一定能给我以幸福。

剧评家孟超慨叹只有田汉"才能有这么蕴藉的谈吐呵！"[1]

　　同时期，欧阳予倩、郭沫若、丁西林、熊佛西等剧作家在戏剧创作中都努力展现了自己对"美"的执著追求。抗战时期

_____

① 孟超：《我体会到另一种秋声——看〈秋声赋〉感怀》，《广西日报》1942年1月8日。

桂林文化城绚丽的戏剧奇葩在"热"、"辣"、"冷"、"美"的审美追求与风格中竞相绽放，令世人不能忽略他们的曾经存在，在经历了几十年风雨沧桑之后，仍无法不对他们深情地回眸凝视。

第三章

文化场:戏剧家与文化城的互动

何谓"场"?"场是位置之间的客观关系网。"① "客观关系构成场的结构"。② 现实生活中没有一个因素不与其余的因素或其中的这个或那个因素发生反应的,可以说,生活中到处存在场。这里的"文化场",指的是抗战时期桂林文化城的组成、结构,以及发挥出来的强大的团体效应。

20世纪那场惨烈、持久的抗日战争使得文艺与政治、与生活、与民众的距离十分贴近。在桂林文化城,作家和千千万万的同胞一起受着敌人大炮飞机的威胁,一样过着艰难困苦的生活,但他们"没有畏缩,却愈加奋励,只想以国民的身份,多对国家尽一点责任,有助于抗战,多用自己的笔,忠于自己所从事的工作";③ 而且,事实上,这些因战争的飓风吹拢到一起的作家自觉消除过去基于思想、倾向、修养,甚至所在地域的不同而导致的疏离,他们在生活上共患难、工作中同进退。他们的思想在追求共同的目标中也暂趋于接近,开始建立一种新的关系,"彼此

---

① 〔法〕皮埃尔·布迪厄:《艺术的法则——文学场的生成和结构》(刘晖译),中央编译出版社2001年版,第278页。

② 同上。

③ 鲁彦:《给读者》,《文艺杂志》第1卷第2号,1942年2月15日。

养成一种互相尊重，互相切磋的精神"。① 驻守桂林的进步文化工作者数以千计，精英荟萃，这支质与量齐观的文化兵团形成一个以团结、抗日、民主为法则的文艺场。他们结成各式各样的团体办刊物，办展览，进行文学创作，组织戏剧演出，彼此竭诚合作，用文化武器鼓舞士气，唤醒民众，形成迂回曲折、此起彼伏、乘虚伺隙、互相呼应的斗争局面。声调齐整的文艺场生机勃勃，有着强大的文化向心力，为文化城的繁荣立下汗马功劳，尤其给了文艺场内的排头兵——戏剧家们一种强大的文化支撑。

"权利场是各种因素和机制之间的力量关系空间，这些因素和机制的共同点是拥有在不同场（尤其是经济场和文化场）中占据统治地位的必要资本。"② 文化城群雄割据，除桂系、国民党民主派等地方实力派和中国共产党之外，蒋介石中央集团及日本间谍组织也在文化城出没。权利场内部斗争激烈，民族矛盾、国共矛盾、国民党内部矛盾呈犄角之势，互相牵制，对于文艺场内的人和事，存在坚决支持、百般阻挠和观望摇摆等不同态度，但都不可避免地行使制约的权力。维护者和反对者之间的对立在场内造成紧张，而"政治场内部的斗争间接地有利于迫切需要文学自由的作家们"，③ 文化城的政治场为文化场的形成、巩固、发展提供了可能性空间。中国共产党利用蒋桂矛盾、民族矛盾自始至终对桂系、国民党民主派进行统战工作，尽可能地拓宽这个空间，功勋卓著。桂系和国民党民主派在客观上成为进步文化人士的掩护者和保护伞，桂系后来虽参与了皖南事变，仍不可与国民党顽固派同日而语。总之，各种进步力量携手营造了桂林这个国

---

① 周扬：《我们的态度》，《文艺阵线》创刊号，1939 年 2 月 16 日。

② ［法］皮埃尔·布迪厄：《艺术的法则——文学场的生成和结构》（刘晖译），中央编译出版社 2001 年版，第 247 页。

③ 同上书，第 263 页。

统区内的政治"特区",这给戏剧家的艺术创造和艺术活动,尤其是西南剧展的顺利开展提供了一种政治支撑。

正是由于抗日形势的急变,文化城各派势力都十分注重各自意识形态的宣传,意欲在文化战线占据统治地位。在那样的非常时期,戏剧作为最得力武器的优势凸显了出来。因此,文化城戏剧的兴盛,是政治文化需求的结果。在某种程度上可以说,戏剧的兴盛,正是政治的兴盛。文化城艰苦忠勤的戏剧家们率领戏剧团队深入工厂、农村、前线、防空岩洞开展活动,将桂林燃烧成沸腾的戏剧之乡,汇入文化抗战的大军之中,与敌人展开针锋相对的斗争,抗日救亡宣传深入民心,有效地挫败了敌人的舆论阴谋。素来地方观念、民族意识强烈的桂林人民在浓郁的战时文化氛围中完成了由"我是广西人"到"我是中国人"的认识转变,爱国热情空前高涨,给文化抗战和抗战文化提供了有力的物质、精神支援。此外,桂林活跃的文化生活带动了书店、报刊杂志、出版印刷等文化事业的兴盛,文化抗战声势浩大,规模蔚为壮观。可以说,桂林在这场国内外积极抗日的进步力量共同参与的文化战役中凝聚成了一个具有群体动力的文化场,文化城威名愈加远扬。文化人、文艺场、权利场、文化场、文化城彼此借重,相互依存组成一个不可分割的系统。无可否认,在进步文化人士与文化城之间存在着双向的良性互动。值得注意的是,反抗、斗争促使文化场相对的独立自主性逐步得以实现,这种以抗日、团结、民主、进步为思想内核的反抗、斗争贯穿文化场的整个历史,扮演了决定性的角色。

文化城的戏剧界实力雄厚,田汉、欧阳予倩、熊佛西、夏衍、瞿白音等都集多种才能、多种身份于一身。戏剧家们创造性地利用各种关系,不遗余力地投身到全民抗战、文化抗战的洪流中,经受着艰险的战斗生活的锻造,在对多元共存的政治思想的抉择中自觉承续起五四启蒙、民主的精神，迅速成长为一支组织严密、纪律严明、团结而富有战斗力的文化兵团。他们应时之需，怀着"使戏剧成为教育，成为学术，成为富于营养性的精神的食粮，成为化除一切腐旧的不良习惯的药石"①的豪情壮志，紧紧抓住机遇，以赤诚开放的姿态兼容并蓄，在桂林文化城这块集地域性、国际性于一体的文化阵地上组织起一次又一次可歌可泣的文化战役，不仅出色完成为抗战摇旗呐喊的革命任务，而且开拓出一片中国现代戏剧的广阔天地，使话剧走上自觉民族化的道路，迎来一个黄金时代。与此同时，文化城也因其广泛的爱国阵营、多元的思想格局、开放的文化心态等闻名于世。毋庸置疑，戏剧家们在这双向良性互动的华章上绘上了浓墨重彩的一笔。

第一节　社会生活对戏剧家的锻造

战争推动知识分子生活的政治化，文学与政治紧密相连，文人政治家和从事政治的文人盛行一时，充当时代吹号手的戏剧家更不例外。文化城权利场关系盘根错节，哪怕是各派系内部也并非铁板一块，抗战、自由的空气并不稀薄。加之文化场的文化生活非常活跃，这给戏剧家发动群众反帝反封提供了险象环生但又是最有价值的历史时空。当然，戏剧家要在他人的地盘上将现代戏剧运动普及化，使之成为群众性的社会运动，无疑必须自己开拓、巩固戏剧抗战市场。落脚文化城的戏剧家们是一个久经沙场的群体：田汉、欧阳予倩、洪深、熊佛西等早已经是中国现代剧

---

① 欧阳予倩：《关于西南第一届戏剧展览会》，《当代文艺》创刊号，1944 年 1 月 1 日。

界的知名人士,此外,夏衍、焦菊隐、瞿白音、杜宣、李文钊等也都是在现代戏剧传统哺育下成长起来的剧坛骁将。可以说,中国现代戏剧的思想传统、艺术传统在他们来到桂林之前已深入其骨髓。直面人生、拯时济世,成为他们的自觉追求。随着法西斯的肆虐紧逼,整个世界在流血,在流泪,个人生活与社会丝丝相扣,饱经流徙辗转之苦的战时戏剧家每时每刻无不意识到自己的一呼一吸、一饮一喙都和当时苦难的世界、社会、人群相关联,意识到自己是个社会人、世界人。戏剧家在政治和文化的双重空间里来回游走,他们对现实社会的责任感与使命感自然而然地与日俱增。"在国难日益严重的现在,中国戏剧家应该干些什么?"[1] 田汉这一发问传达出了追求进步的戏剧家们的焦虑与心声。文化城社会生活在战争的笼罩下,政治和文艺胶着而行,而"场的作用倾向于在客观空间里创造让占据相似或相邻位置的人互相接近的有利条件"。[2] 身处其中,他们互通声气,冷静深刻地审时度势,自觉将个体生存与民族存亡、中国的剧运与中华民族解放运动的前途紧紧相连,几乎个个成长为善于斗争、善于团结的"多面手"。同进退、共生死的团队意识和"一盘棋"的全局观念在这些戏剧家心中成为一种默契。

深信"一诚可以救万恶"的田汉在文化城这个大熔炉里,操练得心细眼明,其统战思想得以充分地演绎,铸就了他"无我"的灵魂。在与各方的交往中,他大胆又不失严谨。1940年昆仑山之战失利,广西的军队划归驻在柳州的第四战区司令长官张发奎指挥。而早在日寇攻打上海时,田汉和夏衍曾冒着敌机轰炸的

---

① 田汉:《田汉文集》(第14卷),中国戏剧出版社1987年版,第489页。
② [法]皮埃尔·布迪厄:《艺术的法则——文学场的生成和结构》(刘晖译),中央编译出版社2001年版,第66页。

危险，两次去南桥访问国民党抗敌猛将张发奎及其部下，相交甚欢①；张发奎和郭老在北伐时期就已是"老友"。基于此，田汉顶着他人的笑骂主动与张称兄道弟，推杯换盏，不惜诗书相赠，一方面激励将士奋勇抗战，同时也巧妙地为在这区域活动的"抗敌演剧队"的发展铺平了道路。民主派元老李济深在文化城素有文化人的"保护伞"之誉，担任军委会驻桂林办事处主任时，继续采取团结抗日的方针，为人耿介，力主民主，在社会、政界、文化界德高望重。在他的寿宴上各界名流云集，田汉对个中诀窍洞若观火，亲自率领新中国剧社成员去拜寿，既美餐一顿，更重要的是通过如此露面，尽量给剧社谋求权利场的支持，应对日益艰险的环境。当田汉因此而被人诬蔑为"现代的李笠翁"时，一身傲骨的田汉却坦然言笑：在戏剧运动还没有坦途的情形下，倘若个人求"清高"，事情就办不了，剧运的发展壮大就无异于一句空话。严峻的社会现实将剧坛这"铜豌豆"式的硬汉打磨成"乐水"的智者。田汉的民间立场由来已久，他坚持以"在野"者的身份组织、领导剧运。文化城特殊的情势深化了他对抗战剧运的认识：数量众多的戏曲工作者是潜在的抗日大军，而抗战也提供了绝佳的改革戏曲的机会和舞台。在他看来，要改革戏曲，必先理解、研究戏曲，以至自由驱使戏曲。② 戏曲功底深厚的他自觉将工作重心实行了战略性的大转移，广泛接触民间艺人和剧团，花大力气从事戏曲改革。他事务繁重，却悉心为文艺宣传团、四维平剧社、中兴湘剧团等艺术团体、艺人编写剧本。自家虽然一直过着清贫的生活，却热忱担当这些剧团的"保姆"、"监护人"、排解困难或分歧的"老大"、指引方向的"明灯"。对流

---

① 会林、绍武：《夏衍传》，中国戏剧出版社 1985 年版，第 143—144 页。
② 田汉：《新会缘桥——致熊佛西》，《文学创作》1942 年第 1 卷第 1 期。

落桂林、素昧平生的"华侨马戏团"也是鼎力支助。田汉这种"一木一石"的精神犹如磁石将这些艺人紧紧凝聚在抗日民主的戏剧场、文化场中间参与斗争。周恩来对此有着中肯的评价："田汉同志在社会上是三教九流、五湖四海无不交往。他关心老艺人，善于团结老艺人，使他们接近党，为党工作，这是他的一个长处。"① 田汉凭借文化城提供的释放其"长处"的空间，成长为文化城剧坛上一位众望所归的活动家，奠定了他在抗日民族统一战线下戏剧界领袖的地位。

　　"穿着国民党的衣服，吃着国民党的饭，给共产党工作，为人民服务"②，恰恰可以看作是欧阳予倩在文化城看重实际、迂回斗争的生动写照。这位铁了心以戏剧作为自己职业、宣称"挨一百个炸弹也不灰心"的话剧先驱，早在 1910 年就到过桂林，"他也看过几次桂戏，但戏院里的陈规陋习给他的印象很坏，而且当时他无意于研究桂戏，故看了几回，再也不愿涉足了"。③ 1918 年他在《予之戏剧改良观》里提出："中国旧剧，非不可存。唯恶习惯太多，非汰洗净尽不可。"他始终用专业的戏剧眼睛观察时势的变幻，从未停止思索，认为："从事戏剧应该有两重工作：（一）建设话剧，（二）用话剧宣传抗战。"④ 当桂系邀请他去改革桂戏，他两次都欣然重返桂林，以满腔的激情、系统化的专业大手笔将桂戏往"话剧化"的道路引，显示出他卓越的斗争艺术。其中的内驱力是抗战任务的紧要让他认识到"决不能让拥有大多数观众的旧戏，始终与抗战不生关系"，在急需鼓动起群众的情势之下，他看中偏处一隅的桂戏本身没有经过流行性

① 转引自阳翰生《痛悼田汉同志》，《人民日报》1979 年 4 月 26 日。
② 蓝光：《永远铭记》，《长江文艺》1978 年第 9 期。
③ 苏关鑫：《欧阳予倩研究资料》，中国戏剧出版社 1989 年版，第 16 页。
④ 同上书，第 89 页。

的传染，桂戏演员戏子习气较少、团体比较容易维持和当局诚意的提倡而起的不可小视的助力，[①] 认为这些因素存在潜在的有效的合力，改革桂戏显得更经济与实在。就他当时的处境而言，选择桂戏为旧剧改革的突破口，实乃非常时期的"突击"之举。因此，他再忙也不忘抽出一只手悉心从事抗战宣传利器的话剧的建设，他亲任团长的广西省立艺术馆实验话剧团是文化城话剧团体的中流砥柱。当时旅居桂林的话剧团体紧缺演出场地，他就利用自己的"官方"身份和有限的资源不辞辛苦，相继筹建了广西剧场、广西省立艺术馆，给新中国剧社等戏剧团队提供了诸多方便。为了给戏剧工作者营造更大的舞台，他甚至亲自拿募捐簿上门"化斋"，终于建成现代化的艺术馆新址，这直接催化了西南剧展的召开，同时为这一壮举提供了与之相当的大气的演出阵地。与之并肩作战的田汉曾由衷地感慨："当然予倩先生在广西的处境也不是完全顺利的……实在我若是予倩，我是早受不了那种空气的，而予倩为着事业终于忍耐下来。""我当时直觉予倩先生变了。几年间敌后生活的磨炼他更结实更勇敢了。他已经走上他应走的道路。"[②] 在文化城，这个书生气浓的戏剧大师也学会了戴着"政治的鬼脸壳"尽心尽力为国为民做着或大或小的事情。

　　夏衍从小怕"示众"，唯恐被别人留意，用他自己的话说："我不注意人，人不注意我，就觉得心安理得，畅适无比。"[③] 曾被家人戏称为"洞里猫"，不懂社交。30 年代，夏衍主要在文艺圈子里活动。抗战爆发后，他依从党的安排，集中精力从事宣传

---

①　欧阳予倩：《改革旧戏的步骤》，《新中国戏剧》第 1 卷第 1 号，1940 年 6 月。

②　苏关鑫：《欧阳予倩研究资料》，中国戏剧出版社 1989 年版，第 98 页。

③　夏衍：《谈自己》，《野草》第 1 卷第 5 期，1941 年 1 月。

和统战工作,学习"抛头露面去做达官贵人、商人、买办的工作"。[①] 他负责的《救亡日报》(桂林版)仍是打着文化界统一战线的招牌,而实质上是共产党安插在国统区的头等舆论阵地,与八路军桂林办事处一暗一明双剑合璧。"结构统治的效用通过报纸显示出来。"[②] 因此,《救亡日报》能否在文化城站稳脚跟、发展壮大关系重大。夏衍一到桂林就四处活动,采取"各个出击,分别对待"的灵活方针:主动拜访黄旭初、李济深,报刊顺利获得合法地位,并与由当局掌控的《广西日报》一直维持友好关系。中央社广西分社社长陈纯粹是欧阳予倩的老友,一向对郭沫若很敬重,个性率直,《大公报》的主持人王文彬是位爱国民主人士,对《救亡日报》诚恳坦率,有时还透露一些重庆的"内幕"消息。夏衍与他们以礼相待,相处愉快,在文化方面又获得一份有力的支持。而对新闻检查所的两面派周所长,夏衍则既与其保持表面上的和平共处关系,又时时提防他的歹意。《扫荡报》直属国民党军委会,以反共著名,夏衍对之高度警惕,但其总主编钟期森有一次主动借机示诚,申明在抗日时期,又同是寄人篱下,不会在版面上发表不利于团结的言论。对与此类似的从敌人阵营中意外伸出的友谊之手,夏衍也大胆伸手相握,在办报上还不避嫌疑征询他的意见。《救亡日报》以卓尔不群的宣传艺术,在文化城漂亮地打开了新闻舆论界统一战线工作的新局面。经过抗战大熔炉的冶炼,夏衍克服了"洞里猫"的个性弱点,抛去了当初潘汉年要他和"三教九流"打交道时的不适情绪,也克服了李克农曾笑讽的"戴了白手套休想搞革命"的"洁癖",变得腿

---

①　会林、绍武:《夏衍传》,中国戏剧出版社 1985 年版,第 137 页。

②　[法]皮埃尔·布迪厄:《艺术的法则——文学场的生成和结构》(刘晖译),中央编译出版社 2001 年版,第 315 页。

勤耳长，游刃有余地和政界、文界、新闻界……菩萨、恶鬼各色人物频繁交往。夏衍曾回忆道：到了桂林，我的思想才开始发生了变化……为了不让梁寒操得逞担任"中苏文协"桂林分会的会长，主动去找李宗仁的夫人郭德洁，请她担任该职，不仅成功地击碎了梁的阴谋，而且掌握了主动权，为进步文化事业争取到了得力的帮助和支持。"对这类事，在过去，我是绝对不肯干，也是不会干的。"① 文化城不仅激发出夏衍出色的统战才能，而且锻造了他的新闻敏锐性，使其成长为一名出色的新闻工作者："对我个人来说，在桂林的两年，是我作为一个新闻记者的入门时期。从这时开始，我才觉得新闻记者的笔，是一种最锐利的为人民服务的武器。"② 与此同时，夏衍还将他对社会生活、时代使命的理解带进了戏坛：一方面，《救亡日报》的第四版时常出戏剧专刊，亦步亦趋地配合、声援戏剧界的救亡民主活动；同时，夏衍利用工作的有限空隙创作的剧本密集着战争生活的信息，创作呈现新的气象，褪去苍白的政治式呼号，走向深刻的现实主义。对此田汉有过这样的评论："实在的，夏衍兄的这一种记者的修养，就对于剧作者的他也不是没有帮助的。不，不如说没有他对于时代的敏感和社会事象的熟习与洞察，许就写不出《一年间》、《心防》，以及《愁城记》一联优秀的现代剧。同时，不管是读夏衍兄的时论，或是读他的剧本，都可以感到一贯的挚切的忧时之念。"③

　　洪深、熊佛西等戏剧家同样是时代浪潮里勇于"乐水"的智者，身上何尝又缺乏田汉、欧阳予倩、夏衍式的"殉道"精神？

---

① 夏衍：《懒寻旧梦录》（增补本），生活·读书·新知三联书店 2005 年版，第297 页。

② 会林编：《夏衍研究资料》，中国戏剧出版社 1983 年版，第 133 页。

③ 同上书，第 547 页。

战争让他们汇聚在文化城，时代仍在艰难前进，戏剧家们坚定地把封建的、非社会性的文人性格褪尽，把根扎在斗争着、发展着的社会空间，深入社会时如水银般无孔不入，像水一般无孔亦入，并且贯彻始终，在风雨如晦的环境里，目光如炬选择正确的方向，勇敢地参加社会生活、政治斗争。由于桂林是在抗战短短的几年里发展成 30 万人口的城市，经济文化一时呈现畸形的繁荣，物价飞涨，戏剧家的生活处境很是窘迫，田汉的笔挑不起一家八口的饭碗，夏衍和《救亡日报》的同仁过着完全集体化的生活，欧阳予倩、洪深等莫不是勒紧裤带过日子。他们一方面把生活标准降到最低限度，一方面互相接济。俗话说患难识朋友，在现实的斗争中，戏剧家们又得以互相识别，最终在个人和民族、戏剧与民众、建剧和抗战等方面取得大体一致的认识，并在与阻挠性权力的斡旋中始终共同维护戏剧的尊严。在艺术上，他们高扬水的吸收一切容纳一切的广博浩荡，不断地更新自身、丰富自身，所谓"突击"和"磨光"的分歧也日益淡化。田汉在《欧阳予倩先生的道路》里坦言："今天谁也不是唯突击论者，我们一样的强调技术，要争取技术。"由此可见，拿戏剧做武器时，"突击"者不但不排斥艺术上的求精，而且主动追求让手中武器锋利的"磨光"。欧阳予倩一直注重保持戏剧艺术的独立，曾主张"用戏剧来宣传，必要先有健全的戏剧"。① 在"唯实际论"占主流的战争年代里，对他是存在误解的。欧阳予倩曾冷静谦虚地检讨过自己："过去我走过许多弯路，曾经长期受唯美主义和艺术至上的思想所干扰。但抗日战争爆发后，我参加了抗敌救亡工作的实践，更多地受到党的影响和教育，也多少有些进步。我才华不如别人，比较迟钝，我有许多短处，但是我自认还不成其为

---

① 苏关鑫：《欧阳予倩研究资料》，中国戏剧出版社 1989 年版，第 241 页。

'磨光派'。"① 从田汉解放后对他的评价也可略见一斑："予倩同志不只是一位考虑艺术形式完整的'磨光派'，也一直努力使他的作品富有现实内容，在政治要求迫切时，甚至也拿他的艺术武器参加'突击'。"② 因此，事实上欧阳予倩在戏剧功能上是坚定的为人生论者，主张走现实主义道路，他在紧迫的抗战政治规范与制约下经常性地突击创作、突击演出的举动是其自主的选择。他在《后台人语》里高屋建瓴地谈及"突击"和"磨光"的问题。"我们处在战时，当然不能像太平时候那样静静地推敲，我们应当为应付某一环境，某一特殊的目的而匆忙演出，但是也不宜过于草率，还要分出一大部分的力量和时间逐渐建立新戏剧的基础。"他的"磨光"，是为了保证"突击"力量的"磨光"，与前者有着异曲同工之妙。田汉与欧阳予倩当年尽管为戏剧艺术的问题争论得面红耳赤，但因彼此相交甚深，又都有着精湛的艺术修养和诚挚深厚的爱国热情，那些交锋在客观上反而促进了各自对对方的理解，合作越到后来就越好。夏衍曾由衷地感慨："中国戏剧界有个值得夸耀的传统，这就是永远不渝的团结精神。"③戏剧家在文化城的斗争生活中日益团结，政治信仰日趋一致，他们以国防艺术社、广西省立艺术馆、新中国剧社为主要战斗实体，形成一个互相联络，有共同意志，取共同步骤，阵容整齐，坚韧不懈的戏剧团队，产生了不可估量的团体效应。田汉在《创作经验谈》论及"最美好的果子是在不断的风雨侵凌中长成的"。毋庸置疑，这群戏剧家就是文化城文化园地里最美好的果子。

---

① 欧阳敬如：《"迈进毋畏途路艰"——回忆父亲欧阳予倩在广西》，《学术论坛》1981 年第 3 期。

② 田汉：《谈欧阳予倩同志的话剧创作》，《剧本》1962 年第 10、11 期合刊。

③ 夏衍：《为中国剧坛祝福——祝洪深先生五十生辰》，《新华日报》1942 年 12 月 31 日。

第二节 多元共存政治思想中的自觉抉择

文化城派系林立,报刊繁多,各为其主,其政治思想土壤里埋着各色种子,呈多元共存态势,一时间众声喧哗。有着厚实社会生活积累的戏剧家们,用斗士的心、戏剧的心,在互动的政治文化空间对各种思想加以甄别。田汉等左翼戏剧家思想上百分百地皈依中国共产党的领导,但在这多元相斗相交的政治思想天地里,为了能顺利打开戏剧抗战、抗战建剧的局面,他们在行动上展示出超凡的政治智慧,结合民族精神重新高举民主、自由、人道的旗帜,在一定程度上及时扭转了30年代左翼剧坛极端的政治化、口号化倾向。而欧阳予倩等自由民主戏剧家在鲜血淋漓的生活中加深了对各个政党的理解,对民众及其力量也有了新的认识,又加之与田汉他们的亲密交往,加快了其亲近中国共产党、亲近民众的步伐,完成了思想意识形态上的质变。同时欧阳予倩等尊重戏剧艺术自身规律的立场,无形中对田汉等有着很大的牵引。戏剧家们在政治思想上趋向大同小异,彼此默契地承继起五四精神。从戏剧家在创作上最终选择现代化与民族化融合一体的现实主义道路,可以窥见文化城多元政治思想的共存态势给他们世界观、创作观造成的影响非同小可。

桂系是代表大地主大资产阶级的军阀集团,在新的抗日局势下,蒋桂矛盾依然仿若癌症无法根治。出于自身军事、经济等处于劣势的现实考虑,一直不惜代价积极抵抗日寇的桂系变相、机巧地消解国民党中央政府的独裁、反共狂流,拓宽加深了与共产党的统一战线层面,哪怕在"皖南事变"之后仍没有彻底撕破脸面,希求的是在政治、文化这两张牌上占据有利声望。从当局在桂戏改革上的主动、期望与投资及支持西南剧展等进步戏剧活动体现出对戏剧家的格外优待。纵观桂系的"唯有立即应战，我们的民族才有出路。唯有立即发动全民族总动员的对日战争，我们才能应付日本当前的侵略"。[①]"民众是抗战的源泉，是抗战的基本力量"、"地方可失，民众不可失"。[②]"文化是国家精神的防线，也是最难攻克的防线"[③] 等言论，其中的爱国、重民、重文化的思想明显和共产党思想有相通之处，这给文化城思想上的良性互动奠定了基础。

　　而以李济深为代表的各民主派的政治思想同样是戏剧家往进步方向前进的催化剂。他们反对蒋介石等顽固势力的独裁、消极抗日的种种行径，倡导"三民主义"，与共产党和进步文化人士密切来往，坦言"既然来到广西，就希望大家一起共同工作，为推动民主革命而努力"。[④] 思想上追求丰富与完善。李济深爱护知识分子，对知识分子平等相待，情同手足。他对田汉表明"决不用这些文化人的血来染红自己的顶子"，[⑤] 这些烛照其民主、人道思想的言行温暖了戏剧家的心，在价值体系里激起共鸣，著名戏剧家田汉、欧阳予倩等皆是李公馆的上宾常客。正是由于各民主党派有着先进的思想和桂系的进步性一面让文化城释放出国统区难得的开明、宽容的政治空气，戏剧家客观上拥有相当可观的活动空间和靠近进步思想的平台。

　　同样的道理，由于桂系提供的这个平台具有一定的先进性，

---

　　① 《李白两中央委员最近言论三集》，中国国民党广西省党部，1948 年油印，第 1—2 页。

　　② 白崇禧：《全面战争与全面战术》，《白主任最近言论集》，广西地方建设干部学校编，1939 年版，第 23 页。

　　③ 《李德邻先生言论集》，广西建设研究会编印，1941 年版，第 28 页。

　　④ 万仲文：《桂系见闻谈》，广西师大历史系、广西师大科研生产处印行，1983 年 10 月，第 47 页。

　　⑤ 田汉：《他为戏剧奋斗一生》，《戏剧艺术论丛》1980 年第 3 辑。

中国共产党的抗日民主思想在文化城的传播才仿若春草，渐行渐远还生。不仅通过对桂系上层人物的统战工作而间接渗透进戏剧家的头脑，主要直接由周恩来、八路军桂林办事处、党领导的文化园地及受党影响以进步文化人为骨干的出版发行机构施加影响。周恩来要求文化人讲究策略，并将"坚持抗战，反对投降；坚持团结，反对分裂；坚持进步，反对倒退"的方针、持久战的思想传达给桂林文化人，武装了他们的思想。周恩来百忙之中仍抽出时间与田汉、欧阳予倩、夏衍、周钢鸣等文化名人交流，"广大文艺工作者不仅体尝了党的温暖，还从中受到了马克思主义的教育，与党更加亲近"。① 八路军桂林办事处、《新华日报》桂林营业处、《救亡日报》等是传播马列主义和毛泽东思想的阵地：马列主义理论著作，可以公开发行的党的政策文件，延安出版的书刊如《共产党宣言》、毛泽东的《论持久战》、还有散见各报刊的如《新民主主义论》、《苏联利益与人类利益的一致》等著作都在文化城出版发行。可桂系的阶级本质决定了它"双面人"的特色，对共产党、进步文人、民众发动工作等时刻存着提防之心，甚至因害怕失控而加以打击，表现出明显的反人民的色彩。而蒋系的法西斯嘴脸这时也已经完全暴露在世人面前。当全国抗日战争重心转向政治文化领域，注定他们都无法担起重任，且自身无力建设，对进步文化又疯狂破坏。对于他们的这些局限和反动，潜入生活的戏剧家洞若观火，在心理、思想上对蒋、桂表示出极度的失望。在对比中，戏剧家加深了对各党派尤其是共产党思想的理解，戏剧家的政治艺术观呈现新的面貌。

欧阳予倩说："我从编《潘金莲》起创作思想有所转变，写出了一些暴露国民党反动统治的短剧，由于'一·二八'事变的

---

① 文天行：《周恩来与国统区抗战文艺》，四川省社会科学院出版社1985年版。

刺激，我的思想向前跨了一步，认识到只有工农，只有中国共产党能救中国。"① 他弥留之际还不忘记申明："在广西我所排的戏完全为了抗战，我自己写的戏，也是为了抗战。"② 《越打越肥》、《忠王李秀成》等就是对广西军阀、国民党反动派的讽刺与控诉。后来李伯钊评价道：予倩同志在抗日烽火中的一切戏剧活动，都是在党直接领导下进行的。这一时期，予倩同志的思想行动有了鲜明的变化，接受了党的领导，从抗日斗争中辨明了中国革命的方向。③ 文化城"剧坛三杰"之一的熊佛西申明写《袁世凯》一剧，就是为着"铲除袁世凯的作风与扫荡当前的封建势力"，④而"《袁世凯》中没有出现作者以往所惯用的以噱头、插科打诨取趣的老手法，标志着熊佛西自我修正了他以前'戏剧应以趣味为中心'的主张，标志着他对戏剧的思想性和美感形式的关系有了新的认识"。⑤ 杜宣、田汉主导的新中国剧社，在中国共产党的思想支撑下，无论怎么艰难也从不演一出反抗战戏，始终以高涨的革命热情，上演了诸如《大地回春》、《秋声赋》、《再会吧，香港！》等进步戏剧。更耐人寻味的是，田汉的《秋声赋》剧中人物和生活有不少作者本人经历的影子，从中可以看出田汉在文化城的历练中对抗战与民主的深刻体验与感受，体现了他更深更广的人道主义和更有机地和自己感情融合了的理智，艺术上又充盈着田汉式美学风采。夏衍离开桂林创作的《芳草天涯》，剧本里采用了文化城的生活，透视其被横遭批评的"毒素"，其实，

① 欧阳予倩：《自我演戏以来》，中国戏剧出版社 1959 年版，第 291 页。

② 《欧阳予倩文集·序》，中国戏剧出版社 1980 年版。

③ 苏关鑫：《欧阳予倩研究资料》，中国戏剧出版社 1989 年版，第 122 页。

④ 熊佛西：《关于我写的〈袁世凯〉》，《文学创作》1942 年第 1 卷第 4 期。

⑤ 陈白尘、董健：《中国现代戏剧史稿》，中国戏剧出版社 1989 年版，第 158—159 页。

恰是文化城承续五四精神、深化了的现实主义风格对夏衍形成了潜移默化的影响。

文化城的戏剧家在多元共存的政治思想环境里完成了自身信仰的自觉抉择。一部分艺术先行者在现实生活和戏剧世界里与时代主潮如影相随;另一部分"政治任务第一"者,另外由于现实斗争的需要,一方面,很大程度上得益于共产党在国统区里灵活、科学的文艺政策,给艺术保留了难得的自主园地,他们虽然仍是从政治任务出发,但终究又开始积极探索戏剧艺术形式的民族化元素,及时抓住建设新戏剧的机遇,在一定程度上拨正了30年代左翼戏剧文学的严重脱离真实生活的公式化、口号化走势。这两大股戏剧力量,双方从不同的层面切入,在政治、艺术并举上合流,他们就像铁屑一样,趋向引力强化的场。个中的各种互动,在当时,倘若离开文化城,能否有这般模样?肯定的几率只可能是微乎其微。

第三节　战争文化背景下戏剧家的遭遇与艺术创造

在战争中崛起的文化城无时无刻、角角落落、方方面面都弥漫着战争的气息,其主打品牌"文化"的园地里可以说一夜间就呈现出鲜明的多元化风貌,成为各种民族地域文化和现代文化的集散地,并在共存的日子里相互排斥又相互渗透。戏剧家们敏感地捕捉着这里色彩纷呈的战时文化信息,又在开放的文化心态支配下,一方面扮演着历史精华的炼金术士的角色,对桂戏、平剧、湘剧等戏曲进行大刀阔斧的改革;另一方面承担新文化的伟大移植、新戏剧的伟大播种的使者,把淘到的民族文化精髓注入现代戏剧熔炉里烧铸出为群众喜闻乐见的现代话剧。"中国年轻的话剧，已经在本质上不同于以前所谓话剧了。在从量变到质变的过程中，戏剧以抗战为契机，划了一个时代的阶段。”“二十年来只介绍了一个艺术形式的新的戏剧，开始迅速的质变了。”[①]夏衍寥寥几语道明了戏剧家在与文化城多元文化背景的遭遇中所进行的艺术创造，1939 年的后期，话剧走上从量的大众化到质的中国化的征途，其专业化与正规化得以强化。

在文化城，桂系作为地方实力派，对自身利益是绝对严格把关的，但其眼光不俗，行事大气，讲求地方主义文化培养。李、白、黄都是广西本土人，对广西地方传统及浸染封建宗法特质的本土文化了如指掌。桂系当局从维护自身统治利益出发，自 1925 年以来在整个广西大力宣传大广西主义，大谈广西地方文化传统和民族精神，重视基础教育和人才的引进，在实行政治军事专制统治的同时注重文化建设。他们所推行的各项文化政策和措施“都比较善于利用地方民族情感、思想意识和生活习俗等文化特点”，[②] 民众心理已逐步转变。抗战爆发后，桂系是唯一在全省采取抗日文化策略的地方政权，成立建设研究会等巧揽人才，加大力度打造地方文化队伍，挖掘本土文化资源，专门组建桂戏改革班子。《伟大的民团》演出后，桂系当局深感艺术宣传的强大的鼓动力远胜于文字宣传，遂决定将总政训处所属的国防剧社、巡回讲演游艺团、电影队合并为国防艺术社。国防艺术社最初是独步桂林剧坛。[③] 在政府的默许下，民间救亡文化运动也如火如荼。因此，桂林并非一片荒芜的文化沙地，相反，在当局行政手段的干预下，文化氛围已成气候。加之，由于桂系开明、

---

① 夏衍：《戏剧抗战三年间》，《戏剧春秋》创刊号，1940 年 11 月 1 日。

② 谭肇毅：《桂系史探研》，中国文史出版社 2005 年版，第 252 页。

③ 广西社会科学院主编：《桂林文化城纪事》，漓江出版社 1984 年版，第 252 页。

开放的姿态,且随着武汉、广州、香港的相继沦陷和全世界反法西斯战争的深入,大批国内国际文化团体鱼贯而入,文化城的文化版本也因此变得品种繁多,风格不一。而剧坛最是热闹,尤其是话剧在队伍和技术上进展神速,占据着大哥大的地位。这一切给戏剧家的话剧建设带来了可人的机遇。但桂系通过对地方主义文化的倡导、扶植、牵制,其政治铁手也跟着伸入到文化领域,推行的文化建设主观上是当作其政治军事统治的嫁衣裳而已。因此,戏剧家要进行他们梦寐以求的话剧建设,不得不考虑如何利用这股强势的地方主义文化和摆脱它的钳制,达到化干扰为契机的目的。

布迪厄有过这样精辟的分析:"尽管场的作用非常之大,但它从不机械地发挥作用……我们不能忽视通过场的结构,特别是通过提供的可能性空间发挥的作用,这些作用主要依靠竞争的激烈程度,而竞争的激烈程度则与涌入的新来者的数量和质量特征相关。"[①] 试图在生产者和他们看作经济支持的社会集团或观众、群众之间建立直接的关系,等于忘记了场的逻辑就是使人们能够利用一个集团或机构提供的资源,用来生产或多或少独立于这个集团或制度的利益或价值。[②] 在一个时期,中国话剧的三个奠基人欧阳予倩、田汉、洪深齐聚文化城,他们骨子里始终钟情于话剧艺术先进的现代性,在中国戏曲知识上又堪称"活字典",都有比较深刻的研究,是沟通话剧和戏曲的三座活桥梁。此外熊佛西、夏衍、焦菊隐等艺术修养也十分到位。他们深知戏剧本是社会的反映,有什么社会,便有什么戏剧。战争已经让中国的社会

---

① ［法］皮埃尔·布迪厄:《艺术的法则——文学场的生成和结构》(刘晖译),中央编译出版社 2001 年版,第 305 页。

② 同上书,第 306 页。

发生翻天覆地的变化，旧戏很大意义上已成明日黄花，话剧才是戏剧的新兴生命。因此，他们立足话剧，怀着开放的文化心态打破内容、形式上的框框架架，借助文化城提供的多元化文化背景在文化场可能性空间里攻守自如，持理论与实践两相结合的科学观念建设话剧，不断推进现代戏剧的发展。

　　在动荡不安的战争年代，戏剧的理论探索严重滞后，成为戏剧家的一大隐痛。1939 年几个演剧队发起的为即将在桂林出版的《戏剧春秋》募款成为"戏剧民族形式"讨论的引子。当时抗敌演剧宣传第四、第九两队在桂林合作演出洪深的《包得行》。很多演员虽是半途出家，但其裹挟着深厚的战地、农村生活气息的朴实、真挚的演出风格在桂林文艺界引起了强烈反响，剧坛就势发起了戏剧表演"中国气派、民族风格"问题的讨论。当时《救亡日报》、《广西日报》收到不少有关来稿。[①] 正所谓一石激起千层浪，文化城剧坛着手在理论上建设话剧。1940 年下半年，田汉主持的《戏剧春秋》杂志社在重庆和桂林等地先后召开三次"戏剧的民族形式"座谈会。同年 11 月 23 日《抗战文艺》编辑部举行"一九四一年文学趋向的展望"座谈会，出席人有郭沫若、田汉等 14 人，发言人就"新现实与新风格"、"新内容与新形式"等问题亮出了观点。这些配合国统区关于民族形式问题的讨论实际上与过往对传统戏曲改革理论的建树的立足点是一致的，即把传统的戏剧美学放在新的生活现实、新的戏剧观念面前进行烧炼，从而找寻一条戏剧中国化的道路。这条道路承继了"五四"新文学的现实主义传统，促进了戏剧观念的现代化和民族化的融合，推动了中国现代戏剧的发展。欧阳予倩说："愚见

---

　　① 广西社会科学院主编：《桂林文化城纪事》，漓江出版社 1984 年版，第398—399 页。

以为只要能够把握住要点，能够把戏剧的内容完全无缺地表现，用什么一种手法都可以……如若力量和修养做得到，则写实派与唯美派当中并没有不可逾越的鸿沟。"① 田汉对艺术内容与形式之间的关系也有了更高的认识："内容与形式高度统一的作品应该是我们所追求摸索的境界。"② 这种不拘泥于一家一派的开阔视野标志着戏剧家对现实主义有了新的理解。

由于有了话剧真理论的指导，话剧创作踏上新的起点。欧阳予倩、田汉等各自通过多年的旧戏改革实践积累了丰富的经验，大胆把旧戏、电影等艺术表现手法化入话剧的肌理，利用旧戏形式中可资借鉴的"唱"、"做"等方面的功夫、开放式的结构、传奇性、音乐性、写意性等等加强话剧的表现力、感染力。在《秋声赋》里，田汉结合自己的生活感受不仅较完美地将爱情、家庭纠葛置于硝烟弥漫的抗战事业中，以浓郁的现实性唤起人们的爱国热忱，而且在艺术造诣上独树一帜，他创造性地把古典戏曲的某些艺术基因吸收到话剧文学的创作中，大大地增强了话剧的民族特色。剧本里诗与歌、歌与戏水乳交融，在迎面而来的"中国味"艺术美感刺激下，观众获得思想情操上的切实感染。当时评论界认为他"把'诗意的情境'，'写实的笔法'，'政治的认识'三者求得统一的处理和发展"。③ 在当时，《秋声赋》无疑是"话剧加唱"的绝妙组合，给现代戏剧创作带来了深远的影响。在《忠王李秀成》里，欧阳予倩则不仅把话剧创作延伸到历史题材，而且很新鲜地采用了旧戏和电影的手法。在第一幕第一场中，用中国传统戏曲里惯用的幕内做戏的手法，未见其人就已先闻其

---

① 欧阳予倩：《后台人语》，《文学创作》1943 年第 1 卷第 1 期。
② 《桂林抗战文化研究文集》，漓江出版社 1992 年版，第 539 页。
③ 《一九四二年渝、桂各战区剧运评述》，转引自《桂林抗战文化研究文集》，漓江出版社 1992 年版，第 524 页。

声。达到幕还未启，已把观众带进剧情的效果；在第五幕第三、四两场又借鉴戏曲时空转换的自由，巧妙地化解了话剧在这方面的局限。这些无疑都增强了话剧的表现力，也为话剧的民族化开了先河。此时的文化城剧坛自觉把个性化的审美价值标准寓于戏剧抗战的时代大合唱之中。

在文化城战争多元化的特定文化背景里，戏剧家明修栈道从戏曲改革入手，赢得戏剧发展的可能性空间，最终暗度陈仓进行开天辟地的艺术创造，不断拓宽这个可能性空间，取得更大的艺术自由。在这个文化场，戏剧艺术世界不再作为一个受集团分割和控制的工具，话剧也上升为戏剧活动中火力最猛的一股力量。

第四节　戏剧家的艺术活动与
文化城的历史特色

戏剧家在文化城的艺术活动相当活跃，从规模化大小和影响力深广的角度来看，主要有进行旧戏改革、操办几次重大公演和戏剧的引进（如举世闻名的"西南剧展"）与输出等。如前所述，成也战争、毁也战争的文化城在时间上仿若滑过天际的流星，光芒四射又转瞬即逝。然而，它在非常时期形成的广泛的爱国阵营、多元的思想格局、开放的文化心态等历史特色至今仍令人深思，戏剧家的艺术活动与文化城的历史特色二者之间的相得益彰同样发人深省。在这个当时的政治文化"特区"里，戏剧家秉承中国共产党的统一战线思想，一为报国，一为建剧，全力投入艺术活动，成果喜人，有效地把文化城本地和外来的各界人士拉进这个爱国阵线，壮大了爱国阵营，弘扬了其开放的精神。

以欧阳予倩、田汉牵头的旧戏改革功劳不小。他俩精心设计了改革的蓝图，主张："不仅是生吞活剥把新思想嵌进去，而是要全部予以新的组织、编剧、演出法、表演法，音乐、舞台装置、灯光、服装、化妆都要予以统一的处理。"① 在具体改革中兵分两路。欧阳予倩对桂剧加以根本性的换肤换肌：剔除尽传统剧目里封建迷信的麻醉的成分，突出健康积极的内容，艺术上把话剧、京剧、曲艺等不同样式的长处融会到桂戏里，严格推行导演制，尽心尽力培育一支新的桂剧演员的骨干队伍……桂戏在其"改戏"、"改人"、"改制"三结合的专业大手笔下焕发新颜，折服了艺人，招徕了更多的观众，行内外人士无不赞叹。新编剧目《胜利年》开创了桂戏表现现实题材的历史，夏衍观看《胜利年》后认为："这通俗化了的艺术对于汪逆及其党类的打击，将远胜于百十篇不着边际的宣言。"②《梁红玉》和《桃花扇》演出后备受欢迎。古道热肠的田汉领导的平剧和湘剧改革在桂林也是轰动一时。田汉心中自有着一盘棋："建剧一如建军，必须有一个最高的目的，而随时抱定这一目的去推动、去督励、去检查。这目的应当和我们今日的历史任务一致——那就是用戏剧来争取中华民族在对日抗战中的胜利。"③ 他对旧剧改革充满期待，希望"在抗战成功之后，旧剧当在全国全世界放出意想不到的光辉"。④ 侧重传统剧本的挖掘整理工作，如平剧《新雁门关》、《新儿女英雄传》，湘剧《新会缘桥》；并敏锐地捕捉生活素材，如《双忠记》就是田汉得知李任潮将军亲自为力抗清寇身殉桂林的瞿式耜、张同敞两公主祭，灵感突发，以当地民间生活故事编写出来的。他的旧戏改革工作不仅快而有力地宣传了抗日思想，

①　苏关鑫：《欧阳予倩研究资料》，中国戏剧出版社 1989 年版，第 310 页。

②　夏衍：《观剧偶感》，转引自魏华龄：《一个独特的历史现象——桂林文化城》（上），漓江出版社 2003 年版，第 86 页。

③　田汉：《田汉文集》（第 15 卷），中国戏剧出版社 1986 年版，第 112 页。

④　同上书，第 58 页。

还及时帮助平宣队、四维平剧社、中兴湘剧团渡过难关，这些艺人都亲热地称他"田老大"，跟着他顽强地进行斗争。旧戏改革一步步地走向深入，戏曲艺人们也一天天化潜在的爱国之情为外在的戏剧抗战行为，文化城的爱国氛围更加浓郁。

戏剧家操办的几次重大公演滚沸了文化城，剧坛、文坛内部，人与城在活动中变得团结与有序。这些公演，品种不一，包括话剧《一年间》、《三兄弟》、《再会吧，香港!》，桂剧《梁红玉》、《桃花扇》，舞剧《虎爷》和歌剧《军民进行曲》。时间基本上集中在"皖南事变"之前（《再会吧，香港!》除外）。编、导、演等人员牵涉面广，互助协作精神凸显。为公演《一年间》还组成发起委员会，成员有田汉、夏衍、马君武、白鹏飞、李任仁、李文钊、焦菊隐、马彦祥、孙师毅、王文彬等15人，剧坛与政界，革命与民主人士济济一堂；导演团有欧阳予倩等7人，由焦菊隐和孙师毅任执行导演。为了调动各方面的社会力量，又相继成立顾问委员会、宣传委员会、券务委员会和舞台工作部，全部参加演出工作的近300人。演员以国防艺术社话剧团为基础，选调了抗宣一队、新旅和其他救亡团体成员，堪称"桂林演员的一个总动员"。① 公演《三兄弟》之前，为了收到最佳演出宣传效果，夏衍将全剧翻译成中文，在《救亡日报》第四版连载，正式上演时，还附送剧情的中文说明。演出当天该报又特意出版《三兄弟》公演特刊，配以孟超、林林等人的评论，行事十分仔细。这些公演目的明确，抗日宣传是主题，也有兼顾彼此帮困渡过难关的目的。《梁红玉》、《桃花扇》弘扬爱国主义，鞭笞汉奸和投降派。《虎爷》形象地揭露了国民党顽固派。《军民进行曲》歌颂了敌后根据地军民奋勇杀敌的事迹，教育与鼓舞大后方的人民群

---

① 《〈一年间〉演出之前》，《救亡日报》特写，1939年10月2日。

众增强胜利信心,积极抗日。《三兄弟》有着特别意义,是日本人民反战同盟西南支部为援助中国抗战英勇将士及筹募事业基金而演,日本反战作家鹿地亘的作品,剧本表现了日本人民受其军阀蹂躏,与被迫来华作战而无谓牺牲的悲惨情景,以及日本人民怎样反对侵略战争的壮烈行动,由日本人用日语演出,异域敌国生活原生态的再现给观众带来飓风般的震撼,反战主题深深地烙在每一颗爱好和平自由的心灵。最重要的是,这些公演都取得了十分到位的宣传效应,大力增进了剧坛与文化城各个层面之间的互动。《梁红玉》、《桃花扇》分别连演28、33场,场场爆满,桂戏改革深得欢迎可见一斑,桂戏里倡导的进步思想也随之播撒在广大民众的心里。《再会吧,香港!》公演虽然几经周折,但仍然给日益艰险的环境增添了不少春意,群众的反应显示出的爱国激情有增无减。总之,这些公演从各个方面再次彰显出戏剧界统一的抗日理念、过硬的艺术水准、军人化严谨的行事风格和团结开放的文化心态。毫无疑问,在文化城的历练里,这支戏剧兵团壮大而坚固,底气十足,充满着和谐、青春的旋律,能胜任更大更艰巨的戏剧抗战建国和抗战建剧的任务了。

文化城开放的品性强化了戏剧家开阔的眼界,他们积极进行戏剧的引进与输出活动,其影响力已经超出了文化城、文化场范畴。成熟了的戏剧家用自己的实力强化了文化城的历史特色,给它带来巨大的政治文化声誉。

最先,为了生存,为了抗战,戏剧家组织新安旅行团,剧宣五队、七队,国防艺术社戏剧队曾分别奔赴江南敌后、桂南前线、湘桂沿线演出。在客观上这些戏剧游击队增进了与各个战地的沟通。随着局势的发展,桂林成为国际反法西斯的重地之一,汇聚了众多国际友人和知名人士,如爱金生、史沫特莱、鹿地亘夫妇等,他们带来了其他国家反法西斯的信息。戏剧家从他们那里也得知外界对中国战区实情知之甚少。因此，戏剧界金山、王莹率领中国救亡剧团、张兆汉领着厦门儿童剧团，于 1940 年先后到南洋一带演出，把中国共产党的抗日主张和中国人民的抗战业绩播放到南洋各地。

　　而盛极一时的西南剧展是戏剧家与城内城外之间绝妙互动的最佳注脚。剧展从 1944 年 2 月 15 日开幕到 5 月 19 日闭幕，历时 3 个多月，持续时间最长。参加剧展演出的团体来自湘、粤、赣、桂，共 33 个，895 人。话剧团队数目居绝对优势。团队之广，人数之多，前所未有。出演的话剧有《法西斯细菌》《戏剧春秋》等 23 部，另有平剧、桂剧、歌剧、傀儡戏等，品种齐全。演出 170 场，观众达 10 万人次。剧目和观众之多，闻所未闻。这次活动的整个过程显示出此次盛会不仅是西南数省戏剧兵关心的大事，也是东道主桂林人民的一件大事，从搬运工人到银行界，从各大报刊到印刷业，全市各行各界都为剧展的举行沸腾起来，整个山城家喻户晓，影响力无与伦比。透过剧展发现戏剧家的斗争技巧已经烂熟：以艺术馆新址落成为由头，借助新中国剧社的旅行演出归来为动力。对文化城斗争游戏规则应用自如：抬出黄旭初、李济深及有关省份的头面人物做门面，减少来自上层的阻力；并以黄的名义聘请有关省份的教育厅长等中层官员，而实际工作领导权全部掌握在共产党和进步骨干手中，又出演一场"用他们的钱，演我们的戏，唱我们的歌"① 的现实战斗戏。从筹备、演出到送别，工作千头万绪，却井然有序。因此，这次剧展不仅是国统区抗日进步演剧的一次空前大检阅，也是文化城内部人与城及文化城与外界的团结爱国之心的大检阅。美国戏剧评

---

① 周恩来语，转引自夏衍《周总理对演剧队的关怀》，《人民戏剧》1978 年第 3 期。

论家爱金生在评价"西南剧展"时，就赞叹不已地说："如此宏大规模的剧展会，有史以来，自古罗马时代曾经举行外，尚属仅见。……中国处在极度艰困条件下，而戏剧工作者以百折不挠的努力，为保卫文化，拥护民主而战，给予法西斯侵略者以打击，对当前国际反法西斯战争，实具有重大贡献。"① 文化城培育了这群卓越的戏剧家，反过来，这群出众的戏剧家给文化城带来无限生机和政治文化的无限可能性空间。

西班牙戏剧理论家洛尔伽说过这样一段话："戏剧是提高国家水平最富于表现力和最有效的工具之一，是衡量一个国家伟大或衰落的温度计，如果有这样的戏剧，它的每一分支，从悲剧到轻歌剧，都十分敏感，都有着正确的方向，那么它在几年之内，就可以加强一个民族的敏感性。假如存在的是衰败的戏剧，分趾蹄代替了它的翅膀，那就只能使整个民族变得粗俗麻木。"② 在文化城这个斗争白热化、富于进取、进步、开放性的母体里，孕育出的中国戏剧界的一代新人及其创造的新戏剧，无疑都有着"敏感"的特质，整个中华民族的子民们在这些先行者、先进艺术的导引下，一点点地从过往的麻木、颓丧的硬壳里探出头、躯干乃至整个身子来，为自由、民主而呼吸而斗争。因此，在敌人灭绝人性的炮火中，文化城虽然成了炮灰，但是从这里传承下去的戏剧精神与现代戏剧文化，给文化场内人与城之间的良性互动留下鲜活的历史见证。

---

①　欧阳敬如：《烽火中的盛会——回忆"西南剧展"》，《西南剧展》（下），桂林漓江出版社 1984 年版，第 431 页。

②　艾·威尔逊等：《论观众》，文化艺术出版社 1986 年版，第 85 页。

第四章

政治凝聚力与文化向心力

抗日战争时期，桂林文化精英荟萃，抗日文化运动浪潮迭起。其中，尤以抗战剧运最为活跃，成就最为突出，"艰苦忠勤"的戏剧工作者群体因此被田汉誉为"壮哉神州戏剧兵"。究竟是什么原因使众多进步文化人在炮火纷飞、山河失色的战争年代选择桂林这座小小的山城作为避难所和战斗堡垒？又是什么力量支撑着"戏剧兵"们在艰苦卓绝的条件下"忍着饥饿，耐着穷困""为光明而舞蹈"，"流着血汗，流着眼泪""为自由而歌唱"？回顾历史，追本溯源，我们会发现：在诸多的因素里，政治因素起着至关重要的作用；在众多的力量中，文化凝聚力的作用相当显著。

第一节　政治因素分析

抗日战争时期，战争的客观局势和特殊的地理位置使桂林这座偏处西南一隅的小山城一时间成为各种政治力量的汇聚地和众多文化人的栖身所，各党派之间错综复杂的政治矛盾和团结抗战旗帜下的政治合作构成了战时桂林特殊的政治文化语境。桂林文化城戏剧家群体的形成，既是战时桂林特殊的政治文化语境使然，也与战时戏剧家自身的政治立场和价值取向有着极其密切的关联。

一　蒋桂矛盾与桂系的反蒋自存策略

桂系地方实力派与蒋介石集团同属大地主大资产阶级，他们的阶级利益与无产阶级、人民大众的利益是根本对立的，二者在反共反人民的本质上并无二致。但由于桂系有"问鼎中原"之志，蒋系有剪除异己维护独裁政权之心，故二者之间又长期存在着尖锐的矛盾。这就迫使处于相对弱势地位的桂系采取一系列防蒋、反蒋的措施以自保自存。其中一些策略的实施，在客观效应上为桂林文化城的形成提供了有利的政治环境。

（一）桂系的"四大建设"

自从西征之后，桂系军事实力日益壮大，使蒋介石惶恐不安，特别是1927年李宗仁、白崇禧联合何应钦逼蒋下野，更令蒋怀恨在心。自此，蒋桂矛盾呈周期性激发。1932年，宁粤对峙新格局形成后，蒋桂之间出现暂时和平共处局面。自此，李、白在广西锐意整军治武，励精图治，提出"建设广西，复兴中国"的口号，颁布《广西建设纲领》，在全省大力推行政治、军事、经济、文化"四大建设"，号召全省军民"穷干苦干"建设"新广西"。在桂系的大力鼓动下，具有浓郁地域观念和乡土意识的广西民众积极投身"四大建设"，在广西区域内掀起了一场规模蔚为壮观的建设运动，在军事、政治、经济、文化等方面均取得了令国人瞩目的成就。

桂系进行"四大建设"，从主观愿望上来说，是为了增强其反蒋实力，为将来打出去与蒋介石逐鹿中原做准备。因此可以断言，桂系的"四大建设"实际上是蒋桂矛盾的产物，是反蒋建设运动，而并非从广大人民群众的根本利益出发，以推动社会进步为主要目的的建设运动。但由于桂系在"四大建设"中采取了一系列开明政策和务实措施，充分发挥了广大民众的力量，其"四大建设"又是卓有成效的，对维护当时广西社会的安定团结和推动经济、文化等方面的发展都起到了一定的积极作用，从客观效果上来说还是有利于国计民生的。广西因此而赢得了"模范省"的美誉，对进步文化人颇具吸引力。

因此，作为广西战时省会的桂林，在桂林文化城形成之前，并非一片"文化沙漠"，而是有一定的政治、经济和文化基础的。就戏剧方面而言，于 1935 年至 1936 年间在桂林成立的"广西戏剧改进会"在马君武、白鹏飞等广西社会名流的主持下，曾对桂剧改革进行了一些有意义的尝试，也取得了一定的成效，为后来欧阳予倩的桂剧改革运动准备了一定的条件；30 年代的"广西师专剧团"则为桂林话剧运动的发展奠定了一定的基础。国防艺术社虽是桂系当局一个官办的艺术团体，但该社自 1936 年至1942 年间，延聘了不少戏剧人才，演出了不少宣传抗日、为抗战服务的剧目，影响广泛，在广西戏剧史上，乃至当时国统区的抗战戏剧运动中，均占有一定的地位。武汉沦陷以前，广西外来的艺术团体并不多，国防艺术社可说是独步桂林剧坛，处于领导地位。抗战前期，田汉在接受桂林《战时艺术》编者的采访时，曾评价道：国防艺术社"在广西可说是个剧运的有力推动者"。

（二）"两广事变"

1936 年 5 月，国民党两广政治领袖胡汉民在广州病逝，西南失去重心人物。蒋介石趁机以全国"统一"、加强"精诚团结"为名，压迫两广当局结束其与南京政府的半独立状态。大敌当前，蒋介石不思团结抗敌，而是肆意吞并地方实力派，这就更加激起了力主团结抗日的李、白等人的强烈反抗。1936 年 6 月 1 日，两广打着"反蒋抗日"的旗号，联合发动"两广事变"。蒋、桂两军又呈剑拔弩张之势。在与蒋系对峙的同时，桂系还主动联络抗日反蒋各派共策大计，以便争取社会舆论的同情与支持。一时间，抗日反蒋浪潮汹涌澎湃。蒋介石投鼠忌器，而桂系也无意于国难当头与蒋拼个鱼死网破，再加上救国会代表杨东莼和中共中央代表云广英等人的极力劝说，李、白接受了"逼蒋抗日"的主张，与蒋介石达成妥协，和平解决了一场内战危机。

"两广事变"的和平解决，"固然有中国共产党抗日民族统一战线政策的作用和全国人民要求团结对外呼声影响，但与李宗仁、白崇禧在国难当头能深明大义，认清形势，坚持'先国难后私仇'的抗日诚意是分不开的"。①"两广事变"是我党同两广实力派建立抗日民族统一战线的政治基础，也是广西地方政府抗战文化政策形成的政治基础。中国共产党根据桂系在"两广事变"中的表现，将其列为重要的统战对象之一。"两广事变"也使桂系获得了一个极其宝贵的经验：在蒋桂力量对比悬殊的情况下，只有联合进步势力才能与蒋介石抗衡，才能维护自己的利益。这就为中国共产党和进步文化人在桂林开展抗日救亡活动和抗日文化活动创造了可资利用的政治条件。

（三）合作中的控制与反控制

全面抗战爆发后，蒋桂关系虽然由"公开对峙"状态转为"竭诚合作"状态，但二者之间的历史性矛盾与隔阂并没有因此而消除，表面上"精诚合作"，暗地里却钩心斗角，进行着激烈的控制与反控制斗争。蒋介石借"中央"的名义行事，打着"统一抗战"的旗号主动出击，从军事、经济、政治、文化各方面对桂系进行不遗余力的打击与削弱，使桂系处于被动防守地位。但桂系是志在"问鼎中原"的地方实力派，又岂甘受蒋的独裁统治？而单靠自己的力量又无法与蒋介石抗衡，更何况桂军出师北

①　谭肇毅：《桂系史探研》，中国文史出版社 2005 年版。

上后兵力分散，财政经济在很大程度上已被蒋控制。万般无奈之下，桂系不得不寻求第三种势力合作，以防被蒋全盘吞并。根据"两广事变"时联合进步势力与蒋抗衡的历史经验，桂系再一次将求助的目光转向共产党和爱国民主进步势力。

因此，抗战时期的广西省会桂林出现了一种特殊的政治环境，与国统区其他中心城市相比，民主气氛比较浓厚，对爱国民主人士和进步文化人的抗日民主活动和文化活动比较宽容。这就为中国共产党在桂林展开抗日统一战线工作，动员和团结广大民众参与抗日救亡活动提供了有利的条件。桂林也因此而成为广大进步文化人在战火纷飞的抗战年代较为理想的栖身之所和献身抗战文艺事业的战斗堡垒。

二　中国共产党在桂林文化城的统战工作

抗战时期，随着大片国土的沦陷，大批难民和机关团体纷纷迁往桂林。一时间，小小的桂林城人口剧增，汇聚了各色各样的人物，容纳了各式各样的团体机构，因而也交织着错综复杂的矛盾。在民族矛盾、阶级矛盾和国民党统治阶级集团内部矛盾纵横交错的复杂环境里，中国共产党人在以周恩来为首的中共南方局的领导下，审时度势，正确分析桂林各阶级、阶层的政治状况，全面贯彻党的抗日民族统一战线政策，利用一切可资利用的矛盾，团结一切可以团结的力量，建立了最广泛的抗日民族统一战线，调动了浩浩荡荡的文化大军，大大推动了桂林抗日文化运动的发展，铸就了辉煌绚烂的桂林文化城奇观。

（一）中国共产党对桂系地方实力派的统战工作

"两广事变"后，桂系特殊的政治态度，为中国共产党对其进行统战工作提供了客观可能性。如前所述，桂系虽然也代表着大地主大资产阶级的根本利益，却与蒋介石有着历史性的隔阂与矛盾，故而在反蒋斗争方面与中国共产党有着共同的利益。不仅如此，桂系首脑李、白又是国民党高级将领中立场坚定的抗战派，因此在爱国抗日和力主民族自救方面也与中国共产党有着共同的立场。这两点决定了桂系有联共的政治需求。武汉沦陷后，日军步步逼近桂林，蒋介石吞并异己之心未曾稍减，广西局势岌岌可危。这就更促使桂系趋向联共。但另一方面，桂系又害怕中国共产党在广西的力量会影响其对广西的统治，故其防共、反共的阴暗心理也始终存在。桂系的这种矛盾心态促使其在政治上采取八面玲珑的政策，对中国共产党和进步文化人士既推又就，既拉又打。随着蒋桂矛盾的变化和抗日战争局势的发展，桂系表现出联共反共的两重性：当蒋桂矛盾紧张时，桂系就趋向联共反蒋；当蒋桂矛盾相对缓和时，桂系就趋向亲蒋反共。

根据蒋桂矛盾和桂系对抗日的态度，中国共产党从抗日救亡的大局出发，把桂系地方实力派当作中间力量来争取，通过各种形式和渠道，积极、诚恳、耐心地对桂系地方实力派进行了大量卓有成效的统战工作，主要表现在以下几个方面：

1. 与桂系签订抗日纲领，为桂林文化城的形成打下了政治基础。

早在"七七"事变前，鉴于李宗仁、白崇禧等人的爱国抗日言论，中国共产党对远在西南的桂系就颇为关注，并将其作为重要统战对象多方进行争取、团结工作，鼓励和推动桂系朝着团结抗日的方向转变。桂系也以积极的姿态热烈回应。随着中国共产党与桂系关系的顺利发展，1937 年 6 月，红、桂、川三方签订联合抗日纲领。至此，中国共产党与桂系的合作抗日关系宣告形成，为桂林文化城的形成奠定了一定的政治基础。

2. 取得八路军桂林办事处的合法地位，为桂林抗日文化运动建立领导中心。

"七七"事变后，中国共产党在与桂系签订抗日纲领草案的基础上，进一步加强对桂系的统战工作，密切双方的联系与合作关系。武汉失守后，桂系地方实力派深感惶恐，担心桂系成为蒋介石向日本求和的牺牲品，联共的愿望尤为迫切。周恩来等人因势利导，促成桂系与共产党合作，在广西联合抗日。在桂系首脑的默许乃至暗中支持下，桂林八路军办事处于1938年11月顺利成立。"八办"的成立，使中国共产党在国民党桂系统治中心有了一个公开的代表机构和具体的领导核心。自成立之日起至"皖南事变"前，"八办"始终以其公开合法的身份顺利地开展各项工作，充分发挥其作为桂林抗日文化运动领导核心的重要作用。

3. 利用桂系借助进步势力与蒋介石抗衡的愿望，取得进步文化人和文化团体在桂林的合法地位。

中国共产党在对桂系地方实力派的统战工作中，紧紧抓住桂系渴望借助进步势力与蒋介石抗衡的心理，建议桂系首脑广为罗致人才，注意招贤纳士，切实保护桂林进步文化人士的安全，为桂林营造良好的抗日文化氛围，并指出这对"建设广西，复兴中国"是很重要的。桂系首脑对这些建议深表赞同，在一定时期内实施比较开明的政治文化政策，不仅为进步文化人士提供了容身、立业之地，而且以豁达的态度礼贤纳士，甚至高薪聘请。因此，武汉失陷后，全国许多文化人士纷纷云集桂林，而不愿到国民党右派控制较严的重庆去。这些进步文化人士到达桂林后，即以公开合法的身份开展各种抗日文化活动，各种进步文化团体和进步报刊杂志也如雨后春笋般涌现。小小的桂林城因此而出现了"文人荟萃，书店林立，新作迭出，好戏连台"的文化繁盛景象。文化人是文化的载体，大批进步文化人的到来为桂林播撒下现代先进文化的种子。现代先进文化的广泛传播犹如浩浩荡荡的春风涤荡着桂林这座古老而又闭塞的"边城"，不仅唤醒了广大民众保家卫国、反帝反封建的强烈意识，对政治家的文化心理和政治决策也具有无形的影响力。

4. 区别对待，适当让步，始终把桂系作为中间力量来争取。

桂系这一地方实力派，既有联共反蒋的一面，又有联蒋反共的一面。联共是其一时的政治需要，而反共则是其阶级本质所致。抗战时期，随着国内外政治局势的变幻，桂系始终在国民党中央政府和中国共产党之间徘徊不定。鉴于桂系既联共又反共的双重性，中国共产党始终十分重视对桂系的统战工作，将其与蒋系严格区分开来，在必要的时候对其作出适当让步，积极争取其团结抗日。由于中国共产党对桂系采取了适当让步的灵活政策，也由于蒋桂之间始终无法消泯的历史性隔阂，桂系在蒋介石掀起的第二次反共高潮中一面大肆屠杀广西地下党，一面将由外省来的中共党员和民主进步人士"礼送出境"，联共与反共的矛盾心态昭然若揭。

"皖南事变"后，由于许多进步文化人被迫离桂，桂林文化城曾经沉寂了一段时间。桂系在全国的政治、文化影响也因此而削弱了不少，桂系首脑也就倍感借助进步文化力量以扩大自身影响之必要性，对进步文化人的态度又"由阴转晴"，从而为香港沦陷后大批文化人由香港迁入桂林提供了政治前提。此后，在桂系当局的默许乃至支持下，桂林抗日文化运动在艰难的条件下又逐步发展起来。仅以戏剧为例：1941 年 10 月，由我党直接领导的新中国剧社成立，并逐步发展壮大起来；先前离开桂林的抗宣四队、五队、七队又回到桂林开展戏剧活动；1941 年至 1943年，在桂林编导、上演的进步戏剧多达 45 个，每个月都有一个至几个新剧与观众见面；至 1944 年，在党的领导下举办的规模宏大、盛况空前的西南剧展，更是把桂林抗日文化运动推向了新高潮。所有这些，与桂系地方实力派在"皖南事变"后又转到中间立场是有很大关系的。

综上所述，抗战期间，在错综复杂的政治环境中，中国共产党正确分析了桂系地方实力派的政治态度，牢牢把握住桂系同蒋介石集团有矛盾、主张抗战、在一定条件下有联共要求这一特点，在整个抗战过程中始终坚持把桂系作为中间势力来争取，从而促使桂系在一定程度上采取开明、民主的政策，为桂林抗日文化运动的发展和繁荣开创了相对于其他国统区来说较为宽松的政治环境，使桂林成为当时整个国统区的"特区"。

（二）中国共产党对国民党民主派（包括桂系民主派）的统战工作

抗日战争时期，桂林文化城里活动着一批以李济深、李任仁、陈劭先和陈此生为代表的国民党民主派人士。他们在桂系中有着广泛的影响，又因政见不同与蒋介石有着较深的隔阂。他们不满蒋介石的独裁政治和对日妥协政策，极力主张民主政治和团结抗日，在坚持团结反对分裂、坚持抗日反对投降、坚持进步反对倒退的立场上与中国共产党是一致的。中国共产党十分重视这支坚持团结、抗战、进步的队伍，把他们当作最可信赖的朋友和可资借鉴的进步力量，始终与其保持密切的合作关系。在中国共产党的影响和推动下，李济深和李任仁等人充分利用他们特殊的社会地位以及他们与桂系首脑的特殊关系，对桂系当局施加影响，在力所能及的范围内支持抗日救亡运动和抗日文化运动，掩护和保护共产党人和进步文化人，为桂林文化城的发展和繁荣做出了不可磨灭的贡献。当年一些到过桂林的文化人，无不盛赞李济深、李任仁等人保护进步文化运动的功绩。香港沦陷后，大多数文化人宁愿留在桂林而不愿去重庆，其中一个重要的原因就是桂林有李济深、李仁任这些为进步文化人"遮风挡雨"的"保护伞"。

（三）中国共产党对知识分子的统战工作

抗战时期，尤其是武汉沦陷后至 1944 年桂林大疏散之前，桂林城内汇聚了来自全国各地的文化人。他们当中有中共党员，有进步文化人士，当然也有反动文人。但共产党员和进步文化人占主导地位，数以千计，闻名全国的也在百人以上。他们是桂林文化城的中坚骨干力量。中国共产党把他们视为文化界的精英，政治上充分信任他们，业务上充分依靠他们，生活上悉心关照他们，通过思想领导与组织领导的有机结合统领这支战斗力极强的抗日文化精英部队。

在重视与爱护知识分子方面，时任中共南方局书记的周恩来堪称典范。周恩来历来重视知识分子工作，善于根据知识分子的特点，做极其细致的工作。在抗战时期艰难的生活条件下与国统区险恶的政治环境中，周恩来十分关心文化人的生活疾苦与政治上的安全，使广大文化工作者深切感受到中国共产党的温暖与关怀，从而增强了他们对党的向心力。自 1938 年 12 月至 1939 年 5 月，周恩来曾经三次到桂林短暂停留，尽管公务繁忙，他还是挤出时间广泛接触文化界的共产党员和进步人士，与他们亲切交谈，细致询问他们的生活与工作情况，并提出指导性的建议。田汉、欧阳予倩、夏衍、千家驹、胡愈之等人都曾受到周恩来的亲切会见与慰问。周恩来在桂林期间无微不至地关怀进步文化人，即便身在重庆也时常将他们的冷暖安危记挂在心头。田汉在桂林生活困难时，曾得到远在重庆的周恩来与郭沫若的深切关怀与经济援助。这关怀与资助，犹如雪中送炭，格外温暖田汉的心田，成为其继续为革命文艺事业奔波劳碌的强大精神动力。周恩来十分重视戏剧的宣传作用，对广大戏剧工作者非常关心。抗敌演剧队一直是在周恩来的领导和亲切关怀下成长起来和战斗过来的；新中国剧社在遇到极大的经济困难和政治压力时也曾得到周恩来的关怀与鼓舞，并通过组织拨款解决了剧社的暂时困难，靠着这关怀与鼓舞，新中国剧社在非常艰难的处境中始终坚持自力更生、艰苦奋斗，成长为一支坚持宣传党的团结、抗日、进步方针的轻骑兵。

患难中的真情弥足珍贵。在艰难的抗战岁月里，中国共产党始终将广大知识分子的冷暖安危记挂在心头，真正做到"急知识分子之所急，想知识分子之所想"。党对知识分子的关爱与信任，犹如一股强大的磁力将广大知识分子吸引在党组织的周围。他们高举着爱国主义的伟大旗帜，拿起文艺武器，为争取民族解放和民主自由而英勇战斗，虽历尽艰辛和磨难却从不言悔。

综观抗战时期中国共产党在桂林的统战工作，其成就的取得固然离不开中国共产党统战策略的正确实施，但也与其统战对象的积极配合是分不开的。在日寇入侵、民族危机严重的艰难时局中，不甘做亡国奴的人们自然要奋起反抗，这是中华民族传统文化中的爱国主义思想使然。在强悍的日本帝国主义侵略者面前，爱国抗日、团结御侮的强烈愿望使桂系地方实力派、国民党民主派、进步文化人士、爱国群众和中国共产党有了团结合作的政治基础。因此可以这样说，中国共产党在桂林文化城的统战工作实际上是一种互动，是爱国的人们相互之间的主动寻求与互助，是互惠共赢的。中国共产党的统战工作、桂系自身的政治需求、国民党民主派的推波助澜以及进步文化力量的推动作用促使桂系在相当长的时间内实施较为开明的抗战文化政策，从而为进步文化运动的开展提供了较之于其他国统区相对宽松的政治环境。但不可否认的是，桂系所采取的开明政策毕竟是极其有限的。而且，随着时局的变幻，广西当局对待进步文化人的态度也总是阴晴不定。故而，当年在桂的进步文化人实际上是在桂系既开明进步又顽固保守的夹缝中求生存。正是在这种特殊的政治文化语境中，桂林抗战戏剧运动得以蓬勃开展且浪潮迭起,桂林文化城戏剧家群体则因此而成为抗战文艺队伍中"异军突起"的方面军,格外引人注目。

三 战时戏剧家的政治立场与艺术道路选择

桂林文化城戏剧家群的形成,既是战时桂林特殊的政治文化语境使然,也与战时戏剧家自身的政治立场和价值取向有着极其密切的关联。

抗日战争爆发后,严重的民族危机煎熬着每一位有良知的中国人的心。民族的情绪需要激励,抗战的热情需要鼓舞,军事上的弱势需要强有力的文化后援来弥补,时代呼唤文艺为抗战服务。在特殊的政治文化语境中,众多文艺工作者以积极的心态迎对现实的需要,"以文抗战"、"以戏抗战"成为文艺界的主流。在爱国的戏剧家那里,戏剧成了团结人民、打击敌人的文化武器,成了神圣的抗战救国事业的重要组成部分,从事戏剧工作既是一种文化性生存,也是一种政治性生存。神圣的历史使命感和责任感鞭策着戏剧家们更加紧锣密鼓地开展各项戏剧活动,他们迫切希望"戏剧成为教育,成为学术,成为富于营养性的精神的粮食,成为化除一切腐旧的不良习惯的药石",[①] 他们"不单是要建立抗战戏剧,而且是要用他们的戏剧来推进抗战,用他们的戏剧来促进新生中国的新民主政治"。[②]

抗战时期,桂林特殊的政治文化环境为戏剧运动的蓬勃开展提供了相对适宜的政治文化土壤。桂林文化城的戏剧家们是活跃

---

① 欧阳予倩:《关于西南第一届戏剧展览会》,《当代文艺》,创刊号 1944 年 1 月 1 日。

② 夏衍:《戏剧抗战三年间》,《戏剧春秋》创刊号,1940 年 11 月 1 日。

在抗战剧坛上的中坚力量，相同或相近的政治立场和价值取向是他们团结一致、携手共进的重要原因之一。田汉、欧阳予倩、洪深、夏衍等人均是中国现代戏剧运动的中流砥柱，他们既钟情于戏剧艺术，又颇有济世之志，强烈的爱国主义思想和民主主义思想为他们的戏剧创作与戏剧活动抹上了或浓或淡的政治色彩。抗战时期他们携手桂林剧坛为争取民族解放与人民民主而战，既是其内心的政治需求使然，也是其发展与繁荣中国现代戏剧事业的文化理想使然。战争给中国人民带来了空前的灾难，但战争也在一定意义上促成了戏剧这一文学体裁在中国的空前繁荣，桂林抗战剧运的发展与繁荣是严酷的战争环境中一道瑰丽夺目的风景。

第二节　文化的力量

任何社会群体的结合都是受相同或相似的价值意识所支配的，所谓"物以类聚，人以群分"讲的就是这个意思。桂林文化城戏剧家群体的形成，既是当时错综复杂的政治环境和时代局势使然，也是战时戏剧家作为特殊的文化主体的自觉选择。同为炎黄子孙，在中华民族处于生死存亡的关头，救亡图存、保家卫国是戏剧家们共同的心愿；对戏剧事业的忠诚和热爱，使戏剧家们在众多的武器中选择了戏剧这种特殊的文化武器为抗战建国大业摇旗呐喊；秉承着中华五千年传统文化的精髓，战时戏剧家在艰苦卓绝的条件下始终保持着乐观昂扬的精神状态，团结一致、艰苦创业、自强不息。共同的兴趣爱好、理想信念、价值观念和价值取向使战时戏剧家汇聚成一个有机整体，文化的力量由此而得到彰显。

一　爱国主义——团结抗战的旗帜

列宁说过："爱国主义是由于千百年来各自的祖国彼此隔离

而形成的一种极其深厚的感情。"这种对各自的祖国深厚的感情并非凭空产生的，也不是与生俱来的，而是人们在社会实践中逐步形成的。爱国感情的实质，就是对整个民族的生存和发展的关心、爱护与责任感。它集中体现为民族自尊心、自信心以及对祖国命运与人民利益的关心与献身精神。爱国主义精神是中华民族道德品质的核心，是中华民族共同的精神支柱。它哺育着中华民族茁壮成长，鼓舞着中国历代仁人志士为祖国安全献身、为人民利益奋斗，具有强大的凝聚力、号召力和生命力。这种力量在异族入侵时，表现得尤为强烈和显著。

桂林文化城的形成和发展，正是由于有中华民族强烈的爱国主义精神作为坚强的精神后盾。纵观桂林文化城的历史，爱国主义就像一条红线，把各方面的爱国人士和广大劳动群众联结起来，结成最广泛的抗日民族统一战线。面对日本帝国主义的疯狂侵略，他们同仇敌忾，共赴国难，积极开展抗日救亡运动，充满爱国激情和战斗精神。桂林抗日救亡文化运动，实际上就是一场爱国主义运动。作为中华民族的优良传统和中国各族人民共同的精神支柱，爱国主义在桂林抗日文化运动中显示出了强大的凝聚力、感召力和生命力。

桂林文化城的戏剧家们正是在强烈的爱国主义思想的驱使下从四面八方汇聚到一起来的。焦菊隐是一位爱国主义者，抗战爆发后，他毅然谢绝老师挽留的好意，从繁华的巴黎返回战火纷飞、满目疮痍的祖国，积极投身抗战戏剧运动；洪深自抗战伊始即全力以赴投入抗日救亡活动，他辗转上海、武汉、桂林等地为抗战剧运不辞辛劳；为了抗战救国大业，夏衍"抛雏别妇"，舍弃个人家庭的温馨生活，站在文艺战线的最前沿苦斗……正如田汉当年在谈到戏剧改革时所说："建剧一如建军，必须有一个最高的目的，而抱定这一目的去推动、去督励、去检查。这目的应当和我们今日的历史任务一致——那就是用戏剧来争取中华民族在对日抗战中的胜利。"① 桂林抗日文艺的旗手欧阳予倩在总结他在桂林七年的战斗历程时也说道:"在广西我所排的戏完全为了抗战,我自己写的戏,也是为了抗战。"② 一切为了抗战,一切为了救亡,用戏剧来唤起千千万万的民众共同抗日,用戏剧来争取国家独立和民族解放,这就是战时戏剧家们所抱定的坚定信念和奋斗目标。抗战时期桂林戏剧界的各流派之所以能够实现空前的团结统一,形成一支浩浩荡荡的文艺大军,正是由于各流派所持的号吹出了同一个音调,那就是团结抗战,争取中华民族的彻底解放。正是这一爱国主义的主旋律统一了桂林戏剧界的步伐,从而造就了"旌旗此日会名城"的戏剧盛况。

二　职业美德——桂林抗战剧运健康发展的有力保证

桂林抗战剧运的健康发展,离不开桂林文化城戏剧家们的群策群力,也与他们在长期的艺术实践中逐步养成的敬业、奉献、诚信、智慧等职业美德息息相关。中国现代戏剧在三十多年的发展中形成了独特的职业化传统,这种传统对大多数戏剧从业人员发挥过潜移默化的作用。对于其中的优秀戏剧家而言,这种传统不再是一种外在约束或规范,而是内化为他们的价值观念和价值取向。因此,完全可以把他们视为中国现代戏剧文化的载体。戏剧家们所具备的这些职业美德,既是他们自身为戏剧事业奋斗不息的力量源泉,同时又带动了桂林文化城里一大批"戏剧兵"为抗战戏剧事业不懈努力,从而推动了桂林抗战剧运朝着健康的方向蓬勃发展。

---

① 田汉:《田汉文集》(第15卷),中国戏剧出版社1986年版。
② 田汉:《他为中国戏剧运动奋斗了一生》,《戏剧艺术论丛》,1980年第3辑。

（一）敬业精神

对戏剧事业的热爱和忠诚，使得欧阳予倩、田汉等人始终怀着一种近乎"殉道"的虔诚来经营戏剧这项伟业，为戏剧事业奋斗终生是他们矢志不渝的文化理想。在艰难的抗战岁月里，戏剧家的心与民众的心靠得更近了，与时代脉搏贴得更紧了，他们怀揣着饱满的政治热情和对戏剧事业的挚爱投入以抗战建国、救亡图存为宗旨的戏剧运动中，付出了艰辛的努力，也取得了辉煌的战果。

桂林抗战剧运的主要战绩之一，是旧剧改革成效显著。在旧剧改革方面，欧阳予倩与田汉堪称"双璧"。两位戏剧大师在旧剧改革方面所下的苦功和所取得的成就均令人感佩不已。

欧阳予倩是从事桂剧改革的自觉战士，他从事桂剧改革工作既是时代的需要和人民的需要，也是他早就计划着要改变中国旧戏曲的面貌这样一个宏伟心愿的一个步骤。他在桂林前后长达七年之久，无论工作条件和生活条件都很艰难。他要顶住国民党广西地方当局和保守势力的干涉、刁难；他要团结艺人和各阶层关心桂剧事业的人士，包括团结那些对他还不理解的人；他要为事业的开展争取经济上、物质条件上以至舆论上的支持。随着战线的南移，敌人的空袭日益频仍，他还得克服种种困难在防空洞里坚持排戏，坚持给艺人讲课。凡此种种，均需要坚忍不拔的精神和不畏艰辛的顽强毅力。正如田汉后来回忆的那样："实在，我若是予倩，我是早受不了那种空气的，而予倩为了事业终于忍耐下来。"① 正是强烈的敬业精神，支撑着欧阳予倩走过了这段漫长而坎坷的改革之路。他在桂剧改革上做了多方面的尝试，从理

---

① 田汉：《欧阳先生的道路》，转引自苏关鑫《欧阳予倩研究资料》，中国戏剧出版社1989年版。

论到实践，从艺人队伍的培养到观众习惯的改变，都进行了严肃而又谨慎的改造，获得了巨大的成功，在社会上和文艺界引起了强烈反响。

田汉领导的平剧改革和湘剧改革在桂林也曾轰动一时。这是田汉和众艺人辛苦劳动的结晶。仅在湘剧改革方面，田汉就付出了巨大的艰辛。为组建中兴湘剧团，田汉整日四处奔走，找房子，凑"行头"，筹办借款。剧团组建起来以后，田汉又夜以继日地为剧团编写剧本，还和湘剧艺人们一起对湘剧唱腔进行了富有成效的改革。湘剧艺人被田汉改革旧剧的满腔热情和执著追求所感动，全力投入改革，使剧团起死回生，走上了"中兴"之路，湘剧之花在漓江之滨结出了丰硕的改革之果。

桂林抗战剧运的另一大战绩，是话剧运动的蓬勃开展，出现了"知名戏剧家多，创作剧目多，话剧团体多，上演新剧多的可喜局面"。① 成就的取得，离不开广大话剧工作者的共同努力，离不开他们在精神和物质的双重煎熬下不避艰辛地在自己的岗位上苦苦撑持的敬业精神。他们严肃认真的艺术态度、饱满的工作热情、争分夺秒的"突击精神"以及磨炼技艺、精益求精的苦心，在戎马倥偬的战争年月里尤其显得难能可贵。

为了赶写五幕话剧《秋声赋》，田汉在严寒的冬季里夜以继日地挥笔疾书，创下了直接在蜡纸上写剧本的剧坛奇闻；为了筹建话剧人自己的剧场，欧阳予倩在资金短缺的情况下，亲自拿着募捐册四处奔走，向各界人士进行募捐；"大忙人"夏衍一边忙着办报一边忙着写剧本，"忙里偷闲，见缝插针"是他赢得时间的诀窍，他只用了两个星期便一口气写完了优秀剧本《心防》；

---

① 　蔡定国：《试论桂林文化城戏剧运动的特征》，《桂林抗战文化研究文集》，漓江出版社 1992 年版。

焦菊隐为导演《一年间》"宵旰辛劳"以至于病倒，大病初愈后又立即投入紧张的工作之中；洪深认为"演戏就是打仗，无纪律不行"，在他的严格要求下，国防艺术社的全体演职人员一改往昔拖拖拉拉的作风，准时到场严肃认真地排练；新中国剧社为及时赶排《大地回春》、《秋声赋》等剧，经常派人到田汉家里去坐等剧本，田汉一节一节地写戏，他们拿到剧本后立即赶回去一节一节地排戏，那摇曳在夜风中往返于花桥和福隆街的"巴巴灯"是新中国剧社社员们对戏剧事业的一颗颗挚爱的心……正是有了这样一支敬业的戏剧队伍，桂林抗战剧运才能在那种艰苦卓绝的环境中如千年雪莲般在冰天雪地里迎风怒放。

（二）奉献精神

人有了文化理想及其所赋予的价值观念，就可以摆脱俗务，坚定不移地按照自己选择的价值目标开拓前进。它常常表现为一种献身精神，表现为一种为追求某种事业的成功而奋不顾身的行为，表现为一种"富贵不能淫，威武不能屈"的浩然正气。

桂林文化城的戏剧家群体，是一个勇于承担社会责任的艺术群体，也是一个富于自我牺牲精神的艺术群体。诚如欧阳予倩所言："抗战以来，中国的戏剧工作者承继着数十年来优良的革命传统，热烈地响应了神圣的号召，用我们的武器——戏剧艺术，积极而毫无保留地参加了全民族的英勇战争。在前线，在边省，在后方，忍受了一切艰难困苦，不顾一切危险，对抗建大业贡献了所有的力量。"① 在民族危亡的形势下，强烈的爱国主义精神和深沉的忧患意识，促使广大进步文化工作者毁家纾难，义无反顾地投身抗战救亡的洪流。爱国的戏剧工作者选择了自己得心应

---

① 欧阳予倩：《关于西南第一届戏剧展览会》，《当代文艺》创刊号，1944 年 1 月 1 日。

手的武器——戏剧，毫无保留地献身抗战建国大业。田汉曾在西南剧展戏剧工作者大会上称赞欧阳予倩之"傻劲可佩"，指出"戏剧工作者是一批大傻子，假使没有这批傻子，便没有今天这个局面"。[①]桂林文化城的戏剧工作者正是凭着这种"傻劲"而汇聚到一起，朝着共同的目标——抗战建国、抗战建剧，携手共进。这种"傻劲"，说到底就是一种"舍小家，顾大家"、先人后己、克己奉公的奉献精神。这种宝贵的品质闪耀在桂林文化城众多戏剧家的身上，像夜幕上的星星一样熠熠生辉，为桂林抗战剧运增色不少。

　　作为桂林抗战剧运的领导者之一，田汉的"无私"和"忘我"，在整个文艺界是有口皆碑的。田汉在桂林期间一直过着清贫的生活，一家八口人的生活全靠他一支笔维持。抗战时期的国统区，稿费不高，物价却涨得快，往往是拿到稿费时，已经买不到多少生活必需品了。因此，田汉一家的生活常常陷入困境，有时只好靠借贷度日。尽管自身衣食堪忧，田汉对其他文艺工作者的关心和帮助却从来都是不遗余力的。对于与他关系密切的抗敌演剧队、新中国剧社、文艺宣传团、中兴湘剧团、四维平剧社是如此，对于并不熟悉的文化团体和文化人也是如此。他就像一把火，燃烧着自己，照亮了别人。

　　欧阳予倩曾被田汉誉为"傻劲可佩"、"受尽艰苦，不计功利"的"傻子"。欧阳予倩的"傻劲"在于他七、八年如一日为桂剧改革和话剧运动历尽艰辛磨砺而从不退缩。当时的桂林是个相当闭塞的地方，而桂剧又处于奄奄一息的状态。要在这么一个相当保守的环境中来整理桂剧这个"烂摊子"，需要多大的勇气

　　① 瞿白音、田念萱：《回忆西南第一届戏剧展览会》，《中国话剧运动五十年史料集》第2辑，中国戏剧出版社1959年版。

和决心、恒心和毅力！又需要投注多大的气力和心血！但欧阳予倩到底坚持下来了。他顶住了各种各样的压力，备尝了各种各样的艰辛，终于让桂剧旧貌换新颜，由一个浑身散发出陈腐没落气息的剧种脱胎换骨成为一个富于战斗气息、为时代服务、为抗战服务、为人民大众服务的优秀剧种。他紧密地团结了一批桂剧艺人和话剧工作者，利用广西省立艺术馆馆长等职为其他兄弟团队提供尽可能多的便利，尤其在筹备和组织西南剧展的过程中投入了大量的精力，做出了巨大的贡献。

夏衍在《愁城记》中"写一个文化青年由小圈子断然跳到大圈子去"，号召广大青年"舍小家，顾大家"，积极参与抗日救亡运动。其实，夏衍本人就是一个由"小圈子"跳到"大圈子"的范例。他在桂林握笔撰写《愁城记》这个剧本的时候，他那贤美的夫人和年幼的儿女都还在千里之外被人称之为"愁城"的上海。为了完成党交给的任务，他毅然离别了"愁城"中那温暖的"小圈子"，全身心投入抗日救亡的"大圈子"，为给中华民族筑一道坚固的"精神上的防线"而日夜操劳，置个人利益与家庭幸福于不顾。在当时的桂林，像夏衍这样离乡别亲为抗日救亡事业而忘我工作的人是难以数计的。无数个"夏衍"、无数个"田汉"、无数个"欧阳予倩"携起手来，就是中华民族一道坚不可摧的"心防"。

（三）诚信

诚信，是中华民族的传统美德。《中庸》云："不诚无物。"《论语》曰："人而无信，不知其可也。"足见古人对"诚"与"信"这两种品德的重视。诚信，是建构良好人际关系的道德基础，也是任何事业获得成功的道德基石之一。讲究诚信，是桂林戏剧家群体的特征之一，也是这个群体紧密团结的重要原因之一。

崇诚唯善是田汉为人处世的一大信条，也大大增强了他的人格魅力。田汉生于乡野，长于民间，乡里人热情、忠厚、朴实、善良的优秀品质熏陶着他，浸染着他，造就了他的古道热肠和侠义性情。他率直、热情、诚挚，与人交往常常能跳出功利主义的狭小圈子。他笃信"一诚可以救万恶"，中国民间的"江湖义气"和西方文化中以"诚"为本的"忏悔"意识都曾深刻地影响着他。而深厚的学养和"开放型"的文化心态又使他不蔽于"时见"、"俗见"与"派见"，他往往能以超然的大家气度对待种种争论，以坦诚友善的态度对待艺术界各流各派。崇诚唯善的人生信条和优秀品质使田汉得以结交许多不同阶层、不同行业和持不同政见的朋友，赢得了艺术界人士尤其是民间艺人的真挚爱戴。他就像磁石一般吸引着广大文艺工作者尤其是戏剧界的同仁们，大家都亲切地称他为"田老大"。"他的威望不是人为地'树'起来的，更不是靠权力'逼'出来的，而是自然而然地形成的，是靠他的道德和人格'化'出来的。"[1]　田汉不仅为人热情，待人诚恳，而且极讲信用，言出必行。每当朋友们有困难求助于他时，他总是慨然允诺，从不推辞，也从不叫人失望。"我总是有办法的"，是田汉的口头禅。至于这"办法"背后凝聚着这位时代巨子怎样的艰辛，田汉本人从未向人提起过。在那些艰难的岁月里，倚仗着田汉的帮助与支持，不少戏剧工作者和剧团咬紧牙关熬过了最难熬的时光，这也是他们心甘情愿在田汉的带领下为抗战剧运流血流汗的一个重要原因。当然，他们也总在田汉面临困境的时候尽力予以帮助。这种相濡以沫的战斗情谊是桂林戏剧家群体的"凝聚剂"。

田汉与欧阳予倩两位戏剧大师在桂林期间的交往，更可见出"诚信"作为一种品质的可贵。当时，田汉和许多青年戏剧工作

---

① 董健：《田汉论》，《戏剧与时代》，人民文学出版社2004年版。

者主张以"突击"方式多争取些演出，多打击些敌人；而欧阳予倩则主张"磨光"，认为艺术愈"磨光"愈有力量。因此，田汉和欧阳予倩常常为艺术问题争得面红耳赤。尽管在"突击"与"磨光"的争论中彼此之间存在较大分歧，但他们从未因此而滋生龃龉，而是"求大同存小异"，放宽胸怀，坦诚相待，相互信任，相互切磋。在相互影响中，他们的"观点显然慢慢地接近了"，"矛盾很自然地解决了"。① 作为支撑桂林抗战剧运的两只巨擘，田汉和欧阳予倩的竭诚合作无疑具有重大的积极意义。

以诚相待，相互信任，使得持不同艺术见解的戏剧家在抗日救亡的共同目标下能互相谅解，互相影响，亲密合作。田汉与欧阳予倩的深情厚谊，"夏编欧导"的剧坛佳话，夏衍、洪深、田汉三人合著话剧《再会吧，香港！》，众戏剧家齐心协力筹办西南剧展……这一切都是建立在诚信的基础之上的。

（四）智慧

田汉、欧阳予倩、夏衍、洪深等现代戏剧家不仅精通戏剧艺术，而且具有敏锐的洞察力和政治嗅觉。他们见微知著，明察秋毫，善于利用各种关系来发展戏剧事业。这种人生的大智大慧使得他们在错综复杂的政治环境中能够准确地把握住前进的方向，游刃有余地应对各种复杂而尖锐的斗争，从而为戏剧运动的发展创造了有利的条件。

如前所述，田汉是个相信"一诚可以救万恶"的人。抗战期间，田汉不仅以他的诚恳和热情团结了一大批戏剧工作者，而且与国民党上层人物李宗仁、李济深等以及国民党军官张发奎等都有一定的交情。但这并不等于说田汉是一个没有政治立场的人，田汉这样做自有他的良苦用心。在当时错综复杂的政治环境中，

① 田汉：《他为中国戏剧运动奋斗了一生》，《戏剧艺术论丛》1981年第3辑。

进步戏剧活动的开展很容易受到来自各个方面的阻力和威压，进步戏剧工作者甚至随时都可能遭遇生命危险。田汉当时在桂林以国民党文官少将的身份公开出现，实则是个不折不扣的中共地下党员。他充分利用自己与国民党上层人物的关系，为抗敌演剧队和其他艺术团体的发展打开通路。事实证明，田汉这样做不仅解决了很多工作中的难题，团结了很多人一道工作，而且也利用各种关系，保护了很多革命同志的安全。

欧阳予倩是个很善于应付各种复杂环境的人。他的桂剧改革活动是在国民党的黑暗统治下，在万事维艰的抗日战争时期进行的。他当初虽是由桂系当局通过马君武、白鹏飞出面请过来的，但桂系请他自有其政治上的用意。而欧阳予倩并没有按照桂系当局的意志改革桂剧，他巧妙地利用蒋桂矛盾，利用自己的合法身份与一些微不足道的物质条件，拿起戏剧艺术的武器与国民党顽固派斗智斗勇。这是一条从荆棘中杀出来的血路，欧阳予倩以其超凡的艺术智慧与政治智慧及坚忍不拔之志将桂剧培养成一株"为光明而舞蹈，为自由而歌唱"的艺术奇葩。

夏衍是文坛上的"多面手"。善于在复杂的环境中利用各种文艺武器争取和团结朋友、孤立和打击敌人，是夏衍在抗日救亡文化活动中的一个显著特点。他在忙于办报的同时，密切关注剧坛动态，不断发表剧评褒扬优秀剧作、贬斥剧坛的不良现象和倾向，为抗战剧运的健康发展营造有利的舆论氛围。他还巧妙抓住广西当局渴望获得"政治清明"的美誉的心理，不断发表时评，不着痕迹地将"贤明"的高帽子送给当局者，促使其不得不做出积极的姿态高呼"抗日"、"民主"，为抗日文化运动鸣锣开道。

1944年由欧阳予倩、田汉、瞿白音等人发起和组织的西南剧展的胜利召开，更是桂林文化城戏剧家群体政治智慧和领导智慧的集中体现。为了能让剧展大会顺利进行，剧展筹委会巧妙运用了党的抗日民族统一战线政策，让国民党的一些军政要员挂上了各种头衔。这些军政要员挂上头衔后，自以为可以从中捞取各种政治资本，实际上却给剧展提供了某些方便，使大会具有了合法性，掌握了主动权，真正做到了"穿着国民党的衣服，吃着国民党的饭，给共产党工作，为人民工作"。① 西南剧展持续时间之长，参与人数之多，涉及面之广，规模之大，实属罕见。为使剧展收到预期效果，筹委会殚精竭虑，制订了周密的计划，进行了严密的分工，从而确保了大会的顺利进行。这足以说明戏剧家们高超的组织才能和领导艺术。

三 团队意识——戏剧团队的"黏合剂"

日寇的铁蹄踏碎了华夏大地的宁静，侵略者的残暴令人发指。烧焦的土地，血染的山河，国破家亡的痛，颠沛流离的苦，强烈地刺激着感时忧世的战时戏剧家们。他们迅速地完成了作为民族成员的身份认同和心理调适，毫不迟疑地以民族解放战士和戏剧家的双重身份加入民族解放战争的行列。在战时高度组织化和集体化的价值氛围中，桂林文化城的戏剧家们形成了文化部队特有的团队意识。强烈的团队意识将他们紧紧地凝聚在一起，组成了一支极富战斗力的抗战队伍。各戏剧团队内部成员之间的团结协作，戏剧团队之间的团结互助，是桂林抗战戏剧事业兴旺发达的重要原因。

（一）戏剧团队内部成员之间的团结协作

"一个人演不成一台戏。"任何一场演出，都是靠许多人、多种艺术因素的分工合作才得以实现的；任何一个舞台艺术形象都是集体创造出来的。戏剧大师欧阳予倩就曾强调过："戏剧是一

---

① 蓝光：《永远铭记》，《长江文艺》1978 年第 9 期。

种集体的艺术，不容许个人英雄主义的存在，否则会破坏这种艺术。"① 戏剧艺术的集体性要求每一位戏剧工作者杜绝个人英雄主义，加强团队意识，发扬集体主义精神。这是任何一个戏剧团体得以生存和发展的基本条件之一。和平年代如此，战争年代更是如此。

抗战时期，桂林文化城戏剧团队林立，知名戏剧家荟萃，戏剧演出活动频繁，充分发挥了戏剧的宣传鼓动作用。在个人生存尚且困难重重的战时国统区，维持一个剧团（尤其是职业剧团）的生存绝非易事。这就更需要剧团的全体成员齐心协力，同甘共苦。新中国剧社的苦斗历程，典型地体现了桂林文化城广大戏剧工作者顾大局、讲团结、守纪律、有约束的集体主义精神。

新中国剧社以民间职业剧团的形式出现，社员主要由原抗敌演剧队成员和进步戏剧工作者组成。这是一群富有社会责任感和爱国心的热血青年。他们虽然来自五湖四海，性格特征不同，文化素养各异，但都有一种共同的倾向，即渴求进步，向往革命，愿意在集体的进步中寻求自身的上进。他们相信自己所从事的工作是正义的、崇高的，共同的理想信念和奋斗目标使他们彼此互相吸引、互相尊重、互相体谅、互勉共进。在新中国剧社这个革命的大熔炉里，社员们过着"军事共产主义"式的生活，大家一起工作，一起学习，各尽所能，待遇平等，真正做到"有福同享，有难同当"。剧社采取民主管理的方式，将全体社员分成若干生活小组，每周召开民主生活小组会，报告时事与读书心得，讨论生活上、工作上的问题，积极、坦诚地开展批评与自我批评。在生活小组内无法解决的问题，则提交大会通过大集体的智慧达成共识。这种民主管理方式的实施，使得剧社成员的政治思

---

①　海洋、默寒：《西南剧展的尾声》，《新华日报》1944 年 5 月 27 日。

想观念不断改进，从而形成一股强大的"向心力"。每个社员都把自己的命运与集体的命运融合在一起，始终以主人翁的姿态来对待工作，自觉地遵守集体的纪律。生活在这样一个人际关系和谐融洽的大集体里，人人都能感觉到集体的温暖，感觉到来自他人的真诚的关爱，虽然生活清苦却仍对前途充满信心。因此，剧社无论在政治上遭受到任何巨大压力，经济上出现任何困难，大家都能紧紧地团结在一起，同舟共济，一次又一次地渡过难关。

由新中国剧社的例子我们不难看出，强烈的团队意识、严密的组织纪律性和科学民主的管理方式，是一个团体充满生机和活力的重要原因。团体的规章制度、组织纪律、职业道德等规范文化对个体价值意识的整合是很有影响力的。它不仅可以控制个体的行为，更可以控制个体的心理，从而使个体自我价值顺从群体价值，使个体自我价值意识顺从群体价值意识，形成强大的凝聚力。战时桂林大多数戏剧团体之所以能在艰苦的环境中苦苦撑持，屡蹶屡起，主要原因之一就在于戏剧工作者们树立了集体利益高于一切的团队意识。

（二）戏剧团队之间的团结互助

桂林文化城戏剧界的团结互助精神，不仅表现在各团队内部各成员之间的友爱互助，更难能可贵的是各戏剧团队之间的团结互助。在万众一心救亡图存的日子里，共同的价值意识和目标取向，把各个戏剧团体整合在一起，从而打破了"同行相妒"的陋习，形成了一种融洽和谐的友好合作局面。小群体因此而凝聚成大群体，声势浩大的大型戏剧活动因此而得以展开。

欧阳予倩曾经盛赞战时西南各省剧团有五大特点：第一，"明星制"绝不存在；第二，人事纠纷少；第三，各团队之间合作得好；第四，在剧本演出问题上各团队能互相谅解；第五，上演剧本百分之九十具有时代意义，并没有和政治、社会脱节。①
这足以说明当时西南各省戏剧界的团结与进步。当时各剧团之间
的合作是极其常见的，好些团队之间经常互相派遣演员替换往
来，演出时互相帮忙尤其成了一种惯例。各戏剧团队之间的这种
团结协作精神在大型戏剧活动《一年间》公演与西南剧展中表现
得尤为突出。

　　1939 年 10 月，桂林戏剧界为给《救亡日报》筹募基金，特
举行夏衍新作《一年间》联合公演。此次公演从筹备到演出共有
三百余人参加，演出规模之大，动员人力之多，产生社会影响之
深远，在桂林戏剧史上都是空前的，它揭开了桂林文化城戏剧运
动繁荣的序幕。这是桂林文化界，尤其是桂林戏剧界，通力合作
的结果。

　　较之于《一年间》公演，西南剧展的阵容更为壮观。这也充
分说明了一个事实：随着抗战局势的发展，人们在火热的斗争生
活中扩展了视野，受到了鼓舞与启迪，积累了丰富的斗争经验，
越发感觉到团结合作的必要性与重要性。因此，戏剧界的团队合
作越来越密切，合作的范围也越来越广。在欧阳予倩、田汉等人
的号召和鼓动下，渴望团结进步、渴望振奋精神的西南戏剧工作
者们如百川归海汇聚于桂林这个"戏剧大舞台"，来检阅队伍，
磨砺刀枪，增长力量，催生胜利的婴儿。西南剧展是一次团结的
盛会。在同甘苦共命运的战斗中结成的革命情谊，最能温暖人的
情怀，也最能鼓舞人，使大家在温暖融洽、互相谅解的气氛中积
极地开展各项工作。在剧展中，各团队之间在团结协作方面始终
做得很好。因此，李济深在剧展闭幕式上对剧展中各团队的精诚

---

　　①　欧阳予倩：《关于西南第一届戏剧展览会》，《当代文艺》创刊号，1944 年 1
月 1 日。

团结和刻苦努力倍加称誉，剧展主持人欧阳予倩也在闭幕式的讲话中盛赞道："这次剧展中各同志表现的优点是，热情、团结、遵守纪律，工作态度严肃、认真，对戏剧运动路线的意见一致。"①

四　战斗精神——克敌制胜的法宝

夏衍在《戏剧抗战三年间》一文中把全中国的戏剧工作者称为"整个抗日军队里的一个特殊的兵种"。这个"特殊的兵种"使用"戏剧这种特殊的武器，巩固了团结，强化了信心，推动了进步，打击了敌人"，"以初生之犊的勇气，站在一切战斗的前列"。② 欧阳予倩也曾指出："有战斗的地方就有戏剧，有戏剧的地方就有战斗。"③ 两位戏剧大师以历史亲历者的感慨，明确地道出了在火热的战争年代，戏剧作为一种特殊的武器，对人民是友善的旗帜，对敌人则是战斗的旗帜；戏剧工作者既是传播先进文化的文化使者，又是敢于横眉冷对反动势力的文化战士。

桂林文化城的"戏剧兵"们正是这样一群爱憎分明的坚强斗士。尽管当时的桂林相对于其他国统区来说有着相对宽松、民主的政治环境，但国民党顽固势力的阻挠与破坏是一直存在的。尤其是"皖南事变"以后，进步文化人在桂林更是举步维艰，处处都是陷阱和羁绊，恶劣的环境给戏剧的创作和演出带来许多困难，在白色恐怖下，进步文化人随时都有进集中营的危险。面对残酷的黑暗现实，英勇的"戏剧兵"们并没有垂下他们高傲的头颅，而是以昂扬的斗志迎接挑战。他们既是敢于斗争的艺术群

---

① 海洋、默寒：《西南剧展的尾声》，《新华日报》1944 年 5 月 27 日。
② 夏衍：《戏剧抗战三年间》，《戏剧春秋》1940 年创刊号。
③ 欧阳予倩：《关于西南第一届戏剧展览会》，《当代文艺》创刊号，1944 年 1 月 1 日。

体，也是善于斗争的艺术群体。

田汉曾被洪深誉为"跌不怕、打不怕、骂不怕、穷不怕的硬汉"。① 在邪恶势力面前，田汉的腰杆子总是挺得笔直的。当广西省主席黄旭初要求他删去《新武松》一剧中的两句台词（"从来苛政猛如虎"，"白日街头有虎狼"）时，他当场拒绝："为什么要删？难道还要粉饰太平？"欧阳予倩的《梁红玉》因揭露统治阶级的腐败黑暗而刺痛了达官贵人，当广西省财政厅厅长黄钟岳要求他"稍易其词"时，他却据理力争并斩钉截铁地说："可以禁演，一字不改。"《新武松》与《梁红玉》因此而遭禁演，但戏剧家们不畏强权的精神却深深地感染了广大观众和戏剧工作者，也有力地打击了反动势力的嚣张气焰，弘扬了浩然正气。在文网森严的恶劣环境中，广大戏剧工作者就这样以百折不挠的勇气与国民党反动势力进行有理、有利、有节的斗争。他们始终以一种战斗者的姿态坚守在自己的岗位上。

西南剧展可以称得上是战时戏剧工作者战斗精神的"总检阅"。为了参加剧展，戏剧工作者们不但要克服物质上、生活上的许多困难，还要与阻挠他们参加剧展的各种顽固保守势力进行多种形式的斗争。究竟是什么力量支撑着他们为参加剧展而节衣缩食、忍受困厄、不避艰辛？一位参加剧展的戏剧工作者道出了大家的心声："我们从四面八方，冒着风险、艰难，聚集一堂，我们开会，我们演出，我们流着血汗，流着眼泪，忍着饥饿，耐着穷困，以极大的牺牲换取一个代价：为中国戏剧史写下新的一页。"② 强烈的事业责任心和高度的历史责任感是戏剧工作者们不畏艰苦、不怕迫害、甘于牺牲、顽强战斗的动力源泉。

---

① 董健：《田汉论》，《戏剧与时代》，人民文学出版社 2004 年版。
② 田瑜：《告别桂林》，《广西日报》1944 年 6 月 5 日。

五　革命乐观主义精神——艰难中奋起的精神支柱

《易传》云："天行健，君子以自强不息。"从古到今，《易传》关于刚健有为、自强不息的思想一直激励着中国广大知识分子积极入世、自强不息。"西伯拘而演《周易》；仲尼厄而作《春秋》；屈原放逐，乃赋《离骚》；左丘失明，厥有《国语》；孙子膑脚，《兵法》修列；不韦迁蜀，世传《吕览》；韩非囚秦，《说难》、《孤愤》；《诗》三百篇，大抵圣贤发愤所作为也。"《史记·太史公自序》中这段有名的记载，反映了中国知识分子愈是受挫、愈是奋起抗争的精神状态和坚忍不拔的意志。即便身处逆境也绝不悲观绝望，不到万不得已绝不轻言放弃，这种乐观进取的人生态度是千百年来中国知识分子绵延不息的宝贵传统。桂林文化城的戏剧家们正是这样一群虽身处逆境却始终保持乐观昂扬的精神状态的文化战士。

在众多文化人眼里，田汉始终是一位热情奔放、乐观开朗的文化战士。物质上的穷困压不垮他，事业上的艰辛难不住他，政治上的迫害吓不倒他。在艰难困苦面前，他始终能保持昂扬的斗志，以"湖南牛"的戆直和"知其不可为而为之"的勇气朝着既定的目的地奋勇前行。他有一双睿智的、善于洞察时势的慧眼，有一颗诚挚的爱国爱民的赤子之心，有一种强烈的民族自救意识和改造社会的责任感。抗日战争时期，田汉在桂林倍尝生活的艰辛和创业的艰苦，但他始终不气馁，不悲观。他以他的乐观情绪和苦干精神感染和带动了一大批戏剧工作者，使他们在风雨如晦、黑暗如磐的岁月里能坚定抗战必胜、建国必成的信心，从而能心无旁骛地为抗战建国大业而顽强拼搏。不仅如此，田汉还创作和改编了许多宣传抗战爱国思想的优秀剧目，以此来鼓舞军心、民心，打击敌人。

战时戏剧家在火热的斗争生活中经受住了血与火的严峻考验，他们虽备受磨难，却始终保持着高亢激昂的精神状态。在严峻的民族灾难面前，他们主张遗弃一切悲哀情调，用慷慨激昂的调子来振奋民心。靠着这种积极、向上、乐观的精神食粮的给养，人们才能以极大的耐力来忍受战时物质和精神的双重压迫，才不至于在艰难困苦的环境中悲观沉沦，崩溃了心理上的防线，在强敌压阵时自动缴械。战时桂林剧坛上所编、演的剧目多为振奋民心之作，抗日救亡、反帝反封建既是时代的主旋律，也是当时剧坛上长兴不衰的主题歌。夏衍的《一年间》、《心防》、《愁城记》，欧阳予倩的《梁红玉》、《胜利年》、《忠王李秀成》，田汉的《秋声赋》、《黄金时代》以及夏衍、洪深、田汉三人合著的《再会吧，香港！》，等等，无一不高扬着反帝反封建的主旋律，无一不激励着人们勇敢地迎接时代的暴风雨大踏步向前迈进。它们如漫漫长夜里熊熊燃烧的火炬，给在寒冷的黑夜中摸索着前进的人们以温暖和光亮。

第五章

田汉:桂林文化城的戏剧魂

在中国戏剧现代化进程的版图上,留下了一批先驱者的足迹,田汉便是其中的一位。田汉(1898—1968),字寿昌,湖南长沙人。他是"五四"以来优秀的剧作家,是中国戏剧运动的奠基人和戏剧改革运动的先驱者。关于田汉对中国戏剧事业的独特贡献,曹禺有过中肯的评价,他认为:"田汉是一部中国话剧发展史,他奠定了话剧的基础,指示出话剧今后的路线,他孜孜不息的青年气象,永远是后起者灵感的源泉。"[①] 田汉的经历有着强烈的"历史感",他为戏剧事业奋斗了一生,即使在抗日战争的烽火年代,他也从未放慢自己的脚步。八年抗战,田汉有一半的时间在桂林度过,他曾三次来到桂林。自 1939 年至 1944 年,田汉在桂林居住了整整四年。

众所周知,桂林曾在抗战时期被誉为"文化城",它是国统区革命和进步文化活动的阵地,以进步力量为主导,具有鲜明的革命性和广泛的群众性,是中国抗战文化的一面旗帜。它以自己独特的风格谱写着中国现代文学的历史。从文化构成来分析,"桂林文化城"实际上以一个文化场的形式存在,各种文学体裁

---

① 邓兴器:《先驱者之路——田汉戏剧生涯述评》,《中国话剧艺术家传》,文化艺术出版社 1984 年版,第 1 页。

在这个场中占据自己的位置。这是一个充满竞争的战斗的场，最终，因为现实战斗的需要，戏剧这种文学体裁成为这个场的主导，进而使"戏剧场"在某种意义上成为这个"文化场"的代名词。田汉在这个戏剧场中进行戏剧创作，开展戏剧运动，他与场之间形成了双向互动关系，戏剧场影响和制约着田汉的创作和活动；同时，田汉又以他丰富的戏剧学识和艺术经验，引领着蓬勃的戏剧运动，促进了戏剧场的繁荣。

很难想象，桂林文化城的戏剧运动若缺了田汉这位中流砥柱，将会是何种面貌，田汉当之无愧地被称为文化城的"戏剧魂"。魂者，神也，精气之所寓也。戏剧的魂指戏剧运动赖以存在的一种巨大的精神感召力，这种感召力源于剧作家的社会批判精神和思想启蒙意识，源自剧作家的激情、责任感等主体意识。田汉旅桂时期的戏剧活动，鲜明地体现出一种精神感召力，我们称之为田汉戏剧精神。田汉剧作中的忧患精神、戏剧运动中的苦干精神、统战工作中的团结精神、戏剧活动中的民族精神共同彰显着独特的田汉戏剧精神。

第一节　戏剧创作——忧患精神

抗日战争特殊的政治文化氛围，包括独特的思维方式和审美心态，促成了许多唯战时所特有的文化现象。桂林文化城的形成是由战争因素促成的。战争直接影响到文化人的创作心理以及文学的题材和风格，即使是某些远离战争现实的文化现象，也会打上战时的烙印。而由于战争局势的变化发展，不同地域不同阶段有不同的审美倾向，这又决定着不同的文化潮流和趋势，文化发展的时段性也更加明晰。抗战文化就是在"国难当头"的社会背景下形成和发展的，"救亡"主题焕发了巨大的民族凝聚力，它强调的是文化的功利性和宣传性,表现出现代文化与民族命运血肉相连的特质,这正是抗战文化振兴民族文化所特具的优越性和生命活力。抗战文化作为一种影响力、号召力、推动力,扩散到社会的一切阶层。以大众化、通俗化、民族化、民间化为特征的抗战文化,把中华民族紧密团结在了一起。而文化人则充当了时代的号角,他们肩负着创作符合大众精神需求的文艺作品的重任。

桂林抗战文化的形成,是与整个中国抗战文化和抗日救亡运动相一致的。桂林的广大文艺工作者,大多是由于战争的迫害,由外地流亡而来。战火纷飞、颠沛流离的现实处境,强劲地震撼了他们的心灵,他们兼具流亡者和战士的双重身份,个人安危与民族存亡紧密联系在了一起。因此,民族解放意识在他们那里就显得特别强烈。由此而升华出的艺术热情,激发了他们特殊的创作欲望和创作冲动,这就决定了他们对创作题材、作品主题的选择。"空前的民族生存危机感和历史使命意识,成了桂林社会心态的支撑点。"① 把现实社会人生问题与国家命运紧密相连、高扬爱国主义和民族意识的主题,就贯穿了战时桂林文坛的始终。在这样的主题指导下,活跃在桂林的文艺家们,组成了一支队伍庞大的"笔部队",用他们的创作拉近了桂林与硝烟弥漫的前线的距离。

一 田汉旅桂时期戏剧创作的主题

田汉旅桂时期的创作与桂林文化城总的艺术追求乃至整个抗战文化保持了一致的步伐,身处爱国主义占主导的桂林文坛,田

---

① 文丰义、盘福东、侯德光:《血铸就的丰碑——中国抗战文化》,广西师范大学出版社 2003 年版,第 262 页。

汉戏剧创造所渗透的忧患精神，既是田汉感时忧国的个人气质所在，同时也不可避免地受到文化城那种"场"效应的影响。田汉与文化城之间的双向互动关系表现在：一方面，文化城影响了田汉的思考方式和认知方式，同时也为田汉戏剧的演出提供了平台；另一方面，田汉的剧作又促进了文化城戏剧的繁荣。田汉在桂林期间创作了《秋声赋》、《黄金时代》、《再会吧，香港！》三部话剧，创作和改编了《新儿女英雄传》、《岳飞》、《江汉渔歌》、《武松》、《武则天》、《双忠记》、《新会缘桥》、《金钵记》八部戏曲。这些作品的选材和主题基本可以反映出桂林文化城对戏剧创作的要求。田汉戏剧创作具有丰富的内涵，作品中的忧患意识既是对30年代左翼现实主义战斗精神的继承，同时也包含着对20年代"五四"启蒙主义自由民族精神的呼应。只有从作家内在心理机制的传承关系来考察田汉旅桂时期的戏剧作品，才能更好地理解田汉忧患精神之所在。

（一）对30年代左翼现实主义战斗精神的继承

由于特殊的时代环境，30年代的戏剧在左翼剧联的领导下，形成了自己鲜明的特点：戏剧与现实生活密切联系，暴露现实生活的假恶丑，赞美生活的真善美，跳动着时代的脉搏，传达出人民群众的心声。戏剧与生活、与时代、与人民的密切关系，使戏剧具有浓烈的战斗性。田汉在30年代创作了《乱钟》、《扫射》、《扬子江的暴风雨》、《回春之曲》等话剧，这些作品中饱满的战斗精神不仅是对时代的回应，同时，这种精神内化为田汉个人气质的一部分，在他以后的创作中被传承下来。田汉在桂林，不管是对新剧的创作，还是对旧剧的改编，都包含着他对现实的感悟、国家命运的担忧。面对多灾多难的中华民族，田汉不是消极以待，而是将对国家、民族命运的忧患精神激发为一种现实战斗力，希望通过戏剧作品来唤醒大众的民族意识，为民族存亡而战。这种强烈的忧患精神显著表现在《岳飞》、《新儿女英雄传》、《双忠记》、《江汉渔歌》、《新会缘桥》、《再会吧，香港！》、《黄金时代》等剧作中。

关于戏剧题材的选择，田汉有自己的见解，他将选择的标准放在民族战争的利益上，根据现实的需要来决定戏的内容。田汉所写《岳飞》一剧，就避免了以往以岳飞为题材的作品的悲凉气氛，而以破拐子马、祭孔陵为中心事件，着意描写岳飞在国家危难之时挺身而出、奉命率众抗击金兵的英雄壮举，全剧洋溢着高昂的战斗精神。《新儿女英雄传》写张经的儿女继承父志，继续和倭寇决战，最大限度地挽救了国家和民族利益，用历史故事来彰显作者的战斗姿态，以史鉴今，动员人民为民族而战。而京剧《双忠记》的创作源于田汉内心的触动，有感于明末忠烈瞿式耜和张同敝师生二人的凛然正气，有感于蒋介石的消极抗日和汪精卫的积极卖国，田汉在该剧中突出强调在异族入侵、民族危亡之时，保家卫国的战斗精神尤其重要。这种战斗精神同样在《江汉渔歌》中被秉承，这是田汉在桂林戏曲创作中的代表作。该剧以金兵南侵，宋朝名城江夏三镇（即武汉三镇）危急为背景，着意塑造了一群爱国的渔民形象，始终强调人民大众在抗击外侵中的主力作用。同样是宣扬卫国卫民的战斗精神，与《江汉渔歌》突出群策群力不同，田汉在《新会缘桥》中通过文焕一家的遭遇来表现"国破则家亡"，警示人民行动起来捍卫家园。

从以上田汉对戏剧题材的选择可以看出，感时伤国的忧患精神促使他在创作历史剧时，充分注重历史与现实的相似性，强调历史对现实的借鉴和鼓舞意义。剧本中所透出的设身处地之感，沸腾了人民的爱国血液，是对 30 年代左翼现实主义战斗精神的最好继承。历史剧如此，田汉创作的话剧更是紧密配合了时代的需要，《再会吧，香港！》就揭露了国民党反动派在香港的罪恶活动，以反面事例来宣扬抗战思想；而《黄金时代》则从正面着手，热情讴歌了青年文艺工作者决心用自己的黄金时代去换取民族的黄金时代，颂扬了他们一心一意为了抗战的爱国精神。

（二）对"五四"自由民主精神的呼应

在田汉旅桂时期创作的戏剧作品中，还有一类作品值得高度重视，这类作品仅仅用现实主义战斗精神是不能准确概括的。如果说田汉的任何一部作品都不是随意而选择，而是内蕴着田汉对国家、民族前途的哲理思考，那么，他创作的这类作品可以说是中华传统文化与现代意识的深度结合，是对 20 年代"五四"启蒙主义自由民主精神的呼应。田汉深知，在民生凋敝、价值混乱、道德沦丧的战争环境里，宣扬战斗精神固然会激发人们的斗志，但是，如何才能让人民自发地意识到反抗是唯一的出路，并自发地行动起来为生存而战？这是戏剧家不可回避的一个问题，怎样的题材选择可以实现这样的社会效果？田汉在他的创作中尝试性地解决了这个难题。

对自由、民主的向往是人类共同的价值追求，而要真正实现这些追求，国家安宁是基本条件，兵荒马乱的战争年代是不可能实现的。长期备受煎熬的人民，对和平、自由的向往由来已久，如何将这种内心的渴望激发出来，转化为现实战斗力？田汉转向了对传统文化的汲取，他在作品中表现自由、民主、人道主义等价值追求，以此来唤醒人民的爱国之情。田汉的这种创作素养并非无源之水，早在 20 年代的多元自由时期，田汉就在自己的作品中倡自由、倡平等。由于时代环境的不同，田汉在 40 年代复兴这一类创作，既是对"五四"自由民主精神的继承，也是对战时戏剧创作风格的一个探索。

田汉这种理性的创作追求反映在《武松》、《金钵记》、《武则天》、《秋声赋》等剧中。十八场京剧《武松》是在湘剧《武松与潘金莲》的基础上改编的,此剧一方面在于替潘金莲翻案,另一方面强调与以西门庆为代表的恶势力作斗争。作品中对人道主义的向往、对廉政的渴望,道出了身处国民党黑暗统治之下的民众的心声。《金钵记》重在表现对自由的争取。剧作把白素贞作为与封建势力搏斗的人性象征,而把法海作为反人性的封建顽固势力的代表。该剧着重旺盛的爱欲和死硬的礼法之争,白素贞虽然被法海用金钵捉住,但并没有屈服,并没有放弃自己的爱情。白娘子这一类人物,正如周扬所言:"强烈地表现了中国人民,特别是妇女追求自由和和平的不可征服的意志,以及她们勇敢的自我牺牲的精神。"① 为表现女性对独立人格的追求,《武则天》一剧带有明显的翻案性质。田汉在该剧中去掉了笼罩在武则天头上的光环,从人性的角度写出了一代女皇的身不由己和各种辛酸悲苦。田汉对自由民主的向往不仅表现在历史剧中,还体现在以他的个人经历为模型的话剧《秋声赋》中。田汉在此剧中从一个侧面反映了那个时代的特征,大胆地提出了知识分子应该走什么样的道路的问题。作品表面上是写徐子羽与妻子秦淑瑾和情人胡蓼红之间的爱情纠葛,实际上是通过这种情感矛盾反映出当时文化人的心态,表现出中国知识分子经过抗战烽火的洗礼,如何抛弃渺小的个人迷梦和利己主义的想法,积极投身到抗战激流中去的思想发展过程。

二 田汉旅桂时期戏剧创作的特点

浓厚的民族危机意识和忧患精神,使田汉旅桂时期的戏剧创作具有以下特点:第一,与现实特征紧密结合的创作态度,表现

① 田汉:《〈白蛇传〉序》,《田汉专集》,江苏人民出版社1984年版,第168页。

抗日救国的重大主题。田汉此时期的作品，风格上一扫前期作品的感伤色调，与时代息息相通，积极地配合了抗战的需要，为抗日民族解放战争服务。这从抗战前期号召全民抗战的《江汉渔歌》，到"皖南事变"后所写表现坚定抗战信念的《秋声赋》，以及暴露国民党投降卖国分子罪行的《再会吧，香港！》，莫不如此。第二，作品的现实主义风格进一步充实和加强。田汉早期剧作具有较浓的浪漫主义色调。1930 年后，随着世界观的转变，他作品中的现实主义成分逐渐增多。抗战开始后，随着民族战争号角的吹响，田汉直接投身于抗日救亡宣传工作的实际斗争中，现实主义成为这一时期作品的基调。第三，在剧中塑造了抗战洪流中出现的各式各样的人物形象。有积极投身抗战的勇士，如《秋声赋》中的作家徐子羽一家；有妥协投降分子，如《再会吧，香港！》中的反动文人朱剑夫；有无耻的汉奸，如《再会吧，香港！》中汪伪汉奸组织下的流氓打手及地头蛇等。第四，雄伟的气魄，宏大的结构，开阔的场面，众多的人物。由于这些剧本大多反映重大的历史事件，为增强戏剧效果，必须要有恢宏的气势和众多的人物。《秋声赋》、《再会吧，香港！》以及《黄金时代》等剧中的人物都达好几十人，不仅显示了话剧工作者的力量，也表现了他们上下一心的抗战决心。第五，充分发挥了歌曲和说白在全剧中的战斗鼓舞作用。如《秋声赋》中的主题曲，就富有诗意地表达了全剧的主旨。综上所述，旅桂时期田汉的戏剧创作不仅明显不同于他在战前的作品，而且，"田汉抗战时期的话剧创作，无论其思想内容或艺术成就，都超过同时期其他作家同类题材的剧作，这是当之无愧的"。①

---

① 何寅泰、李达三：《田汉评传》，湖南人民出版社 1983 年版，第 135 页。

第二节　戏剧运动——苦干精神

抗战时期，桂林集聚了大量的文化名人，他们不但对桂林，而且对整个国统区的进步文化和文艺运动都做出了贡献。在桂林活跃的戏剧舞台上，少不了田汉、欧阳予倩、熊佛西、许之乔、瞿白音、焦菊隐等剧界名人忙碌的身影。但戏剧活动不同于戏剧运动，名导赵如琳认为："中国各地现在多有戏剧的活动，还缺少有力的运动，原因在于各地戏剧工作者未必有同一的戏剧理论与主张。因此，广西省立艺术专科学校的教育方针，第一就在干部的培植和有计划的分布；其次在求新中国戏剧艺术体系的建立。戏剧运动本身与整个社会改革运动是同源异流，戏剧工作者应训练成文化教育者，一反前此个人主义的作风，而以各地文化水准的提高和普遍的推动为职责。至于体系的建立，应从整个戏剧艺术的范畴着眼（不仅在演技方面），以民族的现实为立足点，尽量吸收本国的优良遗产中之健康质素与世界进步的技巧。"[1] 基于以上认识，田汉、欧阳予倩等戏剧工作者在桂林所做出的努力，志在戏剧运动。

在田汉、欧阳予倩开展影响深远的戏剧运动之前，桂林的剧运是怎样的情况呢？应该说，桂林文化城戏剧运动的活跃并非毫无根基，"皖南事变"前，桂林也开展了一定规模的戏剧活动，主要进行的是围绕《救亡日报》、《国民公论》为中心开展的革命文化宣传活动，这些活动为文化城戏剧运动的开展做好了一定程度的舆论准备，但谈不上建立戏剧艺术体系。为中国现代戏剧导演、表演体系的最终建立付出了巨大心血的，是

---

[1]　《大公报》1944 年 2 月 17 日。

田汉和欧阳予倩等先驱者。田汉在桂林领导的戏剧运动，对抗战戏剧运动，对中国现代戏剧艺术体系的健全，做出了积极贡献。在这场声势浩大的戏剧运动中，促使田汉取得杰出成就的是他的苦干精神。

无可否认，苦干精神是田汉身上一个永恒的闪光点，无论是在 20 年代的南国时期，还是 30 年代的左翼时期，田汉从未放松对戏剧的追逐，田汉的一生，是为戏剧奋斗的一生，苦干精神贯穿了田汉戏剧活动的始终。置身于各种矛盾错综复杂的桂林文化城中，田汉以他一贯的硬干态度，带领一批戏剧同仁辛苦耕耘，使消沉的桂林剧坛重新焕发生机。大批戏剧人才的培养，健全的戏剧艺术体系的建立，西南剧展的成功举办……这一切成就，都离不开田汉一以贯之的苦干精神。这种苦干精神鲜明地体现在以下两个方面：

一　田汉是桂林剧运的组织者和领导者

在抗战这个复杂的历史环境中，桂林剧运的开展也是困难重重。"皖南事变"后，桂系逐渐走向反共立场，之前开明的文化政策已不复存在，许多进步文化和文化人受到种种摧残和迫害，进步书店、杂志、报纸被迫停业停刊，八路军桂林办事处撤走。如此大规模的文化"戒严"，使 1941 年桂林的文化运动出现了一个低潮，抗战前期那种热烈乐观的情绪已不复存在。在如此恶劣的政治环境下，田汉来到桂林，领导开展以戏剧活动为中心的抗日文艺运动。此中付出的艰辛，洪深有深刻体会，他感慨道："把整个身心完全献给戏剧运动的，只有田先生一人。"①

---

① 许之乔：《祝田先生五十寿辰（献词）》，《大公报》副刊《戏剧与电影》1947年 3 月 13 日。

（一）培养戏剧人才

要开展卓有成效的戏剧运动，需有一批戏剧人才作为中坚力量。关于田汉的"慧眼识英才"，阳翰笙有过中肯的评价："在我国文艺运动的长期实践中，田汉同志十分重视艺术教育工作，为新中国文艺事业培养大批骨干力量；他巨眼识人，善于发现人才，热诚扶助人才，充分发挥杰出人才的作用，其影响不可估量。"[①] 当时的演艺界名流，如陈凝秋、郑君里、金焰等，都曾是田汉的学生；一批年轻的音乐家，如聂耳、任光、冼星海、张曙等，都曾得到田汉的关怀和帮助。而在抗战烽火年代中的桂林，赋之以抗战演剧重任的，则是田汉指导的新中国剧社和三个戏曲团体。

"皖南事变"后，为抵制国民党顽固派对抗日进步演剧队伍的迫害，保护和发展国统区抗日进步宣传力量，中共中央南方局指示以西南几个演剧队队员为骨干，在桂林建立了以民间职业剧团面目出现的新中国剧社。新中国剧社的起步和维持相当艰难，田汉在新中国剧社的成长史上具有举足轻重的地位。韦布这样回忆道："我们无论如何不会忘掉一个光芒四射的名字：田汉。有田汉，始有新中国剧社。从我们这个集体处于襁褓时期起，田先生就是它的保育员和监护人。在中国戏剧运动发展史上，他是一个巨人。"[②] 田汉与新中国剧社共命运，他顶住政治和经济的巨大压力，使剧社在战争环境中，上演了一幕幕诸如《大地回春》、《秋声赋》、《再会吧，香港!》等宣扬爱国精神的话剧。在田汉的组织和领导下，新中国剧社在桂林的演出为1942年桂林文艺运

　　① 阳翰笙：《田汉同志所走过的道路》，《田汉回忆专集》，文史资料出版社1985年版，第16页。

　　② 韦布：《"闪回"》，《驼铃声声——新中国剧社的战斗历程》，漓江出版社1991年版，第65页。

动掀起高潮奠定了基础。桂林戏剧界的活跃，离不开田汉的一分耕耘。正如彭燕郊所言："'新中国剧社'就是在田先生的抚育下，奇迹般地出现，奇迹般地发展，并产生着巨大的影响，成为我国新剧运动史上的一个有重要贡献的剧团。"①

关于田汉对戏剧人才的培养，还不可忽视曾经先后与田汉有过密切关系的三个戏曲团体。这三个戏曲团体分别是文艺歌剧团、中兴湘剧团、四维平剧团。田汉为这些剧团编写新剧，指导和鼓励他们进行艺术革新。在田汉的帮助下，这些剧团不仅在剧界站稳了脚跟，还为田汉领导下的戏剧运动做出了一定贡献。

在为培养戏剧人才努力的过程中，田汉并非孤军作战，桂林文化城的戏剧工作者们都曾为此尽心尽力，其中尤以欧阳予倩为代表。欧阳予倩是一个戏剧运动的积极分子，他为中国的剧运奋斗了一生。早在 1928 年欧阳予倩筹建广东戏剧研究所时，所内附设的戏剧学校和音乐学校，就培养了大量的戏剧创作和表演人才，他们成为了日后戏剧运动的重要力量。在桂林主持广西艺术馆时期，欧阳予倩组织了桂剧实验剧团，为了提高演员的文化素质，欧阳予倩为演员办文化补习班，请学校的语文老师来为他们讲授语言学和中国古典文学；他还请田汉、金山、焦菊隐等为演员讲艺术理论，而他自己还亲自为演员上表演课。为了培养桂剧的下一代，欧阳予倩在 1940 年创办了桂剧学校，他规定学生要学习文化、音乐，用循序渐进的科学方法对学生进行训练；他还非常重视演员的品德修养，要求学生不但要做演员，而且要做品德高尚的人。正是有了这些戏剧工作者的大力支持，田汉领导下的戏剧运动才开展得更加有声有色。

---

① 彭燕郊：《甘与吾民共死生——悼念田汉先生》，《桂林文化城记事》，漓江出版社 1984 年版，第 75—76 页。

（二）为建立健全的戏剧艺术体系而做的努力

除了培养戏剧人才方面的努力，田汉、欧阳予倩等还深刻认识到中国戏剧艺术体系的不健全，希望借助戏剧运动的开展，建立符合民族实际的、兼容并包的戏剧艺术体系，这些追求在田汉、欧阳予倩的理论主张和创作实践中得到了充分印证。作为桂林剧运的核心，田汉以他的苦干精神为戏剧理论建设、旧剧改革做出了突出贡献。

田汉主持和召开了关于戏剧问题的座谈会、讨论会，如1940年的"戏剧的民族形式座谈会"，1942年的"历史剧问题座谈会"。这些会议的组织并非易事，田汉吃苦耐劳的作风和严谨认真的学术态度从中得到充分体现。田汉对抗战剧运的指导，对现代戏剧理论的建设，还体现在他写作了大量的剧评、剧论，主要有《关于当前剧运的考察》、《关于抗战戏剧改进的报告》、《戏剧节与西南剧展》等。作为一名出色的剧作家，田汉有着自己的一套戏剧技巧理论，他从不把戏曲和话剧截然分开，善于从传统戏曲中获得启发，戏曲中的场景处理方法对他影响就很大。在话剧的场景处理方面，田汉打破了"三一律"严格的分幕分场规则，较多地吸取戏曲场子的优点，采用自由而灵活的场景形式，形成了自己独特的风格。

田汉在桂林期间，还担负起了改革平剧和湘剧的重任。田汉曾说："改革歌剧始终是有意义的工作。以前有人发过端，我们为着抗战的需要也做过一点推动组织的工作。甚至自己也写过一些旧歌剧形式的作品，有两三年的经验，深信这一运动如果能继续扩大下去，可以收到非常伟大的宣传效果，就在戏剧文化的提高上也必有良好的成就。"[①] 因此，从现实斗争需要出发，"田汉

① 田汉:《山居书简》,《野草》1941年第2卷第5、6期合刊。

的改革精神，主要体现在将抗战情绪贯注于剧目中，使其达到为抗战服务的目的。这就使得中国传统戏曲改变了旧面目，而作为抗战宣传工具之一种出现在中国现代文化史上，其意义十分深远"。①

改革旧剧，任重道远。平剧即京剧，在抗战之前鲜为广西观众所知，抗战期间，长驻广西的京剧团仅有三明、四维两个。要使这个剧种逐渐为广西观众所熟悉和喜爱，其中的艰辛可想而知。田汉知难而上，积极为四维剧社提供新剧本，帮助他们排演。整个抗战期间，在田汉的支持下，四维平剧社都坚持上演"抗战戏"，主要剧目有《梁红玉》、《桃花扇》、《武松》、《武则天》、《江汉渔歌》、《金钵记》、《双忠记》等。这些戏不是因袭旧本，而是经过田汉、欧阳予倩等作家的再创作和改编，具有鲜明的时代精神和新意，给当地观众留下了深刻印象。湘剧，是从湖南来的。田汉从小看湘剧，他对湘剧的热爱超过了其他剧种。在田汉的关心和支持下，湘剧的改革也进行得很顺利。湘剧的九如班、中兴和岳云等剧团在桂林活动达两年之久，以新的形式演出了田汉的《新会缘桥》、《土桥之战》、《史可法》等传统剧目，取得很大成功。

田汉领导的平剧和湘剧改革，是中国戏曲现代化进程中的重要一环。中国戏曲发展到现代，如何顺应时代的变化？如何满足现代观众的审美需求？是其面临的主要困难。众多戏剧工作者，积极为戏曲的发展探索新的方向。以京剧为代表的戏曲，在其现代化进程中，便以两种途径，去寻求一种新的更合理的艺术样式。一条是以梅兰芳为代表，把功夫下在京剧剧本上，借助文化

①　李建平：《抗日战争时期桂林的进步戏剧运动述评》，《广西大学学报》（哲学社会科学版）1987年第1期。

传统的"心理定式",以世俗文化姿态占据文化市场,使京剧艺术一度取得无人超越的辉煌。但这条道路与戏曲现代化的精神核心——"现代性"、"启蒙主义"等保持距离,这种变革只是体系内的调整,与现实联系不够,不能满足时代对戏剧功能的要求。而以田汉为代表的另一条道路,则"极力将戏曲与时代结合起来,从'启蒙'与'革命'的需要出发对其进行改革和利用"。田汉所进行的戏曲改革,把19世纪末20世纪初开端的"戏曲改良"上升到一个新的高度。"他赋予了无文学的京剧以新的生命;初步扭转了京剧重技艺不重人物塑造的旧习,开辟了人物刻画的新路子,从而结束了京剧只有演员没有作家的历史"。[①]

　　田汉在桂林开展的戏曲改革,在中国现代戏剧史上具有深远影响。之所以取得如此辉煌的成就,一方面得力于田汉自身的苦干、硬干精神,另一方面也来自文化城戏剧家群对田汉的影响。

　　(三)田汉与文化城戏剧家群之间的互动

　　桂林的戏曲改革运动并非是抗战中才兴起的,早在抗战全面爆发之前,由于"国防戏剧"口号的影响,桂林戏曲艺术界就对旧剧的出路和前途展开了热烈的争论,为抗战时期戏曲改革做好了理论上和组织上的准备。田汉、欧阳予倩、焦菊隐、夏衍等则担当了抗战时期广西戏曲改革的中坚力量,他们充分意识到自己所肩负的历史使命感和责任感,以炽热的爱国情怀,迎接时代的风云变幻。田汉、欧阳予倩更是广西戏改的旗手,他们从理论到实践都有明确的目标,肩负着指导的重任。

---

① 董健、马俊山:《戏剧艺术十五讲》,北京大学出版社2004年版,第325—326页。

　　抗战期间，欧阳予倩的戏剧生涯，几乎全部都在桂林度过，桂林留下了这位戏剧大师被汗水浸透的深深足迹，尤其是桂剧改革和话剧运动。广西由于地处西南边陲，与中原文化缺乏充分的交流与融合，反映在戏剧方面，则是陈旧的戏剧观念和落后的戏剧技巧的存在。1938年，欧阳予倩应马君武之邀来桂林主持广西剧运时，带来了"排戏"、"导演"等新技术，但这些名词对大多数桂剧演员而言，都是第一次听到。作为桂剧改革的奠基者，欧阳予倩为桂剧制订了导演程序，还把舞台美术、灯光装置介绍到了桂剧中去，力求将表演、音乐、歌舞、灯光、布景、化妆等熔为一炉，使整个戏成为一个统一完美的艺术整体。欧阳予倩用话剧表、导演方法导演戏剧，强调动作的目的性，使桂剧面貌焕然一新。在田汉、欧阳予倩的努力下，"可以说，当时桂林的戏剧改革为抗日时期全国戏剧改革的新声，谱写了我国戏剧史上的新篇章。无论从广度和深度上，都是空前的。"① 欧阳予倩在桂林期间，还曾致力于话剧运动，亲自导演了《心防》、《法西斯细菌》、《国家至上》、《天国春秋》、《雷雨》、《日出》、《面子问题》等剧，还创作了独幕话剧《桂林夜话》、《言论自由》、《越打越肥》等。

　　欧阳予倩所进行的桂剧改革和话剧活动，对田汉的戏剧活动产生了深刻影响，不仅为田汉领导的戏剧改革运动营造了时代氛围，还为田汉进行平剧和湘剧改革提供了可资借鉴的经验。田汉在桂林剧运中的组织者和领导者身份的确立和作用的发挥，少不了欧阳予倩等戏剧同仁的大力支持和积极配合。

　　与此同时，田汉的戏剧活动对文化城戏剧家也有影响。桂林

---

① 丘振声：《论桂林抗战时期戏曲改革运动》，《桂林抗战文化研究文集》（二），广西师范大学出版社1997年版，第176页。

文化城戏剧运动的活跃，离不开田汉、欧阳予倩的辛劳，但更是广大戏剧工作者共同努力的结果。在田汉、欧阳予倩等的倡导和影响下，当时许多年轻的戏剧工作者纷纷投身于戏剧运动，如剧作家李文钊，演员李紫贵、金素秋、龚啸岚等，他们或写戏曲评论，或编写新剧本，或从事戏曲导演，使桂林的戏剧运动变得蔚为大观，取得了显著成绩，培养和造就了一批有较高思想修养和艺术造诣的人才。西南剧展较集中地展示了桂林剧运的成果，也是对剧运的一次检验，而社会各界对西南剧展的肯定，也可以说是对田汉、欧阳予倩等一批戏剧工作者的卓识和果敢以及由此发挥的作用的肯定。

二 田汉是国统区抗日戏剧运动的推动者

抗战时期，由于特殊的历史环境和社会因素，造就了桂林剧运的繁荣，但这种繁荣很大程度上以政治因素为依托，一旦政治这个权力场发生变化，戏剧场的格局也会急转，而田汉曾以他娴熟的外交才能周旋于桂林复杂的权力场中，为戏剧场的稳定和活跃尽职尽责。宏观上如此，那么仅从戏剧艺术这个微观角度考虑，田汉是否有其特殊的贡献呢？董健认为："如果从一种'综合文化效应'的角度来看，从在整个中国戏剧现代化运动中所发挥的独特作用来看，则只有田汉才不愧是一位绝伦而轶群的剧坛领袖，称得上是梨园行的一代宗师。"[①] 具体到桂林文化城的戏剧场中，田汉所做的努力推动了国统区抗日剧运的开展，这种推动具有重大的历史意义，是他人所不可替代和未能超越的。主要表现在《戏剧春秋》的创办、促使桂林成

---

① 董健：《田汉论》，《南京大学学报》（哲社、人文、社科）1998年第1期。

为抗战时期进步演剧活动的一个中心、西南剧展的成功举办等业绩上。

(一)创办《戏剧春秋》

战火纷飞的时代,戏剧的教育和宣传功能得到了最大的发挥,但在戏剧演出热火朝天进行的同时,戏剧理论的缺乏、"剧本荒"也令人担忧。在这种情况下,创办一个自己的戏剧理论刊物在田汉心中开始酝酿。1940年3月,田汉去桂林做短期旅行,抗战剧宣四、五、八、九队的队长也在桂林开了次队长会议,会上做出了在桂林创办一个戏剧刊物的决定,《戏剧春秋》由此诞生。这是一本以理论为主,兼顾创作和翻译的综合性刊物,其创办动机就是为了配合抗战的需要,克服抗战以来戏剧界存在的戏剧理论缺乏等缺点。田汉在《发刊词》中希望《戏剧春秋》能向人民介绍时下社会需要的戏剧理论,对剧作进行中肯的批评,每期都发表一些富于鼓动性的抗战戏剧,并介绍文艺工作者及演剧运动的各种通讯。可以说,田汉主编的《戏剧春秋》,"在'皖南事变'后的两年成为国统区的领导刊物"。① 对国统区抗战戏剧运动的开展,起了巨大的推动作用。

(二)促使桂林成为抗战时期进步演剧活动的一个中心

由于抗战戏剧的应时性,时局的动荡必将会对戏剧的演出产生很大影响。1942年春,自从重庆戏剧界上演《屈原》被禁后,国民党更是加强了文化控制,严厉审查进步剧目,提高上演税,对抗日进步演剧活动实施高压政策。1942—1943年间,国民党政府禁演了100多个剧本。如此大规模的禁演,致使1942年下半年开始的重庆雾季公演受到一些挫折。据统计,与前一雾季公

---

① 　李建平:《田汉在桂林的戏剧活动及贡献》,《学术论坛》1987年第1期。

演相比,上演剧目减少了 25%。重庆演剧的低落不仅仅是在
1942 年,蓝海就曾写道:"1941 年是重庆文艺界最消沉的一年",
"大后方重庆的文艺运动比起桂林来一度比较沉寂。"① 即使当西
南剧展在桂林开展得如日中天的 1944 年,重庆的演剧情况也不
见好转。

从演剧阵容而言,重庆当时的名人有影星白杨、张瑞芳、舒
绣文、周峰、沈扬、陶金,剧作家和导演有老舍、吴祖光、陈白
尘、张骏祥、史东山、应云卫、宋之的、于伶。应该说,重庆当
时的演剧力量非常强大,但何以戏剧运动的开展在 1942 年及以
后的重庆没有理所当然地非常活跃?究其原因,一方面是由于国
民党为强化文化专制主义,对国统区特别是重庆的抗日进步文艺
活动,采取种种限制和镇压手段。另一方面,更重要的一点是,
重庆的剧坛虽不乏剧作家、导演和演员,但缺乏必要的凝聚力和
向心力。

与重庆剧运的低落形成强烈对比,1942 年的桂林,成为了
大后方文学运动高潮迭起的地方,仅上半年就公演了各种剧目
30 个。而作为国统区演剧中心的重庆,1942 年全年只上演了 23
个剧目。与此相比,桂林已成为抗战时期进步演剧活动的又一个
中心。而田汉实际成为了这个演剧中心甚至整个桂林文化界的核
心。田汉组织和领导的桂林剧坛,以团结和坚忍不拔的精神使戏
剧运动呈现出了崭新面貌。众多戏剧工作者在田汉的带领下,以
戏剧演出的形式,向国民党政府的文化高压政策发起了冲击,继
续推动着国统区抗日进步演剧活动的开展。田汉通过戏剧活动将
当时戏剧界的同仁们凝聚到了一起,也以戏剧艺术活动让普通民
众领会到抗战的意义。

---

① 蓝海:《中国抗战文艺史》,山东文艺出版社 1984 年版,第 49 页。

（三）举办西南剧展

谈到田汉为桂林剧运所做的推动工作，必然绕不开西南剧展，"西南戏剧展览可以说是田先生解放前那近三十年间戏剧运动的又一个高峰。没有他，没有当时担任广西艺术馆馆长的欧阳予倩先生，没有来自西南几个省市的几十个剧团的参加，历时三个多月的西南剧展是无法想象的"。[①] 1944 年举办的西南剧展，是中国戏剧运动史上的一件大事。参加团体之众，演出剧目之多，涉及问题之广，产生影响之大，在中国戏剧运动史上都是空前的。

西南剧展的成功举办并非一件易事。1944 年，我国人民对日抗战已进行到第七个年头，随着战争形势的变化，国民党的对内态度日趋恶劣；与政治密切相关的戏剧运动，在国统区内渐渐衰退。正是在进步戏剧运动遭到窒息而日趋凋敝的情形下，西南数省的戏剧工作者们非常渴望有一次集会，以此来重新肯定戏剧为抗战服务的方针，纠正艺术创作和工作作风上的某些不良倾向，提高信心、加强团结。西南剧展就是在这样的背景和要求下在桂林举办的。

西南剧展的成功举办，"最重要的组织者便是田汉，没有田汉，不会有西南剧展。他做的大量工作并不在台上，而是在台下和台后"。[②] 剧展开幕前，田汉一方面和戏剧同仁们积极做筹备工作，另一方面还不断和当局斡旋，为剧展的顺利开幕取得政治上的保障。"一例先驱多寂寞，但栽杨树不乘凉！"这是田汉为欧阳予倩三十六岁生日写的诗中的两句，实际也是田汉自己的写

---

　　① 彭燕郊：《甘与吾民共死生——悼念田汉先生》，《桂林文化城记事》，漓江出版社 1987 年版，第 77 页。

　　② 秦似：《西南剧展的前前后后》，《西南剧展》（下），漓江出版社 1984 年版，第 378 页。

照。他的艺术热情和为中国戏剧事业做出的贡献，令后继者"高山仰止，景行行止；虽不能至，而心向往之"。

第三节　统战工作——团结精神

1938—1944 年的桂林，文化上取得的成绩举世瞩目，但文化活动的繁荣并不能掩饰当时政治形势的复杂。以李宗仁、白崇禧、黄旭初为首的桂系地方军阀，与蒋介石领导的中央保持着半独立的状态，并不完全受制于中央。正因如此，桂系首领难免抱有"打倒蒋介石，夺取中央政权"[①] 的野心。为了壮大自己的势力，积累"倒蒋"的政治资本，桂系在文化上实行开明政策，这正好符合了广大文化人遭逢乱世、学必尽其用的心态。再由于桂系是坚持抗日的，爱国的热忱更使大批文化人大受鼓舞，因此千里迢迢、不畏艰险，从祖国四面八方来到桂林，使桂林一时间人才云聚，全国知名学者、教授不下 200 人，桂林的"文化工作者，无论质与量，有一个时期都占全国第一位"。[②] 但考察桂系实行开明政策的初衷，只不过是为了让大批文化人、民主人士依附于桂系这个小集体，利用文化人的"智力"来换取他们需要的政治资本，而不是如大批文化人那样以国家、民族利益为最终追求。基于这样的私利打算，桂系一时间内实行的相对开明的文化政策，随着政治形势的变化和利益分配的不均，必然也会发生改变。而文化人很难不受这些变幻不定的政策的影响。生活在文化城桂林的文化人，他们为桂林的政治、经济、文化建设做出了巨

---

① 万仲文:《桂系见闻谈》，广西师范大学历史系印行，1983 年 10 月，第 86 页。

② 曹裕文:《再论桂林文化城之成因》，《桂林抗战文化研究文集》（三），广西师范大学出版社 1997 年版，第 540 页。

大贡献。但即使如此，他们也并非太平度日，在安身立命的同时，不可避免地要与政府周旋，各种有形的或无形的，利己的或利他的因素，都让文化人很难脱离政治这张网而超然世外，普通人如此，名人更如此。

要在如此复杂的权力场中开展工作，其困难不言而喻，现实的战争环境、沉重的民族危机，孕育着各种不同的矛盾。有国共两党的交锋，有不同文化立场与思想意识的冲撞，有人民大众与当权者的矛盾，随着战争的深入，这些矛盾更加复杂尖锐。面对如此复杂的现实环境，田汉不是消极回避，而是灵活机智地处理在开展戏剧活动中遇到的种种难题。早在1931年，田汉经蒋光慈、阿英介绍，加入了中国共产党。作为一名中共党员，田汉不仅极为赞成中国共产党在国统区的统一战线政策，而且身体力行，积极将这些方针落实在自己的工作中，"他是共产党统一战线政策在文艺界执行得最成功、最切实有效的人"。①

一　田汉在桂林所开展的统战活动

田汉是一个极少"派别性"和"小圈子"意识的人，他的"一诚可以救万恶"的思想、尽可能团结一切可团结之人的意识由来已久。早在1920年田汉致郭沫若的信中，就曾说道："我深信'一诚可以救万恶'这句话，有绝对的真理，'诚'之一字，在新伦理也好，旧伦理也好，都是不可少的基本要素。"② 在战火纷飞、朝不保夕的苦难环境中，传统的礼仪规范、道德标准难免崩溃，但有一个核心是人们共同传承的，那就是爱国主义。国破则家亡，普通民众经过战争的洗礼后意识到这一点，因而奋起

---

① 董健：《从田汉看抗战文艺的伟大精神》，《文艺研究》2005年第11期。
② 田汉：《田汉文集》（第14卷），中国戏剧出版社1987年版，第25页。

反抗外敌的入侵。而作为拥有良好文化素养的国民党军官，更是对战争的残酷有切肤之痛。作为中华民族的一分子，他们中的许多人都有爱国精神，但由于"人在军营，身不由己"，政治信仰的不同多少限制了他们的爱国行动，可谓"心有余而力不足"。田汉充分认识到这样的现实情况，他在桂林广交朋友，与国民党左派和军官打得火热，他热情组织宣扬抗战主题的戏剧到前线战地演出，将国家利益至上的思想广泛传播开来，坚定了广大官兵保家卫国的决心。

（一）与国民党左派和国民党军官的交往

田汉在统战中的团结精神首先体现在他与国民党左派的交往中。他努力团结国民党党内的左派人士，依靠他们的力量保护进步文化工作者的安全，保证进步文化事业和戏剧运动的顺利开展。在桂林期间，田汉与桂林行营主任李济深交往甚多。李济深虽是国民党官员，但他却主张抗战和实行民主，与蒋介石存在不少分歧。不同于蒋介石对进步人士的迫害，他总是想方设法保护中共地下党员和其他进步分子，在广西做了不少有利于抗日民族统一战线的工作，许多开明进步的上层人士一到桂林就和李济深有较为密切的关系。田汉与李济深交往，也正是由于李济深在抗日统一战线上的开明思想。同时由于李济深在桂林的影响力，一方面有利于保护进步文化工作者的人身安全，另一方面对发展进步文化事业和戏剧运动也有巨大帮助。新中国剧社在桂林活动时，就曾因为田汉的关系，得到过李济深的不少支持。

田汉的团结精神还在与国民党高级军官的交往中得到了发挥。事实证明，田汉与国民党军官的交往对于抗战剧运的开展极为有益。比如，他利用与张发奎（向华）将军的友谊保护了抗敌演剧队第四队和第五队成员的人身安全。抗战时期，抗敌演剧队员遭逮捕、杀害的惨剧时有发生，但在第四、第五两队却未出现过这种情况，这不能不归功于田汉所做的努力。田汉对于抗战救亡事业始终有着火一样的热情，这种热情在他的行为实践中得到充分体现。战争一开始，他带领戏剧艺人从大都市走到民间，走到火线，在提高军民抗战情绪方面起过很大作用。"八·一三"淞沪战争爆发后，田汉与夏衍、郭沫若、范长江等冒着战火硝烟，去闸北、大场、嘉定前线慰问抗战将士，给浴血奋战的勇士们以精神激励。田汉在战区与张向华将军和宋军长等人亲切交谈，用诗歌号召全体将士"快用千百万的肉弹，收复我们破碎的山河"，大大鼓舞了士气。

（二）为西南剧展的成功举办殚精竭虑

众多文艺工作者和自然科学、社会科学领域的知识分子汇聚桂林，使桂林形成了一个强大的文化场，但这个场并非是"艺术至上"，它更多地受到权力场和社会场的影响，"由于文学场和权力场或社会场在整体上的同源性规则，大部分文学策略是由各种条件决定的，很多'选择'都是双重行为，既是美学的又是政治的，既是外部的又是内部的"。[①] 桂林文化城的"场"效应对田汉的影响一方面反映在田汉的戏剧创作中。田汉的话剧创作风格在 30 年代开始转变，由早期的浪漫感伤转向反映抗战救国的内容，在爱国主义占主导的桂林文坛，田汉的创作必然也离不开这个大主题，《黄金时代》、《双忠记》、《新儿女英雄传》、《江汉渔歌》等剧都充分表现了民众的爱国热情和保家卫国的昂扬斗志。另一方面体现在田汉的戏剧活动中，西南剧展的顺利开展就是一个证明。由于权力场对文化场的约束，剧展的举行不可能像和平时期那么顺畅，当权者出于自身利益考虑，对剧展举行与否具有

---

① ［法］皮埃尔·布迪厄：《艺术的法则——文学场的生成和结构》（刘晖译），中央编译出版社 2001 年版，第 248 页。

很大的决定权。因此，如何有效地与当局进行沟通，赢取政治上的保障，是当时每个戏剧工作者都需思考的问题。

应该说，西南剧展是在错综复杂的政治环境下创造的一个奇迹，这其中有田汉不少的功劳。张客曾说："剧展期间，有一次我在桂林街头碰到田老，寒暄之后，我问他往何处去？他带着幽默的微笑说：'去见当官的！'听了这句话，我尽管不了解详情，但当时就明确意识到田老正为剧展的事奔波劳碌，在和有关当局周旋呢！"① 其实由西南剧展组委会上涉及官员之多，就可明白当时剧展的主要负责人需要下多大的工夫与当局进行交涉和沟通。西南剧展的会长是黄旭初，名誉会长有李济深、李宗仁、白崇禧、张发奎等 16 人，指导长有黄朴心、潘公展、李任仁、蒋经国等 19 人。这些人不负责剧展的具体工作，但却是一块块响当当的招牌，有了这些政界要人的参与，剧展的举行就可以减少许多来自广西当局的麻烦。田汉、欧阳予倩等作为剧展的主办人员，这也是他们为了实现戏剧同仁们多年的愿望而采取的一种策略。很难想象，如果没有田汉娴熟的外交才能，没有他以诚相待而建立的良好人际关系，西南剧展的历史面貌将会如何。

（三）对戏剧同仁的关心和帮助

田汉是一个几乎没有"小圈子"思想的人，他从未因自己是大艺术家而端架子，他从来都是那么平易近人。新中国剧社在排演《大雷雨》期间，田汉住在剧社，与同志们一起同甘共苦。他为剧社的生存、为青年人的成长尽心尽力，用南国的苦干精神扶持了一代青年艺人。田汉"有容乃大"的胸怀，不仅给戏剧同仁送去了温馨，也让许多其他领域的文艺工作者得到了关怀，他总

---

① 张客：《忆西南剧展》，《西南剧展》（下），漓江出版社 1984 年版，第 364 页。

是首先想到他人，想到群众。作家王鲁彦长期患病，在桂林和湖南乡间疗养，因无钱医治，病势一天天严重，田汉就联合柳亚子、熊佛西、端木蕻良等发出启事，募集医疗费，予以资助。周氏兄弟马戏团流落到桂林，连一个演出场地也找不到，靠变卖服装道具度日，田汉知道后，立即设法给予帮助，使这些遭受冷遇的艺人深感温暖和安慰。他还写文章描述当时艺人的艰苦处境，以引起社会的关注。

在帮助他人的同时，田汉也曾得到来自党和戏剧界朋友的关心。田汉在桂期间，生活其实十分艰苦，他没有固定工资，几乎全靠稿费维持一家八口的生活。田汉在桂林生活困难，得到了远在重庆的周恩来、郭沫若的关切和支援，周恩来从重庆托人带了一笔款给田汉补助生活，让他能够安心从事写作和工作。郭沫若1942年写了历史剧《高渐离》，在《戏剧春秋》上发表，他将该剧的稿费全部赠予田汉。生活虽苦，但田汉关心文艺工作却是一如既往，他同文艺界人士广泛地交朋友。周恩来生前曾说："田汉在社会上是三教九流、五湖四海无不交往。他关心老艺人，善于团结老艺人，使他们接近党、为党工作，这是他的一个长处。"① 田汉在《题西南剧展》一诗中有"争与吾民共死生"的诗句，这不能不说也是对他自己的写照。

二 田汉的应变能力

处于权力场、社会场和文化场相互错综的桂林文化城中，田汉的统战工作也不是单向被动，还受到来自文化城的影响。统战工作是政治性的，但从具体的方面看，统战既是从政治出发的一种政治交往，同时又是一种人际交往行为。田汉与不同阶层、不

---

① 阳翰笙：《痛悼田汉同志》，《人民日报》1979年4月26日。

同素养、不同职业的机构和个人打交道，在向这些人施加影响、卓有成效地开展工作的同时，也必然会受到来自对方的影响。田汉在抗战时期与广大文化人一样，坚持独立自由的文化立场，对社会黑暗进行严厉批判，因此，他的《武松》、《金钵记》、《再会吧，香港！》曾遭到国民党当局的查禁。这些影响当然不可能改变田汉的信仰，但却会适当改变他对人对事的态度和方式。众所周知，田汉一生致力于戏剧事业，有自己的艺术原则和追求，但当这些原则在现实中受到阻挠或不利于抗战事业时，他也会随机应变，充分发挥自己的协调能力，在艺术和现实之间寻找平衡点，修改《四郎探母》的唱词就是一个明证。

1939 年，田汉率领"平剧宣传队"为长沙第九战区某部官兵演出时，一些高级军官非要看《四郎探母》。那天清晨他们就把田汉找去，下命令要他演出《四郎探母》。这部戏里的杨四郎是一个个人恩情重于国家、贪恋异邦安乐、忘却国仇家恨苟且偷生的人，在民族危亡的抗战时期，怎么能宣传这样的典型呢？田汉的几次婉言谢绝都无济于事，迫于压力不得不演。但是，按原来的剧本演出肯定不行。田汉左右为难，正在着急之时，演员李雅琴提醒他可以将不合适的唱词改动一下。田汉听了这个建议连声说好，连晚饭都顾不上吃，便伏案挥笔写下了一段铁镜公主批判杨四郎变节的唱词，这虽与剧情不太吻合，但倘不如此，工作就不能顺利开展，甚至还会带来许多麻烦。田汉深深知道，这种情况下清高是没有用的，不能为了自己的名誉而让革命工作受损失。由此，充分显示出田汉在统战外交中的那种顾全大局、忠于革命事业的爱国主义精神。

三　文化城戏剧家群对田汉的影响

人际交往是相互的，田汉的团结精神在统战外交中为扩大抗

日民族统一战线做出了积极贡献，与此同时，桂林文化城巨大的
"场"效应也增强了田汉在统战中的协调能力和组织管理能力，
还促进了他的艺术创作能力，这方面的影响主要来自与田汉同时
期的戏剧工作者们。综观活跃的桂林文坛，单从戏剧方面而言，
就聚集了欧阳予倩、熊佛西、夏衍、丁西林、焦菊隐、于伶、洪
深、杜宣、瞿白音等名家。文化人是文化的载体，这些剧界名流
带来了不同的文化视野和艺术原则，并在交往中实现着相互的沟
通和融合。这些双向或多向的沟通，使田汉在影响他人的同时，
也耳濡目染地受到其他戏剧同仁的熏陶，其中尤以欧阳予倩对田
汉的影响最大。

　　作为中国话剧的奠基人，田汉与欧阳予倩的交往历史久远，
1922 年，经梁绍文介绍，田汉在上海结识了欧阳予倩，从此开
始了这两位剧界前辈的友谊往来。此后，田汉常与欧阳予倩、洪
深一起讨论话剧的理论和创作问题。在桂林的几年间，田汉与欧
阳予倩更是过从甚密，"对于桂林之成为秋风萧瑟中较有生气的
文化城，对于太平洋事变中香港文化人的入桂准备，对于范围扩
及八省、时间延及三个月的西南剧展的推动，最后对于桂林大疏
散前国旗献金及桂林文化界抗敌协会和工作队的组织训练"，[1]
他们都尽过相当的力量。旅桂期间，田汉和欧阳予倩有了新的合
作与交流，田汉领导着战时中国西南第一个职业剧团——新中国
剧社，欧阳予倩主持着官办的广西艺术馆。表面看来，一个是
"在野"派，一个是"在朝"派，在当时还引起了"突击"和
"磨光"之争。但实际上，二人的共识非常多，"两人都有对艺术
的献身精神，都有对国家社会的责任感。田汉并不否认艺术要
'磨光'，欧阳予倩也承认战时不能'像太平时候那么静静地推

---

　　① 苏关鑫：《欧阳予倩研究资料》，中国戏剧出版社 1989 年版，第 95 页。

敲',在戏剧运动的实践中,他们的分歧就很自然地渐渐化解了"。① 在二者不同艺术追求的碰撞和融合过程中,欧阳予倩由"磨光"变得更"民间"、更"群众"了,而田汉在欧阳予倩的影响下,也认识到"磨光"的重要性,他曾总结说:"我们一样强调技术,要争取技术,我甚至知道技术问题时常就是政治问题。技术不好不能达到内容的目的。"② 在具体的桂剧改革的实践中,欧阳予倩始终主张在思想内容正确的前提下,在技术上严格要求,精益求精,努力做到正确的政治内容和尽可能完美的艺术形式的统一。这些艺术原则也对田汉产生了一定影响,在旧剧改革的理论主张中,田汉就曾强调"内容与形式高度统一的作品应该是我们所追求摸索的境界"。③

在桂林文化城的戏剧场中,还不可忽略洪深、夏衍等戏剧同仁对田汉的影响。早在南国时期,田汉就与洪深结识,洪深曾向田汉表示,不管什么条件、在什么地方,只要田汉写出剧本,他就来导演。洪深言出必行,他导演过田汉的许多剧本,如《回春之曲》、《复活》、《卡门》、《沙乐美》、《名优之死》等。无论是在艰苦创业的"南国"时期,还是抗战烽火中的桂林文化城,洪深都曾与田汉并肩作战,田汉在桂林期间创作的戏剧大多能及时上演,并在当时产生积极影响,这其中少不了洪深的协作。田汉与夏衍早在30年代上海的左翼文艺运动中就结下了深厚的友谊。夏衍在桂林主持《救亡日报》期间,就国际国内形势和文艺创作上的问题,与田汉对谈过许多次。田汉、夏衍、洪深还一起创作了《再会吧,香港!》。在与洪深、夏衍等人的交往中,田汉以其

①　董健:《田汉传》,北京十月文艺出版社1996年版,第631页。
②　苏关鑫:《欧阳予倩研究资料》,中国戏剧出版社1989年版,第100页。
③　刘平:《田汉在桂林时期的文学活动和文学创作》,《桂林抗战文化研究文集》(二),广西师范大学出版社1997年版,第454页。

开放的文化心态，博采众长、兼容并包，形成了自身丰富而又多源的学养，中国现代戏剧文化构成的复杂性在田汉身上得到了充分体现。也正是这种"开放型"文化心态，才能解释桂林文化城的"场"效应何以对田汉产生如此巨大的影响。

第四节　戏剧活动——民族精神

田汉，仿佛是为戏剧而生，"八年抗战，田汉是抗战文艺的一名勤奋而多产的作者，又是抗战文艺的一名辛苦工作、热心服务的组织者和领导者"。[①] 戏剧活动持续了他的一生。广义而言，不管是戏剧创作、戏剧运动，还是戏剧活动中的统战工作，都是田汉戏剧活动的组成部分。从田汉的戏剧活动，可以看到田汉心中伟大的民族精神之所在，那种深切的民族危机意识与忧患精神，那种继承"左翼"的现实主义创作精神，那种强烈的奋起自救、英勇不屈的战斗精神，那种"一诚可以救万恶"的团结精神，都在他的戏剧活动中得到充分表现。田汉拥有丰富的思想构成、他人难以企及的艺术创造力和社会交往能力。作为桂林剧坛的盟主，其戏剧活动在中国文坛和中国社会都产生过深远影响。

一　田汉旅桂时期的戏剧创作准确地把握了当时的社会精神情绪

作为 30 年代左翼精神的继承者和发扬者，田汉一生都在极其努力地介入当时的社会精神情绪层面，对社会情绪做准确、深刻的把握。"中国现代话剧的兴盛繁荣最根本的原因决定于独特

---

① 董健：《从田汉看抗战文艺的伟大精神》，《文艺研究》2005 年第 11 期。

的中国现代社会形态及其所表现的社会精神和社会情绪的特
征。"① 民族主义和民主主义是中国现代社会两种最基本的社会
精神情绪，前者是基于强大的帝国主义国家的存在，中国人民对
侵略产生的巨大民族危机感，后者是基于积习深重的专制文化导
致的国家落后状态而产生的迫切的民主改革要求。这两种现代中
国社会的基本精神状态具有全国性、民族性、一致性和高度集中
的特点，决定着中国现代社会最基本的精神面貌，制约着中国现
代各种社会行为。它使剧作家们能够直接、感性、迅速地把握现
代中国的精神实质。就田汉而言，他善于以自我强烈的主体意识
和精神个性来把握时代的精神状态。"田汉把自己与民族战争的
结合，更多地理解为一种在思想精神上的独特贡献，这就是：筑
起攻不可破的民族精神的长城。"② 他在作品中表达新的人生观、
世界观，以此来重塑中国人的精神面貌。田汉在抗战时期创作的
许多戏剧作品，如《秋声赋》、《黄金时代》、《新儿女英雄传》、
《岳飞》、《江汉渔歌》、《双忠记》、《新雁门关》等，基本上都表
现了团结抗日，忠勇报国，争取民族独立的主题，紧密配合了抗
战需要。筑起攻不可破的民族精神长城，这是田汉当时艺术创造
的主旨，也是当时一切进步艺术家的最高任务。

二　田汉所进行的戏剧改革紧密地配合了抗战需要

田汉把抗战当作一个极好的全面改革戏剧、提高戏剧的内容和
形式的契机。抗战意味着民族精神的高扬，意味着适应大众、适应
战争环境的演出形式的需求。田汉强调："我们在为抗战服务的过程

① 刘云昌：《"话剧危机"和田汉给我们的启示》，《福建艺术》1998 年第 3
期。

② 董健：《从田汉看抗战文艺的伟大精神》，《文艺研究》2005 年第 11 期。

中，应该注重对新艺术、新形式的追求，因为只有艺术高度完整的戏剧，才能更有效地推动抗战。"① 在抗战的政治宣传和戏剧的文化创新之间，田汉是在利用抗战进行文化创新，也是在利用文化创新刷新人们的审美观念，让戏剧更好地担负起转变民众意识形态的功能。田汉曾反复表达过这样的思想：神圣的对日抗战，不仅成为文化全面普及的推动力，也是改革戏剧的千载良机。搞戏剧就要搞戏剧运动，运动要有主题和方向，田汉认为这个主题和方向就是中国文化。中国戏剧的现代化在田汉那里，文化创新是第一位的，改革京剧是第二位的，服务政治是第三位的。对文化的强调使田汉的剧作与同时期的抗战戏剧作品相比，更具有精神内涵。在广西这个特殊的"文化边缘"地区，田汉的抗战戏剧作品的演出，有利于促进少数民族地方文化和现代文化的相互了解和渗透，剔除民众文化意识中的落后成分，在抗战的危亡时刻，尤其加速了广西的地方民众树立"忧天下之忧"的危机意识。

三 "一诚可以救万恶"的统战思想尽可能地团结了一切可团结之人

田汉"一诚可以救万恶"的团结精神，"有容乃大"的胸怀，善于同各派打交道的作风，使他在抗日民族统一战线中游刃有余。董健认为："在武汉，在桂林，田汉组织过大规模的文艺宣传和戏剧展演活动，均十分成功。靠的就是他的这种团结一切可以团结之人的统一战线精神。"② 田汉以他崇诚、唯善的人格魅力，热忱的爱国主义和革命激情，奔走于桂林文化城的权力场和

---

① 李伟：《再论京剧改革的田汉模式》，《同济大学学报》（社会科学版）2005年第 6 期。

② 董健：《从田汉看抗战文艺的伟大精神》，《文艺研究》2005 年第 11 期。

社会场中，与桂系高层、国民党军官饮酒唱和，也结交了许多不同阶层、不同行业、不同政见的朋友。在复杂的人际关系和社会风云、政治斗争之中，正是这种"团结一切可团结之人"的统战精神，这种率直、热情的品行，为戏剧运动的开展赢得了各方面的支持，也使田汉得到了艺术界人士的真挚爱戴。不管是接受了新思想的话剧工作者，还是从旧社会中成长起来的穷苦的戏曲艺人，都被田汉这块磁石吸引到了身边，田汉以"海纳百川"的胸襟团结来自五湖四海的友人，当然他成为戏剧界所有人的朋友。"疾恶如仇，一身傲骨；为民请命，无限豪情"①　正是对田汉性格最真切的写照。

四　田汉的戏剧活动促进了现代国家民族意识的传播

　　要在山河失色的战争环境中实现真正意义上的全面抗战，单是军事方面的动员远远不够。普通民众对战争的认识还停留在政府与政府之间的争斗，或者更简单。而抗日战争是一场反侵略的民族保卫战，战争的胜败关系民族的存亡，要求不同阶层、不同职业、不同政治素养的民族成员的广泛参与。要实现这一点，就需对广大民众做积极的政治动员，而要真正实现这个广泛的动员，最有力的凭借是什么呢？早在 1937 年抗战初期，田汉对这个问题就已有深刻认识，他认为："对广大民众做抗战宣传，其最有效的武器无疑的是戏剧"。②　基于此，田汉在桂林开展规模宏大、意义深远的戏剧运动，使民众充分体认到肩负在每个人身上的民族责任，高昂热烈的抗战情绪最大限度地被激发，自觉地为民族而战，为生存而战。

----

①　刘乃崇：《田老是我们的榜样》，《中国戏剧》1998 年第 3 期。
②　田汉：《田汉文集》（第 15 卷），中国戏剧出版社 1986 年版，第 39 页。

　　而要实现这一全民抗战的理想，绝非易事，尤其是在处于文化边地的广西，根深蒂固的地方文化严重限制了民众的视野，对战争性质认知的缺席，直接导致爱国情感的淡漠，正如田汉在《戏剧春秋》的"发刊词"中所言："我们今日最大的危机仍是一般国民未能充分理解今日我中华民族所遭逢的危险和获得突破这一危险的充分自信。"[①] 在这场开启民智、激发爱国热情的文化拓荒运动中，正是戏剧充当了先驱者和殉道者的角色。田汉旅桂时期戏剧活动最深远的影响也蕴含在这一过程中，即：刷新了当地人的戏剧审美习惯，帮助更多的中国人完成了从地域、乡土意识到民族意识的转化，逐步完成了对现代民族国家的认同。

　　抗战前，广西不仅是地理的边疆，更是文化意义上的边疆。特殊的自然环境和落后的经济状态，使人们的社会活动范围狭小，社交内容简单。文化生态环境决定着区域文化的特质，封闭的地理环境对人们的社会生活和意识形态产生了很大影响。狭隘的地域观念和乡土意识使乡与乡之间都存在畛域观念，更谈不上主动与外界交流。

　　1925 年至 1949 年，广西处于以李宗仁、白崇禧为首的新桂系的统治之下。新桂系出于自身的利益考虑，也曾励精图治，以此提高广西的综合实力和社会地位，除采取一系列军政措施之外，尤其注意利用人们根深蒂固的地域观念和乡土意识。新桂系以弘扬广西"民族精神"为名，大力宣传地方民族主义、大广西主义，号召广西人"要不客气地以双肩负起复兴中国国民党的使命"，"挽救国家民族的危难"。在军阀混战，国家四分五裂，人民苦难深重的年代，新桂系的做法很容易鼓动和激励民众的民族

---

　　① 田汉：《戏剧春秋发刊词》，《戏剧运动》（上），广西人民出版社 1992 年版，第 36 页。

情绪和乡土意识,获得人们感情上的认同,培养出共同的民族精神和社会情绪。但新桂系的政策措施多以"建设广西"为目的,虽有贡献,仅限于一区一域。在国难当头的年代,国家利益高于一切,必须冲破狭隘的地域观念,培养和激发人们保卫国家、捍卫民族的思想和情绪。在建立真正的"国家兴亡,匹夫有责"的抗战精神方面,新桂系是做得不够的。

抗日战争不仅仅是反击法西斯的军事侵略,更是一场文化保卫战。中国必须调动所有的军事、经济、技术、文化储备,才能取得战争的胜利。但在当时的历史条件下,敌强我弱,只依靠中国现有的军事和经济储备,很难赢得胜利,必须调动经济和文化上的一切储备进行全面抗战。众所周知,共同的文化和心理基础是一国的立国之本、强国之基,尤其在国家民族面临生死存亡的特定历史时期,最大限度地调动人们的爱国情绪,同仇敌忾、万众一心,才可能实现真正意义上的民族自卫。战争年代,凝聚各民族人民形成文化上的向心力的要求比其他任何时候都更强烈。桂林文化城的活动就是一场文化保卫战。在抗战这场国家和民族保卫战中,以田汉为核心的戏剧兵,在促使广西本土文化和现代文化的融合,帮助更多中国人完成从地域、乡土意识到民族意识的转化,逐步实现对现代国家民族认同方面,做出了重要贡献。

当然,田汉等人的努力能发挥作用还与广西本土文化的特质有关。广西是一个多民族聚居的地方,抗战前,现代文化对广西各族的影响不一,未能很好地实现广西本土文化和现代文化的融合,形成统一的文化心理基础。但各少数民族却在不断的接触和碰撞中,缩小了彼此之间的文化差距,逐渐理解并最终相互认同。因此,广西各民族虽具有自己独特的本土边地文化,但更有文化上相互理解和认同的传统。广西本土文化本质上具有一种开放性,正是这种开放性为田汉在广西的戏剧活动取得成功提供了契机，使戏剧演出能够收到显著的成效。

戏剧在启迪民智、教育群众、煽动情绪方面有着其他文学作品所不具有的优势。"在弱小民族的解放战争中，戏剧是有力的武器；它是利剑，可以刺杀顽敌；它是号角，可以动员民众。于是，无疑地，戏剧应为大众而演出，以发扬它高度的战斗性。"[①] 抗战戏剧表达了民众一种强烈的共同精神和情绪，演出时能够迅速获得民众一致的共鸣，激发起民众的爱国热情。正因如此，在交通闭塞、文化落后的广西，进步书籍和报刊流传缓慢，而话剧运动在广西却有着长足的发展。戏剧所具有的美学特性使它担当起了激发广西民众民族情绪的重任。

戏剧演出也是对一种文化价值和意识形态的宣传。"每一种文化都是一个价值体系……它一方面是不同民族在特定生活环境中对外部世界思维的肯定形式；另一方面，它又构成一个有特殊价值和意义的文化世界，建构不同民族的价值心理和价值观念，形成不同民族文化价值意识的定势。"[②] 文化作为一个价值体系，具有开放性，它所包含的价值和意义处于不断的变化中，"任何社会有机体都有根据自己的需要对外部文化世界的价值和意义进行选择、吸收和控制的功能。""社会有机体的需要，最终表现为人的需要，表现为人参与和感受外部文化世界价值和意义的心理的需要"。[③] 同时，文化具有建构人的价值意识及其性格的功能。由此可知，广西的本土文化虽具有其自身的先验本体，但它也具有开放性，善于接纳和吸收来自中原和其他地区的先进文化观

---

① 秦天籁：《戏剧应为大众而演出》，《戏剧运动》（上），广西人民出版社 1992 年版，第 13 页。

② 司马云杰：《文化价值论——关于文化建构价值意识的学说》，陕西人民出版社 2004 年版，第 372 页。

③ 同上书，第 7 页。

念。抗战时期，在广西本土文化和现代文化的交融过程中，戏剧演出充当了有形的媒介，促进了两种文化的相互认同。

"一个国家、一个民族，如果能够使每个国民和社会成员树立起伟大的社会理想，并用全部生命追求它，就会减少许多矛盾、冲突、纠纷及内部摩擦。因此文化理想可以使每个成员从世俗短浅的价值目标中解脱出来，而去追求更高、更伟大的价值目标。特别是那种体现一个国家、一个民族根本精神和价值体系的文化理想，即是国魂、民族魂之所在，它维系着每个国民的文化价值取向。"① 广西各民族向来勇敢刚强，富于反抗和牺牲精神，这是广西特殊的社会历史造成的。"由于广西民族在历史上遭受沉重的阶级压迫和民族压迫，所以具有强烈的反抗意识，捍卫民族，保卫家园，抵御外来势力侵扰的民族意识。"② 如何采取有效的途径对这种质朴的精神进行引导，使之在战争期间与爱国主义融合，成为中华民族的民族性格、民族精神的一部分，这是许多文艺工作者关注的问题。田汉等戏剧家在广西创作和演出富有爱国主题和抗战思想的戏剧，对少数民族地方民众原有的价值体系显然是一种前所未有的触动，帮助人们逐渐意识到维护中华民族利益的重要性。这种朴素的生命本能一旦被激发，其势将不可估量。雷沛鸿曾这样感叹道："中华民族确实具有无尽藏的力量，如果启发得宜，策动有方，真所谓：以此攻城，何城不克？以此破敌，何敌不摧？即以广西而论，与其说，一切人力、物力、财力、智力已经动员无余蕴，毋宁说，此项动员正在开始。将欲启

---

① 司马云杰:《文化价值论——关于文化建构价值意识的学说》，陕西人民出版社 2004 年版，第 200 页。

② 谭肇毅:《新桂系崛起与割据统治的社会文化背景》，《桂系史探研》，中国文史出版社 2005 年版，第 251 页。

发策动这种潜藏力量，我们必须先从事于文化动员。"① 戏剧运动在抗战期间广西的文化动员中发挥过重要作用。戏剧工作者在广西的活动做出过独特的历史贡献，正如夏衍所言："文化兵团里面的戏剧部队用他们戏剧这特殊的武器，巩固了团结，强化了信心，推动了进步，打击了敌人。"② 而"'田汉'是一个戏剧界中最能够拿戏来抒发自己的正义感，拿戏剧来教育群众的最好的戏剧家"。③

田汉是中国戏剧界的骄傲。杜高的评价代表了一种共识："20 世纪 30—60 年代中国戏剧发展最重要的这 40 年中，作为中国戏剧运动公认的、具有崇高威望和深刻凝聚力的领导人和最具感召力的精神领袖却只有田汉一个，这是田汉的独特成就，也是鲁迅之后中国现代文艺界中一个独特的现象，在中国戏剧史上是独一无二的。"④ 田汉为中国戏剧贡献了一生，他的战斗精神和民族精神加速了先进文化观念和意识形态的传播，他"不仅是戏剧界的先驱者，同时是文化界的先驱者"。郭沫若对田汉的评价极为准确："田汉是我们中国人应该夸耀的一个存在！"⑤

---

　① 雷沛鸿：《雷沛鸿文集》下册，广西教育出版社 1990 年版，第 533 页。

　② 夏衍：《戏剧抗战三年间》，《戏剧运动》（上），广西人民出版社 1990 年版，第 45 页。

　③ 张庚：《田汉是后来者的楷模》，《文艺研究》1998 年第 6 期。

　④ 杜高：《田汉人格的独特魅力》，《中国戏剧》1998 年第 3 期。

　⑤ 郭沫若：《先驱者田汉》，《文汇报》1947 年 3 月 13 日。

第六章

欧阳予倩与桂林文化城戏剧
运动的思想艺术建设

中国现代戏剧经过三十余年的曲折发展，在中国的抗日战争时期迈进了一个空前普及和繁荣的黄金时代，戏剧成为文学艺术领域中一个成绩最显著、影响最广泛的部门，戏剧运动在全国蓬勃发展起来。桂林由于独特的地理位置和较为宽松的政治文化氛围，一跃成为大后方著名的文化城。在文化城开放而自由的文化格局中，戏剧运动得以如火如荼地开展。桂林文化城戏剧运动作为中国抗战戏剧运动的重要组成部分，理所当然具有抗战戏剧运动的共性，比如话剧得到空前普及，传统戏曲的改革取得一定成就，等等。然而，不能否认，桂林文化城戏剧运动是一个独特的存在。在以左翼戏剧家和民主主义戏剧家为代表的具有不同文化背景的戏剧家的共同努力下，桂林文化城戏剧运动成功地继承和发展了中国现代戏剧的思想传统和艺术传统，成为中国现代戏剧传统在战争语境中的一种延续和激扬。

中国现代戏剧传统在桂林文化城的传播和发展中，也即桂林文化城戏剧运动的思想艺术建设中，中国戏剧运动的积极分子、中国现代戏剧大师欧阳予倩发挥了至关重要的作用。欧阳予倩在桂林文化城戏剧运动中深受爱戴和拥护，被誉为广西抗战救亡戏剧运动的"三杰"之一。他在桂林开展的一系列戏剧活动都与桂林文化城戏剧运动的发展紧密相关，欧阳予倩的戏剧活动与桂林文化城戏剧运动二者之间是相互作用、相互影响的。

欧阳予倩，原名立袁，号南杰，1889 年生于湖南浏阳。虽是湖南人，欧阳予倩与桂林却有着很深的渊源。他的祖父欧阳中鹄是清末一位具有民主主义思想的著名学者，曾出任过广西桂林的知府，欧阳予倩因为祖父的关系曾在 1910 到 1911 年间游过桂林，对桂林文化有过初步的接触。抗战时期，在有多种出路供他选择的情况下，欧阳予倩独独选择了桂林，从而谱写了中国现代戏剧史和中国抗战文化史上一段传唱不息的佳话。欧阳予倩 1938 年 4 月到桂林，8 月底离桂，1939 年 9 月受广西当局的邀请再度入桂，直到 1946 年 10 月才因政治形势恶化而离开桂林。欧阳予倩在桂林前后共生活与斗争了七年，成为桂林文化城戏剧家中旅桂时间最久的一位。

在桂林的七年中，欧阳予倩以一颗爱国的赤子之心和一颗爱戏剧的艺术之心，不辞劳苦，坚持不懈，以广西省立艺术馆馆长的身份，主持了桂剧实验剧团、话剧实验剧团两个剧团的日常事务，并创办第一所桂剧学校。此外，欧阳予倩还和田汉等戏剧家成功筹办了著名的"西南第一届戏剧展览会"。通过这一系列戏剧活动，欧阳予倩站在话剧的立场对桂剧进行了大力改革，使桂剧这种行将没落的传统剧种重新焕发生机；同时，欧阳予倩将中国现代戏剧的爱国主义、民主主义、人道主义的思想传统和现实主义的艺术传统传播到桂林，促进了中国话剧的现代化。欧阳予倩为桂林文化城戏剧运动的思想艺术建设做出了重要贡献。与此同时，桂林文化城戏剧运动的繁荣发展也造就了欧阳予倩的戏剧成就，假若没有桂林文化城这一独特的环境，欧阳予倩的戏剧贡献兴许会是另一种面貌。

第一节 桂剧现代化

欧阳予倩主持的桂剧改革是桂林文化城戏剧运动中的一项重要活动。欧阳予倩作为中国现代戏剧史上不可多得的话剧—戏曲两栖演员，具有多年的话剧运动经历和丰富的戏曲舞台生活，这使他对中国的话剧和戏曲都进行过深入的思考。桂林文化城时期，面对日渐没落的桂剧，欧阳予倩选择了从话剧的角度进行改革，他在改革的指导思想以及戏剧文化融合方式上都以话剧的精神向度和价值取向为出发点，从而有效地促进了桂剧的现代化进程。

中国戏剧的现代化伴随着 19 世纪下半叶整个中国社会的现代化变革而产生。当时，国门大开，西潮涌进，中国戏曲和西方话剧这两大戏剧体系发生了激烈的碰撞。传统戏曲一统天下的局势被话剧—戏曲二元结构这种崭新的戏剧文化生态取代，新兴的话剧从此开始在中国的文化启蒙和民主革命运动中扮演主要角色。当然，话剧并非一定现代，戏曲也未必一定落后。现代与否，取决于其中传达出来的核心精神是否符合现代人精神拓展的需要，具体表现为民主意识、平等意识、科学意识、人的意识等等的发展，其话语系统是否与现代人的思维模式一致，其艺术表现的物质外壳和符号系统及其升华出来的神韵是否符合现代人的审美追求。① 既然如此，传统戏曲如何与新时代相结合，实现其现代化呢？欧阳予倩的桂剧改革提供了可资借鉴的途径。

桂剧产生于明末，成熟于清初。一般认为，桂剧有三个来源：一是清代安徽人所传授的徽调，二是湘南戏，三是靖江王府

---

① 董健：《中国戏剧现代化的艰难历程——20 世纪中国戏剧回顾》，《戏剧与时代》，人民文学出版社 2004 年版。

的宫廷戏。初始用北方方言演唱，然后杂用北方方言和桂林方言演唱，最后用桂林方言演唱，逐渐形成了今日包括高、昆、吹、弹、杂等五大声腔的综合性地方剧种。[①] 桂剧经过长期的单独发展，逐步形成独特的富有地方特色的表演形式和艺术风格。然而，随着时代的发展变迁，时值抗战时期，桂剧不仅内容上难以适应时代之要求，原有的美学风格也几乎丧失殆尽。抗日战争的炮声使广大戏剧家开始关注桂剧，并呼吁桂剧参与伟大的民族解放战争，进行文化抗战。与此同时，广西桂系当局为与蒋介石争夺权力，打着"建设广西、复兴中国"的旗号，也把桂剧改革作为招徕各派进步人士、扩大政治影响的一种手段。在这种时代背景下，欧阳予倩开始了桂剧改革。此前，尽管唐景崧、马君武等人也对桂剧进行过改革，但大多局限于戏曲原有的美学圈子，只有欧阳予倩是以正确的指导思想改革桂剧的第一人。他超越了前人，站在话剧的立场和戏剧现代化的角度，对桂剧进行了卓有成效的改革。

欧阳予倩改革桂剧的理论主张主要体现在《关于旧剧改革》、《改革桂戏的步骤》、《关于旧形式的运用》、《后台人语》（之二）、《后台人语》（之三）等几篇文章中。欧阳予倩认为，改革桂剧首先要在内容上完全革新，以新的思想新的时代特色取代桂剧旧的腐败封建的内容，即便是历史戏也要加以分析和解释，使之能够传达出时代精神，为现代人所接受。其次，在形式上，要对新的内容加以适当的处理，不是"旧瓶装新酒"。最后，要在"综合艺术"的综合性方面多下工夫，要持开放的心态，向话剧和其他剧种学习，然后将内容和形式、各表演形式之间进行恰当的综合，使之水乳交融，成为现代的艺术。

---

① 桂林市志编纂委员会：《桂林市志》（下），中华书局1997年版。

一　创作、改编和整理桂剧剧本

戏剧是一种综合艺术，具有文学和舞台两种形式。欧阳予倩说过，"戏剧本分两部：一为戏剧文学，一为舞台艺术。这两者实在是分不开"①。尽管戏剧最终呈现为舞台形式，但不能因此否定戏剧文学，剧作家和舞台艺术家同样重要。清朝中叶，中国传统戏曲因为"花部"的兴起，开始出现以剧本文学为中心向以舞台艺术为中心的转移，此后戏曲作品主要靠梨园抄本流传或艺人口传心授，刊刻付印的很少。桂剧随着"花部"的繁衍而兴盛，没有自己创作的剧目，也极少文字记录。没有剧本，弊端较多，容易导致戏剧的结构松散、综合性不够等。因此，加强桂剧剧本的创作与改编、增强桂剧的文学性理所当然成为欧阳予倩进行桂剧改革的基础而重要的一环。

（一）剧本思想内容的改革

桂剧的内容多半腐败，占据其中心的是封建思想、奴隶道德和淫虐行为。其传达的精神内涵不仅远离时代精神，对于"五四"文学所提倡的平民意识和人的精神而言也是一种反动。桂剧要与新时代结合，为广大观众所接受，必须从内容上进行完全革新，代之以爱国主义、民主主义和人道主义的思想内容。

战争是40年代文学艺术的政治文化背景中最根本的因素，桂林文化城亦如此。当国家民族处于生死存亡之时，全民团结一致、共同反抗日本帝国主义侵略、争取民族独立和解放便成为鲜明的时代精神。戏剧被认为是抗战宣传最好的武器，拥有桂林及周边地区大多数观众的地方剧桂剧，也必须与时俱进，反映时代精神。

---

① 欧阳予倩：《戏剧运动之今后》，苏关鑫编《欧阳予倩研究资料》，中国戏剧出版社1989年版。

为此，欧阳予倩改编了《梁红玉》、《渔夫恨》、《桃花扇》、《木兰从军》、《人面桃花》、《长生殿》等剧目，其中《梁红玉》、《桃花扇》、《木兰从军》是最有代表性、社会影响也较大的三个戏。

一出戏剧，"乃作者以自己的哲学，批评其所观察的时代，以想象创造出代表此时代的人物，搬上舞台，使观众接受作者同一的批评，同一的同情"①，欧阳予倩的剧本改编正是在时代基础上对古代题材的再创造和再阐释，体现了作者自觉的主观能动性，传达出了时代精神。桂剧《梁红玉》由同名京剧本改编而成，取材于南宋将领韩世忠及夫人梁红玉抗击金军的历史。关于梁红玉，流传的主要是她击鼓壮军的事迹，欧阳予倩则通过她与民众的相处、她与韩世忠对金兀术被困黄天荡之事的不同处理以及她与哈密嗤的话语交锋等几个场面，突出了她的深谋远虑、爱国热情以及依靠群众奋战救国、"宁愿战死，不做亡国奴"的思想。这对于激发群众的抗战热情作用很大。同时，剧本也对以王智和殷农为代表的所谓"名士"、实为"不重国家重黄金"的汉奸进行了严厉的批判，表达了"要将敌人赶出去、安居乐业万年春"的美好心愿。《梁红玉》深受观众欢迎，其演出轰动桂林市，连演 28 场仍盛况不衰。《桃花扇》也由同名京剧本改编而成，以清代孔尚任的同名传奇为素材。剧本以南明复社文人侯朝宗和秦淮名妓李香君的爱情恩怨为主线，但着重点不在爱情，而是通过以李香君为代表的艺人、以侯朝宗和杨文聪为代表的名士、以阮大铖为代表的走狗这三类形象的塑造，颂扬底层民众的爱国情操，批判不切实际、外强中馁的知识分子，控诉和鞭挞腐败的反动统治。《木兰从军》以汉乐府《木兰辞》和有关传说为基础，主要讲

①　焦菊隐：《桂剧之整理与改进》，广西艺术研究院、广西社会科学院编《欧阳予倩与桂剧改革》，广西人民出版社 1986 年版。

述花木兰女扮男装替父从军驰骋沙场抗敌救国的故事。该剧宣扬了高度的爱国主义精神，对民众抗敌救国是一种深深的鼓舞。

《梁红玉》、《桃花扇》、《木兰从军》这三出影响较大的剧目除外，欧阳予倩还创作了现代桂剧《广西娘子军》、《搜庙反正》。这两个剧本已经亡佚，根据《旅桂作家》的相关叙述，前者主要反映广西妇女同心同德与汉奸斗争的生活，后者则讲述一位抗日游击队长设计智擒伪军并对之晓以大义使之幡然悔悟一致对敌的故事，同样反映了抗战救亡的时代精神，起到了很好的政治宣传效果。

另外，欧阳予倩还整理了一批剧目，如《关王庙》（《玉堂春》中的一折）、《断桥会》（《白蛇传》中的一折）、《烤火下山》（《少华山》中的一折）、《打金枝》、《拾玉镯》，等等。这些整理过的剧目，剔除了原剧中的低级庸俗成分，代之以对纯洁情感的歌颂，表现了人道主义的思想和反封建的主题，内容焕然一新。

（二）剧本形式的改革

“关于编剧，应当充分地、适当地采用新的方法：故事的排列要打破素来平铺直叙的习惯，分场要简洁；过场戏要力求减少，能够在一场做完的便不宜分开，能够暗场介绍的就不必明写。至于如何加唱加白，虽各有各的巧妙不同，但是一个人死唱慢板，令一个人呆在旁边的场面绝对要不得……场面要活泼，力量要集中，故事要完整，人物性格要鲜明。”[①] 欧阳予倩在这段话中分别从戏剧结构方式、人物性格、语言等几个方面对剧本创作做了阐释。

中国戏曲的结构方式与西方话剧的板块接进式结构不同，采

---

① 欧阳予倩：《后台人语》（之二），广西艺术研究院、广西社会科学院编《欧阳予倩与桂剧改革》，广西人民出版社 1986 年版。

用点线串珠式结构，其情节发展表现在外部特征上就是戏曲的连场结构，即以场为基本组织单位组织情节。桂剧在结构上有很多弊端，如结构琐碎枝蔓、分场不够简洁。欧阳予倩对症下药，改革结构方式，使桂剧变得清新活泼简洁明快，《木兰从军》即是很好的一例。

旧剧通常具有类型化特征，较少注意人物塑造和性格描写。欧阳予倩在剧本的创作、改编和整理中，塑造了一批血肉丰满的人物形象，比如巾帼英雄梁红玉、花木兰，具有爱国崇高气节的爱国艺人李香君、苏昆生、柳敬亭，摇摆软弱的知识分子杨文聪、侯朝宗，卖国贼阮大铖、王智等，这些人物大大丰富了桂剧艺术的人物长廊。

"戏曲者，谓以歌舞演故事也。"[①] 戏曲语言不同于话剧，具有音乐性、舞蹈性和讲唱性。戏曲以唱为主，念白在一定程度上也和音乐相结合。欧阳予倩主要在两个方面改革桂剧语言。一是打破唱词曲牌的字数限制，如《木兰从军》中第四场木兰的"弟兄们休流泪免悲声"、"听谯楼打罢了三更时分"这两段唱词，七字句、八字句、九字句和十字句都有，比较灵活自由。二是增加对白分量，而且对白开始打破旧习，不上韵的对白增多，上韵的对白减少。这些改革使桂剧变得生动活泼，更易抓住观众的兴趣和情绪。

二　舞台演出方面

（一）采用导演制度

"导演"一词是西方戏剧理论的术语和概念，导演制度也是西方戏剧舞台实践的历史产物。中国以前没有导演这一称呼，也没有真正意义上的导演，只有"优师"，即一些具有导演功能的

---

① 　王国维：《戏曲考源》，《王国维戏曲论文集》，中国戏剧出版社1984年版。

教习伶人排戏的人。导演在中国的出现，与话剧在中国的传播和兴起密不可分，最早大概可以追溯到 1916 年张彭春在南开新剧团导演《醒》和《一念差》诸剧。导演地位的真正确立，是在1923 年洪深为上海戏剧协社导演《少奶奶的扇子》和《泼妇》之时，此后话剧排演才普遍实行导演负责制。戏曲排演中实行导演制度，则是自欧阳予倩始。抗日战争时期，欧阳予倩在排演《梁红玉》、《桃花扇》、《木兰从军》等桂剧时初次采用导演制度，可谓开中国戏曲导演之先河，在桂剧现代化乃至整个中国戏曲现代化过程中都意义非凡。

导演制度具有在艺术上强调整体性、重视集体训练和次要角色、大量运用群众场面及精心设计布景服装等特点。桂剧和其他旧戏一样，排戏只是走走场子，并没有整体的计划。"排戏"、"导演"这些名词，对当时的桂剧演员来说，都是初次听到。桂戏排演非常简单，只需写一个"乔稿"（提纲），即一张分幕的演员表，演员按照此表三五天即可排成一戏。速度很快，艺术上难免粗制滥造，诸如动作紊乱、音乐不够协调、"放水"，[①] 等等。对此，欧阳予倩把话剧的排练制度有选择地应用到桂剧的排演中。他首先要求演员在排练场上严肃认真地服从导演的处理与调度，在台下认真研读剧本，分析角色，开动脑筋进行独立创造。其次，强调戏剧的综合性、整体性和艺术性，要求演员的一招一式、一字一腔都做到准确到位，力求桂剧身段动作的适当运用。欧阳予倩尤其注意动作与动作之间、一个人与其他人的动作之间的关系，努力使全体动作呈现出一个严整的规律，使全剧保持一个健全的主旨。

---

　　① 　当时桂剧界把演员没有记住词句、上台随便乱唱乱念的舞台行为叫做"放水"。

欧阳予倩不是机械地用话剧的排练制度来导演戏曲。他精通话剧和戏曲，他的身上融合了西方戏剧导演和中国戏曲导演两种不同的风格特征，一方面像西方戏剧导演那样激发演员"化入角色"；另一方面，与中国戏曲导演一样"教习"演员，在动作和唱念方面"口授而身导之"。

（二）改革舞台演出方式

欧阳予倩作为一个导演，在舞台时空处理和音乐唱腔念白等具体的演出方法上也有一定创新。

首先，在舞台时空处理方面，欧阳予倩将桂剧中一些落后的舞台制度和舞台装置革除，引进话剧写实的时空观念与方法，为桂剧原本虚拟的舞台时空增添了写实成分。具体而言，桂剧作为中国传统戏曲的一种，其舞台设置常常是简单的一桌二椅，并不提供具体的写实信息，戏曲所提供的虚拟信息主要在与观众的约定中通过想象变成相关的审美信息。因此，戏曲的观众必须对戏曲的脸谱、服装及唱念做打等程式具有相应的理解能力，否则便不能准确地接收和把握其中所传达出的信息。抗日战争时期，基于桂剧进行抗战宣传的需要和桂剧自身发展的内在要求，欧阳予倩取消了桂剧的"检场"制度和"守旧"、"马门"① 等舞台装置，在舞台上率先使用各种布幕、新式照明和立体布景。通过这些处理，桂剧的舞台面貌焕然一新，更易为观众理解和欣赏。

其次，欧阳予倩对桂剧的音乐唱腔念白也做了改进。音舞性

---

① 检场，指旧时戏曲舞台上的服务人员在演出进行中出入舞台、搬置道具、撒放火彩、帮助演员更换服装并给演员递送茶水毛巾等，检场制度严重破坏了戏曲表演的统一性和完整性，检场应该在幕后进行；守旧，戏曲术语，传统戏曲舞台装置，指过去戏曲演出时所用的台帐和作为背景使用的底幕，幕上绣有各种装饰性图案，作舞台装饰品用；马门即舞台的上下场门，设在舞台的左右两边，上场门的门或门帘上绣"出将"，下场门的门或门帘上绣"入相"。

是中国戏曲艺术表现形式最基本和最重要的特征，音乐的旋律节奏和舞蹈的动律意蕴可以使中国戏曲的整个表现形式沉浸在音乐和舞蹈的精神状态之中。鉴于音乐在戏曲中的重要地位，音乐的改革在整个桂剧改革中也变得举足轻重。

抗战之前，桂剧的音乐（声乐和器乐）都很缺乏表现力。主体部分声乐由唱和念组成，唱念字音是表情达意的基础。然而，桂剧原有的音乐唱腔念白虽然种类比较丰富，但总体上过于婉转柔和，跌宕变化较少，节奏比较平缓，道白也不甚讲究，有些丑角为了迎合观众的低级趣味常常胡说八道，有些演员甚至念不清楚台词，大大破坏了念白的表现力和艺术性。对此，欧阳予倩一方面大胆吸收京剧、曲艺等说唱艺术的长处，在桂剧中增加合唱、轮唱或几个人对唱，比如，《桃花扇》中节奏鲜明的大段道白由北方大鼓书的铺叙形式变化而来，《梁红玉》中为营造气势浩大的场面气氛采用昆曲的"折桂令"和"八仙会蓬莱"两段牌子，同时《梁红玉》、《木兰从军》等剧中增加了合唱、轮唱或对唱，打破传统桂剧中一个人唱段很长的单调形式，大大增强了桂剧艺术的表现力；另一方面，注意提高演员道白方面的表演水平，他亲自给演员讲解处理台词的方法和技巧，训练他们掌握重音和节奏变化，教导他们怎样根据人物个性和思想感情念好"白口"。器乐作为戏曲的一种表现手段，主要用于伴奏唱念做打等表演艺术，同时具有展开戏剧矛盾、塑造人物性格、抒发思想感情和渲染舞台气氛的功能。乐队由"文场"和"武场"组成。文场主要为演唱伴奏，并演奏为配合表演而用的曲牌（属场景音乐），武场主要是用打击乐器打出锣鼓点，以配合表演，并调节和控制全剧的节奏。桂剧发展到抗战前夕，其文场和武场已不能发挥其应有的作用，在戏院中虽然还可以听到管乐与弦乐，但月琴与三弦已不用，喇叭与横笛有时配合剧情演奏，但大多数戏中只有一把二弦在拉，整出戏了无生气，何种剧情应配合何种管弦更无人注意。[①] 锣鼓本有一定的打法，但桂剧中的锣鼓非常机械，只求打得脆和响，并不能充分发挥应有的作用。桂剧音乐改革的问题的确很大，欧阳予倩对此虽没有整个的计划和步骤，但他在导演过程中毕竟做了一些改革，使之尽量配合剧情的发展，并保证演出效果，这是不能否认的。

（三）改革化装

传统戏曲中，演员的化装非常重要，通常可以体现剧中人的性格和身份。然而，桂剧在改革之前，对化装并不重视。首先，忽视化装的整体性，只注意主角的化装，配角则较为随便。其次，演员穿着与剧中人物的性格和身份不符。另外，据著名桂剧演员尹羲回忆，过去桂剧旦角梳的是巴巴头[②]，欧阳予倩将其改为古装头，嘴唇由一点红改为全涂红，眼睛也开始画眼眶。欧阳予倩从戏剧艺术的整体性出发，使化装更符合人物的性格和身份，并与全剧的氛围保持一致，从而更易于推动情节发展和传达剧本的内容与精神，舞台形象也更美观。

总之，欧阳予倩对桂剧的改革，不是机械的而是综合的，不是部分的而是整体的，他所编导的桂剧今日不能重现于舞台、为广大观众所看见，实在是非常大的遗憾。

三　以职业化标准抓剧团建设

桂剧原本没有剧团，只有戏班。直到光绪末年，戏班才有固定的戏院或戏园。演出的地点，则主要是会馆、庙宇、祠堂或圩

---

① 唐兆民：《桂剧本身的没落》，广西艺术研究院、广西社会科学院编《欧阳予倩与桂剧改革》，广西人民出版社 1986 年版。

② 巴巴头，也有文献写为"粑粑头"，桂剧改革前的一种头饰，指用假发、串珠围在发缘上，或用水纱缀上珠凤包着前额，比较累赘、难看。

市。1911 年，广西赌风兴起，"唱赌戏"流行，桂剧逐渐走上商业化道路，失去了艺术本该有的独立品格。1933 年禁赌后，赌馆歇业，桂剧的演出地点变为商人或资本家合股承办的戏院，沦为酒家招揽顾客的工具。抗战前夕，桂剧依然在商业性的泥沼中挣扎。据桂剧实验剧团演员王盈秋回忆，当时他们在南华戏院搭班演出，虽然上演的是经过戏剧改进会鉴定修改的剧目，但实质上仍是一个商业班子。商业班子具有很多陋习，比如，台上演戏、台下摆酒。对当时观众而言，戏剧的功能仅限于娱乐和助兴，其教育功能和文学地位完全被忽视。与此相关，演员地位比较低下，常常被顾客请去陪酒。旧戏演员只是戏院资本家赚钱的工具，"人"的尊严被践踏得一钱不值，更严重的是，艺人们在长期的"熏陶"中逐渐变得麻木不仁。桂剧存在的严重弊端使欧阳予倩决心建立健全的职业的剧团，以促进桂剧的健康发展。

　　欧阳予倩明确指出，戏剧应该是职业的，而不是商业的。戏剧作为一种文化商品，具有文化和商品双重属性。一个剧团要维持正常的运转，必须有一定的经济基础，这主要靠戏剧演出来获得。因此，戏剧必然与金钱发生关系。那么如何区分职业的戏剧与商业的戏剧呢？关键在于剧团的最高追求是什么。"商业的是专为做生意，不管艺术堕落与否，趣味低级与否，甚至于不管将来站得住站不住，只管赚钱不赚钱。职业的便是以演剧为职业，可是把握住艺术的原则，尊重艺术，不肯为低级趣味迎合落后的心理。"①商业的剧团以追求金钱、纯利润为最高目标，为了利润可以放弃艺术；职业的剧团虽也追求经济效益，但以艺术为最高目标，注重的是戏剧的文化品格。只有把戏剧从商业剧场中解

---

①　欧阳予倩：《关于旧剧改革》，广西艺术研究院、广西社会科学院编《欧阳予倩与桂剧改革》，广西人民出版社 1986 年版。

放出来，才能真正推进戏剧的健康发展。具体而言，欧阳予倩主要从三个方面建设职业的剧团。

首先，整顿原属戏剧改进会的南华戏院的班底，正式命名为"桂剧实验剧团"，并任团长。其次，建立独立的职业的剧场。欧阳予倩经过多方努力，集资四万多元兴建广西剧场。广西剧场坐落在市乐群路，场内采用新式照明，也可运用新式布景，在当时是一个较为现代化的剧场。竣工后，桂剧实验剧团即从老式的南华戏院搬来，从此有了自己的演练场，不再受制于他人。最后，"改戏"必须"改人"，欧阳予倩努力提高演员的思想觉悟和表演水平。桂剧实验剧团由南华戏院的班底整顿而来，其成员多是严格的科班出身，如小金凤（尹羲）出自"小金"科班，如意珠（谢玉君）出自"和园"科班，庆丰年（王盈秋）出自"锦乐园"科班。他们在技术和思想上都深受旧戏班的影响，思想上受毒害更深。欧阳予倩1929年曾就此发出过呼吁，他深情地教导旧戏演员："亲爱的伶工们啊！你们应当是舞台艺术家，你们应当是民众的叫唤者！你们不是能够作了赌博的工具就是满足，你们有你们的使命，有你们的地位；快些觉醒罢！要在你们的意志和自力底下求生，才是真的！"① 抗战时期，欧阳予倩又对桂剧艺人进行了启蒙。他首先为艺人们改名，舍弃艺名。这一行为具有非同一般的意义，是在为艺人争取最基本的社会地位。其次，他时常对演员进行思想教育，告诫他们不仅要做演员还要做品格高尚的人。另外，他还抽出时间给演员上专业课和文化课，提高他们的知识文化水平。在促使演员思想觉醒、进步的同时，欧阳予倩也努力提高演员的表演水平。除了在日常训练中有意识地传播新

---

① 欧阳予倩：《戏剧运动之今后》，苏关鑫编《欧阳予倩研究资料》，中国戏剧出版社1989年版。

艺术观、强调提高本剧种的基本功外，他还特地聘请沈岫云等两位京剧武功教师，从毯子功、把子功开始，帮助演员进行基本功训练。他要求演员不能仅仅模仿或接受，必须从人物性格出发，按照角色需要进行独立创造。欧阳予倩抓住一切时间帮助桂剧演员克服旧思想、旧意识，树立新的进步的世界观、人生观和艺术观。在他的帮助指导下，桂剧实验剧团的演员们懂得了怎样做人、怎样演好戏和为什么演戏。他们为提高桂剧艺术水平和抗日宣传做出了自己独特的贡献。

四　培养戏剧人才

欧阳予倩是一个戏剧教育家，一向重视戏剧人才的培养。除了在日常生活中以身作则、潜移默化地影响和教育演员外，他还积极创办戏剧学校，为戏剧事业的发展培养后备力量。早在1918年，他就主张成立"俳优养成所"，1919年在南通成立伶工学社，1929年在广州成立的广东戏剧研究所也附设演剧学校。培养戏剧人才是欧阳予倩戏剧运动的重要组成部分。

在桂林，欧阳予倩一方面在平时的训练中培养了一批桂剧演员，如尹羲、谢玉君、王盈秋、刘长春、秦志精，等等。他们的演技在欧阳予倩的指导下大大提高，不仅在当时成为桂剧演出的主力，解放以后在桂剧事业的发展和桂剧演员的培养上也起了重要作用。另一方面，欧阳予倩在1941年创办了"广西戏剧改进会附设戏剧学校"，培养新一代演员。这个学校采用新式方法教学，与旧戏班截然不同，开设的科目有基本功、武功课、桂剧课、文化课和音乐课。基本功和武功课老师是从四维京剧团请来的张师傅；桂剧课主要是排戏，由当时著名的桂剧演员尹羲、谢玉君、王盈秋、刘长春等人担任老师；文化课学习文化知识和戏剧基础理论；音乐课主要学习乐理，使学生掌握一般的音乐知识。欧阳予倩将其所有关于桂剧改革的经验都运用在该校的经营和教学中。遗憾的是，广西当局的不支持使学校被迫解散，解放后能演戏的学生寥寥无几。尽管如此，欧阳予倩培养桂剧人才的一腔热情、他的奉献精神和治学经验永远鼓舞和启迪后来者，督促后人为桂剧事业而奋斗。

五　努力清算"明星制"

"明星制"是对戏剧运行机制的一种描述，其主要特征是：剧团或戏班的演出以一两个明星演员为中心，舞台上的一切艺术手段都为明星服务，以此来吸引观众的眼球；观众也以欣赏明星演员的姿色才艺为满足，看戏对他们来说只是茶余饭后的消遣和娱乐。这种现象在旧剧中广泛存在，桂剧亦然，严重阻碍了桂剧的改革和发展。对此，欧阳予倩指出，要"更多地注意剧本选择，表演的认真，角色分配的适当，新人才的发掘，灯光布景等整个舞台的调子的统一，以争取、训练观众的正当趣味与认识"①，不能把重心放在个别大演员上。他主张以戏剧各部门综合匀称的发展来替代明星制，纠正观众看人不看戏的不良习惯，逐步提高观众的欣赏水平。欧阳予倩实践了他的主张，在他的努力下，至抗战后期，明星制已得到了基本清算，戏剧团队中"从来没有拿一两个主角来作号召，也从来没有挂过某某主演的牌"②，观众的欣赏水平大大提高，他们走进剧场不再是为了消遣，而是为了获取知识，接受教育。

桂林文化城时期，欧阳予倩站在话剧的立场，从戏剧现代化

---

① 田汉：《欧阳予倩先生的道路》，苏关鑫编《欧阳予倩研究资料》，中国戏剧出版社1989年版。

② 欧阳予倩：《关于西南第一届戏剧展览会》，《欧阳予倩全集》（第4卷），上海文艺出版社1990年版。

的角度，对桂剧进行了近乎全方位的改革。他的眼光、他的贡献都远远超过了在此之前改革桂剧的唐景崧和马君武。当然，欧阳予倩的桂剧改革并不完美。抗战时期，政治风云变幻无常，社会动荡不安，改革的环境非常恶劣，欧阳予倩尽管非常尽心，但如田汉所言，有些"偏于自用"，太过自信，一个人精力毕竟有限。因此，桂剧改革未能发展为一个普遍的戏曲运动，其影响也没有走出广西、走向全国；并且，在深度上也还不够，传统桂剧剧本没有得到整理，新创作的剧本中，以现代生活或桂林当地民间生活、传统故事为题材的剧本较少。欧阳予倩改革桂剧的经验和教训是值得后人深思的。

第二节　话剧现代化

中国话剧自 19 世纪末 20 世纪初诞生之日起，便开始了漫长而曲折的现代化历程。中国话剧的现代化是与中国社会、现实的现代化同步前进的，它立足中国国情，广泛接受世界现代化过程中的经验和教训，并在此基础上，着重思考中国社会、现实现代化过程中出现的现象和问题。抗日战争时期，中国话剧正处于现代化的第三个浪潮之中。① 此时，中国话剧主要有两重任务：首先，话剧要立足现实，适应抗战现实和时代要求，动员文化力量，组织思想、感情，进行文化抗战；其次，话剧的发展旨在缩短中国文化与西方现代文化的差距，增强文化能力。

欧阳予倩是中国话剧运动的开拓者和奠基者之一，经历了中

---

①　董健在《中国戏剧现代化进程中的文化冲突》一文中指出，中国戏剧现代化的第一个浪潮是 19 世纪末 20 世纪初的旧戏改良运动与"文明新戏"的兴起，第二个浪潮是"五四"时期以"易卜生主义"为旗帜的现代话剧的蓬勃发展，第三个浪潮则发生在 30 年代和抗日战争时期。

国话剧曲折的发展过程，他的一生就是一部生动的中国话剧运动史。春柳社和文明戏时期，欧阳予倩深深为话剧这种新的戏剧样式所吸引，致力于从艺术形式上学习西方话剧；"五四"时期，欧阳予倩接受了易卜生的写实主义观，把戏剧当作启蒙民众改造社会的工具；至抗战时期，欧阳予倩在思想上和艺术上都日臻成熟。他认为，"中国的话剧是按照另外一条道路发展的。那就是：利用新的戏剧形式，结合中国社会发展的丰富内容，承继中国戏剧的优秀传统，因时因地用各种不同的、生动活泼的斗争方式推进运动，建立为中国广大群众所喜闻乐见的、为人民服务的话剧艺术"。① 从中国的国情出发，建立有中国特色的话剧艺术，欧阳予倩在桂林的话剧创作和话剧运动正是在这一成熟的话剧发展思想指导下进行的。

一　话剧文学创作

话剧是一种综合艺术。剧本，乃一剧之本，是整个戏剧演出的基础。因此，话剧文学创作对于话剧的现代化至关重要。要实现话剧的现代化，建立真正的现代话剧，首先必须实现文学创作层面的现代化，即在思想上表现现代人的生活体验、生命意识和价值观念，在艺术上符合现代人的审美需求和欣赏习惯。

桂林文化城期间，欧阳予倩创作的话剧主要有：《青纱帐里》②、《越打越肥》、《战地鸳鸯》、《我们的经典》、《忠王李秀

---

① 欧阳予倩：《回忆春柳》，《欧阳予倩全集》（第 6 卷），上海文艺出版社 1990年版。

② 本是欧阳予倩 1937 年在上海写成的剧本。但是，1938 年欧阳予倩在桂林为广西国防艺术社导演该剧时，对其从头校阅了一遍，并作了很大修改，第三幕推倒重写，第一、二幕也有些增删。改编后的剧本发表在 1938 年《战时艺术》第 2 卷第 2 期上。

成》、《一刻千金》、《旧家》、《可爱的桂林》和《桂林夜话》（又名《归来夜话》）等。总体上看，欧阳予倩这一时期的话剧创作主要表现出以下几个特征。

（一）具有比较明确的现实目的性和政治意图。

桂林文化城时期，中国抗日战争已进入战略相持阶段，敌人的威胁依旧，国内党派之争不断，国家处于风雨飘摇之中。此情此景，激发了流淌在中国传统知识分子血液中的旷世救国精神。话剧艺术家也不例外，话剧正是他们抗战宣传和争取民主的武器。欧阳予倩在桂林文化城戏剧家群体中，尽管相对来说拥有更多的艺术家气质，但并不是一个艺术至上主义者。他认为，处在被帝国主义蹂躏和剥削、人们一天到晚都在挣扎呻吟之中这样悲惨的环境下，"什么绮罗香泽雪月风花虚无缥缈的艺术至上主义，用不着什么唯心唯物的论辩已经就可以证明其不成立"[1]。他极力主张戏剧为抗战服务，曾坚定地宣称："既要搞戏，我就要搞抗战戏！"[2] 因此，欧阳予倩的话剧创作大多围绕现实生活展开，具有一定的政治意图和现实目的，即揭露日本帝国主义和国民党反动政府的卑劣行径，唤起广大人民群众的抗日救亡热情，争取抗战建国的早日胜利。

首先，欧阳予倩自身的创作阐述中体现了明确的现实目的性。欧阳予倩有着强烈的社会责任感和使命感，从他的创作阐述中我们可以得知，他的剧本多是针对现实而写，创作之前已有一个明确的目的。比如，独幕剧《越打越肥》，欧阳予倩在《〈欧阳予倩选集〉前言》中谈到该剧时明确指出："那个时期以李宗仁、

---

① 欧阳予倩：《演〈怒吼吧中国〉谈到民众剧》，苏关鑫编《欧阳予倩研究资料》，中国戏剧出版社 1989 年版。

② 尹羲：《忆欧阳老师在桂林》，广西艺术研究院、广西社会科学院编《欧阳予倩与桂剧改革》，广西人民出版社 1986 年版。

白崇禧为首的广西军阀和他们的亲戚都依仗枪杆子走私。人们都说：'百姓越打越瘦，阔人越打越肥'，我便写了这个戏讽刺那班越打越肥的家伙。"①　另外，在谈到《青纱帐里》一剧的改编问题时，欧阳予倩也指出，《青纱帐里》是为了"表现义勇军艰苦卓绝的精神，同时指出在敌人统治下民众的悲苦，和挣扎的艰难，希望大家及早自卫，希望大家能明了，除了抗战到底，没有丝毫妥协的可能，没有一线的和平可以希冀"②。

其次，剧本的主题非常明显，常常借人物之口来表达自己的政治态度和现实主张。翻开欧阳予倩的剧本，读者常常可以看到作者自身的影子，迅速明白作者的现实态度和政治立场。比如，《忠王李秀成》第五幕第二场中，当清将萧孚泗劝李秀成投降时，李秀成义正词严地斥责了叛徒："投降是最可耻的事，投降的是最可耻的人。有志气、有德行、有骨头、有良心的汉子，是决不会在敌人面前投降的。天京破了，我们的事业没有败。开路的不怕吃尽苦中的苦，成功的是我们的后人。看吧，不出五十年，我们的儿孙辈就会举起大旗，打进北京城区，赶走那些妖魔！你们是班什么东西！一个个昏了头，瞎了眼，死了心，掉了魂，无廉下耻，蛆一般的家伙，也配站在我面前说话吗？滚蛋！"

这段痛快淋漓的对白表达了欧阳予倩对汉奸、卖国贼之流投降行为的不齿与痛恨。另外，《我们的经典》、《可爱的桂林》等剧中也有大段可以彰显剧本主题的人物对白。

---

①　欧阳予倩：《〈欧阳予倩选集〉前言》，《欧阳予倩文集》（第1卷），中国戏剧出版社1980年版。

②　欧阳予倩：《〈青纱帐里〉改编后记》，吴辰海、丘振声、唐国英编选《戏剧运动》，广西人民出版社1992年版。

（二）表现爱国主义、民主主义和人道主义的思想内容。

爱国主义、民主主义和人道主义的思想是我国现代戏剧一贯的思想基础。19世纪末20世纪初的先进知识分子，在治国平天下的集体无意识作用下，基于中国半殖民地半封建社会的国情，在引进西方话剧的同时，也接受了西方资产阶级思想体系中的爱国主义、民主主义、人道主义思想，并将之集结在反帝反封建的旗帜下，对中国人民进行思想文化的启蒙。欧阳予倩深受传统文化影响，经历过早期话剧运动，并接受了五四新文化运动的洗礼。因此，抗战时期，他的话剧创作中蕴含着鲜明的爱国主义、民主主义和人道主义的精神与思想。

在欧阳予倩的创作中，爱国主义和民主主义主要体现为抗日救亡和争取民主两大主题，具体体现为控诉日本帝国主义的暴行，揭露以蒋介石为首的国民党政府的专制统治以及桂系军阀的腐败行为，控诉汉奸卖国贼的卑劣可耻行径，赞颂广大普通民众的抗战生活和热情，同时，指出光明的前途，表达早日胜利的美好愿望，鼓励军民抗战到底。比如，《忠王李秀成》一剧通过太平天国末期将领李秀成的遭遇，一方面影射国民党分裂抗日民族统一战线、破坏抗战事业的卑劣行径，同时也激励广大军民在抗战形势日益艰难的时刻，学习李秀成的高尚节操，坚持抗战到底。《一刻千金》通过展示普通民众的抗战生活，呼吁"胜利赶快到来"。《桂林夜话》作于1945年从昭平回到桂林之时，当时，桂林已沦为一片废墟，欧阳予倩借剧中人物之口发出感叹："冷月清光浸废墟，桂林焚劫竟无余。新城闻到从头建，滓秽如山待扫除。"通过该剧，欧阳予倩表达了重建桂林文化城的决心，同样也表现了深厚的爱国主义思想。

人道主义主张以人为本，强调人的个性与尊严。在人道主义思想的照耀下，"五四"时期曾产生了一批追求爱情自由和个性解放的作品。抗战时期，集体主义高涨，个人有被湮没在大众之中的趋势，但人道主义思想并没有消失。在民族解放的总主题下，人道主义思想在一些坚持"五四"启蒙思想的知识分子笔下得到继续发展和深化。比如，欧阳予倩的《青纱帐里》通过张老丈这一人物形象的塑造，展示了日军淫威之下普通老百姓从试图明哲保身到奋起反抗的思想转变过程。《旧家》一剧也致力于普通人性的开掘，描写了一幅封建道德、金钱欲望、报复心理等因素作用之下的世态众生相。

（三）采用现实主义的创作方法。

同样受中国积弱不振的现实影响和实用功利主义心态的促使，"五四"知识分子在西方众多的戏剧流派中选择了现实主义，并着重吸收了其直面现实和科学认识现实的艺术精神和文化精神，而不是照抄照搬西方现实主义戏剧的写实方法。欧阳予倩曾经指出："写实主义戏剧的对社会是直接的，在革命的中国用不着藏头露尾虚与委蛇地说话，应该痛痛快快地处理一下社会的各种问题。……写实主义简单的解释，就是镜中看影般地如实描写。"[①] 欧阳予倩实践了自己的戏剧主张，他抗战时期的剧本大多针对现实而作，不管取材现实还是历史，都尽可能如实地描写抗战中的种种现象，表现战争背景下人们的真实心态和情绪。

（四）具有鲜明的民族特征。

欧阳予倩话剧、桂剧两手兼顾，进行话剧创作的同时也致力于传统剧种桂剧的改革，这使他的创作不可避免受到桂剧等传统戏曲的影响。此外，欧阳予倩还有丰富的戏曲舞台经历，对传统戏曲的美学特征和观众心理比较熟悉。因此，他的话剧创作表现

---

　　① 欧阳予倩：《戏剧改革之理论与实际》，苏关鑫编《欧阳予倩研究资料》，中国戏剧出版社 1989 年版。

出鲜明的民族特征。比如，《忠王李秀成》一剧的结构与其早期剧作《泼妇》的结构明显不同，后者采用西方的时空相对集中的锁闭式结构，前者则呈现出话剧与戏曲交融的姿态。在《忠王李秀成》中，作者一方面采用分幕的形式，保持全剧情节集中、复杂曲折，充满尖锐的戏剧冲突，同时借鉴中国传统戏曲，采用开放式结构，在每一幕内又采用连场形式，有话则长，无话则短，大大扩展了该剧的舞台表现空间。另外，该剧在力求真实性的同时，也很注重意境氛围的营造。

总而言之，桂林文化城时期，欧阳予倩与抗战现实紧密结合，以戏剧艺术为武器进行抗战宣传。同时，欧阳予倩比较重视戏剧艺术自身的规律，曾不止一次强调："用戏剧来宣传，必要先有健全的戏剧。"[①] 他对社会问题的批判是通过人物形象的塑造和戏剧场景的变换自然流露出来的。那些因为抗战时期话剧与政治关系太紧密而抹杀话剧艺术发展的言论是有失偏颇的。判断一个作品的优劣，并不在于其是否符合政治或意识形态的需求，而在于能否使政治与艺术相统一，能否透过现实政治诉求的缝隙触及民生的要求。欧阳予倩的剧作在一定程度上是在现实熔炉中磨炼出的优秀之作。

二　话剧传播

麦克卢汉认为："一切媒介都是人的延伸，它们对人及其环境都产生了深刻而持久的影响。"[②] 一种新媒介的传入，其意义不仅仅在于一种新技术或新艺术形式的传播，它常常可以改变人

---

　　① 欧阳予倩：《戏剧与宣传》，苏关鑫《欧阳予倩研究资料》，中国戏剧出版社1989年版。

　　② ［加］埃里克·麦克卢汉、［加］弗兰克·秦格龙：《麦克卢汉精粹》（何道宽译），南京大学出版社2000年版。

们的生活方式，并促使一种新社会文化环境的产生。正是通过话剧这一媒介，欧阳予倩为桂林原本贫瘠的文化环境注入了新鲜血液，向桂林传播了现代戏剧的思想艺术传统，促进了桂林文化城戏剧运动的思想艺术建设。任何媒介都有一个进化的过程，在桂林文化城，欧阳予倩对话剧媒介进行了改造，并适时地改变传播内容，使话剧发挥了其应有的作用。

（一）话剧传播媒介的改造

抗日战争使整个中国的政治、经济、文化都遭遇了炮火的洗礼，话剧艺术亦不例外。不仅演出场地和演出对象发生巨大变化，话剧整个的生存环境也很恶劣。正如田汉所言："自抗战军兴，戏剧与新的环境新的现象相接触，一时不免手忙脚乱，因而要求更适合此新环境新现象之内容与形式。"[①]的确，话剧尽管因具有互动性、直观性等特征而备受青睐，但在战时依然面临着严峻的考验和发展的困境。戏剧家必须发挥自身的文化主体性，改造话剧传播媒介，使之与中国大众长期以来形成的审美习惯相适应，并在战时恶劣的政治、经济环境中生存下去。

1. 在民族化道路上

话剧作为一种异质的外国艺术样式，无论精神气质还是演出形式都与中国传统戏曲大不相同。如何使话剧被广大习惯于传统戏曲表演方式、文化水平又相对落后的中国老百姓所接受因此成为一个备受戏剧界关注的问题。在战时国家民族危亡的政治语境中，戏剧界兴起了一股话剧民族化浪潮，戏剧家们终于达成共识，即话剧必须走民族化之路。

---

① 田汉：《戏剧春秋·发刊词》，吴辰海、丘振声、唐国英编选《戏剧运动》，广西人民出版社 1992 年版。

　　胡星亮认为，话剧民族化"就是民族话剧的现代化创建"①。
具体而言，就是在坚持话剧自身文化、艺术精神的前提下，从现
代社会和现代人的思想感情与心理出发，在与世界戏剧的广泛联
系中，向中国传统戏曲学习，并对其进行重构与转化。桂林文化
城时期，欧阳予倩结合自身的话剧、戏曲经验，在民族形式大讨
论的氛围中，对话剧进行了卓有成效的民族化改造。

　　首先，在内容上，话剧创作和话剧演出都"以大多数人普通
的生活现实为题材，以大多数人通行的生活习惯为技巧，表现大
多数人的悲哀与欢喜，憎恶与要求"②。在桂林，隆隆的炮声和
不断的防空警报使人们生活在战争阴影之下，战争成为人们日常
生活难以逃避的重要组成部分。因此，从广大人民群众的需要出
发，反映抗战现实，表达民众战时心声，即是话剧内容民族化的
一个重要表现。欧阳予倩作为一个社会责任感较强的知识分子，
勇敢地与抗战现实紧紧拥抱，创作和导演了一批以抗战现实生活
为题材的剧作，如《越打越肥》、《一刻千金》、《忠王李秀成》，
等等。

　　欧阳予倩的话剧实践在一定程度上实现了话剧内容的民族
化，然而，这不过是在战争的特殊条件下产生的历史现象和文化
现象，是战争使不同阶层的人们在心理需求上表现出较强的一致
性。值得深思的是，假如没有战争，如何实现话剧内容上的民族
化呢？真正意义上实现话剧表现内容的民族化，还有很长的路要
走，还有待于整个社会经济的发展和全民精神文化水平的提升。

　　其次，戏剧的最终呈现方式是舞台演出，大多数人是通过观
看表演这一行为来获取剧本的思想内容。而抗战之前，中国话剧

---

① 　胡星亮：《中国话剧与中国戏曲》，学林出版社 2000 年版。
② 　易庸：《戏剧的民族形式问题》，《戏剧春秋》，1940 年 12 月 1 日出版。

的演剧体系并不完善，话剧演出还存在一定的模仿痕迹和欧化倾向，这使中国观众在一定程度上难以接受话剧这一新的戏剧形式。因此，演出方式的民族化至关重要。

抗战时期，欧阳予倩的话剧民族化实践主要体现为向传统戏曲学习，即用戏曲的方式来改造话剧。聂绀弩曾针对“《国家至上》的演出像旧戏”这一说法做过评论：“导演欧阳是深懂旧戏和旧戏有很长的历史的人，他那里没有留着旧戏的影响，倒是很奇怪的。他曾经用多少话剧的手法改编过旧戏，当然也可以用多少旧戏的手法导演话剧。”① 这段评论非常中肯，在传播活动中，传播过程的各个因素之间是相互作用的，欧阳予倩在用话剧的理论和表现方式改革桂剧时，话剧本身不可避免也会受到桂剧的影响和改造。具体而言，用桂剧来改造话剧，主要体现在编剧、导演和舞台表演三个方面。

在编剧上，正如前文谈到话剧创作的民族化特征时所析，欧阳予倩将中国传统戏曲所采用的点状的连场冲突形式和开放式戏剧结构引入到话剧之中，典型剧作是《忠王李秀成》；在导演方面，欧阳予倩将话剧和戏曲的导演方式融为一体，不拘体系，自成一格。他将导演方法分为三种：教导式的导演法、讨论式的导演法和批评式的导演法。其中，教导式的导演法主要针对初学者和表演水平不高的演员，注重以身示范，再让演员模仿，力求表演合乎真实，这种方法毫无疑问受到传统戏曲“口授而身导之”的影响；在话剧的舞台表演方面，欧阳予倩引进了中国传统戏曲惯常采用的虚拟表演方式。虚拟表演可以表现高山大河、刮风下雨、溯江行舟等话剧舞台难以用实景表现的景物或动作，恰好弥

---

① 绀弩：《〈国家至上〉公演后，一个看客的独白》，吴辰海、丘振声、唐国英编选《戏剧运动》，广西人民出版社1992年版。

补了话剧时空上的缺陷。比如《忠王李秀成》一剧场面宏大且换场较多，欧阳予倩适当地引进虚拟表演方式，虚实结合，充分地表现了剧作主题，取得了较好的舞台效果。

当然，向传统戏曲学习并非欧阳予倩对话剧进行民族化改造的唯一途径。他多次强调，民族形式不是完全建立在旧的上面，并不强调运用旧剧的手法，电影、民族歌舞等其他艺术样式的手法以及外来的表演方式皆可采用，关键在于要用得合适。欧阳予倩这种开放的眼光和姿态至今仍具有借鉴意义。

2. 职业化探索

在40年代的桂林文化城，曾经形成过一股职业化演剧的浪潮。这既是桂林文化城较为开放的文化格局和成熟的演出条件使然，也是进步戏剧家在抗战环境下自觉对话剧进行职业化改造的结果。欧阳予倩作为一名资深的戏剧家，一名追求进步的戏剧运动积极分子，对职业化演剧浪潮的形成做出了独特贡献。在桂林，欧阳予倩担任了广西省立艺术馆馆长一职，他的职业化探索主要围绕艺术馆的工作展开。广西省立艺术馆是一个半官方的组织，直属广西省政府，每年有10万元的经费。职是之故，欧阳予倩所领导的艺术馆进行的乃是一种自觉的话剧职业化实践，其职业化追求自然与被迫职业化的新中国剧社有所不同。

首先，以观众需求为导向，以精湛的演出赢得市场和观众。观众和演出是话剧传播过程中较为重要的两个因素。剧团经营的最高目标是演出，并通过演出向观众传达信息，满足观众的审美需求；观众在观看演出的过程中获取信息，是演出最后的评判者，对话剧的创作和演出存在一定的反作用。因此，职业化的演剧必须拥有一定数量和质量的观众，必须贡献较为精良的舞台演出。欧阳予倩亲自领导的艺术馆话剧实验剧团在这方面下了很大工夫，并取得了突出成就。

　　艺术馆建立的目的本有两个，一为抗战宣传，二为建立一个艺术教育的基础。一方面努力从事抗战宣传，另一方面极力注重研究与训练，这二者正好契合了职业化演剧的追求。桂林文化城期间，话剧实验剧团上演的剧目有《越打越肥》、《国家至上》、《心防》、《日出》、《故乡》、《忠王李秀成》、《愁城记》、《天国春秋》、《长夜行》、《面子问题》、《家》、《结婚进行曲》、《旧家》、《草木皆兵》，等等，共有 30 个左右。剧团所上演的剧目，一方面多以抗战时期的生活为题材，符合抗战时期观众关注抗战现实的审美期待；另一方面将旧剧和话剧的演出方法相互融合，如《忠王李秀成》和《国家至上》，满足当时既习惯于旧剧又接受了话剧现实主义审美观的观众的欣赏需求。剧团的演出获得了观众的喜爱和赞誉，很多剧目在桂林引起过轰动，特别是《忠王李秀成》，曾经三度重演，共演出 23 场，场场爆满，成为街谈巷议的叫座戏。获得观众好评是对剧团最好的回报。

　　欧阳予倩作为剧团的团长和导演，从观众需求和抗战宣传的目的出发，为剧团赢得了观众。然而，欧阳予倩从不以降低艺术的标准来换取观众的认可，也不因宣传需要而在演出上粗制滥造敷衍了事。欧阳予倩在排演场上非常严谨，力求演员的一言一行、一招一式都符合人物性格和剧情发展的规律，努力使整个演出呈现统一的风格和氛围。正因为如此，欧阳予倩在桂林被称为"磨光派"。当然，欧阳予倩并非纯粹地强调艺术，他不过是在紧密关注现实的同时，比其他戏剧家更注重艺术的规律罢了。他的戏剧追求，不仅在于以犀利精良的戏剧武器配合抗战宣传，更在于以精湛的戏剧演出来提升观众的文化品位和欣赏水平，进而促进话剧职业化的良性发展，并在此过程中建立起广泛的文化的基础。

　　其次，建立专业的剧场。尽管话剧的演出地点可以是广场、是庙堂，但话剧发展的历史证明，职业的演剧离不开专业的剧场，戏剧艺术必须以剧场为中心。"没有剧场，编剧不会完美，演技不会进步，观众欣赏力不会提高，整体的艺术当然更谈不到。"①熊佛西的这段评论可谓一语中的，剧场是演出的主要场所，剧场之于戏剧家正如实验室之于科学家一样重要。然而，抗战时期，剧场问题却深深困扰着戏剧工作者。在桂林期间，欧阳予倩共筹建三个剧场：1940年建成的广西剧场、1944年春建成的艺术馆剧场以及1946年在艺术馆原址上重建的艺术馆剧场②。广西剧场采用新式照明，也可运用新式布景，在当时已是一个较为现代化的剧场，建成后成为桂剧实验剧团的演练场和话剧演出的主要阵地。艺术馆剧场按照话剧演出的要求设计，从舞台布局到音响效果都有周密考虑，是当时西南各省唯一专供话剧演出使用的剧场。艺术馆剧场在西南剧展中起了重要作用，不仅是举办西南剧展的引子，也充当了戏剧演出展览和资料展览的主要阵地之一。艺术馆剧场是桂林文化城话剧运动的基地和堡垒，是话剧运动者们共同的家，剧宣四队队长张客曾回忆说："话剧工作者都把这里当成自己的家，每当走进这座剧场时，踏进家门的心情便油然而生。"③

最后，培养、引进演员和音乐美术人才。戏剧是一种综合艺术，由剧作家、导演、演员、舞台美术和音乐工作者共同完成。

---

① 熊佛西：《五年来的抗战戏剧》，吴辰海、丘振声、唐国英编选《戏剧运动》，广西人民出版社1992年版。

② 第三个剧场是桂林收复后欧阳予倩在一堆瓦砾中建立起来的，用来开展战后的戏剧运动。广西省立艺术馆至今依然矗立在桂林市解放西路（当时的桂西路）、桂林中学的对面，作为欧阳予倩精神的象征、中国话剧运动的象征，向桂林播撒话剧的种子和传统。

③ 张客：《忆西南剧展》，广西戏剧研究室、广西桂林图书馆编《西南剧展》（下册），漓江出版社1984年版。

因此，职业化的演出必须拥有一批具备一定专业水平的演员和舞台工作者。欧阳予倩本身就是一个教育家，培养艺术教育的干部并研究各艺术部门的理论与技术也是艺术馆的任务，艺术教育因此成为艺术馆工作的重要一环。在欧阳予倩的主持下，艺术馆美术部成立了工商美术供应社，音乐部组织合唱团和小型乐队，戏剧部话剧实验剧团设巡演队和研究委员会。通过组织音乐演奏会、美术展览会和练习公演等一系列活动，艺术馆为职业化演剧储备了一定的人才。

在桂林演剧职业化的浪潮中，欧阳予倩以艺术馆话剧实验剧团为阵地，自觉进行了话剧职业化的探索。1944 年西南剧展的成功举办正是对欧阳予倩这一探索的肯定。欧阳予倩在话剧实践中对话剧艺术性与现实性、演出与观众等问题的相对妥善处理以及建立剧场、培养人才的努力，对于当代话剧的发展具有很大的启发意义。

（二）话剧传播内容的变化

如前所述，在桂林文化城的话剧传播活动中，话剧这一媒介的引进和改造对桂林的社会形态和文化心理产生了深刻的影响。同样，话剧所传播的内容也至关重要。具体而言，话剧传播内容是指通过话剧舞台演出所呈现和传达给观众的信息，是戏剧文本在舞台上的立体化呈现，承载着剧作家和导演的世界观、人生观和价值观，具有一定的意识形态功能。导演是戏剧文本的重要阐释者，也是整个舞台演出的最高策划者，因此对于传播什么内容起着"守门人"的作用。欧阳予倩在抗战时期已是一位著名导演，纵观欧阳予倩抗战时期导演的剧目，可以发现传播内容的明显变化，而这种变化主要体现为戏剧主题内容的逐步深入。

戏剧主题，即戏剧舞台呈现的社会生活中所表现出的中心思想，体现了剧作家和导演的思想观念、思想感情。戏剧主题是舞台演出的灵魂，反现代的主题抑或没有主题都是戏剧现代化之路上的障碍。抗战时期，欧阳予倩导演的戏剧主题主要呈现出从现实主题、人生主题到文化主题的发展轨迹。

抗战初期，戏剧家作为社会责任感较强的知识分子，被一种强烈的爱国之情所包围，心态处于极度亢奋之中。因此，剧作的主题大都围绕抗战现实展开，与抗战直接相关的社会现实问题受到热切关注，打倒日本强盗、铲除汉奸、表扬民族英雄、鼓励民众服兵役、促成民族团结、激发抗战热情等内容成为剧作常表现的对象和主题。欧阳予倩也深受感染，独幕剧《越打越肥》把矛头直指发国难财的广西军阀，《战地鸳鸯》、《我们的经典》等活报剧也以生动活泼的场面讽刺抗战中的丑恶现象，激发抗战热情。另外，欧阳予倩导演的《国家至上》（宋之的、老舍合著）一剧则从战时回汉两族之间的关系这一角度来反映民族团结问题，他在尊重原作的基础上，重点揭示日本摆弄回教徒、企图建立回教国的阴谋，进一步强化了民族团结的主题。这些以抗战现实为主题、争取民族解放的剧作，在当时无疑发挥了一定的宣传作用。但是，不能否认，因为比较注重剧作的社会效应，过于追求及时反映社会问题和直接为抗战现实服务，这些剧作大多是对现实事物的勾勒和再现，在社会现象和人物心理的深入分析上还存在一定缺陷。

从 1941 年开始，欧阳予倩导演的剧目内容发生了变化，戏剧主题开始转向人生主题。具体而言，舞台演出内容不再局限于反映与抗战直接相关的重大社会问题，而把目光对准了战时广大的普通人民，表现战时不同社会阶层的人们的生活状态和生存困境。剧作家夏衍曾经指出，在抗战中，还有许多小人物在活着，尽管"一种压榨到快要失去弹性的古旧的意识，已经在他们心里抬起头来，这就是他们的民族感情。但是从他们祖先时代就束缚

了他们的生活样式，思想方法，是如何的难以摆脱啊"，并且，
"在一个不很短的时期之内他们都还要照着他们自己的方式生活
下去"。① 的确，在抗战中，不仅有战争、有英雄，还有更多的
小人物在混乱的生活秩序中过着普通而艰难的生活。欧阳予倩也
敏感地注意到这一事实，把反映孤岛上海普通市民生活的《心
防》、《愁城记》（夏衍）、《长夜行》（于伶）等剧作逼真地搬上了
话剧舞台。这三部剧作都是以"孤岛"上海人民的生活状况为主
要内容，只不过各有侧重。《心防》主要展现文化战线上的对敌
斗争。在孤岛，不仅物质生活非常艰苦，文化空气也令人窒息。
更可怕的是，随着局势的日益恶劣，越来越多的意志薄弱者沦为
汉奸，上海面临被奴化的危险，守住精神的防线变得更为艰难与
重要。在这种情况下，主人公刘浩如作为文化领导人之一，毅然
放弃离开的计划，决心留下与汉奸斗争到底，坚守精神这道最后
的防线。《走出愁城》通过一对天真的、充满幻想的年轻夫妇在
上海的遭遇，使人们明白，在残酷的战争年代，固守个人的小天
地，沉浸在所谓"和平，天真，纯爱"的小圈子是行不通的，必
须投入到波澜壮阔的、伟大的抗日战争中去。《长夜行》描绘了
一幅上海弄堂里普通市民的人生图画。在这里，有人囤积居奇，
发国难财；有人迫于生计，征求丈夫，把自己当作商品来卖；有
人禁不住物质引诱，沦为汉奸；也有人在家庭和社会的两难选择
中痛苦地受着煎熬；更有一些人理智地把对于家庭的自疚的苦痛
封在心底，把献身革命当作符咒和命令来督促自己。……当不同
阶层的人们的生活立体地呈现在舞台上的时候，观众怎能不对世
界、对生活产生感慨，对人生、对未来进行思索呢？桂林的社会

---

① 夏衍：《关于〈一年间〉》，会林、绍武编：《夏衍剧作集》（第1卷），中国戏
剧出版社1984年版。

氛围与上海相比固然较为宽松，但谁又能预料上海的现在不是桂林的将来呢？无疑，这些以人生为主题的剧目，凝聚了戏剧家对人生的思考，对观众人生观和世界观的形成具有一定的引导作用。

欧阳予倩对文化主题的探索主要体现在 1944 年编导的《旧家》一剧中。该剧主要讲述抗战时期一个中层家庭围绕分家产一事而发生纠纷的故事。这一内容在战时无疑具有强烈的现实意义和讽刺意义，但仅仅认识到其现实意义显然是不够的，它还具有一定的文化内涵。具体而言，《旧家》是一部文化形态和文化冲突类型的剧作。欧阳予倩以一种相对客观的态度，将发生在战时旧家庭内的一幕幕生活场景比如闹分家、娶姨太、虐待佣人、走私漏税发国难财、办农场减免租税等等生动形象地呈现在读者面前。这里没有控诉，没有呐喊，只是平静地展示不同文化的冲突，表现新与旧的较量。比如，剧中四个儿子实际上正代表了四种不同的文化形态，他们对战争、对生活的态度可以体现他们不同的文化观念。老大周承先受旧文化影响极深，难以适应现代社会，对于社会事物常常没有自己的主张，因此只是弟弟周继先的一个迂腐的追随者；老二周继先受过外国人所办学校的教育，在洋行里做过事，热衷于舞厅和赌场，表面先进，实质上思想腐化堕落；三儿子周裕先则以一种疯癫的形式对罪恶的社会进行变相的反抗；周传先是一个上进的颇有些头脑的青年，农科大学毕业，踏实认真，具有平等、民主和自由的思想，是封建等级制度和私有制度的挑战者。周传先无疑代表了一种较为先进的文化。在周家，他以尊重婢女人格、不让农民纳租和娶平民之女为妻等实际行动，与周承先、周继先所代表的封建、半封建的文化进行了坚决的对抗。剧末，周继先受到稽查，周家房屋被封，周传先带着父亲前往乡下的新家。这一结局具有一定的象征意蕴，旧家的破裂象征着旧文化的毁灭和封建社会道德的没落，而新的家则象征着一种较为合理和理想的人生模式和道德境界。"家"在剧中无疑已不是平常意义上的家庭，而成为一个文化意象。

通过对话剧传播内容的主题变化分析，我们明白，以欧阳予倩为代表的戏剧家们绝不是为戏剧而戏剧，戏剧运动对他们而言就是社会运动，戏剧正是他们改造社会的手段和武器。随着社会环境和政治氛围的变化，他们会及时地调整自己的任务。在抗日战争这样的国家危亡时刻，他们以民族解放战士和戏剧知识分子的双重身份，通过戏剧创作和戏剧演出等方式，积极主动地进行抗日救亡宣传，激发广大军民的抗战热情；关注普通人民的生活境遇，引导人们在混乱的生活秩序中树立和选择正确的人生观和价值观；同时也通过对文化主题的尝试，提供了面向未来的思索。

"艺术的审美和思想的教育，是戏剧与生俱来的两个作用。"① 桂林文化城时期，欧阳予倩通过桂剧改革、话剧导演等一系列戏剧实践，使戏剧的作用得到了充分发挥。首先，欧阳予倩站在话剧的立场大力改革传统剧种桂剧，给传统戏曲的现代化转型提供了可资借鉴的方法，同时，也为新兴话剧培养了观众，改变了桂林的戏剧文化环境。其次，欧阳予倩结合现实，有选择地将春柳的戏剧传统以及"五四"时期的现实主义戏剧精神运用到抗战时期的话剧实践中。他对戏剧艺术规律的坚持，对过于重视话剧宣传功能而忽视艺术建设这一趋向起到了一定的抑制作用，进而促进了中国现代戏剧体系的进一步发展。总而言之，欧阳予倩把中国现代戏剧的思想艺术传统传播到了桂林，为桂林文

---

① 陈白尘：《序》，上海文艺出版社编辑《中国新文学大系 1937—1949·戏剧卷一》（第十五集），上海文艺出版社 1990 年版。

化城戏剧运动的思想艺术建设做出了很大贡献。当然，传播过程中的各个因素是相互作用的，经过桂林文化城戏剧运动的洗礼和磨炼，欧阳予倩走出了学院派的天地，超越了此前将技术凌驾于思想之上的局限，变成了一个务实的、脚踏实地的戏剧战士。

第七章

政治性生存和文化性生存：
桂林文化城戏剧家群的生存状态

在本章，我们要阐述的是桂林文化城戏剧家群的生存状态（Existence）问题。我们认为，桂林文化城那些以戏剧为业的知识分子的生存状态既是一种政治性极强的生存，又是一种文化性极强的生存，他们同时完成着从政治到文化、从现实到未来的多重使命。

我们为什么要特别讨论桂林文化城戏剧家群的生存状态问题呢？主要是从抗战时期桂林文化城戏剧家群这一研究对象的内在价值来着眼的。桂林文化城的戏剧家群是特定历史时期的特定产物，是本时期国统区戏剧家的戏剧创作和戏剧运动的缩影。同时他们又以自己的政治性生存和文化性生存给这段光辉历史留下了深深的烙印；并且给新中国话剧的发展以有益营养，给当代知识分子也留下了宝贵启示。

我们侧重于通过抓住文化和政治的相互联系来阐释 20 世纪 40 年代中国戏剧家选择生存方式的特殊性、被迫性。这种生存方式及其特点使战时中国戏剧家的审美判断具有独特性，从而使他们创造的戏剧成为政治的戏剧，或者军事的戏剧。他们的戏剧创造是以政治需要为现实起点的，但同时也是着眼于民族心理、民族精神建构的文化创造。政治化的知识分子、军事化的知识分子为中国话剧带来了新的历史特色,改变了中国话剧的发展方向。知识分子的政治化、知识分子的军事化使中国话剧的创造主体发生变化,使知识分子的思考方式、认识方式发生了变化,审美趣味、审美追求方面也同样发生了变化。审美追求大众化,审美趣味通俗化,审美方式直接化,审美情感质朴化,离 20 年代或话剧草创时那种仅仅把话剧作为知识分子启民之蒙的工具的戏剧观念愈来愈远。知识分子从文化性生存到文化性和政治性兼具的生存方式,造成了中国现代戏剧审美的质的变化。长期以来,中国话剧只能在现实层面、政治层面来跟观众对话,而不能上升为在精神层面与观众进行对话,都跟知识分子生存方式的变化有关。有必要说明的是,桂林文化城知识分子的生存状态(或生存方式)跟延安和抗日民主根据地的知识分子完全政治化、彻底军事化的生存方式又有所不同。另外,世俗性生存(经济性生存)也是桂林文化城戏剧家群的生存状态之一,但限于篇幅,我们不准备作重点阐述。

第一节 两种生存:从政治到文化

我们认为,生存方式既反映了桂林文化城戏剧家群的主体性存在的选择意向,又反映了他们所受的客观性制约因素,彰显了一种抗战时期桂林的政治、经济和文化等诸种因素所形成的特定场域中的双向互动关系。政治性生存和文化性生存虽然是两种生存状态(生存方式),但在战争期间的戏剧家那里,又是一个整体,是合二为一的。为了阐述的方便,我们才分开论述。

一　桂林文化城戏剧家群的政治性生存

所谓的政治性生存，在我们看来，既指桂林文化城戏剧家群作为创作主体在特定的政治环境（如时代风云、党派纷争、政策方针、政治观念等）中所受的影响和约束，又指戏剧家群在主观上对政治的态度、看法和价值选择。这也是作为上层建筑之一的政治对戏剧文学的巨大影响力的具体体现。

（一）全民抗战格局的形成，是桂林文化城戏剧家群选择政治性生存的必要前提条件

1937 年 7 月 7 日爆发了震惊中外的"卢沟桥事变"，日本帝国主义者发动了全面侵华战争，中国人民处于亡国灭种的紧急关头，而救亡图存的全面抗战也拉开了帷幕。桂林文化城是在抗日战争这个特定的历史时期形成的。关于它的时限，一般学者认为，上限为 1938 年 10 月（即广州、武汉沦陷以后），下限是1944 年下半年湘桂大撤退，前后经历了大约 6 年时间。①

桂林文化城，是抗日战争时期的一个"独特的历史现象"。②它也是在"全民族战争"的特殊条件下产生的一种文化现象。它的形成说明了在抗日战争的新形势下，文学必须为抗战服务，成为教育和动员人民群众的武器。1938 年 3 月 27 日，中华全国文艺界抗敌协会在汉口成立。在文协的《发起旨趣》里，就号召作家"团结起来，像前线战士用他们的枪一样，用我们的笔，来发动民众，捍卫祖国，粉碎敌寇，争取胜利"。同时，随着大城市的沦陷，许多作家、戏剧家都改变了过去的生活方式，走向部队

---

　　① 蔡定国、杨益群、李建平：《桂林抗战文学史》，广西教育出版社 1994 年版，第 121 页。

　　② 洁泯：《桂林抗战文学史·序》，蔡定国、杨益群、李建平：《桂林抗战文学史》，广西教育出版社 1994 年版。

或内地，参加了实际工作。战争，成为决定一切、支配一切、制约一切的时代的中心；中国的每一位作家、戏剧家、艺术家，从卢沟桥炮声一响，即已明确意识到：这场战争的胜负将决定国家、民族的命运，决定中国文化（包括文学）的命运，也决定着自身的命运。为了夺取这场战争的胜利，就必须实行"全民族的总动员"，不仅是军事、政治、经济的总动员，而且是文化的总动员。正像文协《发起旨趣》里所指出的那样，"一个弱国抵抗强国的侵略，要彻底打击武器兵力优势的敌人，唯有广大地激动人民的敌忾，发动大众的潜力"，而"文艺正是激励人民发动大众最有力的武器"。这就是说：文学艺术也应毫无例外地纳入全民抗战的总体制、总轨道中去。①

　　早在抗战开始三年之际，夏衍就曾指出："在参加了民族解放战争的整个文化兵团中，戏剧工作者们已经是一个站在战斗最前列，作战最勇敢，战绩最显赫的部队了。"② 后来的历史事实更进一步证明，抗日时期（包括战后一段时期）是中国现代戏剧的黄金时代。可以说，40年代是戏剧的年代，在整个文学艺术领域里，戏剧的成绩和影响最大。我们认为，一个时代戏剧艺术的繁荣和发展，不管出于何种社会和历史原因，都与民族意志的高扬有着必然的关系。战争会摧毁人类文明，但反侵略反奴役的民族战争，更会激起高昂的民气和民族意志，从而使得直接与广大观众发生情感和意志交流的戏剧艺术特别地繁荣起来。③

　　桂林文化城的戏剧家们响应着时代的召唤，勇敢地投入到抗

---

　　① 《中国新文学大系（1937—1949）·文学理论卷一·序》（第一集），上海文艺出版社1990年版。

　　② 夏衍：《戏剧抗战三年间》，《戏剧春秋》创刊号，1940年11月1日。

　　③ 陈白尘：《序》，上海文艺出版社编辑《中国新文学大系1937—1949·戏剧卷一》（第十五集），上海文艺出版社1990年版。

日救亡的时代洪流中去。他们怀着满腔热血，不顾个人安危，不计荣辱得失，不惧腥风血雨，以对祖国对人民的赤忱热爱之情，写出了一篇篇激励人民群众奋起抗日的戏剧作品，演出了一幕幕鼓舞军民抗日斗志的话剧。因为，戏剧家们作为知识分子，"除了献身专业工作之外，同时还必须深切地关怀着国家、社会以至世界上一切有关公共利害之事，而且这种关怀又必须是超越于个人的私利之上的"。① 可以说，作为现代戏剧家之一部分的桂林文化城戏剧家群，"摆脱了个人私利的束缚，而把维护被压迫阶级和中华民族利益作为自己进行政治参与的价值立足点，并以此构成他们政治精神的价值核心"。② 无论是田汉、欧阳予倩，还是夏衍、洪深、熊佛西等等，他们既是中国现代戏剧运动的拓荒者，又是蜚声剧坛的剧作家。伴随着抗日救亡的隆隆炮声；他们不约而同地集结到了桂林，克服种种不利条件的束缚，活跃在抗战剧坛上，为广西的抗战文化做出了卓越的贡献。由于这些现代剧运大军的领路人和著名话剧作家的辛勤耕耘，桂林的话剧蓬勃兴起。由于它"比较更能尖锐地接触现实问题"，又具有比较大的"煽动性"，因而在桂林文化城的戏剧运动中"起着领导的作用"。③ 可以说，当时的抗日救亡运动在桂林开展得热火朝天，方兴未艾，在这如火如荼的抗日救亡文化运动中，一个"突出标志是戏剧运动的蓬勃发展"。④

　　抗日战争爆发后的抗战局势的发展变化是桂林文化城形成的

---

① 余英时：《自序》，《士与中国文化》，上海人民出版社 1987 年版。

② 南京大学戏剧影视研究所：《弦歌一堂论戏剧》，南京大学出版社 2005 年版，第 299 页。

③ 田汉：《抗战与戏剧》，《田汉文集》（第 15 卷），中国戏剧出版社 1986 年版，第 16 页。

④ 周钢鸣：《桂林文化城的政治基础及其盛况》，《学术论坛》1981 年第 2 期。

客观依据。而全民抗战格局的形成,是桂林文化城戏剧家群选择政治性生存的必要前提条件。正是由于响应时代的号召,才有那么多文化人奔赴桂林,才有那么多的戏剧家创造出宣传抗日救亡意识、弘扬爱国主义精神以及激励军民救亡图存斗志的文艺精品。

(二)抗日民族统一战线的有效性,是桂林文化城戏剧家群政治性生存的保证

战时桂林的抗日救亡文化运动和文艺运动,是在中国共产党的直接领导下进行的。桂林文化城的历史,是中国共产党领导下的各阶级各阶层人民组成统一战线开展抗日救亡文化活动和文艺运动的历史。中国共产党是桂林文化城的灵魂。[①]

中国共产党的领导主要体现在建立和巩固抗日民族统一战线的巨大功绩上。抗日民族统一战线是桂林文化城形成的政治基石。[②] 1935 年 12 月,中共中央在陕北瓦窑堡召开会议,会议根据时局的变化,确立了建立抗日民族统一战线的方针。其工作任务之一,就是开展上层统战工作,与地方实力派建立逼蒋抗日的统一战线。根据这一策略思想和工作方针,中国共产党在广西对国民党地方实力派的李、白、黄桂系集团,采取了秘密工作与公开工作、下层统战工作与上层统战工作相结合、着重开展上层统战工作的不同方式,进行了一系列艰苦复杂的统战工作。

例如,公开工作方面,早在"七七事变"前,中共便把远在西南的桂系作为重要对象多方进行争取 、团结工作,鼓励和推动桂系朝着团结抗日的方向转变。这些工作,对促进蒋介石中央

---

①　魏华龄、曾有云:《桂林抗战文化研究文集》(三),广西师范大学出版社1995 年版,第 125 页。

②　魏华龄、丘振声:《桂林抗战文化研究文集》(四),广西师范大学出版社1997 年版,第 303 页。

政府投入抗战起到了积极的推动作用，对以后中国共产党在桂林建立八路军办事处，与广西地方当局在一定程度上合作抗战，建立抗日民族统一战线，奠定了基础。[①]

中国共产党对桂林抗日文艺运动的领导还体现在组织领导的一贯性上。桂林文化城一开始，就是在中国共产党的领导下建立的。其间，中共中央南方局负责人周恩来和八路军驻桂林办事处负责人李克农等人做过大量艰苦细致的工作。武汉失守与长沙大火期间，周恩来就布置了迅速在桂林建立八路军办事处、复刊《救亡日报》、建立西南抗敌演剧队联系据点等项工作。在桂林抗日文化活动和文艺运动的发展时期（1938 年 10 月—1941 年 1 月），文化活动和文艺运动是直接在八路军桂林办事处的领导下开展的。1941 年，"皖南事变"后，八路军桂林办事处被迫撤销，桂林文艺运动处于低潮期。1941 年冬，中共中央南方局派李亚群、胡家瑞来桂林重新沟通了驻广西的抗敌演剧队及桂林文化系统党组织与中共中央南方局的联系；同时成立了由邵荃麟、张锡昌等三人组成的桂林党的文化工作小组，由邵荃麟任组长，直接领导桂林抗日文化活动和文艺运动的开展，一直坚持战斗到最后一批文化人撤离桂林后才离开。

历史证明，中国共产党是桂林文化城的缔造者和领导者，是桂林抗日文化运动的灵魂。而中国共产党领导的抗日民族统一战线的有效性，则是桂林文化城戏剧家群政治性生存的主要保证。正是由于中国共产党促成的抗日民族统一战线的建立和巩固，以及八路军桂林办事处及后来的桂林党的文化工作小组的正确领导和组织，才使戏剧工作者们有了前进的方向，才使各项戏剧演出

---

① 魏华龄、曾有云：《桂林抗战文化研究文集》（三），广西师范大学出版社 1995 年版，第 126 页。

及戏剧运动蓬勃开展，才使桂林文化城的辉煌成为一种可能。当人们回顾中国现代文化史上这一段灿烂历史的时候，将会永远记住这一结论。

（三）新桂系实力派的开明政策，为桂林文化城戏剧家群选择政治性生存提供了可能性

桂林，是广西当时的省会，也是国民党地方实力派桂系军阀的老巢。以李宗仁、白崇禧、黄旭初为首的国民党新桂系，长期以来与蒋介石中央集团有矛盾。他们处于若即若离、时分时合、钩心斗角的关系之中。正是由于国民党内存在这种复杂的矛盾斗争，形成了一个错综复杂的"政治场"，使得中国共产党人和其他进步势力在抗战时期获得了一个生存和发展的特殊环境，为中国抗战事业和进步文化事业，做出了杰出的贡献。

首先，广西地方当局在一定时间一定程度上曾采取聘请进步文化人来桂工作的开明做法。桂系军阀与蒋介石军事集团的本质毫无二致，都是反共反人民的大地主大资产阶级的反动武装。但是，由于他们之间矛盾的长期存在和尖锐程度，桂系军阀在具体斗争目标上也曾出现过真反蒋的时期。由于中国现代革命的复杂性，以及桂系军阀兴起的特殊背景，桂系军阀自 30 年代中期以来，其国内政策、政治态度有较大改变，变 30 年代初期的"抗日剿共"为"抗日反蒋"，① 防蒋甚于防共。国民党桂系反蒋目的，是以其地方割据政治目的为准则的，是企图保持广西的独立、半独立状态，以维护他们在这一地域中的大地主大资产阶级利益，而蒋介石却时时在窥视并且企图吞并这股异己力量。桂系在长期与蒋介石的摩擦中深知，要反蒋自存，光靠自己的力量，

---

① 郭晓合、罗嘉宁:《"两广事变"前后新桂系政治态度的变化》,《广西大学学报》1985 年第 1 期。

隅于西南一角是不行的，必须联合其他反蒋势力，包括中国共产党。因此，抗战开始后，广西地方当局聘请进步文化人来桂工作；"皖南事变"前，容许中国共产党人来桂林开展抗日救亡活动。他们较之蒋介石集团对共产党更有诚意。他们在一定时间（主要是皖南事变前）、一定程度上（对中国共产党在广西从事不反对地方当局的抗日救国活动采取默许态度）与我党有较好的默契与合作。这就造成了有利于进步力量包括戏剧家们生存发展的较民主的政治气氛和特殊环境。①

其次，当时桂林的这种较为进步的民主空气，也来自国民党内的左派势力及被视为桂系成员的民主势力。这主要是李济深、李任仁、陈劭先等人所起的作用。他们或以自己的威望，或以自己的私人关系，分别给桂系一定影响。这就造成了在某些情况下，桂系集团对事情的处理，甚至在一些问题的决策上会受他们的影响而有利于革命和进步势力的一方。例如，"皖南事变"后，桂系参与了反共、破坏统一战线的反革命行动。但是，桂系在广西并没有把事情做绝，对外来共产党人及进步文化人，不是采取公开逮捕而是采取暗中送走的办法。比如夏衍撤往香港，就是黄旭初亲自嘱咐副官购买飞机票将其送走的。② 而这种做法又是李济深、李任仁从中协助得以实现的。当然，桂系的这种做法，也是与反蒋自存的目的相关联的。桂系认为，这批共产党人与进步文化人士，是为扩大自己的势力和影响请来的，今后反蒋或许还得借助他们，因而实行"好来好往"的政策。③

---

① 李建平：《桂林文化城成因初探》，魏华龄、曾有云：《桂林抗战文化研究文集》（三），广西师范大学出版社 1995 年版，第 118 页。

② 夏衍：《白头记者话当年》，《新闻研究资料》1981 年第 2 辑。

③ 魏华龄、曾有云：《桂林抗战文化研究文集》（三），广西师范大学出版社 1995 年版，第 120 页。

　　总之,在当时的历史条件下,之所以在国统区的桂林能出现"文化城"这一辉煌历史文化现象,确实是与新桂系实力派的开明政策分不开的。正是由于中共中央推行的抗日民族统一战线政策和新桂系实力派军阀为扩大影响、力求自保而实行的开明政策所形成的历史的合力,所形成的特殊的政治场,才让桂林文化城戏剧家群的政治性生存有了重要保障。今天,当我们再度回眸这段文化城的辉煌历史时,必须承认广西新桂系实力派及国民党民主派客观上所起的巨大作用。

　　(四)戏剧家的正确选择,是桂林文化城戏剧家群政治性生存的主体条件

　　如果说,时代的召唤、中国共产党的领导以及广西新桂系实力派的开明政策是桂林文化城戏剧家群政治性生存的客观条件,那么,戏剧家自己的正确选择就是这些戏剧家群政治性生存的主体条件。也正是戏剧家们响应了时代的召唤,拥护了中国共产党的领导,并且妥善利用了新桂系实力派的开明政策,把个人利益与国家、民族利益相结合,投身于波澜壮阔的抗日救亡文艺运动尤其是戏剧运动之中,积极进取、奋勇开拓,才缔造了桂林文化城的辉煌历史。

　　例如,欧阳予倩是我国著名的戏剧家,也是广西桂剧艺人的良师益友。从 1938 年到 1945 年,他以筚路蓝缕的精神致力于桂剧改革运动,开创了桂剧发展史上的新篇章。他以其戏剧艺术家的辛勤实践,为桂剧艺术的长远发展,做出了杰出的贡献,留下了宝贵的经验。[①] 而且,欧阳予倩改革桂剧的活动,是抗日时期桂林文化城的一件大事,是桂剧历史上最辉煌的一页,它超过了

---

　　① 魏华岭、曾有云:《桂林抗战文化研究文集》(三),广西师范大学出版社 1995 年版,第 405 页。

以往任何一次桂剧改革的成就。这是欧阳予倩在时代的召唤下，自觉地执行党在抗日时期的统一战线政策和抗日文艺工作方针的结果。这时他虽然在组织上还不是一个共产党员，但在思想上已经自觉地为党所提出的任务而斗争。经过改革的桂剧，从萎靡不振的状态中复苏，随着时代的步伐前进，走进了我党所领导的抗日文化的行列，起到了宣传抗日、反对投降、动员民众、鼓舞斗志的巨大作用。同时为以后桂剧的发展提供了很好的历史经验。

总之，我们由欧阳予倩在桂林期间所进行的桂剧改革及其成就、意义的分析，作为桂林文化城戏剧家们旅桂期间参加戏剧运动的一个缩影，说明了戏剧家的主动选择是桂林文化城戏剧家群生活方式的政治化的主体条件。在抗日救亡的生死关头，我们的戏剧家们不顾个人安危，毅然决然投身于火热的戏剧运动之中。他们以纸笔为刀枪，以舞台为战场，在文化战线上，捍卫了中国戏剧人的尊严，成为了抗日救亡的急先锋，为国家的独立和民族的解放摇旗呐喊，竭忠尽智。他们的功绩，将与历史同在，永远激励后来者继续前进！

二 桂林文化城戏剧家群的文化性生存

所谓的文化性生存，在我们看来，主要是指桂林文化城戏剧家群在选择自己的生存方式时所面对的特定文化传统的继承和创新的问题，并且凸显了戏剧家群通过发挥主观能动作用对抗战戏剧文化所做出的巨大贡献。这也是特定时期各种文化对戏剧文学的巨大影响力的具体体现。

（一）传统文化的现代转型，为桂林文化城戏剧家群的文化性生存提供了时代背景

如果我们要分析桂林文化城戏剧家群的文化性生存状态，就不能不从传统文化的现代转型说起。虽然这些戏剧家们大部分在

求学路上已经接受过欧风美雨的熏陶,而且话剧也是中国现代戏剧家向外国学习的结果。然而,我们追根溯源,仍然不能否认中国古典戏曲和传统文化对戏剧家们的影响。可以说,中华传统文化是一个具有整体性特征的完形,尽管我们在分析文化时,可以把它分解为许多的构成元素,但它并不是这些元素的简单相加,把这些文化元素整合成一个完形的决定因素是文化精神。这种文化精神表现为一种人生价值取向,具体地说,就是以政治作为人生第一要义,以经世致用作为治学和立身处世的基本原则。这应该可以说是承传至今的以儒学为正宗的中国传统政治文化最重要的精神特质。它集修、齐、治、平等功能于一身,不但为中国的专制统治提供合法化的依据,也为知识分子提供了通向官场之路(现实功用的层面)与终极精神寄托(文化价值的层面)的途径。这种儒家伦理及政治哲学一直是中国社会政治文化的基石,也是中国知识分子与普通大众共同的认同基础。[①]

然而,这种传统文化进入近代后却逐步受到西方文化的冲击而进入现代转型阶段。西方列强用坚船利炮粉碎了华夏中心文明的情结,开始强迫中华文明进入西方所谓"现代化"的进程,中华传统文化在阵痛中经历着嬗变,中国的知识分子也开始向西方寻找可以强国富民的先进的知识文化。而抗日战争的爆发,则更进一步推动先进的知识分子利用掌握的文化武器,来打击敌人,宣传抗战,开启民智,激励军民斗志,激发民族精神,在文化战线上奋勇前进,为国家独立和民族解放而奋斗到底。桂林文化城的戏剧家们可以作为这批先进的知识分子中的代表。

不过,值得注意的是,桂林文化城的戏剧家们在高度政治化的同时,利用新桂系的开明政策,发扬他们自身对戏剧艺术的执

① 陶东风:《社会转型与当代知识分子》,上海三联书店 1999 年版,第 9 页。

著追求和锐意创新精神，从而保证了他们在职业劳动中对文化的追求，形成了一个有利于发挥戏剧家们主体创造性的"文化场"。他们不同于其他地区的那种知识分子，在跟工农兵的结合中，被剥夺或失去知识者的思想优势和文化创造优势。他们对文化追求的不懈努力，为中国现代文化、中国现代戏剧留下了更多可资汲取的思想和艺术资源。

桂林文化城的戏剧家们既吸收了中国传统戏曲的营养，又汲取了西方戏剧的长处，锻造出话剧这一有利的文化武器，在抗日宣传的文化战场上贡献了自己的全部力量，谱写了可歌可泣的光辉篇章。

抗战前广西不仅是地理上的边疆，而且是文化意义上的边疆。由于地处西南一隅，偏僻闭塞，它与内地在文化心理上差异明显，也与内地缺乏足够了解。因此，共同的民族国家认同就不能实现。毕竟，除了共同的政治、经济基础之外，共同的文化基础和民族心理基础也是民族国家认同的重要基础。仅仅依靠政治宣传不能马上形成民族的潜在文化心理，也没有凝聚力，人民仍然只是一盘散沙。而抗日战争打响后，它不仅仅是军事反击，更需要调动中国的各项战略储备和文化储备资源，必须充分调动政治、经济、文化等各方面因素来应战，才能应付敌强我弱的局面。桂林是新桂系的基地，新桂系与蒋介石中央集团有矛盾，他们发展广西、复兴中国的目的非常明确。当时桂林的印刷出版业比较发达，又有了一种相对开明的民族政策，吸引了大批文化人来到桂林。这些先进的文化人继承的是转型期的传统文化，同时又带来了先进的西方文化思想，引发了一系列文化行为。这样，中华传统文明、西方文明和广西区域文明相互吸收、排斥、激荡和融会，形成了当时符合时代要求的新文明。具体而言，广西本土文化具有原生性和开放性的特点，与壮族、汉族、瑶族等多民族聚居的地域特色密切相关。特殊的自然地理环境孕育了广西独特的乡土情感和地域风格,民风强悍、勇敢、倔强、刻苦、坚忍,有保卫家园、冒险反抗、勇于牺牲的精神,这种民族性格、民族精神与爱国主义在抗战中很好地结合,成为抗战文化中的组成要素。

综上所述,中原儒家文化、西方现代文化与广西本土区域文化融会碰撞,形成了一种更具有开放性的符合时代要求的多元共生的新文化。这种新文化属于传统文化的现代转型后的形态,也直接促成了人们现代民族国家观念的形成,这就为凝聚广西人民同仇敌忾、同心同德、团结抗日奠定了一个民族心理基础。而桂林文化城的戏剧家们则在这种传统文化现代转型的背景下,响应时代的召唤,利用戏剧创作和戏剧演出,揭露日本侵略者在中国国土上烧杀淫掠的残暴罪行,揭示蒋介石为首的国民党中央消极抗日、积极反共的阴险嘴脸,号召人民群众团结一致、奋起抗日,宣传中共中央的抗日民族统一战线政策,用爱国主义热情和艰苦奋斗的精神激励人民群众将抗日战争坚持到底,从而通过浴血奋战去赢得国家的完全独立和民族的彻底解放。

(二)五四启蒙主义文化及左翼文化的延续,为桂林文化城戏剧家群的文化性生存提供了文化背景

首先,我们来分析"五四"启蒙主义文化对桂林文化城的抗战戏剧文化的影响。

我们知道,新文化运动本质上是企求中国现代化的思想启蒙运动。在西方现代思潮影响下,先进的知识分子总结了晚清以来历次社会变革的经验教训,意识到中国要向现代社会转变,建立名副其实的民主共和制度,必须在意识形态尤其是价值观领域彻底反对封建伦理思想,击退在辛亥革命后愈加嚣张的尊孔复古逆流。和以往历次变革不同,新一代知识精英开始

把思想启蒙作为自己的主要使命，他们相信只有国民精神的解放才会有社会的革新进化，而当务之急，要在传统文化的弊端上动手术，打破以"三纲五常"为核心的封建专制主义文化的束缚。声势浩大而激进的新文化运动就是在这种精神启蒙救国的热望中掀起的。①

可以说，"五四"启蒙主义文化的核心是反帝反封建的现实主义精神，它体现了强烈的社会批判意识和启蒙意识，而"五四"时期的剧作家自然也具有这种宝贵的启蒙意识和批判意识。20世纪初的戏剧艺术家在以爱国主义、人道主义、民主主义为主体的启蒙主义思潮的激励下，基于富国强民的历史责任感和使命感，随着戏剧功能观念中社会效益的发扬光大，作者观念中剧作家所应承担的社会职责和历史使命也发生同步放大，要求剧作家担负起启蒙家和教育家、思想家的社会角色。②

具体来说，桂林文化城的戏剧家们，继承和发扬了"五四"运动彻底地不妥协地反帝反封建的现实主义战斗精神和那种强烈的社会批判意识以及启蒙意识，紧密配合当时的政治斗争，勇敢地反对日本侵略者，无情地揭露蒋介石的不抵抗政策和汉奸的投降卖国罪行，充分发挥了革命戏剧文艺教育人民、打击敌人的战斗作用。这些进步的戏剧家们，坚强勇敢，正义凛然，在关键时刻能够挺身而出，以文艺为武器，坚持同敌人展开不懈的斗争。桂林的抗战戏剧运动，引起了广大群众的注目，推动了抗日战争，也触怒了国民党反动派，横遭反动势力的摧残。但以田汉为核心的广大戏剧工作者面对白色恐怖毫不畏惧，披荆斩棘，勇敢战斗。

---

① 钱理群等：《中国现代文学三十年》，北京大学出版社1998年版，第5页。
② 李江：《抗战时期大后方戏剧主潮论》，中国文史出版社2005年版，第5页。

其次,是 20—30 年代左翼文化对桂林文化城的抗战戏剧文化的影响。

所谓左翼文化,主要指中国 20—30 年代出现的以无产阶级革命理论为指导的、具有革命性、阶级性、人民性的文化形态。

1927 年大革命失败以后,大量追求革命的知识分子集中到上海,他们苦闷彷徨,又不甘心于沉沦,希望在文艺中寄托和发泄自己的苦闷。于是,在政治形势逆转的低气压下,以上海为中心,再一次掀起了话剧运动的热潮。1930 年 8 月,以上海艺术剧社为基础,集合了辛酉、南国、摩登等进步戏剧团体,成立了中国左翼剧团联盟,以后又改组为中国左翼戏剧家联盟,在"演剧大众化"的口号下,努力把戏剧这种形式向大众普及。在加强戏剧与实际革命运动和工农群众的密切联系的要求下,这一时期左翼剧作家创作的作品大都以工人、农民为主人公,着重表现他们的革命斗争,及时、直接地反映现实生活中重大政治事件。①

桂林文化城的戏剧家们继承了左翼戏剧文化的传统,认真执行全国"文协"当时提出的"文章下乡,文章入伍"的口号,动员和组织戏剧工作者奔赴前线,深入民间,促进了戏剧与群众的结合。比如抗宣一队等剧团(队),为大家演出了当时延安创作的一些新节目,如《军民进行曲》、《农村曲》、《生产大合唱》等,为桂林的戏剧工作者指明了具体方向,从而使他们备受鼓舞。而抗敌演剧四个队,长年累月作为文艺轻骑兵活跃于部队、农村,坚持下乡入伍的方向。可见,桂林抗日戏剧运动在走与工农群众相结合的道路上,继承与发扬了左翼戏剧文化的革命精神,并取得了丰硕成果。

---

① 钱理群等:《中国现代文学三十年》,北京大学出版社 1998 年版,第 163 页。

（三）现代话剧运动的进一步发展，使桂林文化城戏剧家群的文化性生存变成了现实

"五四"时期适应新文化运动的要求，话剧运动再次兴起。这次兴起，是以批判为其先导的：《新青年》在 1917—1918 年间曾展开过"旧剧评议"，新文化运动的先驱者们对中国传统旧戏发动了猛烈地攻击，批判的锋芒主要指向传统旧戏中包含的充满儒教与道教思想毒素的封建性内容。批判中所要建立起来的新的戏剧观，主要有两个方面：一是"把戏剧做传播思想、组织社会、改善人生的工具"；[1] 二是提倡现实主义戏剧，要求戏剧"在当今社会里"取材，表现"我们每日的生活"，描写"平常"的普通人，并打破传统的"大团圆主义"，如实地揭示现实本来面目。[2] 这些先驱者们认为，要以传统旧戏表现现代生活，极端困难，出路只有一个：创造"西洋派"的戏。这就是鲁迅后来所概括的，"要建设西洋式的新剧，要高扬戏剧到真的文学底地位，要以白话来兴散文剧"。[3] 这是"五四"先驱者们为自己确立的目标，也是他们为发展中国现代戏剧所做出的战略选择。

到了 1921 年 3 月，由汪仲贤倡议，并联合了陈大悲及新文学界中的沈雁冰、郑振铎、熊佛西等人，成立了"五四"以后第一个新的戏剧团体上海民众剧社，同年创办了《戏剧》月刊，然后又成立了上海戏剧协社，这是中国早期戏剧团体中历史最长的一个，成员最早有应云卫、谷剑尘等，后来欧阳予倩、洪深加

---

① 洪深：《中国新文学大系·戏剧集·导言》，《中国新文学大系·戏剧集》，上海文艺出版社 1981 年影印本，第 20 页。

② 傅斯年：《论编制剧本》，《中国新文学大系·建设理论集》，上海文艺出版社 1981 年影印本，第 390、391 页。

③ 鲁迅：《〈奔流〉编校后记（三）》，《鲁迅全集》（第 7 卷），人民文学出版社 1981 年版，第 163 页。

入，增添了活力。这些新的戏剧团体与刊物的出现，标志着进入了话剧建设与实践的新阶段：任务是提出系统的戏剧观念，建立新的组织形式、表演体制、演出方式，并产生自己的剧作家和剧本创作。民众戏剧社与戏剧协社都宣布自己坚持"五四"传统，强调戏剧必须反映时代、人生，担负社会教育的启蒙任务。

针对文明新戏职业化与商业化所产生的种种弊端，于是有了"爱美剧"也即"业余"戏剧的提倡，有了"以非营业的性质，提倡艺术的新剧为宗旨"的宣言。① 正是在这样的背景下，20 年代初，素有传统的学生业余演剧活动出现了一个高潮，并且成为这一时期话剧运动的中心。爱美剧演出中心，逐渐转移到戏剧专业学校学生的实习性的演出。

聚合到一点，即学生演剧和职业演剧的艺术背景、演剧观念和演剧体制两方面的准备，使话剧成为一个专业性的文化创造领域，成为一个可以让剧人逐步地以此安身立命的现代性的文化创造领域。稿费制度、票房、出版和演出在 30 年代逐步成为戏剧家的稳定的经济来源之一。这就为戏剧家进行职业劳动奠定了现实经济基础，既形成了世俗性生存的条件，也创造了文化性生存的条件。

以上简单回顾了中国现代话剧运动的发展历程，而桂林文化城戏剧家群的创作活动和戏剧运动也是在继承现代话剧优秀传统的基础上进一步向前发展的。这些戏剧家中的代表人物田汉和欧阳予倩，实际上在以前便参加了抗战前的中国话剧创作和戏剧运动的开创性工作；而他们在桂林文化城的戏剧活动也只不过是他们过去的戏剧创作和戏剧运动的继续而已。当然，抗战爆发后，新的时代特点又促成了话剧创作和戏剧运动的新变。相较而言，

① 《民众戏剧社宣言》，《戏剧》第 1 卷第 1 期。

桂林文化城的戏剧创作和戏剧运动更具有广西本土特色和独特个性，比如说更加重视时代特点，大力宣传抗日救亡，更具有鼓舞人民斗志的雄壮美；戏剧创作中更重视现实主义手法的娴熟运用，更能深刻反映社会现实，社会批判意识强烈；戏剧运动范围更广泛，尤其是西南剧展影响深远；桂剧改革卓有成效，促进了话剧和传统戏曲的完美结合；舞台演出更加科学化，积累了更多的演出经验；戏剧家们在艰苦的生活条件下奋发图强，在困窘的世俗性生存中坚持追求文化性生存，留下了许多可歌可泣的感人故事……

（四）戏剧家的戏剧创作、演出及戏剧运动的成就，既是政治性生存的成果，又是文化性生存的记录

正如林焕平为《桂林文化城大事记》写的《序》中所说的："桂林文化城是在桂林历史文化名城的基础上，在党的正确领导和党的统战政策的灵活运用和指引下，经过广大文化工作者的积极的忘我的努力，所建立和发展起来的。"[①] 可见，"广大文化工作者的积极的忘我的努力"，尤其是桂林文化城戏剧家群精诚团结的团队精神和无私奉献的职业精神以及开拓进取的创新精神，才创造了足以令后人景仰的桂林文化城的辉煌历史。

首先，掀起了抗日救亡的新高潮。

抗战爆发后，中国共产党通过努力，与国民党建立抗日民族统一战线，国共合作，一致对外，抗日救亡运动风起云涌，席卷全国。桂林也由于天时地利人和的综合因素的作用，形成"政治场"和"文化场"良性互动的关系，而成为抗战时期著名的"文化城"。大批文化人来到桂林，全民性的抗日救亡戏剧运动的开展，使戏剧家得以在戏剧中表达自己的政治诉求，也得以展开自

---

① 《桂林文化城大事记》，漓江出版社 1987 年版，第 2—5 页。

己热爱的戏剧文化创造活动!

据历史记载,当时的桂林,出现过群众争看救亡戏的动人情景。例如,西南剧展期间,为了满足观众的要求,把《胜利进行曲》和《军民进行曲》等剧,从剧场移到体育场免票公演,每场都有数千人观看,"那有如潮涌的人流,那暴风雨般的掌声,真是令人难忘"。①

可见,戏剧在抗日救亡运动中之所以跟群众结合得那样紧密,对群众的心灵有那么强烈的震撼力,其关键是戏剧与时代联姻,反映了群众的要求和愿望以及诉求,群众心里所想的,所要说的,以及所要做的,在抗日救亡戏剧中得到了淋漓尽致的表现。救亡戏剧来自群众,深深扎根在群众之中,与群众同呼吸共命运,因而具有顽强的生命力。抗日救亡戏剧运动就是这样以戏剧演出为武器,发挥着教育人民、打击敌人的巨大作用,焕发起群众心中的爱国热情和民族精神,成功地实现了抗日救亡宣传的功能。

其次,对旧剧进行了成功改革。

旧剧(即传统戏曲)在我国历史悠久,在民间深入人心,有着广泛的群众基础。在以抗战建国、救亡图存为宗旨的戏剧运动中,旧剧成为唤起"不愿做奴隶的人们","冒着敌人的炮火前进"的"最有效的手段"。② 运用旧剧来为抗战服务,不仅田汉有明确的认识,欧阳予倩也极力提倡并努力推行。他们的努力,适应了抗战救亡形势的需要;他们改革旧剧的构想具有先进性、科学性和时代性,获得了大多数文化人和旧艺人的支持。于是,一场改革旧剧的运动在桂林山城展开。

---

① 张客:《忆西南剧展》,《西南剧展》(下),漓江出版社1984年版,第361页。

② 田汉:《抗战与戏剧》,《田汉文集》(第15卷),中国戏剧出版社1986年版,第13—14页。

在桂林进行的旧剧改革，其队伍主要分成两个方面军：一个是由欧阳予倩领导的桂剧方面军，另一个是由田汉领导的平剧（京剧）和湘剧方面军。前者是本地军，后者是外地军。这两个方面军在旧剧改革中互相支持，互相借鉴，取长补短，共同提高，各有特色，都取得了不少成果，获得了旧剧改革的成功。①

再次，促成了话剧的蓬勃兴起。

桂林文化城的戏剧家们，用自己的爱国热忱和聪明才智创作出一大批话剧精品，并且通过精湛的舞台演出，促成了话剧的蓬勃兴起，使话剧在桂林文化城的戏剧创作中起到了主导作用。

在欧阳予倩、田汉、洪深和熊佛西等现代戏剧运动的拓荒者和领路人的组织领导下，桂林的话剧剧团不断发展，其中尤其以国防艺术社、广西省立艺术馆实验话剧团和新中国剧社为桂林话剧舞台上实力最雄厚的三大剧团。

桂林文化城的这种话剧蓬勃兴起的历程，正像《大公报》（桂林版）在一篇短评中指出的那样："抗战七年来，戏剧的进步最为明显；我们现在已有不少相当够得上水准的剧本，话剧团体更是风起云涌；尤可欣慰的，过去的话剧，仅为少数知识分子的爱好，现在已普遍吸引了广大的观众。这是抗战前始料不及的。时代推动着话剧界前进，而话剧界也开拓了时代。"② 戏剧运动领导者以及戏剧工作者以自己杰出的劳动，创造了桂林文化城话剧创作和话剧运动的辉煌。

最后，成功举办了西南剧展。

西南剧展是我国西南地区第一届戏剧展览会的简称，它是在

---

① 蔡定国、杨益群、李建平：《桂林抗战文学史》，广西教育出版社 1994 年版，第 125 页。

② 见 1944 年 2 月 15 日桂林版《大公报》短评《祝西南剧展开幕》。

全世界反法西斯侵略战争即将胜利的形势下，于 1945 年春天在桂林举行，成为抗战时期国统区剧坛以至中国戏剧史上盛极一时的重大活动。这次剧展不仅是西南数省"戏剧兵"[①] 所关心的一件大事，也是东道主桂林人民的一件大事，当时全市各行各界群众都积极地以各种方式参与、支持"剧展"，这是以往任何戏剧活动都无法与之相比较的。

西南剧展如期在桂林举行，并受到广泛好评，充分显示出桂林文化城戏剧家们的敬业精神和拼搏精神。西南剧展的成功，是共产党员戏剧家和广大爱国进步的戏剧家团结奋进、携手合作的结果，是党的抗日民族统一战线工作的胜利，也与社会各界以及人民群众的大力支持分不开。它除了政治意义外，还具有重大的文化意义。我们也可以说，西南剧展是桂林文化城特定时期政治场和文化场良性互动所结出的累累硕果。

上面我们主要从四大方面具体分析了桂林文化城戏剧家的戏剧创作、演出及戏剧运动的成就，清楚地显示了戏剧家们的文化性生存状态。这些戏剧家们以自己在长期的艺术实践中逐步养成的敬业、奉献、专心、诚信、智慧、拼搏、创新等职业美德以及在高度组织化的状态中形成文化部队特有的团队意识等品质，使桂林文化城的戏剧事业不仅具有政治凝聚力，而且具有独特的文化凝聚力。

第二节 价值实现:从现实到未来

我们认为，桂林文化城戏剧家群的人生价值实现方式，有直

---

① 引自田汉为西南剧展撰写的《祝西南剧展兼悼殉国剧人》中"壮绝神州戏剧兵"句，载 1944 年 4 月 21 日《中山日报》。

接的人生价值实现，也有间接的人生价值实现。可以看出，战时人生价值实现方式的历史特点：既立足现实，又面向未来；既服务于抗战现实政治、军事斗争，又为民族和国家的未来积累思想资源，准备文化观念和文化力量。这种特点与和平时期不同，因为战争时期的风起云涌，与和平时期的云淡风轻，是两种截然不同的状态。而且，此时的人生价值实现方式，具有重大的价值意义。因为人的价值实现方式既有不同历史时期的历史性，同时又有共性。历史学家告诉我们：一切历史都是当代史。不同时期的人难道不都是必须同时面对现实和未来吗？后之视今，亦犹今之视昔。对人生、生命存在的价值意义，应该有相似的感喟！

一　桂林文化城戏剧家群的人生价值实现方式

当我们再次回顾抗战时期桂林那段血与火的历史的时候，我们可以从抗日救亡宣传和抗日民主斗争、推动抗日民族统一战线的形成和发展以及戏剧创作和戏剧活动等三个方面来具体阐述桂林文化城戏剧家群的人生价值实现方式。

（一）在抗日救亡宣传和抗日民主斗争中，戏剧家们以戏剧筑起人民的"心防"

我们都知道，桂林文化城的抗战文学属于三四十年代国统区抗战文学的主要组成部分之一。而"国统区抗战文学是中国抗战文学的主要组成部分。它是中国共产党领导的反映和反作用于抗日救亡、抗日民主斗争生活为主体的新型文学。"[①] 在那烽火连天的岁月里，桂林文化城的戏剧家们以自己的戏剧创作和戏剧演出，筑起抗日救亡固若金汤的精神长城，交给时代和人民一份满意的答卷；他们用心血甚至生命浇灌的戏剧之花，在抗日救亡的

---

① 苏光文：《抗战文学概观》，西南师范大学出版社1985年版，第13页。

文化战场上灿烂绽放。我们认为,桂林文化城的戏剧家们主要通过进行抗日救亡宣传和抗日民主斗争来实现自己的人生价值。

"中国共产党的新文艺运动,是从中国人民大众参加民族民主解放斗争的过程中产生发展的,因此一开始便肩负着以文艺为武器教育群众和动员群众的伟大使命,抗战爆发更给文艺提出了新的战斗任务。"① 桂林文化城的抗战戏剧文化是适应于伟大的民族抗战,是为抗战服务的,因此,"在内容上首先是反映抗战的现实,歌颂抗战的壮烈,同时包含各种有益于启发人们的民族意识、激励人们抗战精神的内容"。② 桂林抗战戏剧文化运动的旗手欧阳予倩在总结他在桂林的七年战斗历程时说:"在广西我所排的戏完全为了抗战;我自己写的戏,也是为了抗战。"③ "戏剧魂"田汉在谈到戏剧改革时也说:"建剧一如建军,必须有一个最高的目的,而随时抱定这一目的去推动、去督励、去检查。这目的应当与我们今天的历史任务一致——那就是用戏剧来争取中华民族在对日抗战中的胜利。"④ 正是由于桂林文化城的戏剧家们有了这种明确的认识,他们的戏剧创作和戏剧演出才不会迷失前进的方向,才会顺应时代潮流的发展,把握抗战先进文化的前进方向,始终把抗日救亡宣传摆在第一位,以战士的姿态投入到伟大的抗战戏剧文化的建设之中,创作出无愧于祖国和人民的戏剧佳作,为发展中国的抗战文艺事业做出了可贵的贡献,也为桂林文化城的辉煌奠定了坚实的基础。

---

① 蓝海:《中国抗战文艺史》,山东文艺出版社 1984 年版,第 25 页。

② 《中国抗日战争全书·文教社会卷·综述》,山西人民出版社 1995 年版,第 1525 页。

③ 田汉:《他为中国戏剧奋斗了一生》,《欧阳予倩与桂剧改革》,广西人民出版社 1986 年版,第 259 页。

④ 田汉:《田汉文集》(第十五卷),广西人民出版社 1987 年版,第 112 页。

其实，无论是欧阳予倩的《桃花扇》、《忠王李秀成》，还是田汉和他的《江汉渔歌》、《秋声赋》，以及夏衍和他的《心防》、《法西斯细菌》，等等，这些在中国现代抗战文学史尤其是现代抗战戏剧文学史上占有一席之地的精品佳作，都无一例外地以抗日救亡和抗日民主斗争作为自己的创作主题。这些戏剧家中的组织者、领导者不但卓有成效地领导和组织了桂林文化城的戏剧运动，而且以自己的杰出创作，彰显了自己戏剧大师的风采和存在价值，也为中国现代戏剧史留下了足资后人借鉴的宝贵的创作经验。总而言之，从现实价值这一角度来说，抗日救亡宣传和抗日民主斗争是桂林文化城戏剧家群的核心价值所在，也是主要的时代价值所在。

（二）以戏剧活动和戏剧创作来推动抗日民族统一战线的形成和发展，是桂林文化城戏剧家群在战时的人生价值实现的政治向度

为了在国统区开展抗日救亡宣传工作，中国共产党出色地运用了统一战线这一法宝在桂林开展工作，化消极因素为积极因素，取得立足点，将全国大量文艺工作者吸引到桂林。而且，中共中央采取上层和下层相结合、公开与秘密相结合的策略，进行卓有成效的统战工作。而作为桂林抗战文艺界的主体组成部分之一的戏剧家们，也以自己的智慧和工作为推动抗日民族统一战线的形成和发展起了巨大的推动作用。在这些戏剧家中间，桂林文化城的"戏剧魂"田汉可谓一个典型代表。

有人以"统战家"来概括田汉在桂林的行动，我们认为这个评价是非常妥帖的。可以说，"统战"思想是田汉的一贯思想，也是田汉在开展戏剧运动中所采取的策略和手段。抗战时期，国共合作，他名正言顺地利用国民党的上层关系为"抗敌演剧队"和其他艺术团体的发展打开通路。他以自己的聪明才智、光明磊落的为人处世以及献身抗战戏剧事业的奋斗精神，成为桂林文化

城当之无愧的"统战家",与其他戏剧家一起努力推动了桂林文化城统战事业的形成和发展。

　　当然,戏剧家们不仅在日常生活和民主斗争生活中推动桂林文化城抗日民族统一战线的形成和发展,也以自己的戏剧创作来为统战事业做贡献。比如,《忠王李秀成》是欧阳予倩在抗战时期所创作的最负盛名的剧作,[①] 具有极大的现实价值。它一方面影射了"皖南事变"后国内抗战阵营里国民党顽固派挑起反共高潮、破坏抗战事业、分裂抗日民族统一战线的现实;另一方面又激励人们在艰难险恶的环境里要奋发向上,坚持斗争。该剧在唤起民众斗志、揭露国民党顽固派分裂统一战线的阴谋方面,有巨大的作用。它的创作和演出,无疑对推动抗日民族统一战线向纵深发展也有深远意义。

　　总之,桂林文化城的戏剧家们以自己的戏剧创作和演出,推动了抗日民族统一战线的形成和发展,在政治向度的层面上,实现了自己的人生价值。

　　(三) 在继承中创新的戏剧创作和戏剧活动,是桂林文化城戏剧家群在战时的人生价值实现的文化向度

　　首先,桂林文化城的话剧发展表现在现实主义戏剧主潮的全面推进。

　　桂林文化城的戏剧家们牢牢把握了时代的脉搏,以现实主义创作方法为主导,创作出大量反映时代和社会的本质要求、反映人民群众奋起抗日的顽强斗志、反映前方将士浴血奋战英勇顽强的感人事迹的戏剧作品,推进了国统区现实主义戏剧主潮的进一步发展。

　　桂林文化城的戏剧家们的艺术视角大大扩展,他们不再满足

---

　　① 李建平:《桂林抗战文艺概观》,漓江出版社 1991 年版,第 117 页。

于那种以"客厅"为背景的、"三一律"的、"闭锁式"的剧作法，而是追求更加自由、开放的结构形式和表现手法，以描绘更加广阔的现实社会生活。而且，他们的作品反映现实的深度和广度以及力度也大大加强了，在保持抗战热情的前提下，更加深入挖掘社会人生的底蕴，刻画出丰富复杂的社会相和种种人物的心灵世界，更深沉地表现出抗战救国的社会使命感。如田汉的《秋声赋》、夏衍的《法西斯细菌》，等等，都是取材于当时生活现实的优秀之作。它们从各个不同的角度描写中国人在抗战时期的生活境遇和心理状态，充满着以理性为基础的社会批判意识和启蒙意识。尤其从鞭挞官僚政治的腐败、暴露旧社会的黑暗、呼唤民主精神方面，把抗日主题深入了一步。

其次，桂林文化城的话剧民族风格更加突出、鲜明。

桂林文化城的戏剧家们在坚持"五四"以来戏剧现代化道路的同时，更自觉地探索戏剧民族化的道路，即戏剧观念现代化和民族化相融合的道路。他们首先注重戏剧的现代性，吸收西方戏剧的新观念，并从现实生活中把握中国的时代精神和民族意志，表达当今中华民族的生活和心理特征；同时注意从中国民间和古典戏曲中吸收某些艺术营养，把某些在民族文化土壤上长期形成的艺术"基因"有机地移植到新兴话剧的肌体上，创造出一种为中国观众喜闻乐见的风格。① 这些戏剧家们创作中的民族风格比二三十年代有明显的加强，过去那种"欧化"现象已经基本上得到克服，这一特点，从田汉的剧作中可以得到证明。

田汉剧作的写意性、音乐性和结构上的自由、开放，固然与他早期所受西方现代主义的影响有关，同时也与他对传统戏曲艺

---

① 陈白尘：《序》，上海文艺出版社编辑《中国新文学大系 1937—1949·戏剧卷一》（第十五集），上海文艺出版社 1990 年版。

术的借鉴有密切联系。"田汉一直在试图把古典戏曲的某些艺术'基因'（如表现的写意性、结构的开放性、情节的传奇性）移植到话剧创作中。"[①] 40年代，他是一手改编传统戏曲、一手创作新兴话剧剧本的，他给前者以崭新的生命，给后者以民族的风格，在新旧戏剧美学间架起了一座桥梁，促成戏剧现代化与民族化的交融，如他的剧作《江汉渔歌》和《秋声赋》。

桂林文化城的话剧发展，无论是从它对现实主义戏剧主潮的全面推进来看，还是从它所表现出的更加突出、鲜明的民族风格来看，都是在继承"五四"话剧现实主义精神和二三十年代左翼话剧优秀传统的基础上的进一步发展。桂林文化城的戏剧家们，不但在深化现实主义戏剧创作手法方面做出了贡献，而且在旧剧的现代化和话剧的中国化方面做出了有益的探索。以田汉、欧阳予倩、郭沫若、夏衍为代表的文化城的戏剧工作者，用他们的智慧和心血进行戏剧创作，并且组织和领导戏剧运动的开展。他们在实现现实价值的同时，也充分地体现出了作为文化人的戏剧家人生价值实现的文化向度。

二　桂林文化城戏剧家群的未来影响

我们认为，桂林文化城戏剧家群不但实现了现实的人生价值，而且对今天乃至未来的中国戏剧史和文化史具有深远影响。不但推动了新中国话剧的发展，而且对新中国的文化建设，对中国当代知识分子的人格塑造也具有重大启示作用。

（一）对新中国话剧的影响

桂林文化城戏剧家群体的戏剧创作和演出，不但继承和发扬了"五四"以来新文学的传统，把国统区的戏剧文学运动推向了一个新

[①]　董健、马俊山:《戏剧艺术十五讲》，北京大学出版社2004年版，第327页。

阶段，而且对新中国话剧的发展也产生了深远的影响，起到了承前启后、继往开来的巨大作用。下面试从四个方面来具体分析。

第一，锻炼了一支精干的话剧队伍。

八年抗战，中华民族在血与火的洗礼中经受了严峻考验，诚如当年桂林《国民公论》（胡愈之、张铁生等编辑）创刊词所云："战争是一个大熔炉"，"民族和国家都要从战争中磨炼自己，批判自己，洗刷旧的陈腐的，建造新的进步的"。每一个有民族自尊心和正义感的戏剧工作者，都受到了一次大的锻炼，虽然他们大多数是从四面八方逃难进入桂林，背井离乡，谋生艰难（典型例子如戏剧家洪深因为生计所迫而自杀过）。然而戏剧工作者们超越世俗性生存的艰难困苦，在中国共产党的领导和影响下，集合于团结抗日的旗帜下，以拯救民族为己任，活跃于桂林的文艺舞台上，并在战斗中成长着。

作为桂林文化城戏剧运动的旗手，欧阳予倩也在培养戏剧人才方面做出了重大贡献。他于1941年创办了桂剧学校，自任校长，并亲自为学员上课。在他孜孜不倦的教诲下成长起来的新一代艺人，如尹羲、王盈秋、谢玉君等，不仅在当时发挥了骨干作用；即使在解放后，也仍然在桂剧事业的发展上，起着重要作用。而田汉作为文化城戏剧运动的主要领导者，也帮助新中国剧社、四维平剧社和中兴湘剧团等戏剧团体在桂林打开局面，谋求发展。他经常在艺术上指导剧团里的青年演员，而且为他们修改剧本。这些年轻演员如金素秋、李紫贵等解放后也成为话剧事业的骨干力量。

第二，留下了一大批有价值的作品。

桂林文化城的戏剧家们，响应国家和时代的号召，创作了一大批有影响有价值的作品，丰富了我国现代文学宝库，尤其是对新中国的戏剧创作产生了重大影响。

抗战激发了戏剧家的反帝爱国热情,他们利用独幕剧、多幕剧、活报剧、街头剧等各种形式进行话剧创作。他们创作的剧本,以抗日救亡为主体,紧贴生活,充满强烈的时代气息,有较强的战斗性;同时也有较强的文学性和可读性。其中著名的有:田汉的《秋声赋》、《黄金时代》,田汉、洪深、夏衍的《风雨归舟》,欧阳予倩的《忠王李秀成》、《桃花扇》、《梁红玉》,夏衍的《心防》、《愁诚记》、《法西斯细菌》,郭沫若的《高渐离》、《孔雀胆》,于伶的《长夜行》,丁西林的《妙峰山》等剧本,在读者和观众中影响较大。这些剧本无论是在主题的提炼、题材的选择,还是在情节的安排、人物形象的刻画,以及在戏剧语言的选择提炼方面,均给解放后的剧本创作留下了宝贵的经验。尤其是在现实主义创作手法的应用以及戏剧现代化和民族化的融合这两大方面,给新中国的话剧创作以深刻影响。

第三,刷新了观众的审美习惯。

桂林文化城的戏剧家们把中国现代戏剧传统带到桂林,一方面促成了话剧与传统戏曲、桂剧、少数民族歌舞传统的融合,使话剧得以完成在 30 年代还没有来得及完成的跟源远流长而又内蕴丰富的民间文化的交汇;另一方面又刷新了当地人民的戏剧审美习惯,帮助更多的中国人完成了从地域、乡土意识到民族意识的转化,完成了对现代民族国家的认同。

钱理群、黄子平、陈平原在谈论"二十世纪中国文学"时认为,"戏剧不但以'观众的接受'为其生存条件,而且直接受物质条件(舞台、演员、剧团组织、经济支持等等)的制约,'矛盾的主要方面'不在戏剧本身的探索,而在观众素质的提高。"①

---

① 钱理群、黄子平、陈平原:《二十世纪中国文学三人谈·漫说文化》,北京大学出版社 1994 年版,第 26 页。

由此可见，桂林文化城的戏剧家们对当地人民审美习惯的刷新是何等重要。我们以欧阳予倩的桂剧改革为例。

桂剧产生于明代后期，成熟于清初，于康熙、乾隆后达到了鼎盛时期，是桂林人民最喜欢的地方戏。但晚清时，桂剧走上商业化道路，开始出现很多低级趣味，逐步陷入没落之中。欧阳予倩应马君武的邀请，毅然来桂林从事桂剧改革。他从理论到实践，从剧目的内容到形式，从艺人队伍的培养到观众审美习惯的改变，都进行了严肃而又谨慎的改造。他改编和排练的《梁红玉》、《桃花扇》和《木兰从军》，在观众中很受欢迎。他在剧中借观众熟悉的历史故事，来表达抗日救亡的现代意识和时代主题，使观众在欣赏演出中接受了现代民族国家的理念，接受了爱国主义教育，从而达到了对现代民族国家的认同。他也开创了桂剧表现现代题材的历史，他创作的《广西娘子军》、《搜庙反正》和《胜利年》，都直接反映了抗日时期的斗争生活，有力地鼓舞了人民群众抗敌救亡的信心和勇气。而且他还大胆地把京剧、曲艺等不同样式的长处，融入到桂剧中来，逐步丰富和发展了桂剧唱腔、音乐和念白的表现能力。[①]

可见，以欧阳予倩桂剧改革为代表的文化城戏剧家们的创作和演出，在刷新桂林观众的审美习惯，训练观众的审美素养方面起到了重大作用，为新中国话剧培养了大批懂得欣赏艺术魅力的观众。他们的成功经验对新中国的话剧创作产生了重大影响。

第四，留下了丰富的导、表演经验。

桂林文化城的戏剧家们给后人留下了极其丰富的导、表演经验，对解放后的话剧创作甚至影视事业的发展都产生了广泛影

---

① 魏华龄、曾有云：《桂林抗战文化研究文集》（三），广西师范大学出版社1995年版，第422页。

响。田汉、欧阳予倩、洪森、夏衍等现代戏剧的开拓者都留下了
宝贵的导、表演经验。限于篇幅,不再赘述。

（二）对新中国文化建设的影响

事实上,在本书的阐述中,我们试图运用法国学者皮埃尔·
布迪厄（Bourdieu, Pierre）的"文学场"理论,[①] 从新的视域
对 20 世纪中国抗战戏剧的历史进行研究,从而丰富和扩展抗战
时期的历史文化研究,总结经验教训以启示现实,引导当代戏剧
创作和文化建设。

那么,桂林文化城戏剧家群抗战时期的生存方式对新中国的
文化建设有何影响呢?

首先,国家应该完善文化体制建设,力求形成激发文化工作
者创造性的文化场。

我们把抗战时期的桂林文化城看成一种具有群体动力的文化
场,这种"场"效益激发了戏剧家的创造性,从而在戏剧家和文
化城之间,在"政治场"和"文化场"之间,产生了一种双向的
良性互动关系。桂林文化城的社会文化环境既为戏剧家的创作提
供了条件,又对戏剧家的创作形成了巨大的影响,社会生活、政
治思想、历史传统、个人遭遇、文化背景的影响非常具体。

同理,在新的历史时期,我们的党和政府也应该完善国家的
文化体制建设,力求形成激发文化工作者创造性的文化场。尤其
在大力发展社会主义市场经济的今天,国家对戏剧艺术的资金投
入和扶持政策就更加重要。例如,启动于 2002 年的国家舞台艺
术精品工程,是由文化部、财政部共同实施的,每年国家财政投
资 4000 万元以及各地政府的配套投入,扶持推动舞台艺术创作

---

① ［法］皮埃尔·布迪厄:《艺术的法则——文学场的生成和结构》（刘晖译）,
中央编译出版社 2001 年版。

的精品工程，至今已评选四届，收到了良好效果，促进了当代戏剧创作和文化建设。据《桂林日报》报道，在 2007 年 2 月 5 日晚举行的 2005—2006 年度国家舞台艺术精品工程授牌仪式上，桂剧《大儒还乡》成功入选十大精品剧目，这是桂剧艺术诞生 200 年来所获得的最高荣誉，也是桂林市新时期建设"文化桂林"，积极贯彻实施"国家舞台艺术精品工程"所获得的优异成绩。①

其次，文化工作者也应该发挥主体能动性，在新世纪的文化建设中建功立业。

今天的文化工作者，再也不需要像桂林文化城抗战时期的戏剧工作者那样，克服困窘艰苦的世俗性生存条件，甚至冒着生命危险去从事文化事业，所以更加应该珍惜时代赋予我们的良好条件，发挥主体能动性，在新世纪的文化建设中建功立业。例如，桂剧《大儒还乡》在 2007 年能荣膺国家十大精品剧目，就是桂林文化城戏剧家群的优良传统在新的历史条件下发扬光大的结果。以桂林市桂剧团团长兼导演刘夏生为代表的戏剧工作者，弘扬田汉、欧阳予倩改革桂剧的精神，汲取他们的经验教训，刻苦磨炼，锐意创新，首次将桂剧、山歌、秦腔以及陕西信天游等音乐元素融为一炉，完美地贯穿于整出戏剧中，并且借桂林清代名相陈宏谋的清正廉洁体恤底层的故事表现了关注民生反腐倡廉的时代主题，从而获得了巨大成功。

（三）对当代社会转型期知识分子的宝贵启示

在前面的论述中，我们主要分析了桂林文化城戏剧家群的政治性和文化性生存状态，回顾了先进的戏剧家工作者为桂林文化城抗战文学的繁荣所作出的杰出贡献及其深远影响。抗日战争已

---

① 载 2007 年 2 月 8 日《桂林日报》第 2 版。

经胜利 61 周年了，2007 年 7 月 7 日又是中国抗日战争爆发 70 周年纪念日，我们回顾历史的目的是为了更好地铭记历史，珍惜今天，把握未来。那么，重温当年文化城戏剧家群的生存状态，重温那段血与火的战斗岁月，对于当代社会转型期的知识分子的正确选择又有哪些宝贵的启示呢？

第一，应该将个人理想和国家发展相结合。

桂林文化城的戏剧家们，都有自己个人的理想。但是，当国家和民族处于生死存亡的危急关头时，他们都义无反顾地投身于救亡图存的抗战宣传工作之中，而且百折不挠，开拓进取。田汉、欧阳予倩、夏衍、洪深可谓他们中的代表人物。譬如田汉，"事实上，就田汉的个性而言，他是无法做一个自溺于纯艺术之境、自闭于象牙塔内的艺术家的，他自幼怀有报国之心、问世之志，这是他艺术人生的思想基石"。[①] 今天，当我们回顾抗战历史时，也应该学习他们这种将个人理想和国家发展相结合的正确做法。"众所周知，90 年代以市场经济为导向的中国社会现代化转型，其重要标志之一就是世俗化（相关现象包括商业主义、功利主义、实用主义、消费主义等新的文化价值与生活方式以及大众文化的出现）。"[②] 那么，在这种以市场经济为主导的世俗化社会之中，知识分子更应该发扬王晓明、陈思和、王彬彬、郜元宝、汪晖等学者在 90 年代"人文精神"大讨论中所倡导的"人文精神"，[③] 坚守自己人文关怀的价值立场和启蒙主义信仰以及文化批判精神，不随波逐流，不在物质欲望的追逐中迷失前进的

---

① 宋宝珍:《残缺的戏剧翅膀——中国现代戏剧理论批评史稿》，北京广播学院出版社 2002 版，第 156 页。

② 陶东风:《社会转型与当代知识分子》，上海三联书店 1999 年版，第 10 页。

③ 王晓明:《鸡鸣丛书:思想与文学之间》，人民文学出版社 2004 年版，第 59 页。

方向，不被商业化俘虏而丧失自己的良知；而应该时刻牢记自己的历史使命和时代责任，用正确的人生观价值观引导人们向上向善，创作出思想健康艺术精湛的佳作。在给人以艺术美的享受的同时，将人们带入一个更高尚的境界，营造出一种良好的文化氛围，更好地推动社会主义精神文明建设，从而"坚持先进文化的前进方向"。只有将个人理想与国家发展相结合，知识分子才能真正实现自己的人生价值，无愧于伟大的时代和人民。我们始终认为，任何一个国家，任何一个民族，任何一个时代，爱国者都将是一道最亮丽的风景！

第二，应该力求成为真正的知识分子。

桂林文化城的戏剧家群体所体现的是一种真正的知识分子精神，尤其以文化城的"戏剧魂"田汉更为突出。田汉在新中国成立后创作的话剧《关汉卿》可以说是他一生为国为民鞠躬尽瘁坚持战斗在文化战线的象征。尤其是通过对元代大戏曲家关汉卿"铜豌豆"精神的赞美，彰显了以田汉自己为代表的桂林文化城戏剧家群体的闪耀着战斗光芒和抗争精神的文化品格。我们今天的知识分子，应该学习桂林文化城的进步戏剧工作者的这种战斗精神，力求成为当代中国真正的知识分子。

从 20 世纪 80 年代文化热开始，知识分子问题已经成为中国知识界经久不息的话题。赵园曾经这样为"中国现代知识分子"画像：深厚执著的民族感情，强烈的历史使命感、社会责任感和与此联系着的强烈的政治意识，入世的进取的生活态度，对道德修养的注重与内省倾向……①其实，"知识分子"这个概念不可能用一两句话概括清楚。董健、钱理群、温儒敏、丁帆、余英时、陶东风、陈平原、陈思和、王晓明、王小波等学者都认真探

---

① 赵园：《艰难的选择》，上海文艺出版社 2001 年版，第 335 页。

讨过这一问题。① 在这里，我们借用许纪霖先生的定义稍为概括一下:"现代意义的知识分子，也就是指那些以独立的身份，借助知识和精神的力量，对社会表现出强烈的公共关怀，体现出一种公共良知，有社会参与意识的一群文化人。"② 根据这个定义，我们知道，要成为真正的知识分子，首先必须是有知识的人，要能以自己的专业知识介入社会生活;其次，真正的知识分子，不是谋一己私利，而是"对社会表现出强烈的公共关怀，体现出一种公共良知"，在当代中国贫富悬殊的情况下，尤其要对下层人民和弱势群体保持一种同情和关怀，并且呼吁全社会都来改变这种不公平的状况。另外，也要敢于批判贪污腐败等社会丑恶现象，推进社会主义民主和法制建设。诚如美国著名学者萨义德(Said，Edward)在其专著《知识分子论》中所提倡的，不要仅仅满足于做一个专业知识分子，而要做一个公共知识分子，要拥有公共的关怀和道德上的良知。③ 而对于中国知识分子而言，要像桂林文化城的戏剧家群体那样，继承和发扬鲁迅先生的那种"我以我血荐轩辕"的爱国主义精神和"俯首甘为孺子牛"的为人民服务的精神以及"反抗绝望"④ 的毫不妥协战斗不息的批判精神。

也许，要成为一个专业知识分子很容易，但我们要力求自己成为一个真正的知识分子，既要有著名学者陈寅恪所倡导的那种"独立之精神，自由之思想"，⑤ 又要有戏剧大师田汉所追求的那种"甘与吾民共死生"的精神。正如法国学者皮埃尔·布迪厄

---

① 王小波等:《知识分子应该干什么》，时事出版社1999年版。
② 许纪霖:《中国知识分子十论》，复旦大学出版社2004年版，第4页。
③ [美]萨义德:《知识分子论》，上海三联书店1999年版，第1页。
④ 钱理群:《走进当代的鲁迅》，北京大学出版社1999年版，第271页。
⑤ 傅杰编校:《王国维论学集》，中国社会科学出版社1997年版，第423页。

（Bourdieu，Pierre）所阐释的那样，真正的知识分子既是学院内部自主的、自律的、对专业有独特爱好的知识者，又是能够介入社会公共生活、承担公共责任的知识分子。[①] 我们已经进入了 21世纪，在中国共产党的领导下，我们正走在全面建设小康社会、构建社会主义和谐社会的康庄大道上。处于当代社会转型期的知识分子，应该继承和发扬桂林文化城戏剧家群的光荣传统，做出正确的人生选择，确立我们生存的信仰，实现我们生存的价值，成为时代的良心和合格的人类灵魂的工程师，奋勇拼搏，开拓创新，为当代文化建设事业殚精竭虑，在中华民族的伟大复兴事业中贡献属于自己的光和热！

---

① ［法］皮埃尔·布迪厄：《倡导普遍性的法团主义：现代世界中知识分子的角色》（赵晓力译），《学术思想评论》第 6 辑，辽宁大学出版社 1999 年版。

第八章

文化政治与文化汇流

——对桂林文化城戏剧家群现象的文化分析

戏剧家群是桂林文化城一个卓然独立的群体。他们以民族解放战士自居，主动以戏剧艺术为武器参与抗日战争，成为光荣的戏剧兵，同时亦坚守自身作为知识分子、作为艺术家的文化使命。戏剧艺术自觉适应时代发展，成为抗日宣传最好的武器，却没有沦为简单化的政治宣传工具，依然保持其独立的文化、艺术品格。如何看待这一独特的文化现象呢？这一现象的背后又深藏着怎样的文化意蕴呢？

实际上，桂林文化城戏剧家以戏剧为武器参与抗战的行为是一种文化政治，它既是戏剧家作为民族解放战士的政治行为，也是戏剧家作为知识分子的文化行为。而文化政治得以成功实现，乃是桂林文化城相对独立、开放的文化格局与多元文化并存、汇流的文化形态使然。

第一节　剧场即战场：文化政治

"我们要在神圣的抗战里面，创造出我们的新戏剧。我们的剧场就是战场！战壕也就是我们的舞台！"话剧《戏剧春秋》中的一句台词，道出了抗战时期戏剧家的真实境遇和戏剧选择，即戏剧抗战。"壮绝神州戏剧兵，浩歌声里请长缨。耻随竖子争肥瘦，堪与吾民共死生。"田汉的诗句更表达了戏剧家的万丈豪情和战斗决心。显然，在民族危亡的关键时刻，"戏剧兵"已成为夏衍、洪深、欧阳予倩等戏剧家们一种自觉的自我体认。戏剧运动已不再是单纯的艺术运动，而是伟大的抗日战争和民族解放战争的一部分。戏剧家从社会和政治需要出发，从事戏剧运动、参与抗战的行为，是一种文化政治。

一 "文化政治"概念的提出及意义

"文化政治"是全球化语境下后现代主义提出的一个概念。作为一个战斗的概念或一种批判的策略，文化政治与后马克思主义的激进革命思想家有关，代表人物恩斯特·布洛赫 1935 年写成的《我们时代的遗产》中所表述的某些思想是后现代文化政治的渊源之一。[①] 当前，"文化政治"已成为人文学科尤其是文化研究领域一个使用率颇高的词汇。尽管它如一个漂浮不定的能指，在不同的阐释空间、不同的语境中具有不同的所指，但不能否认，文化政治确实是一种发生在全球文化版图上的、志在争夺文化制高点或文化霸权的战争，它没有硝烟，却异常激烈、影响巨大，甚至可能影响到国际格局。美国当代著名国际政治理论家塞缪尔·亨廷顿就此提出了"文明冲突论"，指出"全球政治正沿着文化的界线重构"。[②] 国内学者赵汀阳也提出"欧亚"文化之概念，以对抗美国文化帝国主义的侵犯。在国际交往日益频繁

---

① 胡继华：《解构文化政治》，《外国文学》2003 年第 5 期。
② ［美］塞缪尔·亨廷顿：《文明的冲突与世界秩序的重建》（周琪等译），新华出版社 2002 年版。

的今天，民族国家之间的联合与冲突正日益受到文化和文明因素的影响。文化政治将在国际政治中发挥重要作用。

文化和政治是不同的概念和领域。一般来看，文化有两种含义，一种用来表示一种特殊的生活方式（关于一个民族、一个时期、一个群体或全体人类），一种用来描述关于知性的作品与活动，尤其是艺术方面的，比如音乐、文学、绘画、雕刻、戏剧与电影，有时会加上哲学、学术、历史，等等。[①] 政治的概念由来已久，研究者各有侧重，观点也常常截然有别。在我国，政治的含义一般有以下几种：政府、政党、社会团体和个人在内政及国际关系方面的活动，经济的集中表现以及阶级斗争等。上述观点并没有揭示政治的根本特征，归根到底，政治是指"人类某一集团用来支配另一集团的那些具有权力结构的关系的组合"。[②] 政治的根本特征是权力关系，在国家政治方面表现为对统治权力或国家权力的追逐与争夺。

"文化"政治，既非国家政治，也非军事政治，是指文化上的政治。它既是文化的，又是政治的，体现了一种文化与政治相互利用、相互妥协的状态或特质。文化领域不可避免会受到政治力量的影响和制约，然而，文化领域本身也能表现、获取甚至掌握权力关系，文化在某种程度上是一种高超的政治手段。文化属于软权力，与军事、法律等强制手段不同，其显著特征是非暴力性。因此，文化政治蕴藏着比统治型、权力型等暴力的非文化政治类型更内在、更深远、也更隐蔽的精神和社会变革力量。文化政治这一概念的提出可以让我们在一个新的层面上重新审视文化

---

① ［英］雷蒙·威廉斯：《关键词：文化与社会的词汇》（刘建基译），生活·读书·新知三联书店 2005 年版。

② ［美］凯特·米利特：《性的政治》（钟良明译），社会科学文献出版社 1999年版。

和政治的关系，探寻文化的社会政治内涵。

二 桂林文化城语境下的文化政治

桂林文化城是中国抗战时期一个独特的历史、文化现象。抗战时期的中国处于内忧外患的悲惨境地，外部有日本帝国主义发动的政治、经济、文化全方位的疯狂侵略，内部则存在以共产党为代表的无产阶级与以蒋介石为代表的大地主大资产阶级之间的尖锐斗争。经济、军事异常落后，人民流离失所、苦不堪言。然而，中国这个半殖民地半封建的弱国，却奇迹般地战胜了近代化程度较高的强国日本，将中国从鸦片战争以来近百年的耻辱洗刷殆尽。是一股什么样的力量使中国以弱胜强、赢得胜利了呢？毫无疑问，首先是文化的力量，是精神的力量！[①] 尤其在战争相持阶段，精神力量会产生一种不可抵抗的巨大力量而导致战局的决定性转变。在敌我力量悬殊的抗日战争中，正是文化发挥了物质、武力或政治命令所不能替代的作用，对民众进行了广泛的文化总动员，调动了广大军民的爱国情绪和斗争情绪，从而使中国赢得了战争的最后胜利。

显然，抗战时期的国内国际环境与今天大不相同，但依然存在文化政治的问题。这一点在桂林文化城表现得尤为明显。从文化政治的角度解读桂林文化城戏剧家群体将是一个有意义的尝试。具体而言，桂林文化城语境下的文化政治主要是指以戏剧家为代表的文化人以戏剧为武器，以文化为手段，积极配合、参与"反抗日本法西斯主义侵略、建立独立统一的现代民族国家"这一战时最大的政治。

---

① 当然作者并不否认共产党所采取的人民战争路线、持久战、开辟敌后战场等军事战略方针及政治外交所发挥的重要作用，但更强调文化的决定性作用。

戏剧艺术具有独特的仪式本质，因此与政治的关系较为密切、暧昧。马丁·艾思林曾经指出，"一切戏剧都是政治活动：它或是重申或是强调某个社会的行为准则"，戏剧是"一种极端政治性的艺术形式"。[①] 戏剧常常可以反映一个国家的精神状态，其兴衰往往和政治的激烈程度紧密相关。民族危亡的战争时期尤其需要一种力量来鼓起人们抗战的勇气，坚定抗战必胜的信心，戏剧正好符合战时的这种政治需要。在桂林文化城，戏剧的政治功能主要体现在：对敌人，它是战斗的旗帜；对人民，则是友善的旗帜。

（一）"炸弹与狂呼"：戏剧作为战斗的旗帜

欧阳予倩指出，戏剧是宣传战斗的武器，"有战斗的地方，就有戏剧，有戏剧的地方，就有战斗"。[②] 秦天籁也说："在弱小民族的解放斗争中，戏剧是有力的武器；它是利剑，可刺杀顽敌；它是号角，可动员民众。"[③] 有的戏剧家甚至认为，戏剧的效果有时会远远超过炮弹的威力。可见，戏剧具有高度的战斗性。

1. 战斗的传统

中国话剧具有一贯的革命战斗传统，正如于伶所言，戏剧家们长期坚持的戏剧运动本身就是一场"公开的也是秘密的战斗"，强烈的时代精神和鲜明的政治倾向是它的突出特点。1907 年春柳社在日本演出话剧《黑奴吁天录》，正是为了反映当时高涨的民族自强思想，1910 年底由任天知发起的"进化团"以宣传革

---

① ［英］马丁·艾思林：《戏剧剖析》（罗婉华译），中国戏剧出版社 1981 年版。
② 欧阳予倩：《关于西南第一届戏剧展览会》，《欧阳予倩全集》（第 4 卷），上海文艺出版社 1990 年版。
③ 秦天籁：《戏剧应为大众而演出》，吴辰海、丘振声、唐国英编《戏剧运动》，广西人民出版社 1992 年版。

命、攻击封建统治、改良社会问题为首要职责，把戏剧的教化与
战斗功能放到了第一位。"五四"时期兴起的社会问题剧，同样
把戏剧当作传播思想、组织社会和改善人生的工具。30 年代的
左翼剧人，加强了戏剧与实际革命运动、与工农群众的联系，着
重表现工人农民的革命斗争，及时、直接地反映现实生活中的重
大政治事件。由此观之，中国话剧在发展中形成了优良的战斗传
统，戏剧运动始终是在战斗中的。抗战爆发以后，戏剧家们主动
以戏剧为武器，配合现实政治斗争，无情揭露和谴责日本帝国主
义的罪恶、国民党的腐败以及汉奸卖国贼的无耻。戏剧家们的选
择正是对中国话剧战斗传统的继承和发扬，起到了从精神上打击
敌人的战斗作用。

　　中国戏曲与西方话剧不同，是有着自己独特风格的另一戏剧
体系。尽管戏曲在"五四"时期遭到了激进知识分子的无情批
判，被斥为低级落后的封建主义的艺术。但不能否认，戏曲也是
一种战斗性和群众性较强的文艺形式，是平民百姓表达不满情绪
和美好愿望的工具。正如周宁所言，中国传统戏曲作为乡间、市
井的一种公共生活仪式，"具有与官方对立的民间市场性与广场
性，也具有狂欢节仪式表演的自由与解放功能"。[①] 元代著名戏
剧家关汉卿的铜豌豆精神及其代表作《窦娥冤》正是中国戏曲战
斗精神的典型代表。戏曲尽管有诸多缺陷，但在特殊的抗战时期
仍然有很大的发展空间，可以通过发挥其在观众既有的文化心理
结构中的影响力，来进一步发挥它的价值。"八一三"的炮声最
终使广大戏剧工作者在这一点上达成共识，戏剧家从此开始重视
旧剧改革。他们将旧剧的战斗精神、战斗潜力与抗战现实相结

---

　　① 周宁：《戏·戏教·戏禁：意识形态语境中的传统戏曲（一）：戏曲与民间真
理》，戏剧研究网 2004 年 2 月 11 日。

合，赋予旧剧符合时代发展的抗战意识和抗战精神，使旧剧加入了抗日文化的行列。

2. 战斗的生存方式

战时的戏剧家们保持着高度的政治意识和战斗意识，时刻准备用自己特殊的武器进行战斗，他们始终是在战斗着的。

首先，戏剧团队具有高度组织化的特征。

1937 年全面抗战开始以后，为了使戏剧更好地揭露敌人阴谋、促使同胞觉醒、配合抗战，戏剧团队得到了统一整编。起初是淞沪会战之后，上海职业与业余工作者在上海戏剧界救亡协会的主持下组织了 13 个救亡演剧队。一年后，上海沦陷，国民政府军事委员会政治部第三厅在周恩来直接领导下，又对在此之前的救亡演剧队进行重新整合，组成十个抗敌演剧队和五个抗敌宣传队，并将孩子剧团纳入第三厅编制。整编后的戏剧团体一方面比较容易组织管理，另一方面也明确了戏剧运动的目的，战斗力得以大大增强。他们在中国共产党的领导和影响下，以抗敌救国为宗旨，团结一致，万众一心，义无反顾地走向大后方，或者奔赴抗日前线。

1938 年 10 月武汉、广州失陷之后，桂林由于特殊的地理位置和宽松的政治氛围，成为华南的文化中心，许多救亡团体和演剧队纷纷来到桂林，戏剧运动在桂林蓬勃发展起来。田汉 1941 年在受国民政府军事委员会政治部第三厅委托而写的《关于抗战戏剧改进的报告》一文中曾提出建立戏剧艺术军的建议，他说："建剧一如建军，必须有一个最高的目的，而随时抱定这一目的去推动、去督励、去检查。……这目的应当与我们今天的历史任务一致——那就是用戏剧来争取中华民族在对日抗战中的胜利。"[1] 当

---

[1]　田汉：《关于抗战戏剧改进的报告》，《戏剧春秋》第 1 卷第 6 期。

然，由于政治形势日趋恶劣，戏剧团队已不能像抗战初期那样进行整编，但依然是一支团结的、组织化程度很高的戏剧队伍。国防艺术社、广西省立艺术馆话剧实验剧团、新中国剧社、桂林行营政治部演剧队等等 30 多个戏剧团队，尽管性质不同，来自不同地区，但"戏剧运动总是一个"，[①] 他们舍弃了自己的私利，为了实现抗敌救国的最高目标，力图使戏剧运动步调一致、步骤齐一。七年来，他们互相帮助、互相尊重，"彼此之间绝无倾轧、毁谤、破坏、相轻的情形存在"，[②] 他们还成功抵制了生意眼对教育和宣传的侵犯。西南剧展的成功举办证明，桂林文化城的戏剧团体是一支战斗在文化战线的团结的演剧队伍，是一支兵力强大的戏剧军。

其次，戏剧家是特殊的"戏剧兵"，戏剧创作和舞台演出是他们参与民族解放战争的重要方式。

在剧本创作方面，戏剧家们主要以战时实际生活为出发点，紧密关注现实政治形势的发展变化，注重剧本主题的现实目的性和针对性。抗日救亡和争取民主是戏剧创作的两大主题。在所有戏剧家中，欧阳予倩在桂林待得最久。他的创作历程颇能代表桂林文化城戏剧家群以戏剧为武器参与民族解放战争的生存方式。1938 年，欧阳予倩改编了话剧《青纱帐里》，"表现义勇军艰苦卓绝的精神，同时指出在敌人统治下民众的悲苦，和挣扎的艰难，希望大家及早自卫，希望大家能明了，除了抗战到底，没有丝毫妥协的可能，没有一线的和平可以希冀"；[③] 1939 年 9 月，

---

① 欧阳予倩：《对现阶段戏剧运动的几点意见》，吴辰海、丘振声、唐国英编《戏剧运动》，广西人民出版社 1992 年版。

② 欧阳予倩：《关于西南第一届戏剧展览会》，《欧阳予倩全集》（第 4 卷），上海文艺出版社 1990 年版。

③ 欧阳予倩：《〈青纱帐里〉改编后记》，吴辰海、丘振声、唐国英编《戏剧运动》，广西人民出版社 1992 年版。

创作话剧《越打越肥》，讽刺以李宗仁、白崇禧为代表的广西军阀依仗枪杆子走私、发国难财的行为；1940 年，创作两个短小精悍的独幕剧《战地鸳鸯》和《我们的经典》，前者讽刺道貌岸然、言行不一、在前线乱搞男女关系的所谓"文化人"，后者通过一个场景、一段宣言来达其题旨，教导群众反抗压迫、勇敢斗争；1941 年，针对"皖南事变"这一重大政治事件，创作大型五幕历史剧《忠王李秀成》，以太平天国后期李秀成的遭遇来影射国民党分裂抗日统一战线、破坏抗战事业的事实，同时也弘扬李秀成的高尚节操，激励人们在艰苦条件下坚持抗战；1942 年，创作话剧《一刻千金》，通过人物之口，发出了"胜利赶快到来"的呼声；1944 年，《旧家》较为真实地再现了抗战时期的中层家庭生活，涉及很多社会问题，也蕴含着作者对新生活的思考；1945 年，创作话剧《桂林夜话》，表达扫除渣滓、重建桂林文化城的决心。欧阳予倩年老时曾说过："在广西我所排的戏完全为了抗战，我自己写的戏，也是为了抗战。"① 这正是欧阳予倩在桂林用戏剧进行抗日救亡宣传和争取民主的战斗生活的真实写照。他的剧作就像一把把锋利的文艺尖刀，直刺敌人的心脏。同时，又如一盏盏闪亮的指路明灯，指引着民众坚持抗战、奔向美好的明天。另外，田汉的《秋声赋》、夏衍的《心防》等剧作，也都是抗战现实土壤里生长出来的目的性较为明显的作品，具有较强的现实意义和政治意义。

戏剧演出作为一种集体行为，具有更强的战斗性。重大的戏剧演出本身就是一种政治行为，是整个中华民族抗战政治活动的重要组成部分。桂林文化城的戏剧家为了配合政治形势的发展，

---

① 田汉：《他为中国戏剧运动奋斗了一生》，苏关鑫编《欧阳予倩研究资料》，中国戏剧出版社 1989 年版。

组织了无数次大大小小规模不同的戏剧演出，产生了一定的社会效果和政治效果，在某种程度上实现了戏剧对现实政治的介入和干预。

其中，桂剧《梁红玉》、《桃花扇》、《木兰从军》，话剧《忠王李秀成》、集体创作剧《再会吧，香港！》和大型活报剧《怒吼吧，桂林！》的演出形成过轰动。欧阳予倩的新编桂剧《梁红玉》、《桃花扇》、《木兰从军》等剧的上演使桂林的剧坛、文坛及政坛都深受触动。当时桂林流传这样三句话：《梁红玉》骂走了马曼卿，《桃花扇》刺痛了苏新民，《木兰从军》气跑了蒋介石。① 由此可见戏剧演出的政治宣传力度和巨大战斗力。1942 年《再会吧，香港！》的上演本身就是一场与国民党的斗争。该剧主要反映沦陷区香港的社会生活，表现香港人民的抗敌热情，由于宣传力度太大，在上演的当晚被禁，虽经多方交涉，在第一幕结束时还是被武装宪兵强行停演。后来，新中国剧社将此剧改名为《风雨归舟》，终于获得公演。同年 10 月，欧阳予倩针对"皖南事变"而作的大型五幕历史剧《忠王李秀成》搬上舞台，也产生了强烈的社会效应和政治效应，被国民党桂林当局视为眼中钉，被勒令改动 30 处、删减 50 多处。1944 年，日军发动豫湘桂战役，做最后垂死挣扎。国民党军队无力抵抗，5 月，长沙失守，日军铁骑直指衡阳，桂林危在旦夕。在这种情况下，新中国剧社上演了大型活报剧《怒吼吧，桂林！》，激起群众的强烈反应。这是桂林失陷之前戏剧界以戏剧为武器进行的最后一次战斗。

戏剧家们身处血与火的战争年代，自觉继承中国戏剧改造现

---

① 季华、方竹村：《不可磨灭的业绩——欧阳予倩改革桂剧的理论与实践》，广西艺术研究院、广西社会科学院编《欧阳予倩与桂剧改革》，广西人民出版社 1986 年版。

实、鞭挞黑暗的战斗传统，以戏剧艺术为武器，为争取民主和抗日救亡的胜利奋勇斗争，又一次将戏剧的战斗功能发挥到极致。中国戏剧的战斗传统在推动中国历史前进的革命运动中发挥过积极作用。但亦不能否认，由于配合现实的直接性和紧迫性，现代戏剧在表现无限丰富的社会生活和人类心灵的广度与深度上，在戏剧美学的追求和艺术财富的积累上，都存在一定缺陷。

（二）启蒙与引导：戏剧作为友善的旗帜

抗战时期的戏剧，对敌人怒目而视，是战斗的旗帜；对人民，则面露善意的微笑，是友善的旗帜。

1. 戏剧的大众化

抗战之前的几十年里，话剧只存在于几个繁华都市的少数知识分子群体之中，生于民间并为广大老百姓所喜爱的传统地方戏也走上商业之路，日益远离大众。抗日战争的爆发，拉近了戏剧艺术与人民大众的距离。

早在文学革命时期，戏剧界就大力提倡现实主义的戏剧，要求戏剧取材现实生活，描写普通人，如实反映现实的本来面目。但由于各种条件均不成熟，戏剧家的理论主张和具体实践呈现分离状态，戏剧对广大群众而言仍然可望而不可即。20 世纪 20 年代末 30 年代初，由于大革命的失败和日本帝国主义对我国东北的侵略，文艺界在上海又掀起了激烈的大众化讨论，中国左翼剧团联盟也以"演剧大众化"为口号，开始走进工厂、走向农民，努力向大众普及话剧这种艺术形式。1937 年抗日战争爆发，全面抗战与全民抗战的时代要求，使戏剧家们意识到戏剧必须担负起唤起民众、教育民众这一迫切的任务。在隆隆的炮声中，戏剧家们不管站在何种立场，都义无反顾地离开繁华的都市，或进入延安，或进入广阔的大后方，从而使戏剧的大众化和通俗化主张得到了有效实践。

　　1938 年，毛泽东在《中国共产党在民族战争中的地位》一文中提出要建构一种"新鲜活泼的、为中国老百姓所喜闻乐见的中国作风和中国气派"。这一命题旗帜鲜明地指出要从老百姓的欣赏习惯出发，反映老百姓的生活，真正为老百姓服务，替老百姓着想，纠正了文学界长期以来脱离传统的倾向，将中国新文学的发展导向为本民族大众喜闻乐见的方向上来。在此命题影响下，桂林的戏剧家于 1940 年底也讨论过戏剧的民族形式问题。总体看来，在抗战时期的桂林，老百姓的欣赏习惯得到了充分尊重，"为中国老百姓所喜闻乐见"已经成为戏剧家创作和导演时考虑的首要因素和重要因素。

　　戏剧家欧阳予倩为促进戏剧的大众化进行过认真踏实的实践。当 20 年代末 30 年代初无产阶级浪潮兴起、左翼戏剧家大力强调戏剧的阶级性和时代性时，欧阳予倩也提出了建设民众剧的主张。所谓民众剧，就是平民剧，即民享（for the people）、民有（from the people）、民治（by the people）的戏剧。其中，民享民有是第一步，民治是目的。[①] 欧阳予倩的出发点显然与左翼剧人不同，然而在帝国主义入侵、民族危亡的时代境遇下，他们的具体实践在一定程度上达成了一致，都是为了创造民众所喜闻乐见的戏剧，唤起民众起来反抗，参与全民抗战。具体而言，欧阳予倩主要从桂剧改革和话剧建设两个方面进行戏剧大众化实践。欧阳予倩首先从剧本创作、舞台演出、剧团建设、培养人才、清算明星制等五个层面对桂剧进行了近乎全方位的改革，使日趋没落的桂剧恢复了生机，重新赢得了观众的喜爱。其次，欧阳予倩积极促进话剧的民族化发展。他主张话剧向传统戏曲学

---

　　① 欧阳予倩：《民众剧研究》，苏关鑫编《欧阳予倩研究资料》，中国戏剧出版社 1989 年版。

习，努力创造情节贯穿、爱憎分明、节奏鲜明、简洁有力而又入情入理的话剧，以适应中国老百姓的欣赏习惯。《忠王李秀成》一剧的结构就具有鲜明的民族特征，该剧巧妙地将西方现代戏剧的表现手法和中国传统戏曲的表现手法融为一炉，一方面借鉴中国传统戏曲，采用开放式结构，使该剧舞台时空的处理更加自由，表现空间大大扩展。另一方面，又克服传统戏曲容易琐碎枝蔓的缺点，使全剧保持情节集中、复杂曲折，充满尖锐的戏剧冲突。该剧几乎幕幕精彩，场场有戏，紧紧抓住了观众的情绪。

经过欧阳予倩、田汉等戏剧家的具体戏剧实践，不管是旧剧还是新兴话剧，都赢得了观众的认可和喜爱。

2. 戏剧家是大众的导师

抗战时期的中国是一个只有几亿人口的半殖民地半封建的弱国，经济、政治、文化都比较落后，而广西不仅是地理意义上的边疆，更是文化意义上的边疆，是落后中的尤其落后者。戏剧具有一种强大的非强制性的感化力量，并且其感化力量远远超过小说、散文等其他文学体裁以及雕塑、绘画等其他艺术，因此担负着"感化大众"的任务。愈是落后的地方，愈需要戏剧。

抗战时期，戏剧家作为导师，主要在两个层面对大众进行启蒙和感化。首先，在现实的层面上，对民众进行抗日救亡的解说和宣传。战争犹如不速之客，在人们毫无准备的情况下迅速破坏人们正常的生活秩序。这是一场什么性质的战争，对人们意味着什么？在这场战争中，中华民族所遭遇的危险有多大，能不能突破这一危险？……这都是文化程度很低的工人农民所不明白而又必须清楚的问题。并且，抗战时期的中国不只有民族矛盾，还存在尖锐的阶级矛盾。国民党与共产党，究竟孰是孰非，谁能代表广大人民群众的利益？国共之间的斗争与抗战事业又有什么关系？这一系列问题都令老百姓困惑迷茫。而戏剧正是要以直观、生动的方式再现现实生活，向人们报道前方战况、报道沦陷区敌人的暴行和人民的悲惨生活，向人们揭示国民党的专制统治对抗战事业的破坏，等等，指导人们认识现实、辨别是非，解除困惑，并进一步帮助人们在恶劣的政治环境下树立抗战的勇气和信心，引导人们走向光明的未来。

其次，在文化和心理的层面上，唤起人们抗敌救国的雄心，凝聚起人们热爱国家、拯救中华民族的思想和情感，帮助人们完成从地域、乡土意识到民族意识的转化，完成对现代民族国家的认同，为中国的长远发展建立起广泛的文化基础和心理基础。

中国是一个有着漫长封建王朝历史的帝制国家，国家权力来源是君权神授，统治国家主要靠"人治"，靠道德表率，人们基本上没有民族国家的概念，只有大一统的观念及忠、孝、礼、义等儒家道德思想。现代意义上的民族国家概念源于西方，鸦片战争以后传入中国。一般来讲，民族主要指在历史上形成的一个具有共同语言、共同地域、共同经济生活与共同心理素质的稳定的共同体，国家是指由有限疆域，以及此疆域范围内的有限人民组成的政治实体，是统治阶级进行统治的工具。但是在中国的特定语境中，民族也常常含有政治实体的意思。抗战时期，中国的帝制虽已结束，现代意义上的国家还没有建立起来，蒋介石国民党政府虽然对外代表中国，但已失掉了孙中山建立中华民国之初的精神，整个中国处于政权并立、军阀混战的时代。中国人民生活于水深火热之中，基本的衣食住行都难以满足，谈什么民族国家意识呢？在这种情况下，戏剧家通过具体的舞台演出活动，将深藏在中国人民心底的、已沉淀为集体无意识的大一统观念转化为民族意识，将人们的忠孝观念转变为爱国思想，努力帮助人们实现对现代民族国家的认同。在剧场里，在广场上，当戏剧家和演员共同打造的人物在舞台上英勇杀敌时，当日本鬼子侵略我国、残害我国同胞的罪行在舞台上得到呈现时，当人们发出"中华民国是外国？难道我们不是中国人吗，都是日本人的奴隶吗？"这样愤慨的反问时，当人们立下"我们不做奴隶！""宁愿战死，不做亡国奴"的誓言时，当人们喊出"中华民族万岁！""一致团结，拥护中央，抗战到底"的呼声时……观众怎能不热血沸腾？怎能不产生强烈的共鸣？由导演、演员、观众共同创造的强大的戏剧场，不仅使观众洞晓时事，更使观众确立了"我是中国人"的文化认同，使观众心中升腾起一种强烈的爱国情感。戏剧具有宗教般的力量，是社会"教育或洗脑的过程中最强有力的工具"。[1] 每一次演出都是一次生动深刻的爱国主义、民主主义和人道主义教育。

3. 刷新大众审美习惯，提高欣赏水平

欧阳予倩曾说，商人所争的是一时的利益得失，而戏剧运动者所争的是文化的基础。要建立文化的基础，不仅要向观众传播艺术作品的思想内容，使观众从戏剧里认识人生，在精神上有所收获，当然也要改变观众不良的审美习惯，提高观众的欣赏水平。

抗战开始前后，桂林民众在审美习惯上大多倾向于旧戏，很不习惯看话剧，常常以看旧戏的态度走进剧场。并且，由于旧戏的观众原本就是为了娱乐，为了会朋友凑热闹，因此存在很多不良的习惯，比如在台下大声说话喧闹，不准时到场，甚至摆酒宴客，有些观众还深受明星制的影响，看戏就是为了看主角，主角若不出场就尽管说话。剧场秩序因此非常混乱，严重影响了演出的质量。

观众是戏剧活动的重要组成部分，观众的不良习惯将影响戏

---

① ［英］马丁·艾思林：《戏剧剖析》（罗婉华译），中国戏剧出版社 1981 年版。

剧的演出。为此，欧阳予倩、田汉等戏剧家或发表演讲、宣传话剧知识，或进行旧剧改革，或在话剧导演和演出中逐步改变观众习惯、改善剧场秩序。他们一方面从创作、导演和表演入手，保证演出质量，以戏剧艺术自身的魅力来吸引观众和改造观众。欧阳予倩在这方面做出了很大努力，他主张以戏剧各部门综合匀称的发展来替代明星制，纠正观众看人不看戏的不良倾向，使观众更注意整出戏的发展而较少注意演员个人的表现。另一方面，以西方话剧观众的良好习惯为标准对旧戏观众进行改造。他们的努力没有白费，在抗战中后期的桂林，观众对话剧已不再陌生，并具备了一定的欣赏能力，话剧工作者和话剧运动也得到了广大群众的认可和支持，观众走进戏院或剧场也不再仅仅是为了娱乐，戏剧已经被公认为是社会教育和文化建设的重要一环，剧场在一定程度上也成为欧阳予倩所说的"精神的培养场"。

　　戏剧对人民是友善的旗帜。戏剧家们首先从广大群众的日常生活和欣赏习惯出发，使戏剧大众化，拉近戏剧和大众的距离。然后，再通过戏剧这种媒介与文化活动对大众进行启蒙和感化，唤起人们抗敌救国的雄心，凝聚起人们热爱国家、拯救中华民族的思想和情感，激发人们的民族意识，确立"中国人"的文化认同，同时也提高观众的欣赏水平，这一方面有利于抗战事业，另一方面也为中国的长远发展建立起广泛的文化基础和心理基础。

　　伊格尔顿曾经指出，在革命的民族主义这里，"文化可以变成现代史上仍然最为壮观的、成功的、激进主义运动中一种改革的政治力量"。① 在中国的抗战时期，戏剧作为一种文化，正发挥了这样一种强大的作用，对敌人，它是战斗的旗帜，对人民，

---

　　① ［英］特瑞·伊格尔顿：《文化的观念》（方杰译），南京大学出版社 2003 年版。

它是友善的旗帜。需要指出的是，戏剧并没有因为发挥强大的政治功能而忽视自身的建设，并没有沦为简单的政治宣传工具，相反，戏剧艺术在战火中走向了成熟和繁荣。戏剧艺术自身的独立正是其参与政治、发挥政治功能的前提。

三　戏剧家在文化政治中的作用及现代启示

如前所述，戏剧家在桂林文化城的文化政治中扮演着主导角色，他们有着强烈的社会责任感和使命感，以戏剧艺术为武器，为抗击日本侵略，为反抗专制争取民主，奔走呼号，勇往直前；他们用他们的敬业、奉献、专心、诚信、智慧等职业美德和个人魅力，把一切争民主求解放的戏剧工作者和人民大众团结起来，使桂林文化城的戏剧事业不仅具有政治凝聚力，也具有独特而强大的文化凝聚力。桂林文化城戏剧家是民族危亡时期最富有民族精神、国家观念和爱国思想的知识分子，他们具有强烈的文化政治意识，他们选择、确立的生存方式既是一种政治性极强的生存，又是一种文化性的生存。

当世界性的文化政治冲突悄无声息地展开，文化（文明）的冲突和差异即成为国际冲突的主要根源之一。正如一百多年前被迫进入现代化一样，今天的中国又不可避免地卷入了全球化的漩涡。在以各种形式出现的多元意识形态的冲击下，人们陷入了文化和信仰的认同危机。什么是中国文化？什么是中国人？中国该往哪里去？面对这些根本的、亟须明确的问题，人们却感到了迷茫。实际上，这种认同危机正是文化政治的危机，是文化政治意识的匮乏。培养人们的文化政治意识，激发中国人民的中国文化意识，确立中国文化的主体性和中国的民族精神，已经成为当今中国思想界所面临的重要问题。当今的知识分子作为社会群体中的一个特殊阶层，如何应对全球化的冲击，把握当代中国的自我理解和自我认同呢？六十多年前抗战时期桂林文化城戏剧家自主性地介入政治、介入历史的文化政治行为会带给人们一些启示。

第二节　文化汇流

如前所述，在抗战时期的桂林，文化发挥了巨大而有效的政治功能，文化政治成为当时整个政治的一个重要组成部分。然而，并非所有文化行为都是政治行为，都具备如此强大的政治力量。文化参与政治的一个重要前提是保持文化的相对独立性。在桂林文化城，存在多种不同的文化形态，这些不同的文化形态按照文化自身的发展规律独立向前发展，不断地发生着碰撞、冲突、融合与汇流。正是这种文化发展的相对独立性、文化汇流的形态和文化开放的品格，保证了桂林文化城文化政治的成功，同时也为中国长远的发展与壮大奠定了文化和心理的基础。

一　并存的多元文化

文化传播、文化交流的一个重要途径是人员流动，人本身就是文化的载体。抗战时期的桂林，不仅是一个交通意义上的枢纽，也是一个文化地理学意义上的中转地。

伴随着国家机关、工厂、学校的内迁，以及人员在长沙、香港、广州与重庆、贵阳、成都、昆明等城市之间的流动，相当一部分机构和人员留在了桂林。同时，由于政治、经济、军事、文化等方面的原因，战时的桂林成为一个暂时相对比较安全、相对比较稳定的避难地。桂林人口剧增，工业和交通运输业，城市建设、商业、金融行业、各级各类学校、报刊、出版、广播电台等等都发生很大变化。这些有形变化的背后，正是广西本土边地文化、新桂系倡扬的地方主义文化、三民主义文化、五四新文化及左翼革命文化等多元文化形态的并存、冲突与融合。

（一）广西本土边地文化

广西地处我国西南边陲，是一个多民族聚居地区，在漫长的历史沿革中，广西各民族之间、各民族与外来文化之间不断相互影响、理解、选择、认同，到抗战时期已初步形成了具有明显少数民族文化特色的本土边地文化。一般研究者，常常因为广西人民的生活方式带有明显的中原文化色彩，而质疑广西文化的本土性。这种认识并不科学。广西本土文化实有三个来源：中原文化、高原文化和海洋文化（或低地文化）。这三种文化相互糅合，相互影响，逐渐形成了独具特色的广西本土边地文化。

广西本土边地文化主要具有以下特质。第一，广西文化具有大同精神。大同精神是中国传统文化的重要组成部分，内涵丰富，源远流长。本文的大同精神主要是指社会动乱时期来自不同地区的人们各得其所、和谐共处、生活太平的文化状态。广西人口来源于苗、瑶、侗、汉等各个民族，文化构成十分复杂，然而不同文化背景、不同生活方式、操各种方言的人们却能和平共处，一视同仁，由此可见其大同精神。第二，广西文化具有质朴性和未成熟性。由于广西"文化的渊源既来自各方，而且正在汇流，为时未久，以致在空间上及时间上，尚未能相互融合，相互调协，而达于成熟时期"①，广西文化还没有成为一个完整的有机整体，还不像中原文化那么成熟自足。这种质朴性和未成熟性既是缺憾也是优点，广西文化还可以无限量地生长，因此在新的历史条件下对之正确引导和利用便极为重要。第三，广西各民族具有勇敢刚强富于反抗的斗争精神。广西居民的组成较为复杂，

---

① 雷沛鸿：《广西地方文化的研究一得》，韦善美编《雷沛鸿文集》（下集），广西教育出版社1990年版。

主要由土著居民和外来移民组成，移民甚至占广西人口的多半。并且，移民的迁徙大多并非自愿，而是出于战争和动乱的迫使。他们在统治阶级的压迫和恶劣自然环境的折磨下，不得不顽强拼搏努力抗争。正是在长期的远徙流离、死里逃生中，广西各族人民养成了"勇敢倔强、冒险犯难、刻苦坚韧、敢于反抗和勇于牺牲的民族性格和民族精神"①。另外，由于相对封闭的地理环境，广西人民有着强烈的地域观念、乡土意识和排外心理。这种意识具有一定的狭隘性，但同时可以促进地方凝聚力的上升。桂系军阀正是利用了这种特征，弘扬广西民族精神，宣传地方民族主义和大广西主义，获得了人们的情感认同和政治支持。抗战时期，若将"保卫广西"的广西民族精神上升或转化为"保卫中国"的中华民族精神，将是一股强大的抗日力量。

（二）新桂系倡扬的地方主义文化

美国人类学家露丝·本尼迪克曾经指出："每一文化之内，总有一些特别的，没必要为其他类型的社会分享的目的。在对这些目的的服从过程中，每一民族越来越深入地强化着它的经验，并且与这些内驱力的紧迫性相适应，行为的异质项就会采取愈来愈一致的形式。"② 同样，一个集团或群体在长期的对某一目标的追求中也会形成一种文化模式。

以李宗仁、白崇禧为首的新桂系是 20 世纪二三十年代以后逐渐形成的一个军事集团和政治集团。他们在长期与蒋介石中央政权的对抗中，逐渐成为一个在中国近现代史上举足轻重的地方实力派。在李宗仁、白崇禧、黄旭初主持广西军政的时期，基于

① 谭肇毅：《新桂系崛起与割据统治的社会文化背景》，《桂系史探研》，中国文史出版社 2005 年版。

② ［美］露丝·本尼迪克：《文化模式》（何锡章、黄欢译），京华出版社 2000年版。

发展广西、问鼎中原的政治诉求，他们在广西提出并实施过自卫、自给、自治的"三自政策"，并根据"三自政策"，广泛地进行政治、经济、文化、军事建设。"三自政策"是新桂系主政广西的重要理论基础，与国民党的"三民主义"有些联系，白崇禧曾明确地说："三民主义是三自政策的理想，三自政策是三民主义的实行。"① 但二者之间的区别仍然很明显，新桂系"三自政策"的理论与实践，其主要目的是割据广西，自存自保，这是一种地方主义色彩很浓厚的施政纲领。它体现了新桂系主要代表人物的思想观念，并具体落实到一系列对内、对外的政治行为中。因此可以认定，在新桂系主政广西期间，形成过一种代表新桂系利益的地方主义文化，或文化地方主义。

从思想观念上看，新桂系所倡扬的地方主义文化与现代民族国家的历史进程存在着离心的一面。但从客观效果上看，这种文化在扼制国民党中央训练团以及他们所传播的三民主义文化，宽容民主主义、共产主义文化在桂林的传播方面，发挥过至关重要的作用。这种地方主义文化诉求在抗战时期的文化互动中，在中华民族生死存亡的紧要关头，表现出了为中华民族利益而努力的向心倾向。

（三）三民主义文化

三民主义是中国国民党中央政权的官方文化。随着中国政治形势的变化，三民主义文化也呈现一个不断变化发展的过程。三民主义，即民族、民权、民生三大主义，1905 年由孙中山提出。初期的三民主义在动员和组织民众推翻清王朝、建立民主共和政府的斗争中起了重要作用。20 年代初，孙中山认识到三民主义的局限性，并适应时代发展要求，将三民主义发展为革命的新三

---

① 白崇禧：《白崇禧先生最近言论集》，创进月刊社 1936 年版。

民主义，实施"联俄、联共、扶助农工"三大政策，与此同时，孙中山改组了中国国民党，实现了国共两党合作，从而开始了推翻北洋军阀统治的反帝、反封建的大革命。1927年，蒋介石发动"四一二"反革命政变，发动清党运动，肆意屠杀共产党人与工农群众，国共第一次合作宣告失败，北伐中止，国民党内部出现大范围夺权斗争。在这种情况下，三民主义出现多种解释，形成了不同的国民党政治派别：蒋介石掌握的"CC派"，以汪精卫为精神领袖的"改组派"，以胡汉民为精神领袖的"再造派"，等等。它们都自称已获得三民主义的真传，是中国国民党的正统，然而实际上却是借三民主义的名义来实现个人的政治野心和独裁统治，跟当初孙中山的三民主义已相去远矣。在民族危亡的抗战时期，国民党顽固派仍然不忘个人独裁野心，强化"一个党，一个主义，一个领袖"的指导思想，以"联共、溶共、反共、灭共"为目标，将共产党视为比日本帝国主义更大的敌人。抗战时期国民党的三民主义早已背离了孙中山的三民主义，成为投敌卖国、专制独裁的代名词。

桂林文化城也存在过三民主义的文化形态。如前所述，桂系是一个与蒋介石中央政权对抗的地方实力派，蒋桂之间存在尖锐的矛盾冲突。抗战爆发后，二者虽在全国一致抗日的形势面前握手言和、共赴国难，实际上相互之间依然戒心重重。蒋介石抓紧一切机会向广西渗入势力，除了经济、政治、军事方面之外，也积极进行文化方面的渗透。比如，国民政府迁往重庆的过程中，也将一些机构内迁广西，或者在广西设立新机构，派人员来桂林担任职务。同时，国民党中央训练团还经常调训新桂系的干部，企图使他们脱离桂系。另外，他们的文化宣传教育渠道也不断向广西的青少年灌输三民主义思想。不过，由于新桂系的地方主义诉求以及对国民党中央训练团的防范，三民主义文化没能充分发展开来，没有在桂林文化城与进步的抗战文化分庭抗礼并形成压制进步文化的力量。

（四）五四新文化

五四新文化运动本质上是一场思想启蒙运动，启蒙是五四新文化的核心内容。20世纪初，以陈独秀、胡适为代表的一批受过新式教育的现代知识分子，在西方近代思潮的启发下，认真总结了辛亥革命失败的经验教训，认识到只有启迪民智、解放思想、彻底改变中国人的价值观和思维方式，才能从根本上拯救中国。在这种观念指导下，知识分子以启蒙为己任，为打破封建纲常伦理的束缚、消除紧紧缠绕在国人身上的奴性而奋争。文学、戏剧等艺术都成为先进知识分子对中国广大民众进行思想启蒙的工具。然而，由于中国半殖民地半封建社会的特殊国情，知识分子的启蒙工作并不顺利。他们因为过多鼓吹西方思想常常受到爱国情绪和民族主义者的责难，因为批判封建思想和主张解放人性而受到统治者的压制，有时甚至被视为类似于封建士大夫的有闲阶级而遭到大众的攻击。现代知识分子为启蒙这一崇高目标在多方阻挠中进行着艰难的跋涉，他们也曾彷徨，也曾沉默，但他们没有放弃启蒙的任务，依然保持文化批判的本色。抗日战争初期，知识分子尽管也和大众一样被民族危机的激情所控制，但战争进入持续阶段后，他们迅速恢复理性，强调启蒙的重要性，抵制旧思想的复活。正是在启蒙知识分子的领导和支持下，抗日战争不仅成为一场民族救亡运动，也成为一场国家复兴运动。

桂林文化城也曾活跃过五四新文化的形态，戏剧家欧阳予倩正是五四新文化形态的代表人物。尽管早期的欧阳予倩有些艺术至上的倾向，对政治、社会关心不够，但新文化运动的兴起使欧阳予倩有所转变。他深深为这一运动所吸引，并积极投入其中。易卜生所代表的欧洲近代戏剧思想尤其令他痴迷，在《予之戏剧改良观》一文中，欧阳予倩大胆宣称："试问今日中国之戏剧，在世界艺术界，当占何等位置乎！吾敢言中国无戏剧，故不得其位置也。"在欧阳予倩心中，戏剧乃"社会之雏形，而思想之影像也"，真正的戏剧"必能代表一种社会，或发挥一种理想，以解决人生之难问题，转移谬误之思潮"。欧阳予倩接受了易卜生的写实主义观，不再把艺术和工具对立起来，从此开始了用戏剧启蒙民众、改造社会的历程。

　　在桂林文化城，启蒙思想依然指导着欧阳予倩的行为。面对日本帝国主义的疯狂侵略，欧阳予倩义不容辞地担负起启蒙家和教育家的任务。对欧阳予倩来说，"从事戏剧运动就是从事于宣传，从事于教育，从事于社会的改革。为的是要指引民众，唤起民众，使民众坚强组织，顺应时代，铲除凶恶，荡涤污秽，湔洗耻辱，为国家民族建基业，为世界人类谋福利"。[1] 可见，欧阳予倩已经把自己热爱的戏剧运动当作社会运动的一部分，他要通过桂剧改革、话剧传播等活动来唤醒民众的自尊心、爱国心，抵制奴性，反对投降，指引民众为反抗压迫、争取国家独立自由而斗争，并为民族国家社会建立起进步的文化，最终促进社会的变革。抗战时期的欧阳予倩是一个独立的知识分子，一个反抗日本侵略、保卫中华民族的爱国者，一个反对独裁专制、追求民主的民主主义者。欧阳予倩的身上闪耀着五四新文化的光辉。

　　（五）左翼革命文化

　　左翼革命文化是在中国共产党领导的左翼文化运动中产生的。左翼文化运动从 1928 年春共产党中央设立文化支部开始，

―――――――――

① 欧阳予倩：《对现阶段戏剧运动的几点意见》，吴辰海、丘振声、唐国英编《戏剧运动》，广西人民出版社 1992 年版。

兴盛于 30 年代，是一场以马克思主义理论为指导的无产阶级文
化运动，其特点是强调阶级意识，要求文学艺术为工农群众服
务，为无产阶级夺取政权服务。从 1930 年开始，无产阶级文化
团体如左联、剧联、社联、无产诗人联盟等纷纷成立，左翼文化
兴盛发展起来。全面抗战爆发后，在团结抗战的呼声下，共产党
适时地解除左联，提出建立抗日统一战线的主张，不仅在政治上
和国民党达成和解，文化上也包容自由主义等流派。这一行为使
左翼文化运动更为合法化，左翼革命文化因此在抗战时期争取到
进一步发展的机会。

　　在桂林文化城，左翼文化上升为主流并深入发展。中国共
产党在桂林文化城的发展中发挥了坚强的战斗堡垒作用，迁桂
知识分子和桂籍知识分子的文化活动几乎都是在中国共产党的
组织领导、思想领导和生活关怀下进行的。桂林文化城的抗战
文化发展方向与中共党组织的领导及左翼文化的发展密切相
关。

　　戏剧家田汉是桂林文化城左翼文化形态的代表人物。田汉也
曾受过五四新文化的洗礼，迷恋过唯美主义和颓废主义等西方近
代文化思潮。北伐时期，和欧阳予倩一样只有朦胧的社会理想。
然而，田汉与欧阳予倩不同，当 20 年代末 30 年代初左翼文化兴
起时，他迅速转向。田汉在南国月刊上发表了文章《我们的自己
批判》，同时还写有《从银色之梦里醒转来》一文。在文章中，
田汉"批判了自己小资产阶级的浪漫、感伤倾向，宣告了他在思
想上转向无产阶级，完成了他由革命民主主义者向共产主义的痛
苦过渡"。① 接着，田汉加入了中国共产党，这标志着田汉在政

---

①　邓兴器：《先驱者之路——田汉戏剧生涯述评》，中国艺术研究院话剧研究所
编《中国话剧艺术家传》（第一辑），文化艺术出版社 1984 年版。

治上的成熟。从此，田汉把话剧艺术活动当作无产阶级革命运动的一部分，在共产党的领导下，从南国社走向街头、工厂和学校，积极开展工人、学生演剧运动。田汉逐渐成长为一个成熟的无产阶级戏剧战士。桂林文化城时期，田汉已是国共合作的国民政府军事委员会政治部第三厅第六处处长，直接受周恩来的领导。他积极组织话剧、戏曲剧团或演剧队，宣传抗日救亡思想。桂林沦陷前夕，他还和欧阳予倩一起组织了著名的西南剧展，为桂林文化城戏剧运动和抗战文化的发展做出了重要贡献。

二　多元文化之间的冲突与融合

文化的冲突与融合是文化发展过程中的一个重要现象。不管是在时间的发展还是在空间的延伸中，文化始终处于冲突与融合的漩涡之中。在社会的大变革与大动荡时期，这一现象表现得尤为突出。桂林文化城作为战时大后方一个相对自由的文化空间和一个相对自主的文化场，存在多元的文化形态和文化因素。这些不同的文化形态在战争的激荡下，发生了较为显著的冲突与融合。具体而言，桂林文化城的文化冲突与融合主要在文化的以下两个层面上展开。

（一）文化作为生活方式

作为生活方式的文化主要是指前文所细致阐释的广西边地本土文化、桂系地方主义文化、三民主义文化、五四新文化、左翼革命文化等文化形态。它们在桂林文化城这一特定的文化场中相互作用、错综纠结，展开了一场有声有色的文化冲突与融合。文化冲突是指不同文化形态、文化构成之间的相互排斥，融合是指不同文化的相互交流和吸收。文化之间的冲突与融合错综复杂，形式多种多样。

1. 中华民族内部广西民族文化与外来文化之间的冲突与融合

任何一种民族文化模式都具有一种闭锁机制（自保机制），警惕和抵制外来文化的侵入。与此同时，求生存、求发展的自然需求也使每种文化模式都内含一种与闭锁机制相抗衡的开放机制，吸收和引进外来文化中有利于本民族发展的成分。抗战时期的广西民族文化由广西边地本土文化和桂系地方主义文化构成，广西人民所具有的地域观念、乡土意识及新桂系在"三自政策"指导下进行的四大建设都是为了自存自保，求得广西民族文化的发展。具体而言，广西民族文化主要与三民主义文化、五四新文化、左翼革命文化等三种外来文化形态展开冲突与融合。

首先，新桂系倡扬的地方主义文化基于自存自保的文化追求，与外来文化之间关系复杂，并随着时间的发展不断变化。抗战初期，新桂系与国民党中央政权只是在表面上结束对抗，暗中却进行着激烈的控制与反控制斗争。为了增强同国民党三民主义文化抗衡的力量，新桂系采取了联合进步势力的策略，实行较为开明的文化政策，以抗战名义招徕各界进步文化人士。在这种相对民主的氛围中，大批进步文化机构、文化团体和文化人士转移到了桂林，一些进步文化人士还进入桂系建立的文化机构，以合法身份从事救亡文化活动，左翼革命文化与五四新文化得到了进一步的发展。然而，新桂系所标榜的开明政策是有限度的，其本质和蒋介石中央政权一样，是大地主大资产阶级的代表。因此，必然会压制与其立场相悖的以反帝反封建为本质的进步文化活动。比如，"皖南事变"之后，新桂系根据自身发展需求，转向蒋介石集团，加大了对进步文化运动的镇压。

其次，在上述文化形态的冲突与调和中，广西边地本土文化与五四新文化、左翼革命文化也有所融合。具体表现为，左翼革命文化形态、五四新文化形态和广西本土文化中的苦干、穷干精神，在桂林文化城经过七年的磨合与沟通，逐渐汇成一股强大的抗日救亡的爱国主义、民主主义文化。欧阳予倩已不像之前那么依靠官方力量，开始与广大戏剧运动者一起，靠苦干、穷干从事戏剧运动，并且，他走出了学院派的天地，超越了此前把技术凌驾于思想之上的局限，不再孤立地强调技术，变成了一个务实的、从实际出发、脚踏实地的戏剧战士。同时，田汉也受到欧阳予倩的影响，他通过与欧阳予倩的交往与讨论，更加注意技术在戏剧中的作用，避免戏剧沦为简单的宣传工具。筹备及举办西南剧展时期，欧阳予倩与田汉已是配合非常默契的好战友、好搭档，他们在广西这块土地上辛勤地耕耘劳动，同时也受到它的哺育，变得更坚强更成熟。

2. 外来文化之间的冲突与融合

在桂林文化城，左翼革命文化、五四新文化与三民主义文化等外来文化形态，目的都是为了向广西传播自身文化，争夺文化资本和权力资本，占领思想文化的高地。因此，冲突与融合不可避免。它们之间的冲突与融合在西南剧展中表现得较为突出。

西南剧展期间，在共产党的正确领导下，欧阳予倩、田汉等戏剧文化人创造的抗日救亡爱国文化与国民党领导的三民主义文化在相互妥协、利用的前提下进行了一场文化领导权的角逐。西南剧展是在国统区、在"国共合作"的历史条件下举办的，进步文化人为了保证剧展的顺利进行，邀请广西省地方当局与国民党的一些军政要员担任剧展的会长、名誉会长和指导长。而国民党也想利用剧展来宣扬他们的政治主张，希望戏剧成为三民主义文化宣传的工具。名誉会长黄旭初的代表黄朴心在开幕式上就指出，"戏剧在民生主义的衣食住行乐育六者为一，为建国工作所不可缺。望各戏剧工作者一本过去奋斗之精神，为三民主义之戏剧而努力"。[①] 显然，二者都是为了传播各自的文化思想。然而，历史的潮流不可阻挡，共产党领导的进步文化力量顺应历史发展趋势，反映时代精神，宣传了爱国和民主思想，鼓舞了广大戏剧工作者和人民群众抗战建国的士气，故而在这场角逐中明显占据优势地位，三民主义文化则丧失民心，大势已去。西南剧展是一场进步文化对国民党反动文化的大示威。

文化的冲突与融合常常呈交叉纠结的状态，并非截然对立。因此上述分析并不能概括桂林文化城文化交融的全部内容。桂林文化城存在多种文化成分、文化形态，它们在抗战的烽火中进行了一场有声有色的大汇聚、大碰撞，并逐渐形成一种新的文化秩序和文化关系。

（二）作为艺术活动的文化

作为艺术活动的文化之间的冲突与融合，主要在话剧所代表的现代戏剧文化与平剧、桂剧、广西特种部族民谣舞俑、傀儡戏、魔术等其他艺术文化之间展开。不同文化形态或文化构成中存在共性与个性多种成分，当不同文化相遇时，自然会产生摩擦和冲突，并不断协调。话剧、桂剧、少数民族歌舞等艺术样式同属舞台表演艺术，但又各具特色，所以沟通与交流不可避免。在桂林文化城开放的文化氛围和戏剧、舞蹈艺术家的共同努力下，这些不同的艺术样式同样展开了一场冲突与融合。尤其是西南剧展，作为桂林文化城空前的一次艺术大会演，为各种艺术提供了沟通与交流的平台。

剧展期间，展出的艺术样式有话剧、平剧、桂剧、歌剧、广

———————

① 《桂林艺人云集热烈庆祝戏剧节》，广西戏剧研究室、广西桂林图书馆编《西南剧展》（上册），漓江出版社1984年版。

西特种部族民谣舞俑、傀儡戏、武术、魔术等。其中，演出的话剧有中国前期话剧、战时话剧、外国话剧、方言剧等，演出的平剧形式有标准旧剧、各种腔调、梆子、南锣、拨子、唢呐、改良剧等，广西省立桂岭师范学校边疆歌舞团公演的富有边地风味的民谣舞俑，包括夷族的新丰舞、侗族的多雅舞、苗族民谣、瑶山情调、盘瑶舞及蚩尤舞，等等，更是种类丰富，别开生面。这些来自西南各地的新旧不同、独具特色的戏剧艺术形式在西南剧展中相对集中地上演，客观上促进了各艺术形式之间的接触与沟通。其中，话剧与桂剧、平剧等传统戏曲之间的互动较为鲜明，在剧团建设、舞台技术、音乐化装、表演方法等方面都存在相互吸收的现象。此外，话剧与广西特种部族歌舞、傀儡戏等其他艺术样式之间也相互借鉴。比如，欧阳予倩在提高演员思想觉悟、知识文化水平和表演水平等方面所做的努力，除了对桂剧影响深远外，对武术、少数民族歌舞等较为传统或原始的艺术无疑也具有借鉴作用。与此同时，少数民族歌舞作为一种原始艺术、戏剧的前身，作为一种民族礼俗文化，它的演出意义绝不仅仅在于扩大人们的视野，使人们了解边疆艺术，它还会引起戏剧家的深思，寻找促进艺术发展的新路径。

在桂林文化城，各艺术形式之间的融合与吸收也许并不激烈，但不能因此否认它的存在。艺术文化的发展是循序渐进的，但涓涓细流可以汇成大海，量变终会导致质变。因此，艺术文化的每一步发展变化都是有意义的、值得重视的。

三　文化汇流：新文化的诞生

文化的发展是一个不断积累、选择和融会的过程，而文化汇流或文化综合的过程，"也就是新文化诞生的过程，或者说是某一文化群体中的活动者共同选择各种文化要素获得新的文化共识的过程"。① 在桂林文化城，广西本土边地文化、桂系倡扬的地方主义文化、三民主义文化、五四新文化以及共产党领导的左翼革命文化等文化形态经过战火的激荡和各文化主体的奋争，也曾经孕育出适应社会需要、符合历史发展的新的文化，形成过一种值得重视的文化秩序和文化关系。其中，以抗战救亡为现实目标、以建立现代民族国家为长远目标的爱国主义、民主主义和集体主义的进步文化逐步上升为主流的、具有影响力的文化。

在新文化诞生的过程中，文化参与者的主体意识及个体选择起着至关重要的作用，桂林文化城亦不例外。以戏剧家为代表的文化人在中华民族面临亡国灭种的艰难时世，不仅做过直接的现实层面的抗日救亡宣传工作，也在更深远的意义上为民族的未来保存了文化元气，积蓄了进一步建设新文化的动力。并且，他们在桂林文化城进行文化传播和文化创造的经历将会影响他们以后的人生以及他们的子孙后代，同时，他们所传播的先进文化以及他们进行文化创造的态度、方式和精神也是广西各族人民的宝贵财富。

当今中国同样处于一个多元文化并存的时代，抗战时期桂林文化人所创造的文化格局以及他们的文化行为对今天的文化人、领导人都有很深的启示。首先，由于自然的、社会的和历史的原因，文化的形态有古今、中外、新旧之分，千差万别，多种多样。因此，"和而不同"的传统精神非常可贵。这一认识凝聚着中国古人的传统智慧，承认不同，可以达到大同，起点不同、目标有别的文化同样可以为共同的任务而形成文化的合力。相反，无视文化的发展规律，强行求同，则不可得。在多元文化语境下，必须保持开放的文化机制，创造多样性的统一的文化生态。

----

① 刘伟：《文化：一个斯芬克斯之谜的求解》，人民出版社1988年版。

其次，文化之河，滔滔不息，只有创造才有生机。文化人必须发挥自身的文化主体性，主动地去追求、去创造，而不是随波逐流、听天由命。抗战时期桂林文化城的文化人正确估计形势，客观看待环境，理性地把握自己，务实地从事着那个救亡图存的时代所需要的文化创造。他们是一群深邃睿智的爱国知识分子，也是一群成熟的文化创造者。他们的行为告诉后人，只有实事求是、自强不息、发愤图强，才能创造代表未来方向的先进文化。

总之，桂林文化城是抗战时期一个独特的文化现象，以欧阳予倩、田汉为代表的戏剧家群体是文化城这一独特现象中的尤其独特者。他们是具有强烈责任感、使命感的民族解放战士和戏剧战士，具有强烈的文化政治意识。戏剧家以戏剧为武器参与抗战的行为实质上正是一种文化政治行为。而文化政治得以实现，与桂林文化城文化发展的相对独立性密不可分。戏剧家作为深邃睿智的文化创造者，在桂林开创了开放的多元并存的文化格局，使桂林产生过一种新的爱国主义、民主主义、集体主义的抗战文化和一种"和而不同"的文化秩序。这对于当今人们在全球化语境下正确认识文化的功能、妥善处理文化与政治的关系具有很强的现实意义。

第九章

中国现代戏剧传统在桂林

第一节 中国现代戏剧传统的继承与创新

桂林文化城的戏剧是 20 世纪 40 年代中国现代戏剧的重要组成部分，作为中国现代戏剧发展史上重要的一环，它也参与了中国现代戏剧传统的继承与创新。中国现代戏剧经过 20 世纪初的萌芽，20 年代的发展，到了 30 年代终于形成了自己民族化的戏剧，也形成了自己的思想传统与艺术传统。到了 40 年代，中国现代戏剧迎来了空前繁荣的黄金时代。以田汉、欧阳予倩为代表的戏剧家把中国现代戏剧传播到桂林，也把中国现代戏剧传统带到桂林，并使之与桂林当地的戏剧文化互相影响，形成新的戏剧传统。我们要想了解桂林文化城的戏剧，就必须首先了解这些传统。

一 战争环境下的现代知识分子

抗日战争时期，广大沦陷区的进步文化工作者纷纷逃往内地。但以蒋介石为首的国民党政权在国统区推行反共政策，极力限制进步文化活动。而当时的广西地方当局为了增强整体实力与蒋介石抗衡，一直重视广西地方文化的发展，实行较为开明民主的政策。当时各地的中共党组织也因此想尽一切办法把进步知识分子转移到桂林。于是，桂林在很短的时间内便成为大后方的文化中心和知识分子的聚集地。与此同时，一大批戏剧家也随同其他文化人士一起汇集到桂林。这其中有许多当时在戏剧界已有很大影响的剧作家、导演和演员。他们虽然大部分都受过中国传统式教育，但同时也普遍经过"五四"风潮的洗礼和30年代阶级斗争的磨炼，是一批完全不同于中国传统士大夫的现代知识分子。

首先，由于受到过中国传统文化的熏陶，他们都继承了中国传统知识分子的忧国忧民的思想和一身正气的人格修养。这批戏剧家们，虽然是现代意义上的知识分子，但他们毕竟生长在传统文化的土壤中，受到过传统教育，熟读"风骚"，受儒家思想文化影响，自觉不自觉地继承了中国传统知识分子的忧国忧民的思想和一身正气的人格修养。这使得他们无论是"五四"时期，还是30年代，在共同的信仰和追求的引导下，不约而同地站在一起，共同战斗。他们忧患于国家危亡和民生艰难，为国家和人民舍弃自身利益，出生入死，严格坚守知识分子的人格和政治立场。

其次，"启蒙"和"救亡"的时代主题已转化为他们自觉的历史使命。桂林文化城的戏剧家大多数出生于清末，其中许多人有出国求学的经历。他们亲眼目睹了自己祖国的黑暗与落后，普通民众的愚昧与麻木；亲身体会到了中国人民生活的水深火热。教育民众，救国强国的思想早就深深地植根于他们心中。作为时代的精英和社会的良心，他们同其他知识分子一样，怀着一种"天降大任于斯人"的使命感，为完成时代赋予自己的使命而奔走呼号。"启蒙"和"救亡"是他们个人，也是他们集体的共同目标。正是在他们这些启蒙知识分子的领导下，使抗日战争不仅成为一场民族救亡运动，也成为一场国家复兴运动。

最后，五四新文化运动已使民主与科学精神渗透到他们的骨髓。这些戏剧家,大部分都在国外学习过,又都经历过五四运动,受到西方资产阶级民主主义思想的影响,普遍具有民主主义、爱国主义和人道主义思想。戏剧家是戏剧文化的主体因素,他们的思想一旦形成,便通过戏剧艺术的形式表达出来,传播出去,形成中国现代戏剧的思想传统并影响其艺术传统。抗战时期,这种传统也自然而然地被带到文化城桂林,并以具体、特殊的形式表达出来。

抗日战争爆发后,一大批戏剧工作者汇集到桂林从事中国现代戏剧运动,宣传抗战。他们组织了国防艺术社、广西省立艺术馆话剧实验剧团、桂剧实验剧团、新中国剧社等十余个重要的专业剧团。除了这些专业剧团外,在他们的影响下,当时经常到桂林流动演出的剧团多达40多个,桂林本地的业余剧团也有40多个。在抗日战争期间,他们组成一支庞大的戏剧兵,参与抗日救亡运动,在田汉、欧阳予倩和夏衍等戏剧家的领导下,有力地支援了抗战,宣传了抗战,传播了爱国主义思想。在抗日战争时期,戏剧创作中的爱国主义思想主要体现为抗日救亡和争取民族解放的主题。具体表现为控诉日本帝国主义的侵略罪行,揭露汉奸卖国贼的可耻行径,赞颂广大普通民众的抗战事迹,同时指出光明的前途、鼓励军民抗战到底。田汉创作《江汉渔歌》的目的是号召全民抗战,《秋声赋》是鼓励大家坚定抗战必胜的信念,投身到抗日战争的民族解放事业中去。欧阳予倩创作的《忠王李秀成》,一方面影射国民党分裂抗日民族统一战线,破坏抗战事业的可耻行径,同时也激励广大军民在抗日战争日益艰难的形势下,坚持抗战到底。戏剧演出则更有力地宣传了爱国主义思想。1939年11月,国防艺术社单独举行"保卫西南"的大型公演活动,演出的剧本有《顺民》、《抽水马桶》、《汉奸之家》、《死里求生》、《胎妇》和《中国的怒吼》,在当时起到了教育民众、鼓舞军心的巨大作用，具有"达到军民紧密的合作，促使敌寇的加速崩溃"①的巨大意义。桂剧现代戏《胜利年》上演后，夏衍当时就评论说："《胜利年》在强调唯有抗战才能生存之点，在丑化汉奸民贼之点，都博得预期以上的成功。我们相信这通俗化了的艺术对于汪逆及其党类的打击，将胜于百十篇不着边际的宣言。"②

与此同时，这批戏剧家在爱国主义旗帜下，组成广泛的爱国统一战线，通过大规模的戏剧创作和演出及其他抗日活动，也把民主主义和人道主义思想传播到桂林。人道主义主张以人为本，强调人的个性与尊严。在抗日战争期间，人道主义思想也在民族解放的总主题下表现在一些戏剧家的创作和戏剧活动中。欧阳予倩的《青纱帐里》，通过张老丈这一人物形象的塑造，展示了日军淫威之下的普通老百姓从试图明哲保身到奋起反抗的思想转变过程，在深层次上表达了作者的人道主义思想。日本作家鹿地亘创作的剧本《三兄弟》的公演不仅宣传了反战思想，剧本也具有浓厚的人道主义思想。民主主义思想在抗战形势下表现为批判国民党反动政府的腐朽黑暗统治，坚持抗日民族统一战线政策，反对独裁，反对分裂，鼓励广大民众为了民族解放和建立一个民主自由的新中国而斗争。戏剧界为了《再会吧，香港!》的公演而进行的斗争就产生了很大的政治影响，是传播民主主义思想的典型事件。举世瞩目的西南剧展的成功举行，不仅是桂林现代戏剧运动的巨大胜利，是党的抗日民族统一战线政策的巨大胜利，也是民主主义思想的巨大胜利。总之，桂林文化城以这批戏剧家为骨干的知识分子，在抗战期间，通过各种文化活动和政治活动，把现代思想文化传播到桂林，使这个战前人口不到 10 万人的偏

---

① 龙贤关：《评国艺社的保卫西南公演》，《广西日报》1939 年 12 月 2 日。

② 夏衍：《观剧偶感》，《长途》，桂林集美书店 1942 年版。

远小城，在短短的几年内发展成第二次世界大战期间的具有世界影响的文化名城。他们的贡献将被载入史册。

值得注意的是，这些戏剧家作为一批生活战斗在战争环境下的现代知识分子，他们的思想已不同于20世纪20年代的思想。经过30年代激烈的阶级斗争的洗礼，他们原有的资产阶级民主主义思想中已融入了社会主义和共产主义因素。他们的奋斗目标也不再是在中国建立一个资产阶级共和国，而是一个人民民主专政的国家。虽然他们不像同时期的解放区戏剧家们那样，完全被政治化了，但他们的话语也属于左翼政治话语系统。这虽然对他们对现代戏剧艺术的进一步探索有所限制，但另一方面却使他们借助于政治环境扩大了现代戏剧的影响，拓展了中国现代戏剧的生存空间，为其开辟出了新的生存发展方式。这对我们思考当前面临困境的现代戏剧如何摆脱困境仍有启发意义。

二　戏剧运动的空前繁荣

桂林文化城的现代戏剧运动在20世纪40年代可与战时首都重庆相媲美。当时的桂林戏剧运动之所以能达到空前繁荣，除了战时的特殊政治文化环境外，也与中国现代戏剧界的团结战斗传统有关。中国现代戏剧诞生于20世纪初的学生演剧活动，当时被称作"文明戏"；戏剧运动也仅局限在知识分子的小圈子里。但这批中国现代戏剧的先驱们都普遍受过西方民主主义和人道主义思想的影响；面对列强欺凌下的祖国都有着强烈的爱国主义思想。因此，他们所有的戏剧活动都自觉地把"启蒙"、"救亡"作为目标，自觉地关注国内现实，关心政治。到了辛亥革命前后，他们利用有利的国内政治形势，把现代戏剧运动推向第一个高潮。特别是以任天知为首的进化团的戏剧创作和演出几乎与现实政治同步，有力地宣传了反帝反封建的资产阶级民主主义思想，支援了辛亥革命。有些戏剧工作者还直接参加革命，许多人还参加了前线战斗，血染沙场。因此，中国现代戏剧在诞生时就与现实政治有着千丝万缕的联系，其命运也随着现实政治形势的起伏而起伏。随着辛亥革命的失败，"文明戏"也走向衰落。

"五四"时期的文化先驱们鼓吹"易卜生主义"的现实主义戏剧，同样也是为了"启蒙"、"救亡"的现实政治需要。他们虽然想完全摆脱话剧萌芽阶段的影响，但在如何使戏剧贴近现实、贴近政治上，他们却无意地继承了中国萌芽阶段话剧的传统。这种传统延续到 30 年代，在阶级斗争十分激烈的国内政治形势下，终于形成了中国现代戏剧传统的一个重要组成部分。而这种传统被传播到桂林后，又被赋予了新的地方色彩和时代色彩。

（一）现代戏剧的民族化、大众化传统

自从现代戏剧诞生之时起，戏剧界就一直在探讨如何使现代戏剧这种从西方引进的艺术形式，与中国人民长期形成的审美习惯结合起来，让它普及到普通群众中去，成为民族化、大众化的艺术。20 年代戏剧界对《华伦夫人之职业》的演出失败的反思和余上沅、赵太侔提倡的"国剧运动"就是在探索现代戏剧的民族化、大众化之路。30 年代的戏剧大众化大讨论，又使现代戏剧的民族化、大众化成为戏剧界的共同追求，并最终使民族化、大众化成为中国现代戏剧的传统之一。

抗日战争时期在桂林，现代戏剧的民族化、大众化传统得到进一步继承和发扬。在这方面，田汉做出的贡献最大。田汉自从走上戏剧创作道路之后，就一直在探索如何使现代戏剧民族化、大众化。他一直注意从现实生活中捕捉民族精神的火花，表达中国人的生活和心理特征，并注意从民间和古典戏曲中吸取艺术营养，力求创造出一种为中国老百姓喜闻乐见的作品。在桂林期间，他一面改编传统戏曲，一面创作新型话剧。他给前者以新的生命，给后者以传统的血液，在新旧戏剧美学之间架起一座桥梁。他在桂林创作的《秋声赋》和《江汉渔歌》就是这种追求成功的代表作品。夏衍的话剧大多数反映的是现实中小人物的生活，欧阳予倩的历史剧都以中国民众熟悉的历史人物的事迹为题材，他们都继承了30年代左翼戏剧界提出的戏剧创作大众化路线。

民族化的戏剧也必然是民族中大多数人愿意接受的戏剧。桂林文化城的戏剧家们继承了20年代的"平民文学"思想和30年代的"文艺大众化"传统，并将其发扬光大，掀起了轰轰烈烈的全民性戏剧运动。当时，桂林各界自发组织起来的业余戏剧团体多达40多个，一天几个剧团同时演出的现象屡见不鲜。当时，有人描述桂林市民看戏的场景时说："这些小市民，小商人，工人……有的手里执着扇子，有的手里抱着孩子，高高兴兴的，向金城大戏院门口，水样的流进去，不一会，戏院的楼上楼下，人已坐得满满的了。"① 后来有人回忆起这段难忘的岁月时仍激动不已地说："那有如潮涌的人流，那暴风雨般的掌声，真是令人难忘。"②

因此，如果说30年代曹禺及其影响下的一批戏剧家们的作品的出现，说明我们有了自己民族的现代戏剧，那么，40年代，特别是桂林文化城的全民戏剧运动则说明了现代戏剧正逐渐变成中国大众化的艺术形式。

（二）团结战斗的传统

中国现代戏剧是在反帝反封建斗争烈火燃烧的大地上诞生成

---

① 《救亡日报》1939年6月11—12日。

② 张客：《忆西南剧展》，《西南剧展》（下），漓江出版社1984年版，第361页。

长起来的。"五四"之后它又是在无产阶级思想引导下开辟自己道路的。30 年代的社会形势使大部分戏剧家和戏剧团体都形成了旗帜鲜明的政治立场,有些戏剧团体还是在中国共产党的直接领导下。他们为了共同的政治目的,紧紧地团结在一起,共同战斗。

桂林文化城的戏剧家们把中国现代戏剧的团结战斗传统传播到桂林并将其发扬光大,是桂林文化城戏剧运动繁荣的主要原因之一。从戏剧家个人角度来看,文化城的戏剧家在精神上相互鼓励,物质上相互帮助。李文钊为了支撑新中国剧社,变卖了自己的房产,押掉太太的金镯子。在中兴湘剧团陷入困境的情况下,田汉不顾白发老娘到七星岩下"挖掘马齿苋当菜"①的清贫生活,主动拿出家里仅有的一点米送给剧团暂时解决他们的无米之炊。然后拿出刚脱稿的《秋声赋》剧本换来稿费为剧团还债,并同时为剧团的演出编写剧本。当《救亡日报》经费难以为继时。在郭沫若的倡议下,重庆、香港、桂林三地联合公演夏衍的《一年间》,为《救亡日报》筹集经费。《再会吧,香港!》的创作和演出,完全是靠田汉、洪深、夏衍、欧阳予倩、杜宣等人共同努力才得以实现。从集体活动来看。当时桂林所有的戏剧活动,特别是大型活动都会得到来自四面八方的支持。其中最有影响和最有说服力的便是"西南剧展"。当时经济上缺少必要的经费,政府当局也不支持。加之战争影响和交通不便,给剧展带来很大困难。"招待部既无经济条件,又无物质条件,任务却十分繁重。"②但西南剧展最终有来自西南五省的 30 多个演剧团队,上

---

①　范丹:《田汉同志与中兴湘剧团始末》,转引自《桂林抗战文学史》,广西教育出版社 1994 年版。

②　蒋柯夫:《新中国剧社与西南剧展》,《驼铃声声——新中国剧社的战斗历程》,漓江出版社 1991 年版,第 141 页。

千人参加，历时 3 个月，几乎成为桂林市全民性的活动。不仅在广西有很大影响，还影响到整个大后方，得到重庆等外地戏剧工作者的大力支持。西南剧展的戏剧工作者大会最后一致通过的十条《剧人公约》，也是戏剧界团结战斗共同意志的表现。总之，继承了中国现代戏剧团结战斗传统的戏剧家以及各戏剧团体，抗战期间在桂林开展了频繁而盛大的演剧活动。他们充分发扬爱国主义和集体主义精神，战胜重重政治和经济上的困难，使桂林文化城戏剧在中国现代戏剧史上写下了光辉的一页。

（三）戏剧运动贴近政治的传统

中国现代戏剧从萌芽、发展到成熟，始终与历史进步和人民解放的要求相呼应，与反帝反封建的革命斗争相联系。因此，也与现实政治一直保持着紧密的联系。

文明戏在辛亥革命期间发展到高潮。它以爱国主义、民主主义和人道主义对人民大众进行启蒙，表现出强烈的反帝反封建的进步政治倾向。1907 年春柳社在日本演出话剧《黑奴吁天录》，就是为了反映当时高涨的民族自强思想。任天知的进化团以宣传革命、攻击封建统治、改良社会问题为首要责任，积极配合辛亥革命。五四新文化运动的先驱们之所以大力推崇易卜生的戏剧，也是看中了易卜生戏剧的社会政治意义。"因为 Ibsen（易卜生）敢于攻击社会，敢于独战多数。"[①] 戏剧家们大量创作"问题剧"也是为了反映迫切的社会问题。30 年代的政治环境使中国现代戏剧难以保持其艺术独立性。严酷的阶级斗争形势使人们对戏剧的政治要求压倒了对它的艺术要求。在国内阶级斗争形势的推动下，戏剧界提出"无产阶级戏剧"的口号。接着成立中国左翼戏

---

① 鲁迅：《集外集·〈奔流〉编校后记三》，《鲁迅全集》（第 7 卷），人民文学出版社 1981 年版。

剧家联盟，掀起了轰轰烈烈的政治化的左翼戏剧运动。虽然还有一批戏剧家仍坚持"五四"时期形成的艺术自由的立场，但影响不大。

　　抗日战争爆发后，在严重的民族危机面前，中国人的民族情绪需要激励，抗战的热情需要鼓舞；军事上的弱势需要强有力的文化后援来弥补。时代呼唤文艺为抗战服务。在特殊的政治文化语境中，众多文艺工作者以积极的态度迎对现实的需要；"以文抗战"、"以戏抗战"成为文艺界主流。在爱国戏剧家那里，戏剧成了团结人民、打击敌人的文化武器，成了神圣抗战救亡事业的重要组成部分。他们不单是要建立抗战戏剧，而且是要用他们的戏剧来推进抗战，用他们的戏剧来促进新生中国的新民主政治。因此，戏剧运动和创作都普遍强调政治倾向性和战斗性。戏剧的政治倾向性和战斗性如果通过对现实生活和人类心灵的深刻反映，通过艺术有机地表现出来，不仅不会损害戏剧艺术，而且会产生更强大的社会效果。但是，中国现代戏剧在处理艺术和政治的关系时，却走上了一条越来越窄的道路。夏衍的《芳草天涯》发表后遭到戏剧界大多数人的批评正说明了这一点。40年代的现代戏剧创作主要围绕着救亡图存、民族解放这一总的主题。面对民族危亡，具有强烈爱国主义思想的戏剧家们被迫切的政治宣传需要推动着从事戏剧运动，对现实缺乏冷静的观察和深刻的认识。在"宣传第一，艺术第二"的口号下，戏剧运动完全服从于政治。戏剧创作普遍存在着公式化、概念化的弊病。戏剧艺术的道路越走越窄。这在当时的抗日根据地延安表现得最明显。

　　桂林文化城的戏剧运动和创作在当时也同样走着一条政治化的道路。这首先表现为戏剧家们政治化的生存方式。当时在桂林的大部分戏剧工作者都是政府机关编制或军队编制。田汉属于军委政治部第三厅编制，军衔为少将。欧阳予倩属于广西戏剧改进会。洪深是军委政治部第三厅第六处科长并兼任广西大学教授。夏衍则是桂林中国共产党在文化宣传领域的领导人之一。其他戏剧家也要么隶属于国民政府，要么倾向共产党，选择的生存方式都是政治化的生存方式。其次，桂林当时的大部分戏剧团体都是军队文工团性质。国防艺术社是桂林成立时间最早，活动时间最长的一个艺术团体，主要从事演剧活动。当时隶属于桂系集团的第五路军政治部。广西省立艺术馆实验话剧团隶属于广西戏剧改进会。其他具有文工团性质的戏剧团体还有广西省抗敌后援会宣传团话剧组，桂林行营政治部演剧队等。这些剧团在从事戏剧活动时自然而然地军事化。再次就是当时在桂林创作的剧本都把政治宣传作为创作的主要目的之一。当时桂林戏剧界有一个共识：抗战期间，戏剧必须和政治军事密切结合。戏剧家们创作的作品一般都宣扬"抗日建国、救亡图存"的爱国主义思想，而且几乎所有的剧本都与抗战有关。无论是田汉的《秋声赋》，欧阳予倩的《忠王李秀成》，还是夏衍的《一年间》，都有一种贯穿始终的思想，即"不再停留在对受苦受难，软弱无力的被压迫者的同情与怜悯，而是向人民大众疾呼，团结起来，以阶级、集体的力量与侵略者、压迫者进行斗争，自己起来解放自己"① 的思想。这说明戏剧家们的思想已完成了从民主主义向马克思主义的飞跃。

　　中国现代戏剧自诞生之日起就与政治联系紧密，戏剧艺术为政治服务，同时也借助于政治环境得以迅速发展。抗战期间，桂林的戏剧运动也是以宣传抗战为中心。这虽然给戏剧艺术带来很大缺陷，但也使现代戏剧借助于抗战形势在桂林迅速发展起来。欧阳予倩曾总结说："有战斗的地方，就有戏剧；有戏剧的地方，就有战斗。我们的技术，在质和量上，都无可否认地得到了急遽

---

①　蔡定国：《欧阳予倩抗战剧作述评》，《戏剧》1990 年第 2 期。

而显著的提高。我们自身获得了空前广大而坚定的团结。七年，这短短的七年，可是我们所付出的、所收获的，却抵得上平时的十倍。"①

三　桂林文化城现代戏剧艺术的成就

中国现代戏剧艺术到了 30 年代，以曹禺的出现为标志，已经走向成熟。这主要表现在客观写实的戏剧形态已经成熟，具有时代性、民族性的戏剧美学精神已经形成和在戏剧功能选择上的现实功利性等方面。抗战期间，桂林文化城的现代戏剧也继承了这些优良的艺术传统。但由于在战争环境下，桂林的现代戏剧又有自己的特点。这其中的成就与局限现在还值得我们仔细研究。

（一）戏剧美学精神的民族化

中国现代戏剧自诞生之日起，就批判否定了中国古典戏曲的贵族化倾向，主张面对普通群众建立起新的现代戏剧。但与此同时，戏剧家们也一直在探索如何使现代戏剧具有自己民族的特色，符合绝大多数普通百姓的审美习惯。因此，戏剧的民族化、大众化一直是中国现代戏剧的发展目标之一。经过 30 年代的戏剧大众化大讨论和 40 年代桂林戏剧界也广泛参与的"民族形式"大讨论，中国现代戏剧终于走上一条民族化、大众化的正确道路。

抗日战争使现代戏剧"从锦绣丛中到十字街头；从上海深入了内地；从都市到了农村；从社会的表层渐向着社会的里层。"②李文钊在《战时艺术》发刊词中明确指出，如何使大众能接受，能运用戏剧艺术来作斗争武器是目前工作之主要目标。桂林文化

---

① 欧阳予倩：《关于西南第一届戏剧展览会》，《当代文艺》创刊号，1944 年 1月 1日。

② 欧阳予倩：《戏剧在抗战中》，《抗战独幕剧选》，戏剧时代出版社 1938 年版。

城的戏剧家们在坚持"五四"以来戏剧现代化道路的同时，更自觉地探索戏剧民族化、大众化的道路。他们注意从现实生活中把握中华民族的民族意志和时代精神，表达当时中国人的生活和心理特征，并同时注意从民间和古典戏曲中吸收某些艺术营养，创造出为中国普通百姓所喜闻乐见的戏剧作品。当时的桂林，戏剧几乎成了全民性的运动。在关于"民族形式"的大讨论中，桂林戏剧界不仅广泛地参与，而且在现代戏剧民族化、大众化的创作上取得了很大成绩。田汉的《秋声赋》、《江汉渔歌》，欧阳予倩的《梁红玉》、《木兰从军》、《忠王李秀成》成为国统区民族化、大众化戏剧创作的代表作品。桂林当时的戏剧之所以受到普通群众的欢迎，关键是这些戏剧作品在美学精神上坚持走民族化、大众化的道路。这些戏剧反映普通群众的意愿和要求，塑造了群众心目中理想的英雄形象，符合普通群众的审美情趣和审美需要，使现代戏剧成为普通群众生活中不可缺少的一部分。

（二）现实主义戏剧艺术的深化

　　无论是 30 年代末的"国防戏剧"，还是抗日战争初期的"抗战戏剧"，都存在着忽视艺术性的倾向。但随着抗日战争相持阶段的到来，戏剧界开始了关于现实主义深化的讨论，接着又进行了关于"暴露与讽刺"的讨论。这些讨论使戏剧创作逐步克服了公式化、概念化的毛病，加深了对现实主义的认识，找到了一条更加广阔的现实主义道路。戏剧家们开始冷静下来磨炼戏剧艺术。他们在坚持向外国戏剧学习的同时，也开始向中国古典戏曲学习。在戏剧美学上继承和发扬本民族的戏剧美学传统。在创作方法上，重新回到以曹禺为代表的现实主义，并使之与小说、电影等艺术部门发生横向联系。使现代戏剧艺术不仅在桂林得到继承和传播，而且为之输灌了新鲜的血液。

当时桂林的戏剧家们创作时，要么从战时生活的实际出发引申出他们的戏剧主题；要么从历史题材中挖掘与现实相对应的时代本质。但其目的都是为了传达对那个大忧患和大灾难时代社会问题的认识深度和情感态度。与此同时，他们的艺术视角也大大地扩展了。他们不再满足于那种以"客厅"为背景的"三一律"的"锁闭式"的剧作法，而是追求更加自由、开放的结构形式和表现手法，以描绘更加广阔的现实社会生活。而且他们作品反映现实的深度和广度以及力度也大大地加强了。在坚持抗战热情的前提下，更加深入地挖掘社会人生的底蕴，刻画出丰富复杂的社会现象和种种人物的心灵。欧阳予倩的话剧《忠王李秀成》虽然是历史剧，也抱着政治化的创作目的，但此剧在艺术上将中外戏剧艺术传统结合在一起，将历史真实、艺术真实与现实政治倾向相统一，塑造了李秀成这样一个可称为典型的形象。田汉的《秋声赋》取材于现实。其创作目的也是为了宣传抗战。但田汉通过对人物丰富复杂感情的刻画，用人物心灵深处微妙的变化反映其时代性主题。剧本把抗日与人生、个人和时代紧密结合起来，在人物的感情生活领域写出抗日战争的伟大意义，是田汉40年代的代表作品之一。

（三）戏剧改革的成功典范

在现代戏剧被传播到桂林之前，桂林只有桂剧、平剧等少量的地方剧种。这些地方戏曲在思想内容上以宣传封建社会的思想道德为主，成为少数有闲阶级用来消遣娱乐的玩物。在艺术形式上，这些地方戏曲以虚拟化、程式化手法，采用唱、念、做、打等形式，语言以演唱词曲为主。舞台人物形象也大多数都是帝王将相、才子佳人，或神仙鬼怪，完全与现实社会生活脱离了关系。因此，在抗日战争形势下，对这些地方戏曲进行改革的任务已迫在眉睫。

中国现代戏剧自诞生之日起就有着不断变革的传统。随着抗日战争的爆发，以田汉、欧阳予倩为代表的戏剧家也把这个传统传播到桂林，并与当地的戏剧传统发生相互作用，促进地方戏曲由古典形态向现代形态转变。田汉的旧戏改革活动主要表现在对戏曲剧本的改编和创作，以及辅导进步戏曲团体从事进步戏曲演出等方面。他的《江汉渔歌》、《新会缘桥》的创作和演出就充分说明了这一点。因为田汉认为："改革歌剧始终是有意义的工作。"① 在谈到旧戏改革的目的时，他说："我们必能实现旧剧之较有力的改革，使在抗战中发挥较大效果。在抗战成功之后，旧剧当在全国全世界放出意想外的光辉。"②

1938 年夏，欧阳予倩应邀来到桂林从事桂剧改革活动。当时的桂剧以演员为中心，缺乏思想性和文学性。欧阳予倩借鉴现代话剧把剧本放在戏剧中心地位的传统，首先创编和导演了一批新型的桂剧剧本。其中，历史剧主要有：《梁红玉》、《木兰从军》、《桃花扇》、《人面桃花》等；现代戏主要有：《渔夫恨》、《胜利年》、《搜庙反正》、《广西娘子军》等。这些剧目继承了中国现代话剧的传统，与现实生活结合得十分紧密，充满了民族意识和爱国主义思想，有力地配合了抗战。另外，欧阳予倩还对一些传统桂剧剧目进行整理，剔除其思想内容中的封建糟粕和粗俗淫靡成分，增加了与现实有密切联系的思想内容。在舞台表演方面，欧阳予倩废除了传统桂剧那种师傅带徒弟的方法，采用严格的话剧排练制度，使桂剧艺术趋向完美。许多新桂剧都受到群众的热烈欢迎。《梁红玉》连演 28 场，《桃花扇》连演 32 场，而且

---

① 田汉：《山居书简——代〈岳飞〉序》，《野草》1941 年第 2 卷，第 5、6 期合刊。

② 田汉：《关于旧剧改革》，《田汉文集》（第 15 卷），中国戏剧出版社 1983 年版，第 58 页。

都场场爆满，成为街谈巷议的好戏。在戏剧人才培养方面，欧阳予倩同样采用现代话剧的传统做法，创办桂剧实验剧团并亲自领导，创办桂剧学校并亲自当校长。他认识到："无论是改革旧戏，或是创造新戏，应当有一个健全的职业剧团，而这个剧团必须要从商业剧场解放出来，不然改革运动必要受到绝大的打击，甚至于无法进行。"[1] 由此可见，欧阳予倩组建和教育的一批戏剧人才，实际上是一个面目一新的现代戏剧队伍。对中国传统戏曲的改革，从辛亥革命前就开始了，但像欧阳予倩这样成功的改革还是绝无仅有的。

欧阳予倩从事的桂剧改革与田汉从事的平剧、湘剧改革，在旧戏改革中相互影响，相互借鉴，取长补短，共同提高，各具特色，不仅在当时就因其巨大成就受到广泛好评，现在仍然对我们戏剧工作者有启发意义。它说明了中国古典戏曲，只要顺应历史潮流，不断改革，为时代呐喊，给群众以高尚的精神食粮，成为他们生活的一部分，就能够同时代一起发展进步。

总之，抗战时期，桂林戏剧界继承并发展了中国现代戏剧的优良传统，以雄壮的戏剧队伍，丰硕的创作成果，频繁而盛大的戏剧会演以及别具一格的桂剧改革活动，形成了国统区一个影响巨大的现代戏剧运动中心，为中国现代戏剧的发展做出了巨大贡献，也为我们当前探索现代戏剧的进一步发展之路提供了宝贵的经验。

第二节　现代戏剧在桂林的传播

在从 1938 年 10 月到 1944 年夏长达将近 6 年的时间里，汇

---

[1]　欧阳予倩：《关于旧戏改革》，《克敌》周刊 1938 年第 23 期。

聚到桂林文化城的戏剧工作者们，通过积极创作剧本，大规模组织演出队伍，频繁而盛大的演出活动，深入的戏剧理论研究，以及对传统戏曲进行改革等，不仅把现代戏剧传播到这个偏远的省份，而且影响到整个西南地区，使现代戏剧深深地扎根在民众中间。

戏剧作为一种独特的艺术形式，它的传播不同于诗歌、绘画、音乐等其他艺术形式。戏剧的传播主要是通过演员在剧场中的演出和读者阅读剧本等形式传播出去。但是由于当时桂林处于一个特殊的地域、政治、文化环境和一个特殊的历史时期，中国现代戏剧在桂林的传播就变得更加复杂。下面，我们主要从传播的方式和效果两方面来分析一下中国现代戏剧在桂林的传播。

一　现代戏剧在桂林的传播方式和特点

（一）现代戏剧在桂林的传播方式

中国现代戏剧在桂林的传播方式很多。我们按照戏剧这种特殊艺术形式的传播特点，把它们大致分为两类：剧场传播和非剧场传播。

1. 剧场传播。

剧场传播是戏剧最主要的传播方式。戏剧艺术的四大要素：演员、剧本、观众和剧场之中就包括剧场这一要素。因为剧场为戏剧这种综合性艺术的各种要素汇集在一起提供了具体空间。因此，可以说没有剧场就没有戏剧。戏剧文化是桂林文化城的主要组成部分。当时汇聚到桂林的戏剧家中，仅在当时已经有较大影响的就有田汉、欧阳予倩、熊佛西、夏衍、丁西林、于伶等人。他们在桂林创作的剧本达一百种以上。一些著名的导演，如焦菊隐、瞿白音、李超、万籁天、吴剑声、章泯等，演员如严恭、朱琳、凤子、叶子、金山、唐槐秋、蓝马等，评论家如周钢鸣、骆宾基、秦似、韩北屏等，都在桂林工作。他们的戏剧贡献只有通过剧场的演出活动才得以组成一股强大的戏剧文化力量。

当时桂林市内的剧院、影院，不仅数量多，而且规模大，高、中、低档的都有。除了极少数几个，如大光明电影院、三星电影院以电影为主外，几乎全部演出戏剧。据刘寿保编辑的《桂林文化大事记（1937—1949）》统计，当时桂林的剧院、影院共有 26 六个。许多剧院不仅有自己的剧团，而且把剧院租给其他剧团演出。西南剧展期间，大部分剧院、影院都参加了各种现代戏剧和传统戏曲的演出活动。中国现代戏剧在桂林的传播过程中，这些剧场发挥了主力军作用。下面我们简单介绍一下几个较大的剧院。

1927 年开设的西湖戏院位于学院街口，是桂林开设较早的剧场。该戏院为砖木结构，舞台两边的看台可容纳 500 余人，有自己的戏班，每天演出两场。这个戏班有演员四十多人，而且有自己常演的传统剧目。

新华大戏院创建于 1932 年，位于中山中路，是桂林最豪华的剧场之一。该戏院为砖木结构，有观众席 800 余座，两边还设有包厢，并配备有电灯、电话、电扇、电铃等当时最现代的设备。抗战期间，该剧院比较有影响的演出活动主要有：广州前锋剧社战时服务团演出《春之笑》，朝鲜义勇队演出《朝鲜的女儿》，日本在华人民反战同盟西南支部演出《三兄弟》。当时在此演出的话剧主要有：《死里求生》、《血祭》、《民族光荣》、《阿 Q 正传》、《蜕变》、《人兽之间》等。桂剧、粤剧更是经常演出。在该戏院演出的歌剧《桐花之谣》，放映的电影《三笑》等也有较大影响。

南华戏院由正阳、王辅、水东三街士绅于 1933 年集资兴建，院址在王辅坪关帝庙，是改良桂剧的主要演出场所。欧阳予倩领导的桂剧实验剧团把南华戏院作为主要的演出阵地。1938 年 8 月广西桂剧改进会，首次在此公演欧阳予倩编导的改良桂剧《梁红玉》，连演 28 场，场场满座。

国民大戏院位于中山北路义学巷内，建于 1938 年。戏院为砖木结构，有观众席 600 余座。平时上演各种现代戏剧。1939 年粤剧救亡服务团演出《山东响马》，1941 年到 1944 年，新中国剧社先后在此演出《秋声赋》、《求婚》、《大雷雨》、《走》等名剧。1944 年西南剧展期间，国民大戏院作为第二演出展览场地，演出了《胜利进行曲》、《洪宣娇》、《恋爱与道德》、《茶花女》等。

新世界剧院位于中山北路。建于 1938 年，有观众席位 600 余座。经常演出话剧、平剧、桂剧等。其中较著名的几次演出活动是，1938 年上海同济大学话剧团在此演出《三江好》、《烙痕》、《民族万岁》等。桂林戏剧界联合会在此公演《总动员》，国防艺术社在此演出《夜上海》、《新梅罗香》等。

金城大戏院建于 1939 年，位于中山北路，有观众席位 700 余座，为竹木结构，常演出平剧、话剧、马戏等。1939 年 4 月，田汉率领的平剧宣传队在此公演新平剧《新儿女英雄传》、《新四进士》、《新玉堂春》、《江汉渔歌》、《姚凤仙》等平剧 100 多种。厦门儿童剧团，新安旅行团，儿童工作团等在此演出话剧《铁蹄下的怒吼》、《反攻》、《小间谍》等。

广西剧场位于乐群路，1940 年由新桂系要人投资建成，有观众席 800 余座。欧阳予倩任桂剧改进会会长，并成立桂剧实验剧团后，将两团体搬进广西剧场，同时桂林第一所戏剧学校在此创办。该剧场采用新式照明和布景。国防艺术社、青年剧社、艺术馆、文山中学话剧团等话剧团体都曾在此演出过。它们演出的现代话剧有《古屋黄昏》、《一心堂》、《心防》、《日出》、《人命贩子》、《雾重庆》、《结婚进行曲》、《长夜行》等。1944 年西南剧展期间，广西剧场作为第四演出场地。

广西省立艺术馆剧场，由欧阳予倩出面贷款于 1944 年 2 月 14 日建成。有观众席 800 余座，为西南剧展第一演出展览场所，是剧展期间唯一专供话剧演出的场地，音响效果好。剧展期间在此演出的话剧主要有《茶花女》、《法西斯细菌》、《百胜将军》、《皮革马林》等。

2. 非剧场传播。

除了正式的剧场演出外，我们把其他戏剧传播方式统称为非剧场传播。虽然它们不是现代戏剧传播的主要方式，但却是其不可缺少的组成部分。特别是在抗战时期，这些传播方式不仅大大地促进了剧场传播，而且在战争时期的特殊环境下，其作用有时超过剧场传播。这些传播方式主要有以下几种：

（1）非剧场演出

抗战期间，许多地方没有剧场，而且非剧场演出的宣传效果有时又比剧场演出效果好。因此，非剧场演出到处都有。不仅演出团体经常在街头、广场、茶馆演出，剧作家们在创作上，为了适应这种演出形式，也创作出大量适应这些演出形式的剧本。桂林当时在举行盛大的庆祝或游行活动时，都有大规模的非剧场演出活动。而且为了宣传抗战，各戏剧团体都经常走出剧场，深入到街头、乡村演出。如从 1938 年 8 月 28 日开始，桂林市各中分别组织师生奔赴各地圩镇、乡村，进行为期两周的"保卫广西"的宣传活动中，大部分戏剧演出都是非剧场演出。据 1939 年 7 月 8 日《救亡日报》报道，有一次在街头演出《放下你的鞭子》时，群众把演员围得水泄不通。不仅观众信以为真，纷纷将钱丢给剧中的小姑娘，就连旁边的"两个路上站岗的警察"也上前"调解这件使人气愤的事"。①

（2）印刷品传播

戏剧的传播除了以演出的方式有组织地向观众进行群体传播外，还可以以印刷品的形式，比如书籍、报纸、杂志等向读者传播。桂林当时的印刷业很发达。据统计，抗战前，桂林只有印刷厂十余家，而且属于手工印刷，工效低、质量差。但到了抗战时期的1943年7月，全市共有大小印刷厂109家，排字能力每月可达3000万到4000万字。有关印刷工人、技师在10000人以上。当时的纸张来源也很便利。湖南邵阳、浏阳及广东南雄土纸数量充足，价格便宜，向桂林运输也很方便。黑色油墨仅桂林市内生产的就足以满足印刷需要。因此，抗战期间，桂林的书店、出版社、报纸、杂志数量都相当可观。据刘寿保编的《桂林文化大事记（1937—1949）》统计，抗战期间桂林出版社、书店共有200多个，其中还有许多全国著名的出版社，如：文人出版社，良友复兴图书公司，中华书局桂林支局，商务印书馆桂林分馆，读书生活出版社桂林分社，新华日报桂林营业处图书部，文化生活出版社，开明书店等。有了这些书店，当时的剧作家在桂林创作的剧本不愁出版，就连外地的许多新创作的剧本也在桂林出版发行。抗战期间在桂林出版的报纸有41种，其他期刊、杂志共有248种左右。仅文学艺术类刊物就有48种。因此，当时在桂林的作家们创作剧本也不愁没地方发表。报纸中较著名的有《桂林日报》、《广西日报》、《中央日报》、《扫荡报（桂林版）》、《救亡日报》、《大公报（桂林版）》、《戏剧日报》，等等。较著名的杂志有文协桂林分会主编的《抗战文艺》，司马文森主编的

---

① 《救亡日报》1939年7月8日。

《文艺生活》，熊佛西主编的《文学创作》和《当代文艺》等。田汉的《秋声赋》就是于 1941 年冬先在《文艺生活》上连载，后由文人出版社于 1944 年 1 月出版单行本。欧阳予倩的《忠王李秀成》先连载于 1941 年 5 月 31 日至 8 月 18 日桂林版《大公报·文艺》，同年 10 月 10 日由桂林文化供应社出版单行本。

（3）广播电影传播

由于没有文字记载，当时桂林拥有有线广播、无线广播的人数和使用它们的频率都无法统计。但根据抗战时期当时桂林的经济文化发展情况可以推测出，当时的许多官吏、资本家、地主和士绅都应该有收音机，并把从广播中听戏作为一种日常娱乐。因此，广播在桂林现代戏剧的传播中也起到一定的作用。

由于抗战时期进口胶片困难，电影业受到严重影响，但电影在现代戏剧传播中仍起到了一定作用。许多剧作家都写过电影剧本。许多导演和演员在演戏的同时也演电影。田汉本人就是最好的例子。电影和话剧不仅在他的创作上相互影响，而且在传播上也相互促进。他 1947 年创作的大型话剧《丽人行》就被成功地改编为电影。他于 1948 年创作的电影剧本《梨园英烈》，内容描写的则是京剧艺人袁少楼在艰苦抗战年代的生活遭遇。当时桂林的一些电影院，如大光明电影院、紫金电影院、乐群影院等，在抗战时期经常演出现代戏剧。而且它们放映的内容也有现代戏剧和中国传统戏曲。

（二）现代戏剧在桂林的传播特点

1. 组织化程度高

抗战时期，现代戏剧在桂林的传播主要是有组织的传播。这首先表现在演出的戏剧团队多。抗战时期桂林的专业戏剧团队大约有 13 个之多，到桂林流动演出的有 40 多个，群众自发组织起来的业余戏剧团体也有 40 多个。西南剧展期间，来桂林演出的戏剧团队有 28 个。其中最著名的团队有国防艺术社、新中国剧社、广西省立艺术馆实验话剧团等。其次，有组织的公演活动多、影响大。1939 年为了组织夏衍的《一年间》在桂林的公演，桂林戏剧界 4 月份开始酝酿，5 月里确定演员名单，6 月 16 日成立公演促委会，6 月 30 日又组成由田汉、夏衍、欧阳予倩、焦菊隐、孙师毅 5 人组成的导演团。8 月 5 日，剧组开始排演，分国语红组、国语蓝组、桂语组、粤语组四组进行。与此同时还成立了宣传委员会和券务委员会，到了 10 月 6 日《一年间》才正式公演，连演十余场，观众达一万余人次。1941 年 11 月桂林文协响应全国文协的号召，决定为庆祝郭沫若 50 寿辰和创作 25 周年举行庆祝会。新中国剧社承担了演出任务。11 月 16 日，新中国剧社首先演唱了田汉专门写就的长诗《南山之什》，然后上演了杜宣撰写的以郭沫若秘密回国后，他的家属在日本的境遇为题材的二幕剧《英雄的插曲》。这次演出，在配合重庆文艺界向国民党文化专制主义和反动高压政策发起反击、重振文艺战线方面起到了积极作用。其他影响较大的有组织的公演活动还有：1940 年 3 月《三兄弟》的演出，1942 年《再会吧，香港！》的演出，1942 年的《忠王李秀成》的演出。当然规模最大影响最大的有组织演出，还是 1944 年 2 月 15 日至 5 月 19 日举行的西南剧展。再次，戏剧界团结互助精神强。当时桂林虽然戏剧团体多，但并没有统一的组织，彼此之间也没有硬性的责任和义务。但是，特殊的文化环境使大家养成了一人有事众人上，一方有难八方帮的团结互助精神。《一年间》的演出活动就是为《救亡日报》筹集经费而举行的。而西南剧展的成功举行也说明了桂林戏剧界的团结和号召力。在具体的个人生活和作品发表方面，戏剧界更是普遍相互关心、相互帮助。有一次，田汉把刚到手的一笔稿费送给了中兴湘剧团救急，而自己一家则先到熟悉的一家饭馆以"记账"的方式对付一餐。

2. 受众复杂

"五四"时期和20世纪20年代，中国现代戏剧的受众主要是知识分子和青年学生。到了30年代，现代戏剧开始传播到工人和农民中间。而到了40年代，现代戏剧则几乎传播到中国社会的各个阶层，城乡的各个角落。抗战时期的桂林也是如此。当时桂林人口由战前不到10万猛增至最多时近60万。而这些人口中，有文化的知识分子又占很大一部分。因此，看戏成为桂林市民的日常习惯。不严格地说，当时所有的桂林市人都是现代戏剧传播的受众。桂林市人口当时不仅多，而且组成十分复杂。这里不仅有汉族人口，也有少数民族人口；不仅有广西地方势力，也有国民党中央政府势力和共产党人以及其他民主党派人士；不仅有本地人，而且大部分居民都是从全国各地逃避战乱迁移过来的外地人。文明程度既有最落后的土著原始文明，又有最先进的都市文明。况且，当时的桂林又是战时人口流动的主要中转站。因此，人口构成十分复杂。这就决定了中国现代戏剧在桂林传播时，受众也复杂。受众复杂虽然增大了戏剧传播的难度，但却扩大了其传播的影响面。例如，《一年间》在上演时，同时用国语、桂语和粤语演出。这虽然增大了排练和演出的工作量，但却使想看此戏的桂林人都能看到，都能看懂。

3. 方式单一

前面我们在分析现代戏剧在桂林的传播方式时，虽然介绍了几种非剧场传播方式，但它们毕竟不起主要作用，影响也不算大。因此，当时的主要传播方式还是剧场演出。所以可以说中国现代戏剧在桂林的传播方式因受战争环境中的戏剧艺术所需物质和技术条件的限制而呈现出相对比较单一的特点。

4. 社会传播结构和传播者

抗日战争时期，桂林市人口在短时间内迅速增长，而且知识分子人数增长尤其明显。因此，桂林市民的平均文化水平从总体上也得到大幅度提高。由于当时的桂系集团采取了比较开明的政治文化政策，再加上自然物质基础相对较好。桂林市当时拥有影院、剧院大约 26 个，印刷厂十余家，书店 200 多个，报纸 40 多种，其他期刊杂志 248 种之多。由于戏剧家们的共同努力，这些因素形成了一个综合性的社会系统和文化场，极有利于现代戏剧的传播。这个社会系统的核心要素是以田汉、欧阳予倩为代表的戏剧家们，次级要素是除戏剧家之外的其他文化工作者，边际要素就是爱好戏剧的广大桂林市民。这三类要素之间又彼此发生纵向和横向的联系，相互影响，形成一种有利于现代戏剧传播的特殊传播结构。这在当时的传播条件和手段下是较为罕见的。

5. 效果变化大

现代戏剧在桂林的传播，总的来说效果强大，但有时也影响不大，甚至危机重重。例如，《新华日报》在 1944 年 2 月 15 日发表的题为《抗战戏剧到人民中去》的社论中描述当时的戏剧危机时说："跟着时局的变化，在后方，在前线，我们常常听到戏剧工作者乞援的呼声，我们也常常看到剧运遭遇危机的警告。在前方，戏剧运动渐次的消沉，工作团队日渐减少；在后方，由于物质条件的困难，由于检查标准的苛杂，由于物价波动而造成的生活困难，由于票价提高而观众逐渐限制于有钱有闲者的事实，后方剧运有脱离广大人民，游离抗战现实，而渐次趋向于卑俗娱乐和高蹈自喜的倾向。"正是因为当时的戏剧运动危机重重，桂林戏剧界才组织西南剧展，努力传播现代戏剧，扩大其影响，重振现代戏剧运动。有些演出，比如夏衍的《一年间》，连演十余场，观众达一万余人次，为《救亡日报》筹集了大量资金。当时正在桂林采访的美国记者史沫特莱看戏后也写文章称赞说："看了《一年间》，使我了解了许多中国中产阶层的实际情形，虽然我不认识剧作者，但是由于此我可以知道他是对于中国社会有极深刻观察的人，很有大作家风度，颇像高尔基在革命前的作品，描写出旧势力和新势力的混战，而指出新势力的不断增长。"①就连国民党桂林行营政治部主任梁寒操也不得不承认这一次公演，由于文化艺术界的团结，取得巨大成功。但有的剧本，比如《再会吧，香港！》的演出，在经济上就受到很大损失。后来虽然改名为《风雨归舟》再次公演，但影响仍不大。不同剧团、不同剧本演出效果变化也很大。例如一家报纸在评论新中国剧社演出时说："当《大地回春》初演的时候，观众不到四千人，而以后的《大雷雨》，先后在桂林演出两次，观众激增到两万人。"②

二　现代戏剧在桂林传播的效果和影响

抗战前，桂林还是中国大西南偏远蛮荒之地的一个人口不到十万的小城市。当地人所唯一能常看到的戏剧就是从内容到形式都严重脱离时代的地方戏曲桂剧。抗战期间，以欧阳予倩、田汉、夏衍为主力的戏剧家们，不仅把"五四"时期从西方引进的现代话剧传播到桂林，而且使桂林人接触到话剧、平剧、湘剧、歌剧等各种戏剧形式，并对当地桂剧进行大刀阔斧的改革。1944年举行的西南剧展更是举世瞩目，使桂林文化城在第二次世界大战期间，成为具有世界意义的文化现象。几年以后，当人们回顾桂林文化城这一段历史时，仍有人评论道："抗战时期，号称文化城的桂林，剧运非常蓬勃，尤其是话剧，几乎可以和重庆分庭

---

① 《抗战剧场》，《救亡日报》1939 年 10 月 10 日。
② 何泛：《桂林剧坛略述》，《大公晚报》1944 年 2 月 15 日。

抗礼。"①因此，现代戏剧在桂林的传播效果强大，影响深远，是桂林文化城的主要组成部分。

首先，现代戏剧把现代爱国主义、民主主义和人道主义思想传播到桂林。

现代戏剧，特别是现代话剧本来就是为了适应"五四"时期反帝反封建的时代需要，为了救亡启蒙的目的从西方引进的。田汉、欧阳予倩等戏剧家们一开始从事现代戏剧运动时就具有强烈的爱国主义、民主主义和人道主义思想。因此，他们创作的剧本和从事的演剧活动都自始至终贯穿着爱国主义、民主主义和人道主义思想。抗战时期的桂林，又为他们传播和发扬爱国主义、民主主义和人道主义思想提供了良好的环境，使他们通过现代戏剧的传播把爱国主义、民主主义和人道主义思想传播到桂林。

战前的桂林是一个地方军阀统治着的相对独立的省份。不要说现代民主主义思想，就连现代国家观念在普通老百姓的认识中也很模糊。到了抗战时期，各种民主进步力量都在桂林的政治生活中占据一席之地。而广西地方当局为了同国民党中央争权抗衡，也在一定程度上实行了联合进步民主力量，聘请进步文化人士来桂林工作的开明做法。因此，各种进步文化活动，特别是现代戏剧运动在桂林得以顺利开展。不仅田汉、夏衍等许多戏剧界领袖都是共产党员，绝大部分剧团和报刊也是在中国共产党的直接或间接领导下。当时桂林最有影响的剧团新中国剧社和报纸《救亡日报》都是共产党直接领导的。它们在反对封建专制和宣传抗日救国方面都起到了巨大作用。

《三兄弟》是日本反战作家鹿地亘创作的三幕剧。该剧在桂林上演时，由吴剑声导演，欧阳予倩、夏衍、焦菊隐任导演顾

---

① 《小春秋日报》（桂林版）1948 年 2 月 15 日。

问。上演后极得戏剧界好评和群众的欢迎。当时的报纸评论说：
"自8号开始，连日满座，观众空前拥挤，实开桂林戏剧界公演
盛况记录。"[①] 该剧原定上演三天，后因各界强烈要求，又加演
两天。《三兄弟》的演出，宣传了反战思想和人道主义思想，对
爱国主义思想的传播也有巨大促进作用。《再会吧，香港！》1942
年3月7日上演时被国民党广西省党部下了禁演令。经过斗争，
当局同意公演。但当第一幕结束时，由于武装宪兵冲上舞台，不
得不再次停演。执行导演洪深走上舞台以事实揭露国民党顽固派
出尔反尔，破坏进步演剧的罪行，并同意愿意留下的等再演时
看，不愿意留下的可退票。许多观众当场撕掉戏票站起来大声
说："我们不退票，我们抗议。"几个月后，新中国剧社通过改换
剧名的方法以《风雨归舟》为名，公演了该剧。《再会吧，香
港！》的演出活动"在经济上虽然遭受了损失，但造成了很大的
政治影响。"[②] 广泛地传播了民主主义和爱国主义思想。欧阳予
倩创作的桂剧《梁红玉》在南华戏院上演时："当剧中汉奸王智
出场念上场诗'天子重英豪，文章教尔曹；要想高官做，多擦雪
花膏。'时（这首诗是影射讽刺汪精卫的），楼上楼下的观众不约
而同地喊起打倒汉奸的口号来。正在看戏的汪精卫的老婆陈璧
君，被吓得脸色一时青一时紫。在此起彼伏的口号声中，她气急
败坏地夹着尾巴溜出了剧场。"[③] 由此可见，像这种演出活动，
对传播爱国主义思想起到很大作用。举世瞩目的西南剧展在与国
民党当局的斗争中举行了近三个月的戏剧演出和其他活动，对传
播民主主义和爱国主义思想的作用巨大。就连美国戏剧评论家爱

---

① 《救亡日报》1940年3月11日。
② 李建平：《桂林抗战文艺概观》，漓江出版社1991年版，第112页。
③ 《救亡日报》1939年7月8日。

金生也在当时的《纽约时报》撰文介绍剧展的盛况时说："这样宏大规模的戏剧展览，有史以来，除了古罗马时代曾经举行外，还是仅见的。中国处在极度艰辛环境下，而戏剧工作者还能以百折不挠的努力，为保卫文化，拥护民主而战，功劳极大。"①

其次，现代戏剧在桂林的传播过程中促进了当地经济的发展。

现代戏剧传播到桂林后，当地人口猛增。印刷业迅速发展起来。战前，桂林只有印刷厂十余家，到了1943年，猛增到109家，有关印刷工人、技师在10000人以上。桂林的印刷业发展也带动了周围造纸业的繁荣。湖南邵阳、浏阳及广东南雄的土纸不断运往桂林销售。当地的书店和出版社战前只有屈指可数的几家，到了抗战时期猛增到200多家。如果说这几方面的繁荣和发展，并不仅仅是现代戏剧的功劳。那么剧院、影院的发展和从事戏剧工作和演出的人数增加则是现代戏剧传播到桂林的直接结果。战前，桂林仅有西湖戏院、新华大戏院、清平戏院和南华戏院等几家剧院。而到了抗战时期，则猛增至26家，而且大部分经济效益都很好。直接从事戏剧工作的人口最多时有1万人左右。西南剧展期间，戏剧活动更是成了桂林市全民性活动。

再次，现代戏剧是构成桂林文化城抗战文化力量的重要因素。

战前的广西是一个偏远落后的省份。桂林也只是一个人口不到10万的小城市。抗战期间，大批文化人士从上海、香港等地汇聚到桂林，把先进的文化和科学民主思想带进桂林。这其中不仅戏剧界人士占大部分，还有田汉、欧阳予倩、夏衍、熊佛西、丁西林、于伶等闻名全国的杰出戏剧家。大批文化界人士来到桂

---

①　《爱金生赞扬西南剧展》，《新华日报》1944年5月19日。

林，使桂林文化繁荣起来。抗战期间，桂林有书店、出版社 200
多家，报纸 48 种，杂志 248 种，影院、剧院 26 家，从事文化产
业的有数万人。这其中，戏剧类报刊和从事戏剧工作的人占大部
分。影院、剧院的大量出现更是现代戏剧在桂林传播的直接结
果。总之，抗战期间，现代思想文化在桂林广泛传播，文化产业
空前繁荣，桂林市人口总体文化素质大幅度提高，使桂林成为世
界反法西斯战争中的著名的"文化城"。这其中贡献最大的就是
中国现代戏剧。

最后，现代戏剧的传播改变了桂林人对戏剧的认识。

战前，桂林只有桂剧等少数地方戏曲。桂林人对话剧、歌剧
等现代戏剧还十分陌生。随着抗战形势的发展，各种剧种和演出
团体纷纷在桂林出现。当时，桂林的专业演出团体有 13 个，在
桂林流动演出的团体有 40 多个。最能说明桂林人戏剧观念转变
的是，当时桂林各行各业的业余戏剧团体如雨后春笋般纷纷组织
起来。据不完全统计，当时桂林各单位自发组织起来的业余剧团
有 40 多个。其中包括由邮电工人组织的桂邮剧团，由书店职工
组织的新知书店剧团，由休养院的受伤将士组成的凯声剧团和血
光剧团，由难童组织的广西战时儿童保育院难童剧团；由救亡团
体组织的有广西省抗敌后援会宣传团话剧组，广西省抗敌后援会
战时工作团，广西省抗敌后援会儿童工作团，乐群剧团；由大中
学生组织的有西大青年剧社，西大学生话剧团，逸仙中学剧团，
桂中话剧团，桂林女中话剧团，以及广西地方建设干部学校话剧
队等近 30 个学生剧团。还有由军、政、工商各界联合组成的
"七七"业余剧团等。它们是全民戏剧运动中人数较多，活动范
围较广，演出最频繁的一支业余戏剧队伍。众多的群众业余剧
团，在爱国主义思想影响下，经常上演抗日救亡戏剧，无偿为群
众服务。一天几个剧团同时上演的情况屡见不鲜。在西南剧展期

间，桂林的各行各业，如邮局、银行、书店、报社、印刷厂、食品厂、照相馆、饭馆等部门，都主动为剧展提供各种方便。一家电气公司为了庆祝剧展举行，还在桂林市南北、东西的通衢大道上搭建了三座牌楼，装以彩色电灯照明，给文化城增添了浓郁的节日气氛。由此可见，现代戏剧在桂林的传播，影响到了桂林的各个组织机构和团体。不仅使它们认识接受了这种艺术形式，而且主动参加了现代戏剧的传播。

现代戏剧对个人的影响，主要表现在当时在桂林形成的人人看戏、时时谈戏、大家都为戏剧运动出力的全民戏剧运动。如果从观念认识来看演出效果，则首推欧阳予倩创作的《忠王李秀成》。该剧应观众强烈要求，曾在桂林三度重演，共演23场，场场爆满，创造了桂林话剧演出的最高纪录，观众达三万人次，轰动了桂林以至整个国统区。有人在描述在金城大戏院的一次演出时这样写道："这些小市民，小商人，工人……有的手里执着扇子，有的手里抱着孩子，高高兴兴的，向金城大戏院门口，水样的流进去，不一会，戏院的楼上楼下，人已坐得满满的了。"[①]桂林当时的剧团之多，剧院之多，也充分说明了当时的桂林市民对现代戏剧热爱程度之高。

1944年西南剧展更是家喻户晓，人人关心。当时不仅各组织机构、单位团体争着为西南剧展大开方便之门。而且从个人角度来看也是如此。搬运工人们为演出队免费搬运演出道具，爱国商人纷纷捐钱捐物，理发店纷纷为剧展工作人员打折优惠，就连擦皮鞋的小孩也宣布，只要是剧展工作人员来擦皮鞋，一律不要钱。正如《大公报（桂林版）》在一篇短评中指出的那样："抗战七年来，戏剧的进步最为明显；我们现在已有不少相当够得上水

---

① 《救亡日报》1939年6月11—12日。

准的剧本，话剧团体更是风起云涌；尤可欣慰的是，过去的话剧，仅为少数知识分子所爱好，现在已普遍吸引了广大的观众……时代推动着话剧界前进，而话剧界也开拓了时代。"① 战前那种把戏剧看成是少数人茶余饭后消遣娱乐的玩物的时代已经过去了。戏剧不仅成为桂林人民公认的一种严肃的艺术形式，而且成为抗战时期最重要、影响最大、成就最大的一种艺术形式。

① 《祝西南剧展开幕》，《大公报（桂林版）》1944 年 2 月 15 日。

第十章

桂林文化城戏剧家群的文化贡献

抗日战争爆发后，被称为"神州戏剧兵"的各个进步演剧团体，在极端艰苦的条件下，开展了轰轰烈烈的戏剧运动。进步的戏剧工作者，活跃在抗击日本法西斯的军事战线和文化战线上，为伟大的民族解放战争贡献了自己的豪情与热血。

在抗战时期，以田汉、欧阳予倩、夏衍、洪深、熊佛西等为代表的一大批中国最优秀的戏剧家云集桂林文化城，一大批酷爱戏剧的热血青年聚集在他们周围。卫国的热情、时局的悲愤、青春的梦想与艺术的抱负，共同铸就了战时桂林戏剧运动的繁荣，也铸就了中国反法西斯文化史上浓墨重彩的一笔。

第一节　戏剧团体和戏剧运动的蓬勃发展

抗日战争时期活跃在文化城桂林的专业戏剧团体有 13 个，到桂林流动演出的戏剧团体有 40 多个，群众自发组织的业余戏剧团体也有 40 多个，其中主要包括：国防艺术社、新中国剧社、广西省立艺术馆所属的话剧实验剧团和桂剧实验剧团、海燕剧艺社、乐群剧团、"七七"业余剧社、新安旅行团、广西省抗敌后援会宣传团话剧组、桂林行营政治部演剧队，以及常到桂林进行抗战宣传演出的抗敌九队、抗宣一队等。在这众多的戏剧团体中，实力最为雄厚、影响最为深远的是国防艺术社、新中国剧社和广西省立艺术馆实验话剧团。

隶属于桂系第五路军政治部的国防艺术社于 1937 年成立于桂林，直到 1942 年当局以经费不足为理由将之强行解散。它作为成立时间最早、坚持时间最长的戏剧团体，在桂林抗战文化城的戏剧舞台上，留下了浓墨重彩的一笔。该社先后由李文钊、孟超、焦菊隐负责，戏剧家欧阳予倩、熊佛西都曾担任过该社的戏剧指导。1939 年，在夏衍、郭沫若的主持之下，为了给《救亡日报》筹集经费，重庆、香港（香港的公演在筹备期即被政府禁止）、桂林三地计划举行大规模的联合公演。国防艺术社作为桂林戏剧界的主要力量，承担起了《一年间》在桂林的主要演出任务。此次在桂林的公演，"动员了四五百人，花费了八千余元，昼夜排演了数月，预备了半年的时间，用三种不同语言演出（国语、桂语、粤语，在国语中又分成红蓝二组），导演团的名单是欧阳予倩、田汉、焦菊隐、夏衍、孙师毅，重要的舞台工作人员有张云乔、宗惟赓、吴剑声等，演员名单是网罗了留桂的所有杰出人才，演出场次竟达十之以上。情形的热烈超过任何一次的演出，真可谓为西南优秀剧人大展览，演技的竞赛，突破了空前的记录"。[①] 此外，国防艺术社还曾上演过《魔窟》（陈白尘编剧、欧阳予倩导演）、《雷雨》（曹禺编剧、焦菊隐导演）等名剧，在战时桂林都曾产生过较为强烈的反响。

新中国剧社成立于 1941 年 10 月，这是一个在著名戏剧家田汉的支持和关怀下逐步发展起来的职业戏剧团体。其骨干分子包括：瞿白音、杜宣、汪巩、严恭、石联星、朱琳等。该社在桂林

---

① 海燕：《桂林剧坛总检阅——从启蒙时期说到现在》，《新中国戏剧》1940 年第 1 期。

上演的《秋声赋》(田汉编导)、《再会吧,香港!》(夏衍、洪深、田汉共同编剧,洪深导演)、《大雷雨》(奥斯特洛夫斯基编剧,瞿白音导演)等剧目都曾引起强烈反响。该社在战火纷飞的六年中,转战西南数省,成为活跃在大后方的一支重要戏剧力量。

由欧阳予倩领导的广西省立艺术馆实验剧团是活跃在桂林戏剧舞台上的另一支生力军。其中桂剧实验剧团在桂剧改革方面立下了不小的功勋。他们先后将欧阳予倩创作或改编的《梁红玉》、《桃花扇》、《木兰从军》等剧本搬上桂剧舞台,在桂林引起连续的轰动和空前强烈的反响,使桂剧这门古老的传统艺术焕发出新的生机,并为抗日救亡做出了自己的贡献。话剧实验剧团也是好戏连台,诸如《天国春秋》、《日出》、《愁城记》等名剧都曾多次演出。尤其是欧阳予倩编剧并执导的五幕历史剧《忠王李秀成》,以恢宏的结构、悲壮的故事、激愤的时代情绪在观众中引起强烈共鸣,首次推出即连演 23 场,人气之旺,可以想见。

在时代大潮的激荡下,在时局黑暗的焦灼中,桂林的戏剧工作者们,在严峻艰苦的条件下,力图以一个个抗战剧目,摇醒这沉睡中的中国,唤醒迷梦中的民众。

1938 年 5 月中旬,欧阳予倩应邀前来桂林主持桂剧改革。他以卓越的艺术才华、大胆的艺术创新,以及细致严肃的舞台实践精神,将他自己撰写的京剧本《梁红玉》改编成桂剧,并亲自指导南华戏院桂剧班排练公演。该剧连演 28 场,叫座不衰。欧阳予倩之女欧阳敬如在《"迈进毋畏途路艰"——回忆我父亲欧阳予倩在广西》中回忆道:

梁红玉为发动捐献军饷,草拟了一个名单给韩世忠看:

韩:这些皇亲国戚和老爷们动不得呵!

梁:大阔佬动不得,难道专刮老百姓?

　　桂系军阀白崇禧的岳父马曼卿，看到这里就生气走了。

　　有一次，广西省财政厅长黄钟岳正在楼上包厢看《梁》剧，觉得不是滋味，戏演完后他去后台，"拜访"我父亲说："欧阳先生，中国的'老爷们'也有蛮多的'好老爷'啊！"

　　"是呀！"我父亲回答，"所以'好老爷'就用不着多心呀！"

　　黄说："梁夫人的嘴也太辣火了一点，先生可否为她稍易其辞？"

　　父亲说："可以禁演，一字不改！"

　　这一斩钉截铁的回答，使黄某狼狈不堪，悻悻然离去。①

　　《梁红玉》一剧，在抗金的故事里，演绎抗日的情绪，观众群情激奋，舆论界亦是好评如潮。但因为触怒了广西地方当局，不久即被明令禁演。欧阳予倩也被迫离开桂林，远赴香港。

　　1942年，夏衍、洪深、田汉为关注香港沦陷而合写了剧本《再会吧，香港！》。田汉在《新中国剧社的苦斗和西南剧运》一文中这样回忆道：

　　　　这戏的号召力量是很大的。我经过新华大戏院是午时六
　　　时，门口已经竖起"满座"牌。但也因其现实性颇强，引起
　　　了大人先生们的严重注意。剧本是通过了的。彩排之夜又经
　　　他们派员看过。三月八日下午剧社得到省党部警备部两种准

　　　　① 欧阳敬如：《"迈进毋畏途路艰"——回忆我父亲欧阳予倩在广西》，《学术论坛》1981年第3期。

演执照；开演前他们把执照钉在大幕上。而以民政厅邱厅长一个电话临时禁演。很多疏通的努力都做了，欧阳予倩先生亲自打电话给黄主席，足足陈说了二十分钟而一切徒然。剧场里满座的热情观众，看完了第一幕之后正期待第二幕更精彩的表演。幕启了，登场的不是剧中人物而是本剧的导演洪深！

洪深先生悲愤而冷静地对观众说明了本剧被临时禁演和负责人向当局交涉的经过。最后他说：

"我们对当局的出尔反尔是深致抗议的。但我们身为中国人，又是民族战争紧张阶段，不能不服从政府法令。现在遵令停演。门口票房已准备好了退票。请大家有秩序地出去。不愿退的将来若能解禁上演时票子依然有效。"

洪深先生是最能镇静地处理这种场面的。他说得那么不亢不卑，而又充满着悲愤。观众听了这不幸的消息十分难过。有几位军官站起来对大家说：

我们不退票！我们抗议！

说着他把票子当众撕碎了。许多人都站起来跟着这样做。有的甚至含着同情的热泪，静静地走出剧场。

剧场内的演员们像蓝马、像许秉铎、石联星们，还有同样在桂林戏剧界活跃的潘砚之、郭眉眉小姐们都哭成了一片。特别是新中国的朋友们，他们几个月来的辛苦都白用了；《秋声赋》以后投下的血汗得来的资本算是毫无结果了。他们怎能不哭？①

---

① 田汉：《新中国剧社的苦斗与西南剧运》，《评论报》（上海）1946 年第 1、2 期。

　　在桂林文化城，戏剧运动就是这样在敌人的枪声和观众的热
泪中开展，在满堂彩的欢呼和当局频频下达的禁演令中前行。为
桂林的剧运做出贡献的不仅仅是"神州戏剧兵"，来自日本的反
战的艺术工作者也为桂林文化城的繁荣贡献了自己的力量。

　　1940年3月8日，在华日本人民反战同盟西南支部用日语
演出了反战作家鹿地亘的三幕剧《三兄弟》，在桂林引起了强烈
的反响。据1940年3月11日的《救亡日报》载："自八号开始，
连日满座，观众空前拥挤，实开桂林戏剧界公演盛况记录。"虽
然由于语言的障碍，存在着理解与沟通的困难，但桂林文艺界却
就这个剧本进行了及时的译介和热烈的讨论。《救亡日报》自3
月3日起就开始连载由夏衍翻译的《三兄弟》剧本。夏衍热诚地
向桂林人民推荐这部戏剧："我很兴奋地看完了《三兄弟》，这剧
本和演出，唤醒了我近十年的在日本留学生活的回忆，同时也刺
激了我久也睡眠了的写作冲动。就剧作讲，我认为是我们现剧坛
的一个可贵的收获，因为很真实，全是生活，没有为着写剧本而
想出来乃至造出来的东西。"[①]孟超也在剧评中写道："我们的抗
战与日本人民的反战，其同一的对象，都是日本的军伐，抗战与
反战配合起来，才能使东方的革命运动真正的实现；因此，以日
本人民的反战来推动中国的抗战，以中国的抗战来帮助日本友人
的反战，是当前东方两大民族共同的需求。"[②]

　　从1944年2月15日到5月19日，在抗战文化城桂林举行
了盛况空前的西南八省戏剧会演，也就是后来为人们所熟知的西
南剧展。"这次剧展，总共举办了戏剧演出展览、戏剧资料展览、

---

　　① 夏衍：《我推荐这个剧本》，《救亡日报》1940年3月14日。
　　② 孟超：《抗战！反战！中国人，日本人，握紧了手！》，《救亡日报》1940年3
月8日。

戏剧工作者大会等三大活动，还举办了活报会串、早期话剧表演、广场公演、音乐会、诗歌朗诵会及其他座谈会。展出了一百二十六个剧目：话剧三十一个，平剧二十八个，桂剧九个，歌剧一个，活报七个，傀儡戏五个，民族舞蹈十四个，马戏九个，魔术十个。共演出一百七十七场：话剧一百三十三场，歌剧九场，平剧十三场，桂剧三场，活报两场，傀儡戏六场，民族舞蹈三场，马戏七场，魔术一场。观众总数达十五万人以上。剧展大会举办的资料展览，参加展出的单位团体共二十二个，个人八十人。展出的展品有各团队文献资料三百七十五件，照片二百零五帧，统计图表五十六种，舞台模型六十二座，平剧脸谱一百六十三幅，作家原稿二十五件，舞台设计图六十四张，平剧及桂剧珍本七十九种。参观人数三万六千五百九十二人。"[①] 西南剧展，被茅盾赞誉为："一次在国统区抗日进步演剧活动的空前大检阅"。当时恰在桂林的美国戏剧评论家爱金生也在《纽约时报》上专门撰文介绍西南剧展——"这样宏大规模的戏剧展览，有史以来，除了古罗马时代曾经举行外，还是仅见的。中国处在极度艰辛环境下，而戏剧工作者还能以百折不挠的努力，为保卫文化、拥护民主而战，功劳极大。这次聚西南八省的戏剧工作者于一堂，检讨过去，策励将来，它的贡献尤其重大。"[②] 著名戏剧家田汉也为剧展题诗曰："壮绝神州戏剧兵，浩歌声里请长缨。耻随竖子争肥瘦，甘与吾民共死生。肝脑几人涂战野，旌旗此日会名城。鸡啼直似鹃啼苦，只为东方肯未明。"[③]

　　在紧密的戏剧运动中，戏剧组织的机制也在逐渐发生着变

---

① 吴立德、邓小飞：《国统区抗日进步演剧活动的空前大检阅——一九九四年西南剧展》，《中国现代文学研究丛刊》1981 年第 1 期。

② 《爱金生赞扬西南剧展》，《新华日报》1944 年 5 月 19 日。

③ 田汉：《祝西南剧展兼悼殉国剧人》，《中山日报》1944 年 4 月 21 日。

化。欧阳予倩在《关于旧戏改革》一文中，谈到了他理想中的新式戏剧团体，应该是"职业"的，而不是"商业"的。"商业的是专为做生意，不管艺术堕落与否，趣味低级与否，甚至于不管将来站得住站不住，只管赚钱不赚钱。职业的便是以演剧为职业，应是把握住艺术的原则，尊重艺术，不肯为低级趣味迎合落后的心理。"所以，"应当有一个健全的职业剧团，而这个剧团必须要从商业剧场解放出来，不然改革运动必要受到绝大的打击，甚至于无法进行"。① 虽然这里讨论的是传统旧戏的体制问题，但新剧剧团的体制如何能适应艰苦的战时环境，也是一个需要在不断的尝试中解决的问题。在这方面，转战西南数省，在严峻的剧运环境中顽强生存的新中国剧社提供了较具可行性的方案。新中国剧社是职业剧团，因为并无固定资本，完全是靠演剧的收入维持团体的正常营运。在普通剧团最为敏感也最容易引起争端的经济问题上，新中国剧社建立了较为合理的财务制度。诸如为了避免私下的猜疑而公开账目，为了避免攀比不平而平等月薪，为了避免赤字而准确预算，为了加强凝聚力而注重社团福利。在组织上则由理事会总揽全局，由监事会负责监督，并定期举行社员会议咨询探讨。凡此种种，确保了新中国剧社这样一个"毫无凭藉"（田汉语）的同人团体，在战火中，在文网中，在时常来袭的经济窘况中，仍然紧密团结，并坚持了艺术与道义的原则。在转战西南数省的六年中，新中国剧社"演出四十八个大戏，而演出更多的活报"。②他们随时随地都迅速地反映现实，继承了"五四"以来新戏剧的优秀传统。这使新戏剧在所谓"卖不得大戏

① 欧阳予倩：《关于旧剧改革》，《克敌》周刊第 23 期。

② 田汉：《新中国剧社的苦斗与西南剧运》，《评论报》（上海）1946 年第 1、2期。

（钱）"的潮流中始终保持一种清新的业余性。这使新戏剧始终和发展中的中国现实紧密联系着。这也锻炼了一些将来的现实主义的剧人、剧作家。

以新中国剧社为代表的各种进步戏剧团体都在"苦干与穷干"的剧运中磨炼着自身，也都在对职业的戏剧体制进行调试。艰苦而严峻的剧运环境使得许多轻易组建的戏剧团体又轻易地离散。只有注重效率、运营科学的戏剧团体才能顽强地生存下来，只有将宣传教化与艺术追求紧密结合的戏剧团体，才能经得起时代大潮的拍击。诸多戏剧团体的成败得失，这其中的种种经验与教训，都将成为文化城戏剧兵留给后来者的一笔财富。

第二节　创作艺术和演艺的提高

在抗战时期的桂林，一大批中国现代文学史上最优秀的剧作家会聚于此。外敌的入侵、内政的黑暗以及剧作家自身的飘零与苦难使他们在这战时的军事与文化重镇留下了一系列影响深远的代表作品。

《秋声赋》是田汉在桂林时期的代表作。当时触动作者创作神经的，是桂林文坛的"秋意"，是桂林文化界的飘摇与寥落。作者的初衷，是"想写一个剧本，从桂林文化的盛期写到它的萧条沉默，由此再给他们一些生气，预约一个前途。但在创作过程中我的计划多少变更了"。戏剧的主人公徐子羽是身居桂林的作家，除了国难与艺术事业的焦灼之外，他夹在与妻子淑瑾和情人胡蓼红的爱情纠葛中难以取舍。妻子淑瑾原本也是一位有理想有追求的女子，但婚姻生活似乎消磨了她的锐气，原本与丈夫并肩前行的她仿佛已停下了脚步，这令徐子羽感到失望。与此同时，女诗人胡蓼红却对徐子羽展开了热烈大胆的追求。但这也并未能弥补徐子羽精神的空虚，反而使他的心境更为阴郁。不过这些在家与国、感情与事业中彷徨的人们在时代浪潮的拍击下，在艰苦的灵魂自审中逐渐清醒，相继走上了新的、更为光明的道路。淑瑾与胡蓼红在战地儿童的抢救与教育工作中化解了彼此的矛盾，她们的情敌关系也被置换为"都是中国人，都是女人"的彼此认同。徐子羽亦决心要继续在文坛不懈地努力，并"和鬼子干到底"。作者谈道："这里面的主要人物可讥之处都很多，但本质上都很善良"，"在这个作品里我想要表现的主题是很明白的。我们今天需要的是每个人都能集中力量于抗战工作。我们要清算一切足以妨害工作，甚至使大家不能工作的倾向"。① 韩北屏在观后感中也指出："田汉先生撷取了桂林文化界一部分的事迹，作这一个戏的题材的骨干。被他所刻画的人物，所描写的环境，皆是我们所熟悉的。同时他所嘲笑或同情的人与事，不但是我们所熟悉，甚至连我们自己也被连带到一点儿，也说不定。把我们日常所接触的人与事，具体地搬上舞台，让我们静心地去欣赏，这自然是十分亲切的。"② 在当时的桂林，普通的新戏一般只能连演三日，观众寥落，但《秋声赋》由新中国剧社在桂林国民大戏院演出，从 1941 年 12 月 28 日直演到 1942 年 1 月 3 日，不但获得了文化界的好评，也取得了良好的票房收入，为新中国剧社稳住了阵脚。

　　1938 年 4 月和 1939 年 9 月，欧阳予倩两次应邀前往桂林主持桂剧改革，第二次居住在广西长达七年之久。在主持桂剧改革的过程中，欧阳予倩组织整理了一系列桂剧剧目，主要包括：《关王庙》（《玉堂春》中的一折）、《烤火下山》（《少华山》中的

----

　　① 田汉：《关于〈秋声赋〉》，《大公报》1941 年 12 月 31 日。
　　② 韩北屏：《〈秋声赋〉观后零感》，《广西日报》1941 年 12 月 31 日。

一折)、《断桥会》(《白蛇传》中的一折)、《打金枝》、《拾玉镯》。
欧阳予倩还将自己创作的话剧或京剧本改编为桂剧,主要包括:
《梁红玉》、《渔夫恨》、《桃花扇》、《木兰从军》、《人面桃花》和
《长生殿》。此外,欧阳予倩还开创了桂剧表现时代题材的新局
面,他创作、导演的《广西娘子军》、《搜庙反正》、《胜利年》都
是直接表现军民抗战生活的现代剧目,这在桂剧历史上是前所未
有的。在欧阳予倩所有的桂剧创作中,最能显示其艺术才华的是
《梁红玉》、《桃花扇》和《木兰从军》。这三部曾先后轰动桂林的
历史剧分别以一位传奇女性作为第一主角,在前朝旧事中表达了
对时局的关注。除了桂剧之外,欧阳予倩还创作了一系列话剧和
歌剧,主要包括:《青纱帐里》(1937 年在上海创作出版,1938
年在广西上演时进行了大幅度的修改)、《越打越肥》、《战地鸳
鸯》、《我们的经典》、《忠王李秀成》、《一刻千金》、《旧家》、《可
爱的桂林》、《桂林夜话》、《言论自由》和一部歌剧本事稿《得救
了的和平之神》。其中影响最为深远的是五幕历史剧《忠王李秀
成》。该剧创作于"皖南事变"爆发后不久,有着明显的现实针
对性。在剧本中,欧阳予倩歌颂了忠王李秀成的公忠体国,深明
大义,另一方面又对太平天国的"内消耗"进行了细致的刻画。
作者希望以此表明,太平天国之所以失败,从根本上说:"不是
败于满清和帝国主义之手,而是败于它内部的分裂,败于奸臣贼
子们的挑拨离间,霸权当道、鱼肉民众,以至民怨兵叛。"[①] 在
中央政府和广西地方当局勇于内争、怯于抗敌的非常时期,这样
的构思,显示了作者对时局的警醒。1941 年 11 月,在欧阳予倩
的亲自执导之下,该剧由广西艺术馆话剧实验剧团搬上舞台,连
演 14 天,场场爆满,收到了良好的宣传效果,也取得了巨大的

---

① 韦昌英、黄今:《谈〈忠王李秀成〉》,《文艺生活》第 1 卷第 2 期。

艺术成功。

夏衍桂林时期的代表作是《心防》和《愁城记》。《心防》与《愁城记》皆取材于上海。对于夏衍而言，上海已经成为他笔下挥之不去的一种情结——"为了三年以来对于在上海这特殊的环境之下坚毅苦斗的战友，无法禁抑我对他们战绩与命运表示衷心的感叹和忧煎"。[①] 在《心防》里，他通过坚毅的文化战士刘浩如与妥协投降变节者的斗争，来展现"上海文化人有的在阳光下做人，有的在阴暗中做鼠"。因为在夏衍看来"我们不辞替我们的同时代人背了十字架游行；但是我想，对于在上海那种特殊环境下辛苦挣扎着的朋友们终于是一种残忍和亵渎。我不自量力地担负起了这个填补空白的分工，我只想说：'还有这样的一面，还有这样的一面！'工拙，是不想计较了，我总算在空白上'涂鸦'，留下了一点墨渍"。[②]《愁城记》的创作，"最初的目的是有感于现代知识青年的确还存在着'小圈子'倾向。又因想帮帮上海剧艺社的忙，决以孤岛上的知识青年生活为题材"，"想写一个文化青年由'小圈子'断然跳到'大圈子'去"[③]。戏剧以林孟平、赵婉贞等人物的心路历程，向观众暗示了摆脱小我，投入大我，走出愁城的光明道路。

剧本是为舞台演出提供依据的，剧作者的理念与精神，必须通过演员的表演，才能在艺术舞台上得到兑现。在桂林文化城的剧运中，演员表演艺术的琢磨与提高亦是一份可喜的收获，而这与文化战士们革命的热情、戏剧的激情、艺术的痴情是分不开的。

---

① 夏衍：《五月独语——代〈愁城记〉自序》，《大公报》1941 年 5 月 23 日。
② 夏衍：《〈心防〉后记》，《野草》第 1 卷第 2 期。
③ 田汉：《序〈愁城记〉》，《野草》第 4 卷第 1、2 期合刊。

　　由国防艺术社承演，焦菊隐先生导演的《雷雨》是抗战时期轰动桂林的一出重要戏剧。这出戏的成功，正是青年艺术工作者们辛勤努力的结晶。卡文烈在参观《雷雨》排演后写道："我看见他（她）们那种紧张的情绪，真好像'如临大敌'的期待；他（她）们读词，读了又读，背了又背，哪怕是厚厚的一本书，也要背到烂熟为止；而且，焦先生导演这幕戏，剧本改了几次，台词也要背熟几番，这自然是一件繁难的工作。他（她）们却欣然地改读了几次，没有感到丝毫疲倦。因为他（她）们决心要演出一幕惊人的戏，要收到很好的效果，自然是非经过一番辛苦不可的。"①

　　演员们还将他们对角色的思考记录下来。饰演四凤的潘艳之这样写道："在决定我演四凤这个角色后，我就到处去找四凤这个人物。有些人像四凤，但又不像四凤，找来找去找不到，结果还是找到自己：我自己像不像四凤呢？我拿许多像四凤的人来比较，也拿四凤来比较我，这样我和四凤这个人物搏斗，四凤也和我搏斗，我就是这样来演四凤这个角色。"饰演周萍的廖行健这样写道："我没有过过大家庭生活，也没有见过错综复杂得如此凑巧的家庭内幕。但要在社会里找周萍是内容，只是这些爱情、憎恨、畏惧、厌恶的矛盾关系与矛盾心情结成的人物搬上舞台，却是颇为困难。另一矛盾是我喜欢扮周萍给人家看，却不喜欢周萍。我想演得好却未必演得好。这是学生的寒假与商人的年尾时节，前者大考，后者清账，都是恭逢难关。排戏如上课，如经商。演戏如考试，如清账。似此难关如何度过？虽则现在也'开夜车'，但'吃力'点，可是'讨好'乎？"饰演鲁妈的龙瑶芝这样写道："鲁妈——她的心情是激动在爱与恨二重极度的矛盾下

---

　　①　卡文烈：《〈雷雨〉排演参观记》，《广西日报》1941 年 1 月 22 日。

生活着。她的环境给予她痛苦的遭遇。像我这样不知道天高地厚，一点人生经验都没有的孩子，去饰演这样一个繁重情感的女人，我真害怕，实在是不容易把握住她的个性来发挥。然而由于导演的鼓励，我毕竟大胆的来尝试了。我不敢苛求，只希望自己借此学习接受导演的指示及各位同志们的帮助，兢兢业业地尽小我的微薄理解能力。"① 正是在这些记录中，我们清晰地看到了演艺灵魂向戏剧角色灵魂逐步靠近的过程，《雷雨》演出的成功也正是建立在这样的基础之上。

李文钊在观看国防艺术社公演后，评论道："我觉得演得最成功的是王望饰的周朴园。……朴园的刚愎使性，暴戾恣睢而又伪善的性格，在王望演来，却能控制情感，发而能收，出而能入，恰如剧作者所期，演得'深隽'"，"其次，最受欢迎的角色，无疑就是鲁贵。但鲁贵很容易犯一个毛病，假如不小心的话，会变成一个一味打趣的小丑。这次洪波演来，博得不少观众的笑声，但却并没有过火的举动。'均匀'、'恰好'是剧作者对鲁贵的期望。洪波先生能刚好做到这地步，这是难能的。"②

由广西省立艺术馆承演的《忠王李秀成》也是在桂林引起强烈反响的经典历史剧之一。除了故事的复杂曲折、结构的恢宏谨严之外，导演的调度巧妙、演员的恰切表现，都成为该剧取得成功的重要因素。当时的评论家在《广西日报》上纷纷谈出了他们的观感。韩北屏称："像饰忠王的黄若海先生，在他历次的演出中，总是把自己渲染过度，使得舞台上其他的演员，无法和他取得协调。这种凸出的表演，有时反会破坏了戏的基调。此番演出

---

① 《演员的话》，原载《雷雨》演出特刊，国防艺术社编，1941年1月。

② 李文钊：《〈雷雨〉演员略评——写在国艺社公演后》，《广西日报》1941年2月2日。

之前，朋友们都为他担心，深恐他再犯以前的毛病。谁知黄先生这次表演，完全恰如其分（纵有不及，但绝无过度之处）。这颇使我们对他的以前所抱态度改变。他的虚心乃使他有造就。"[1]
老玻称："陈光的洪仁玕，可说是拿手功夫，单看那一双老羊眼，已够瞧了！举止言辞，活是一副奸诡而又贪卑的败家相！演反派易过火，最易逗人发笑而破坏气氛（如《雷雨》中的鲁贵）。陈光演来恰到好处，令人恨之入骨。"[2] 不仅演员的表演在导演的指导下获得显著提高，连念白的声音控制也受到了关注和规范——"我特别指出，这次演出有一个很重要，或者不为人所注意的一件事情，那便是演员的声音。过去，桂林有些团体公演（演剧一、九两队除外），演员们几乎全部忽略了这个问题。演员们不但没有注意到自己在台上身份和年龄之类而改变声调；并且连最基本的发音也都不在意。结果，不是尖锐地像叫，便是低沉地令人听不见，更谈不到音色的美丽了。这一次，我很高兴地听到演员的'真'声音，不再为扭捏勉强的叫喊所苦恼。其中有几位一向演'配角'的先生，他们的对白听来也都不坏，焉能不令人想到这是事前经过一番提醒和练习的呢？"[3]

　　除了艺术工作者演技的提高，在桂林文化城的剧运中，幕后工作也取得了长足的进步。在《一年间》的演出筹备中，专门召开了"舞台技术会议"，对布景、司幕、灯光、服装、化妆、道具诸问题，都展开了细致的讨论。如在布景方面导演强调"第一幕布景，道具，色调，光亮，均须整个地表现'新与旧的对照'。第二幕则是一个冷静变紧张的场合，景要淡雅，用光色去变化空

---

　　[1]　韩北屏：《我说〈忠王李秀成〉》，《广西日报》1941年11月2日。

　　[2]　老玻：《外行人的戏评——看〈忠王李秀成〉以后》，《广西日报》1941年11月5日。

　　[3]　韩北屏：《我说〈忠王李秀成〉》，《广西日报》1941年11月2日。

气。第三幕流离的场合，要和第二幕成一个对照，家具要各件东西一个颜色，情色等等均要发归而多烟熏色，同时要注意客堂门要关上。第四幕布景虽然相同，但大道具要稍稍换一下，即一切家具的颜色一致，门帘要新的，再空气已由灰色变为希望的光亮颜色，故照明应竭力强调化。"在照明方面，导演又强调：一、窗后、花格后等处的光，要反射光，不要直接光。二、利用Spots来帮忙动作、表情，及欲使观众集中注意力之演员或布景道具。三、免除不合理之突然光的来源，要于普通照明之内，无痕迹地加强某一位置的明度。四，颜色希望随剧情发展而渐变。① 这些精确而周详的提示显示出在战时桂林物质条件非常艰难的条件下，戏剧工作者对舞台艺术质量孜孜不倦的追求。

从《雷雨》的演出中也可见出舞台特效的长足进步。《雷雨》的后台工作是较为复杂的，因为疾风骤雨滚雷的声效需要经常变换，室内的光影、闪电也需恰当调控，声效与光效还要与剧情的张弛彼此配合。国防艺术社上演《雷雨》时，"舞台工作的成功，可以说与演员的成功同是一个新创的记录"。② 为了这样的成功，后台的艺术工作者也付出了艰辛的劳动——"据说姚展先生是几天几晚没有睡觉了，一直陪伴着导演看着排剧；肖照先生则一连几晚伏在舞台顶上用电光指挥着效果；谭奇先生为着放射闪电，已经有了目疾；此外陆国灿等每晚不停的播放着暴风雨的响声，也毫不感到疲倦。"③ "说到舞台照明也很不错。特别是效果方面，那雷声雨声真是惊心动魄，敲打着每个观众的心。此外每幕间景物的置换也很迅速，这可以看出在整个演出的每个工作者的

① 高汾：《〈一年间〉演出"舞台技术会议"录要》，《救亡日报》1939 年 7 月
20 日。

② 同上。

③ 李文钊：《谈谈〈雷雨〉的演出》，《广西日报》1941 年 2 月 6 日。

努力和认真。"① 正是剧作家、演员、幕后工作者的共同努力，才使抗战时期桂林的剧运呈现异彩纷呈的繁荣景象。

第三节　戏剧理论的热烈争鸣

　　戏剧理论的热烈争鸣，是抗战时期桂林文化城戏剧运动的又一重大贡献。田汉在《戏剧春秋》创刊号的《发刊词》中，明确指出"戏剧理论的贫乏"是抗战以来戏剧战线暴露出的首要缺点。"过去戏剧理论的介绍与研究本不甚够。自抗战军兴，戏剧与新的环境新的现象相接触，一时不免手忙脚乱，因而要求更适合此新环境、新现象之内容与形式。这便要求新的指导新的理论。"② 熊佛西在对五年来抗战戏剧的总结中，也强调了戏剧理论与戏剧批评的重要性。"现在的戏剧界实在缺乏严正的批评工作，以致各地的演出成绩未能尽于吾人之理想。据我所知，中国今日并非缺乏批评人才，而实缺乏勇敢公正之批评家。戏剧界的同行，怕得罪人，所以不愿作批评工作。中国一向是一个爱面子的国家，重人情的社会。今日你不给我面子，明日我也给你下不了台。今日你严正的批评了我，明日我则严正的批评你。这样彼此循环报复，实在大家都不合算。于是索性因噎废食，大家都不批评。这种现象实在应该急予纠正。其实真正的批评绝不是攻击他人的工具，而是衡量戏剧艺术各方面的尺度，不但应该将各专门技术予以评价提高，更应该积极的指导演出的路线。"③ 在田汉、熊佛西等人的倡导下，聚集在桂林的戏剧作家、戏剧评论家

① 芦荻：《〈雷雨〉观感》，《广西日报》1941 年 1 月 28 日。
② 田汉：《戏剧春秋·发刊词》，《戏剧春秋》创刊号，1940 年 11 月。
③ 熊佛西：《五年来的抗战戏剧》，《扫荡报》1942 年 1 月 1 日。

就战时各种戏剧现象展开了热烈的争鸣，在创作论、演剧论等方面，都取得了较为丰富的理论成果。

在理论界对广西剧运的关注中，万籁天表达了他对广西剧运的充分信心。"只有真正抗日救国的决心的地域，只有真正复兴民族的实践者的地域，才有光明的健全的剧运实现。广西有着安哥拉般的地势，有着强毅热血的民众，有着切实救亡的政策，更有着贤明的领导者。无怪乎剧运在广西，无论它是启蒙也好，萌芽也好，它的种子是良好的，它的姿态是正确的，它的前途是光明的。"① 白克则对剧运在广西的畸形发展表示了关注："桂林、南宁、梧州、柳州，仅仅这几个城市里我们还能够在报纸上看到一些关于剧运公演的消息，其余的却是黯然无闻；这是我们全省剧运同志的耻辱——我们没有艰苦地在广泛的大众中间把我们剧运建立起来。"② 在桂林建立抗战剧场成为戏剧工作者的共同呼声。"刚到桂林来，我很奇怪聚集了这么多戏剧工作者的中心地，演出的次数会这样少。后来才听到说是剧场不容易找到的缘故。过去筹款演出，剧场的租金占去所筹得款项之一半，结果是差不多等于白费力气。"③ 而一旦桂林抗战剧场变为现实，这个戏剧兵共同的堡垒必能大大促进桂林剧运的进步。欧阳予倩也针对当时剧运的实际困难，提出了中肯的意见，包括提高剧艺争取观众，力行节约共渡难关，促成研究与学习的风气等，以应对抗战最艰苦阶段的来临。

在戏剧创作论的探讨中，焦菊隐认为，抗战爆发后，虽然出现了大量的宣传抗战的戏剧作品，这些作品也达到了一定的艺术

---

① 万籁天：《剧运在广西》，《广西日报》1937 年 4 月 6 日。
② 白克：《怎样发展广西剧运》，《广西日报》1937 年 4 月 6 日。
③ 华嘉：《抗敌小剧场运动》，《救亡日报》1939 年 8 月 19 日。

水准，但却仍然令人感到不足和空虚，原因就在于缺少三种热情作为它的神髓。这三种热情是"作家（一）对于民族的爱，热烈的爱；（二）对于民族光荣的维护，忠诚的维护；（三）对于英雄（在古代及现代前叶为个人，在今天为群众的整体）的崇拜，痴心的崇拜"。"为了维护民族光荣，他要大声疾呼，他要洒出一腔热血，他要把自己民族超优的特点，以往的光荣，现在的力量，打退敌人的绝对把握，和自己民族今后更光荣的未来，昭示给世界，提醒给民众；他并且要表现民族的自信心，民族的乐观的态度。惟有自信、乐观、和奋斗三者，才能维护民族的光荣，而此三者本身，也就是一个民族的光荣。"① 只有具备这三种精神，描写战争的戏剧作品才能产生深入人心的宣传效力。许之乔在《戏剧春秋》上对当时"剧本荒"的现象进行了分析。无论是各色的剧团还是戏剧刊物，都是在收集了大量的剧本之后，仍然闹腾着"剧本荒"。"剧本荒"的真正原因不是剧本太少或新的剧本太少，而在于好的剧本太少，好剧本太少的原因，又在于创作者倾向于走迎合观众的捷径，而忘记了引导观众的使命，因此作者号召"来个肃清即时讨好观众的'捷径''花枪'的诸种倾向，来个要求朴实、健康的剧作的清洁运动"，② 希望以此拯救戏剧的"荒年"。

由于抗战时期历史剧创作的繁荣，戏剧工作者还专门就历史剧的创作问题展开了讨论。周钢鸣在《戏剧春秋》上撰写了题为《关于历史剧的创作问题》的论文。文章总结了当时处理历史题材的几种错误观念，譬如为着生意眼，抓取历史的一鳞半爪，编制桃色事件；又如主观主义、公式主义的历史观，用"革命的主

---

① 焦菊隐：《抗战戏剧之创作》，《扫荡报》1939年3月28日。
② 许之乔：《剧本"荒"在哪里?》，《戏剧春秋》第1卷第6期。

观的公式"来套取和简化一切历史事件,从而削弱了历史的丰富性;再如虚伪的历史观,"为了借历史的渣滓,来阻碍民族的进展,怀柔我们民族的反抗,以养成顺民奴隶"。这三种对待历史的轻率态度,都应当与之进行坚决的斗争。文章还列举了处理历史真实性的几个基本要素——"人类历史的社会生活(是在特定的社会生产条件下所决定的社会生活),历史的时代背景,在这历史时代背景之中所发生的历史事件(斗争),参与在这中心事件中的当事者——个人与群众,这些当事者所代表的那个时代的社会思想潮流。"并重点分析了历史剧应如何处理"人"这一基本要素。文章阐述了新历史剧与旧剧的区别。作者认为"旧剧不是历史剧,而它只是历史的故事传奇剧"。"它表现的内容,也是旧的封建观念,毫无批判地,而且有意宣扬旧封建观念的艺术,因而它不能传达出历史的真实,所以我们不能叫它作历史剧。因为我们今天所理解,和所指的历史这两个字,它是代表着科学地表达出人类社会生活的发展,和历史斗争,历史真实的意义的。所谓历史剧,即是科学地批判地表现出人类历史社会生活的发展和斗争的艺术。它是属于新的历史观的思想范畴的艺术,所以我们称它为历史剧。"①基于这样的界定,作者又对历史剧和旧剧在创作路线、创作方法上的差异进行了细致的比较。《戏剧春秋》杂志社还专门主持召开过"历史剧问题座谈会"。田汉、柳亚子、欧阳予倩、茅盾、胡风、蔡楚生、周钢鸣等文化界知名人士都参加了座谈,对国统区历史剧的成绩与缺点进行了细致的讨论与总结。

这一时期桂林剧坛还出现了戏剧家创作的专论,周钢鸣的《夏衍剧作论》从现实主义的创作道路、喜剧表现手法与悲剧主

---

① 周钢鸣:《关于历史剧的创作问题》,《戏剧春秋》第 2 卷第 4 期。

题的糅合、戏剧角色类型等方面对夏衍的戏剧创作进行了分析探讨。许之乔的《丁西林剧作试论》则通过对《压迫》、《等太太回来的时候》、《妙峰山》等戏剧文本的具体分析，凸显了丁西林戏剧创作中的喜剧因素。

在演剧论方面，评论者肯定了本土演员的素质与才华，"我国人对演剧的天才，并不亚于斯拉夫民族，更非日本人所能企望（日本电影，表演极恶劣过火）。这几十年来曾经产生许多优秀的演员，虽然基本工夫还不及欧美那末深厚，也没有像旧剧那么曾下过死功夫，但才华横溢，却是值得称赞的。"但同时也指出了演剧中存在的问题："许多演员虽有天才，但认识力不足，生活的体验不够，以致表演不能够深刻，也可以说没有深度；因为演剧者并不是单纯地剧本的具象，而必需通过他的认识的再创造。"①

周钢鸣在《艺丛》上专门撰写长文，讨论演剧方法的重要性，并从工农民众剧人和知识分子剧人的舞台实践中总结出两种风格迥异的演剧方法。他指出工人演剧团体常用的方法是"用生活来演剧，用感情来演剧"。因为工人戏剧工作者文化水平较低，甚至于读剧本理解剧本都感到困难，所以他们不是从思想与理念来接受导演的启发，而是将生活经历、生活体验带上了戏剧舞台。这种演剧方法的优点在于素朴而真实，缺点在于演剧常常变成了生活的搬演和情感的宣泄，流于用口号和说教代替艺术的创作和征服。而知识分子演剧则是"用思想来演剧，用技术来演剧"。文章着重分析了知识分子艺人在戏剧舞台上抽象地运用技术，抽象地运用思想所产生的问题。不少剧人单纯地使用从西洋与东洋戏剧与电影中学来的表演技术，却造成与中国民众现实生

---

① 落生：《论今后剧运的动向》，《广西日报》1941 年 11 月 14、15 日。

活的脱节。"当他们在演一个中国农民的时候，遇到那个剧中的角色发出感叹和焦虑的时候，就将两只手高高举起，面孔和眼睛严肃而悲悯地望上作祈祷状，同样地表演沉痛的场面，也用手紧紧地压着自己的心头；这种动作，就根本不是中国民族生活样式底；这种技术的形式是可以用在上演莎士比亚的《哈姆雷特》这类的性格上，可是用来扮演中国农民的角色上，正显出矫揉造作，装腔作势，就不仅显得不消化和生硬，而且是破坏了剧作的性格的真实性。"另一些剧人则单纯用思想来演剧，用观念来图解舞台艺术形象，而失去了生活本有的丰富性和新鲜感。"犯这个毛病最多的还是生活经验不丰富，而主观的认识上非常进步的青年知识分子剧人，他们就把戏剧看作单纯从生活格调抽象出来的观念的思想斗争。这个毛病在广州未失陷前广州许多青年进步剧人大都犯了这个毛病：当时我看了他们很多次的演出，总觉得他们在舞台上像吵架一样的场面，固然是紧张了，但是常常沉闷而感到枯燥，在戏剧中所应有的生活情调底色彩非常黯淡，而缺少谐和底气氛。"① 而这两方面的误区都需要进步的戏剧工作者在抗战演剧中加以克服。

在戏剧工作者自身的发展和进步方面，戏剧界的前辈也向后辈表达了自己的关注和关怀。欧阳予倩号召戏剧工作者要用殉教的精神从事演剧事业，"参加戏剧工作的青年们，决不单是为对戏剧感到兴趣，而是认定戏剧这个武器，这个工具是可利用而为民族国家社会建立进步的文化，所以才以绝大的决心投身于此"。"孔子的精神是知其不可为而为，释迦的精神是舍身入地狱，先度众生然后自度，戏剧不是宗教，却有宗教同等的力量；戏剧运

---

① 周钢鸣：《论新演剧艺术底几个问题——近年演剧方法的几个特征》，《艺丛》1939年版。

动者不是宗教家，却应有殉教者同等的精神。观音菩萨为了说法千万化身。人家都拿'千万化身'来恭维演剧的，不过化身是为了说法，不是为了争地位、图享受、出风头。"[①] 田汉也向以新中国剧社为代表的青年戏剧工作者提出了期望。"第一，让大家都透彻懂得我们为什么要干戏，为什么不怕饥寒，不怕艰苦困难地干戏？这就是我所谓'招魂'的问题。""第二，让大家随时随地加紧进行我们的学习。真正做到以社会为学校，从广大社会中找先生。""第三，让大家和时代结合得更紧。这是随时'面向现实'的问题"。"第四，让大家把身体都锻炼得够好。"[②] 面对前方的剧人在学习上的苦闷——"没有书，没有报，没有可以请教的人，没有学习的机会，以前的一点知识，艺术，搬用尽了，我们要学习，我们要有一个静一点机会去学习和'进货'！"夏衍语重心长地指出："我并不否认乃至过小地认识学习的重要，相反，我们正因为主张在抗战中学习，要使我们学习所得的'涓滴归公'地服务于抗战，所以我们反对将学习和生活，学习和实践，学习和战斗分开，而企图从抗战前线（乃至从人生战场）隐退到'静静的学习环境'的说法。""把握当前的主题，效率最高地使我们的艺术服务于抗战，这是最高的学习原则。我相信外国留学过的名师和欧美人做的理论书籍，不一定能够使我们懂得和能够教导我们如何地表达中国人民在抗战中真实的喜悦、愤怒和哀愁，而中国人民大众生活里面表达这一切感情的动作姿势，声音笑貌才是我们生平难得遭遇的最好的材料。"[③]

---

① 欧阳予倩：《对现阶段戏剧运动的几点意见》，《广西日报》1941 年 12 月 20日。

② 田汉：《希望与珍重——迎"新中国"诸同志》，《广西日报》1943 年 10 月18 日。

③ 夏衍：《给一个战地戏剧工作者的信》，《新中国戏剧》1940 年第 2 期。

　　桂林文化城因战争而浮出历史地表，它以短时期内大规模文化力量的积聚，成为中国近现代以来罕见的文化奇观。被称为"神州戏剧兵"的进步的戏剧工作者，在这里以对祖国的忠诚和对艺术的赤诚谱写了抗战文化史上的强音。戏剧活动的丰富繁荣、创作演艺的琢磨提高、戏剧理论的热烈争鸣，成为彼时彼地戏剧运动的三个显著特点，同时也为后来的艺术工作者留下了一笔宝贵的文化遗产。

附 录

桂林文化城主要剧作家
在桂剧作目录

欧阳予倩：

《梁红玉》（京剧），作于 1938 年，南华戏院桂剧班公演，1938 年桂林国防艺术社首次出版。

《木兰从军》（二十场桂剧），作于 1942 年。

《桃花扇》，作于 1937 年，1939 年修改于桂林，1957 年中国戏剧出版社出版。

《青纱帐里》（三幕剧），作于 1937 年，刊于 1938 年《战时艺术》杂志第 2 卷第 2 期。

《越打越肥》（独幕剧），作于 1939 年，发表于 1940 年《十月文萃》第 2 卷第 4、5 期合刊上，收入 1943 年桂林远方书店《二十九人自选集》。

《战地鸳鸯》（小杂会），作于 1940 年，载于《戏剧春秋》创刊号。

《我们的经典》（小杂会），作于 1940 年，载于《戏剧春秋》第 1 卷第 2 期。

《忠王李秀成》（五幕历史剧），作于 1941 年，连载于 1941 年 5 月 30 日至 8 月 18 日桂林版《大公报》文艺副刊，1941 年桂林文化供应社出版。

《一刻千金》（独幕剧），作于 1942 年，刊于 1942 年 10 月桂林版《文艺生活》第 3 卷第 1 期。

《旧家》（五幕剧），作于 1941 年，发表于 1944 年 5 月 15 日《新文学》第 1 卷第 4 期（戏剧专号）。

《可爱的桂林》《独幕剧》，作于 1944 年，刊于 1944 年 11 月 3、4、5 日《广西日报·昭平版》。

《桂林夜话》（又名《归来夜话》，独幕剧），作于 1945 年，发表于 1946 年《半月文萃》复刊第 1 期。

《言论自由》（独幕默剧），作于 1945 年，发表于 1946 年《半月文萃》复刊第 2 期。

《得救了的和平之神》（歌剧本事稿），1945 年 5 月 11 日发表于《广西日报·昭平版》增刊。

《曙光》，作于 1938 年。

《人面桃花》（桂剧），作于 1943 年。

《关王庙》（桂剧），根据传统剧目《玉堂春》中"探监"一折改编。

《抢伞》（桂剧），根据传统剧目《拜月记》改编。

《烤火》（桂剧），根据传统剧目《富贵图》中《烤火下山》一折改编。

《拾玉镯》（桂剧），根据传统剧目《双玉镯》一折整理而成。

《渔夫恨》（桂剧），根据传统剧目《打渔杀家》改编。

《断桥会》（桂剧），根据传统剧目《白蛇传》中一折改编。

《打金枝》，《长生殿》，《搜庙反正》（桂剧）。

《广西娘子军》（桂剧现代戏），作于 1937 年。

田汉：

《新儿女英雄传》（五十二场平剧），作于 1939 年，刊于

1944 年 1 月《抗战文艺》第 7 卷第 1 期。

《岳飞》(四十四场新平剧),刊于 1940 年 11 月 1 日桂林版《戏剧春秋》创刊号。

《江汉渔歌》(三十六场新平剧),作于 1940 年,刊于 1939 年 12 月至 1940 年 1 月《抗战文艺》第 5 卷第 2、3 期合刊和第 4、5 期合刊,1940 年桂林六艺书店出单行本。

《武松》(十八场平剧),作于 1944 年,成都中西书局出单行本。

《武则天》(十七场平剧),作于 1944 年,1947 年重写于上海,连载于 1947 年 1 月至 3 月上海《大公报》。

《双忠记》(平剧),作于 1941 年。

《金钵记》(平剧),作于 1944 年,1950 年重新修改,易名为《白蛇传》,北京中华书局出单行本。

《新会缘桥》(湘剧),作于 1942 年,刊于 1942 年 9 月 15 日桂林版《文学创作》创刊号。

《秋声赋》(五幕话剧),作于 1941 年,刊于 1942 年 4 月至 6 月《文艺生活》杂志第 2 卷第 2 至第 6 期,1944 年 1 月桂林文人出版社出单行本。

《黄金时代》(四幕话剧),作于 1942 年 6 月至 11 月,刊于 1942 年 11 月 15 日至 1943 年 4 月 1 日《文学创作》第 1 卷第 3 至第 6 期。

《怒吼吧,漓江》(活报剧),作于 1939 年,刊于 1943 年桂林出版的《文学创作》第 1 卷第 4 期和第 5 期上。

《穷追一万里》(活报剧)。

《少年中国》(活报剧)。

夏衍:

《心防》(四幕剧),作于 1940 年,1940 年 8 月桂林新知书店印行出版。

《愁城记》（四幕剧），作于1940年，刊于1941年3月《小剧场》第6期，1941年5月桂林剧场艺术社印行出版。

《冬夜》（独幕剧），作于1941年，发表于1941年《戏剧春秋》第1卷第3期。

《一年间》（四幕剧），作于1938年，1939年桂林生活书店印行出版。

《法西斯细菌》（四幕剧），作于1942年，1942年12月由桂林《文艺生活》杂志首次发表。

《都会的一角》（独幕剧），作于1935年，刊于《文学》第5卷6号，选入1940年桂林新知书店出版夏衍剧作集《小市民》。

《赎罪》（独幕剧），作于1938年9月，刊于1938年9月《文艺阵地》第1卷第11期，选入1940年桂林新知书店出版夏衍剧作集《小市民》。

《小市民》（剧作集），1940年桂林新知书店出版。

《上海屋檐下》（三幕话剧），作于1936年，收入1940年桂林新知书店出版夏衍剧作集《小市民》。

《两个伊凡的吵架》，俄国果戈理的同名作品，1939年12月1日译于桂林，1940年4月上海旦社出版。

《天上人间》（四幕话剧）。

《三兄弟》（三幕话剧），翻译日本作家鹿地亘的剧作，刊于1940年3月4日《救亡日报》第四版。

郭沫若：

《高渐离》（五幕历史剧），刊于1942年10月30日《戏剧春秋》第2卷第4期，1946年上海群益出版社出单行本。

《孔雀胆》（四幕历史剧），刊于1943年4月1日出版的《文学创作》第1卷第6期"戏剧专号"，1943年12月由重庆群益出版社出单行本。

《甘愿做炮灰》，刊于 1941 年桂林版《宇宙风》105 期。

陈白尘：（未曾旅桂，有剧作在桂林发表和演出）

《大渡河》（原名《翼王石达开》，五幕历史剧），刊于桂林版《文学创作》第 1 卷第 6 期。

《大地回春》（五幕剧），作于 1941 年，桂林文化供应社 1941 年出版。

《乱世男女》（三幕四场讽刺喜剧），作于 1939 年，1940 年桂林上海杂志公司出版第 3 版。

熊佛西：

《袁世凯》（三幕四场史剧），作于 1942 年，发表于《文学创作》1942 年第 1 卷第 1 至第 3 期，后作为《文学创作丛书》之一，由桂林崇善文人出版社付印。

《月下悲剧》，该剧见于 1943 年 2 月 15 日《文学创作》第 1 卷第 6 期刊登本刊第 6 期"戏剧专号"预告，未见发表。

《新生代》（独幕悲剧）。

丁西林：

《三块钱国币》，作于 1939 年，重庆正中书局 1941 年出版。

《妙峰山》，作于 1940 年，1941 年桂林《戏剧春秋》月刊社初版，上海文化生活出版社 1945 年出版。

《等太太回来的时候》（四幕剧），作于 1939 年，重庆正中书局 1941 年出版。

洪深：

《再会吧，香港！》（四幕剧），1942 年桂林集美书局出版单行本。

《回到祖国》（四幕剧），刊于 1942 年《戏剧春秋》杂志。

《米》（一幕四场）。

《樱花晚宴》（独幕剧），作于 1940 年。

《寄生草》（三幕剧）。

《黄白丹青》。

于伶：

《长夜行》（四幕话剧），作于 1942 年 7 月，1942 年 11 月桂林远方书店印行初版。

《大明英烈传》（四幕剧），作于 1941 年，1941 年 7 月桂林上海杂志公司出版。

《撤退，赵家庄》（独幕剧）。

《夜上海》（五幕剧），作于 1939 年。

《夜光杯》（五幕剧）。

《四种病人》（剧本），刊于 1941 年《抗战文艺》第 7 卷第 4、5 期。

章泯：

《战斗》（五幕剧），作于 1938 年，1939 年 4 月上海生活书店印行初版，收入 1957 年作家出版社章泯剧作集《战斗》。

《我们的故乡》（三幕剧），作于 1937 年，刊于 1937 年《光明》第 7 至第 9 期，收入 1937 年上海一般书店出版剧作集《我们的故乡》。

《家破人亡》（独幕剧），作于 1937 年。

《磨刀乐》（独幕剧），作于 1937 年。

《苦恋》（多幕剧），作于 1942 年，刊于 1943 年桂林复刊的《人世间》杂志第 1 卷第 1 至第 3 期。

《堤》（独幕剧），作于 1942 年。

《弃儿》（独幕剧）。

《期望》（独幕剧集），包括《期望》、《孤村暗影》、《死亡线》等，1941 年桂林文学出版社出版。

杜宣：

《英雄的插曲》（二幕话剧），作于 1941 年，刊于《戏剧春秋》第 1 卷第 6 期。

《自修室的黄昏》（独幕剧）。

《春日小记》（独幕剧）。

孟超：

《渔家女》，刊于 1940 年《抗战时代》第 2 卷第 2 期。

《被淘汰的人们》，刊于 1940 年《抗战时代》第 2 卷第 4 期。

《新的娜拉》，刊于 1940 年《抗战时代》第 3 卷第 3 期。

《三·八节的早晨》（独幕剧），刊于 1940 年 3 月 8 日《广西妇女》第 2 期。

凌鹤：

《到前线去》（街头剧）。

《再上前线》（独幕剧）。

《夜之歌》（独幕剧）。

《黑地狱》（四幕话剧）。

李健吾：

《十三年》（独幕剧），1942 年桂林文化生活出版社出版。

《黄花》（三幕剧），刊于 1942 年桂林出版《自由中国》第 2 卷第 1、2 期。

《草莽》（多幕剧），刊于 1942 年桂林出版《文艺杂志》第 1 卷第 2 至第 4 期。

《一位悲剧的演员》，译自柴可甫作品，刊于 1942 年 1 月 15 日《文艺杂志》创刊号。

端木蕻良：

《红楼梦》（三幕剧），作于 1943 年 5 月《文学杂志》创刊号，1943 年 7 月 1 日刊于桂林版《文学创作》第 1 卷第 6 期

"戏剧专号"。

《红拂传》（新编平剧），作于 1943 年 3 月，刊于 1942 年大千书屋出版《大千》杂志第 7 期。

《林黛玉》，作于 1943 年春，刊于 1943 年《文学创作》第 1 卷第 6 期（戏剧专号）。

《晴雯》（独幕剧），作于 1943 年 4 月，刊于 1943 年 6 月 1 日《文学创作》第 2 卷第 2 期。

严恭：

《凶手》（独幕剧），1940 年 10 月桂林六艺书店出版。

《闹元宵》（一幕二场话剧），1940 年 10 月桂林六艺书店出版。

《挖公路》（独幕剧），1940 年 10 月桂林六艺书店出版。

《前方》。

李超：

《狮子打东洋》（活报剧），作于 1940 年。

《边城之家》（四幕话剧），作于 1942 年 3 月。

《开小差》（独幕剧）。

《花烛之夜》。

《霸王山》，作于 1941 年初。

《湘桂线上》。

《未来的战士》。

《保卫我们的大地》。

《幸福之地》。

张季纯：

《打日本去》（儿童活报剧），刊于 1938 年 10 月 16 日《文艺阵地》第 2 卷第 1 期。

《天津的黑影》（独幕剧）。

《塞外的狂涛》（独幕剧），作于 1937 年。

《洪流》（四幕话剧），1942 年桂林白虹书店出版发行。

冼群：

《中国妇人》（独幕剧）。

《青春不再》（多幕剧）。

《代用品》（独幕讽刺剧），刊于 1939 年《戏剧岗位》第 1 卷第 2、3 期合刊。

《菱姑》（独幕剧）。

《反正》（独幕剧）。

《飞花曲》（五幕剧）。

《烟苇港》（二幕剧），1942 年桂林六艺书店出版。

《珍珠》。

王震之：

《人命贩子》（独幕剧），刊于 1939 年 11 月 1 日《广西日报》。

《一心堂》（独幕剧）。

《弟兄们拉起手来》（独幕剧），刊于 1939 年 11 月 4 日至 18 日《救亡日报》。

《军民进行曲》（两幕三场歌剧），作于 1944 年。

张客：

《国难财》（独幕剧），刊于 1941 年 11 月 15 日桂林版《文艺生活》第 1 卷第 3 期。

《陈高和》，作于 1940 年。

《最后一颗手榴弹》。

《逃》，刊于 1941 年 10 月 10 日《戏剧春秋》第 1 卷第 5 期。

老舍：

《大地龙蛇》（三幕剧），刊于 1942 年桂林《文艺杂志》第

1、2 期上。

《残雾》（四幕剧），刊于 1939 年 8 月至 1940 年 1 月《文艺月刊》第 3 卷第 8 期至第 4 卷第 1 期。

王逸：

《贞妹子》（独幕剧），刊于 1940 年 12 月 1 日《戏剧春秋》第 2 期。

《生路》（三幕剧）。

《一刀仇》，刊于 1942 年《戏剧春秋》第 2 卷第 1 期。

《潇湘夜雨》。

赵明：

《齐心合力打东洋》（活报剧）。

《特别快车》。

《盐》（独幕剧），刊于 1940 年 11 月 1 日《戏剧春秋》创刊号。

欧阳凡海：

《抗战第一阶段》（四幕剧），1940 年桂林石火出版社出版。

《动员》（剧本），刊于 1939 年 2 月 16 日《文艺阵地》第 2 卷第 9 期。

《中国人的站起》，刊于 1939 年 6 月 1 日至 16 日《文艺阵地》第 3 卷第 4、5 期。

廖沫沙：

《渔夫和鱼》。

《命令反攻》（一幕三场话剧），刊于 1941 年 2 月 1 日《戏剧春秋》第 1 卷第 3 期。

左军：

《淮上英魂》（报告剧），作于 1938 年 8 月，刊于 1938 年 8 月出版的《战时艺术》第 5 期。

《Ｘ太太》（独幕喜剧），刊于《新中国剧社》第2期。

勉之：

《棘上的花朵》（独幕剧），刊于1938年桂林版《战时艺术》第4期。

《有力出力》（独幕剧）。

邵荃麟：

《喜酒》（独幕剧），1942年文化供应社出版。

《爸爸的棉衣》。

《校长教师》。

吴天：

《四姊妹》（四幕剧），刊于1943年7月1日桂林版《文学杂志》创刊号。

《海恋》（四幕剧）。

瞿白音：

《新梅萝香》（三幕剧），根据美国尤金渥克同名原作改编。

《百胜将军》（十幕剧）。

陈迩冬：

《从魔掌下到幸福之门》（街头剧）。

《鬼》。

老舍、赵清阁、肖亦五：《王老虎》（四幕剧），刊于1943年4月1日《文学创作》第1卷第6期。

赵清阁：《桥》（独幕剧），刊于1944年1月1日《当代文艺》创刊号。

李增援：《盲哑恨》（街头剧）。

光未然：《难民曲》（街头剧）。

宋方：《逃难到桂林》（街头剧），刊于1938年8月25日桂林版《战时艺术》第4期。

鲁东：《我们的队伍》（街头剧），刊于 1937 年 8 月 7、8 日《广西日报》副刊。

胡绍轩：《当兵去》（街头剧），选入 1937 年 12 月广西各界抗敌后援会编印的《抗敌剧本选》。

汪巩、严恭：《怒吼吧，桂林》（活报剧）。

石炎、严恭：《军用列车》（独幕剧），刊于 1940 年 11 月 1 日桂林版《戏剧春秋》创刊号。

汪巩：《希特勒摇篮曲》，《万元大票》。

易人、平凡、鲁多：《打回老家去》（活报剧），刊于 1937 年 7 月 30 日至 31 日和 8 月 2 日《广西日报》。

雪季：《津门之夜》（活报剧），刊于 1937 年 8 月 31 日《广西日报》文艺副刊《桂林》。

廉风：《两个梦》（儿童活报剧），刊于 1940 年 3 月 15 日桂林版《少年战线》第 2 卷第 3 期。

新旅：《精卫和近卫》（活报剧），刊于 1940 年 3 月 1 日桂林版《少年战线》第 2 卷第 2 期。

何为：《老百姓偷营》（活报剧），刊于 1939 年 6 月 1 日桂林版《少年战线》第 1 卷第 3 期。

小群：《陆海空军大联合》（活报剧），刊于 1939 年 7 月 7 日桂林版《少年战线》第 1 卷第 4 期。

王为一：《宣传》（多幕活报剧）。

沙蒙：《莫扎特》。

董莓戡：《保卫领空》。

许幸之：《最后的圣诞夜》。

伍禾：《汨罗江边》。

黄庆云：《国庆日》，《圣诞的礼物》。

周行：《秘密》。

胡危舟：《金刚坡下》。

司马文森：《不要说我们年纪小》（儿童独幕剧），刊于 1940 年 1 月 11 日至 17 日《救亡日报》。

许地山：《女国士》（独幕历史剧），作于 1939 年。

林觉夫：《一出喜剧》（独幕剧），刊于 1942 年 11 月 15 日桂林版《文艺生活》第 3 卷第 2 期。

晓邦：《陈璧君大宴阿部》（讽刺短剧），刊于《新中国戏剧》第 2 期。

夏野士：《希望》（独幕讽刺剧），刊于 1940 年 12 月 1 日《戏剧春秋》第 2 期。

舒非：《民族公敌》（独幕剧）。

吕复、舒强、何茵、王逸：《三江好》（独幕剧）。

陈渭：《太阳旗下》。

保罗：《采菱船》（独幕剧），刊于 1940 年 4 月 15 日至 29 日《救亡日报》。

朱之倬：《梨花岭》（独幕剧）。

徐光珍：《赵大嫂》（独幕剧）。

任生：《小俘虏》（独幕剧），刊于 1939 年 5 月 1 日《文艺阵地》第 3 卷第 2 号。

磨金虎、丘岳、宁安然：《咆哮的农村》（独幕剧）。

陈荒煤：《打鬼子去》（独幕剧）。

荒煤、丽尼：《七·二八之夜》（独幕剧），作于 1937 年 9 月。

温涛：《大家一条心》（象征剧），刊于 1940 年 7 月 10 日《救亡日报》第 4 版。

陈慎中：《厦门三儿童》（儿童话剧），刊于 1940 年 3 月 1 日桂林版《少年战线》第 2 卷第 2 期。

王光乃：《半斤八两》。

吴新稼：《帮助咱们的游击队》（儿童话剧）。

肖仲棠：《孩子流亡曲》（儿童话剧）。

谷剑尘：《金宝》。

张海涛：《战地风云》（三幕剧），刊于 1940 年桂林《新文化月刊》创刊号。

蔡楚生：《自由港》（五幕剧），作于 1943 年 4 月，1943 年 12 月重庆文风书局出版。

唐纳：《中国万岁》（三幕剧）。

吴天：《越境而去的人》（独幕剧），刊于《戏剧春秋》第 1 卷第 6 期。

周淑：《蔡金花》（一幕两场话剧），刊于 1940 年 8 月 18 日至 21 日《广西日报》副刊"漓水"。

陈光：《绯色网》（三幕剧），刊于 1940 年桂林版《新中国戏剧》第 3 期。

归来：《两年来》（四幕儿童剧）。

以群：《姊妹》（四幕剧），刊于 1943 年 5 月 20 日《文艺杂志》第 2 卷第 4 至第 6 期。

徐昌霖：《回锅肉先生》（剧本），刊于 1943 年 6 月 1 日《文学创作》第 2 卷第 2 期。

芳信：《大雷雨》（多幕剧），翻译自俄国奥斯特洛夫斯基的作品。

杨帆：《在旅馆里》（独幕剧），翻译自苏联 Y·雅鲁纳尔的作品。

陈瘦竹：《康蒂妲》（三幕剧），翻译萧伯纳作品，刊于 1944 年《当代文艺》第 3 至第 6 期。

孙施谊：翻译《人约黄昏》（又名《古屋的黄昏》，独幕剧），翻译自苏联 Y·雅鲁纳尔的作品，刊于 1940 年 3 月《抗战文艺》第 6 卷第 1 期。

周行：《远方》（三幕剧），翻译苏联甘非诺甘诺夫作品，刊于 1943 年 3 月 15 日《文艺杂志》第 2 卷第 3、4 期。

《秘密》，翻译西班牙 R·山德尔作品，刊于 1941 年 9 月 15 日桂林版《文艺生活》创刊号。

金昌满：《朝鲜的儿女》（二幕剧）。

葛一虹：《带枪的人》（剧本），翻译包戈廷作品，1942 年桂林华华书店出版。

焦菊隐：《埃戈尔·布利乔夫》（三幕剧），翻译高尔基作品，刊于 1942 年 5 月 15 日桂林版《文艺生活》第 2 卷第 3 期。

爱特：《结婚》（讽刺喜剧），果戈理著，选入 1940 年桂林版《新中国戏剧》创刊号。

陈麟瑞：《晚宴》（六幕剧），译自美国开普曼、法尔培作品，刊于 1942 年 12 月 15 日《文艺杂志》第 2 卷第 1 至第 3 期。

张可：《联庄御侮》（新编二场戏曲剧本），载入军事委员会委员长桂林行营政治部印的《抗战歌剧选》第 1 辑。

陈明、张可：《翻车》（短剧），刊于 1939 年 2 月 1 日《文艺阵地》第 2 卷第 8 期。

丁伯骝：《战胶东》（新编二场戏曲剧本），载入军事委员会委员长桂林行营政治部印的《抗战歌剧选》第 1 辑。

《榴花季节》（剧本），刊于 1940 年 5 月 1 日《戏剧岗位》第 1 卷第 5、6 期。

《择邻记》（独幕剧），刊于 1943 年 5 月 1 日《文学创作》第 2 卷第 1 期。

醒知：《新打城隍》（新编戏曲剧本），载入军事委员会委员长桂林行营政治部印的《抗战歌剧选》第 1 辑。

东篱：《新拾金》（新编戏曲剧本），载入军事委员会委员长桂林行营政治部印的《抗战歌剧选》第1辑。

万籁天：《伟大的民团》（歌剧），刊于1937年5月17日至19日《广西日报》副刊"桂林"。

金素秋：《恩与怨》（平剧），根据英国女作家夏绿蒂·勃朗特的《呼啸山庄》改编。

吴荻舟：《国王与诗人》（二幕傀儡剧）。

《月亮下去了》。

《决堤》。

集体创作：

一群戏剧家：《放下你的鞭子》（街头剧）。

桂林军团妇女工读学校：《新难民曲》（街头剧）。

朔风、清波、黑中、之仁等：《捉汉奸》（街头剧）。

新中国剧社，演剧四、九队集体创作：《同盟军进行曲》（大型活报剧）。

抗敌演剧第四队：《伤兵医院》（活报剧），《七年了》（活报剧）。

《桂南前线无战事》，作于1940年。

"西南剧展"筹委会舞台工作人员：《幕后风光》（活报剧）。

新中国剧社：《一盒火柴》（活报剧）。

上海救亡演剧队：《矿山》（独幕剧），刊于1939年12月9日至31日《救亡日报》。

抗敌演剧第一队：《一家人》，作于1941年。

国防艺术社：《中国的吼声》，根据田汉的《一致》改编。

抗敌演剧第七队：《阴阳界》（活报剧）。

延安鲁迅艺术学院戏剧系：《流寇队长》（三幕剧）。

剧宣五队：《人兽之间》（七幕反纳粹话剧），根据美国剧本《自由万岁》改编。

无作者：

《疯了的母亲》（街头剧）。

《撤退》（独幕剧）。

《小偷》（儿童独幕剧）。

《金陵小夜曲》（独幕剧），根据袁牧之《一个女人和一条狗》改编。

《小琳子》（独幕剧），根据苏联 L. D. 列文的《海湾渔妇》改编。

《小战士》（独幕剧）。

《两兄弟》（独幕剧）。

《我土》（独幕剧）。

《父与子》（多幕剧），根据俄国屠格涅夫同名小说改编。

《歼灭》（三幕剧）。

《保卫祖国》（三幕剧）。

《刘筱衡爱华刺日》（新平剧）。

在桂发表：

袁俊：《美国总统号》（三幕六场喜剧），刊于 1942 年 7 月 15 日《文艺杂志》第 1 卷第 5、6 期上。

《审判日》（三幕剧），翻译爱尔米·拉辛的作品，刊于 1943 年 4 月 1 日《人世间》第 1 卷第 4 期。

王坪：《台湾少年》。

张弩：《溅血逆旅》。

舒非：《死角》。

曹靖华：《白茶》。

袁文殊：《民族公敌》。

万众：《日本的囚犯》。

《日本的海军》。

《狂飙的怒吼》。

曹禺：《原野》。

《正在想》。

赫梦：《团结》。

郑伯基：《哈尔滨的暗影》。

张俊祥：《小城的故事》。

许之乔：《年关难度》。

李文钊：《桐花谣》。

陈开端：《财神庙》。

后　记

　　广西师范大学中文系素有从事桂林文化城研究的传统，跟发生在 20 世纪三四十年代的抗战文学运动、创作以及抗战文化研究有着非常密切的联系。早在六十多年前那个战火纷飞的年代，欧阳予倩教授、林焕平教授、穆木天教授等著名文艺家就曾经在这里传播教泽，并从事抗战文艺创作，为抗日救亡运动贡献着自己的智慧和力量。后来，林焕平教授、林志仪教授、刘泰隆教授、苏关鑫教授、雷锐教授等在桂林文化城抗战文化研究方面也都成就卓著，引起过海内外学术界的关注。在他们的大力倡导下，桂林文化城研究逐渐步入学术化的路途，并成为广西师范大学中国现当代文学硕士研究生的专业研究方向之一，供有志于此的后学继续研究。当学术研究越来越寂寞的时候，这里还不断承担着国家和自治区的科研项目，并努力在原有基础上继续前进。

　　风起云涌的 20 世纪已经成为历史。在云淡风轻的今天，回望那令人荡气回肠的百年，我们发现这一百年的历史何其厚重！五四文学、左翼文学、抗战时期文学、还有新中国成立后十七年以及"文化大革命"时期，直到今天，文学的主体性重建、文化的主体性重建与 20 世纪中国政治主体性、经济主体性、军事主体性的重建之间的关系是多么紧密。这一百年没有虚度，这一百年在中华民族继往开来的历史发展中意义至关重大。目前，我们接过前辈的学术之旗，看似偶然，实非偶然。有时候，我常常想，无论是我们选择抗战时期的文化历史，还是抗战时期的文化历史选择了我们，其实都有一个非常重要的因素在起作用，那就是抗战时期的文艺、抗战时期的文化在 20 世纪中国文化主体性重建过程中的典型性，那是强势的西方文化冲击下的艰难重建中的关键时期。

一次学术会议时，在桂林七星公园凭吊桂林保卫战时牺牲的八百壮士，大家不胜感慨，既缅怀抗日英雄的壮烈，也为今天的和平岁月祈福。我们相信，侵华日军打到桂林城下的历史不会重演，也不应重演。如果真有那一天，我们愿意像祖辈那样战死在战场上。正是因为这一份责任和义务，我们选择了对抗日战争时期文化历史的研究。在接过前辈们的旗帜时，我们关注过桂林文化城的政治意义、历史意义、军事意义，与此同时，我们更重视桂林文化城的文化意义，更关注历史对现实的文化启示，文化强则国强，文化是强国之本。应该珍惜来之不易的和平岁月，珍视来之不易的战略机遇期，我们必须在切实加强以文化为基础的各项建设事业时，更深入地思考一些历史过程中的文化建设方面的经验教训。抗日战争的胜利以及胜利的经验告诉我们：团结则无往而不胜。

本书的具体分工如下：李江负责全书的总体设计、思路、统稿，并撰写绪论；王明娟负责撰写第一章；刘惠负责撰写第二章；朱云湖负责撰写第三章；谢丽娟负责撰写第四章；申燕负责编制旅桂剧作家主要剧作目录和撰写第五章；陈继华负责撰写第六章和第八章；朱大喜负责撰写第七章；黄世智负责协助主编完成统稿并撰写第九章；王惟负责撰写第十章。

从抗日战争和世界反法西斯战争胜利六十周年纪念日到现

在，时间已一年有余。这段紧张思考的日日夜夜，时间不算短，但由于思想水平和业务能力有限，书中不足在所难免，诚望前辈和学界方家，不吝指正。由衷地希望下一本书会好一些。

李　江

2007 年 1 月 8 日